앤을
위하여
for Anne

앤을 위하여

ⓒ최준서 2020

초판1쇄 인쇄	2020년 1월 20일
초판1쇄 발행	2020년 2월 4일

지은이	최준서

펴낸이	박대일
편집	이문영 · 임유리 · 신지연 · 전보라 · 곽현주
교정	김미영
마케팅	임유미 · 손태석
표지디자인	이매진
내지디자인	박현주

펴낸곳	파란미디어
출판등록	2004년 9월 14일 제313-2004-00214호

주소	03992 서울시 마포구 동교로23길 14 국제빌딩 6층
전화	02.3141.5589 영업부 070.4616.2012 편집부
팩스	02.3141.5590
전자우편	paranbook@gmail.com
카페	http://cafe.naver.com/paranmedia
페이스북	http://www.facebook.com/paranbook

ISBN	978-89-6371-721-0(03810)

앤을 위하여
for Anne

최준서 장편소설

파란

차
례

Engram

뇌는 신경 세포인 1000억 개의 뉴런과 그 뉴런 사이를 연결하는 10조 개의 시냅스로 구성되어 있다. 일반적인 기억의 경로란 보고, 듣고, 맛보고, 만지는 등의 감각 정보가 측두엽의 해마에 단기 저장되어 있다가 대뇌 피질로 보내져 장기 저장 과정을 거치는 것을 의미한다. 대부분의 단기 기억들은 뉴런과 뉴런 사이가 시냅스를 통하는 연결망이 끊어져 곧 잊히고 말지만, 어떤 특수한 장기 기억의 연결망은 끊어지지 않아 오랫동안, 어쩌면 평생 동안 잊히지 않는다. 그런 기억의 흔적을 엔그램Engram이라고 부른다.

현관을 나선 남자가 창틀에 매달린 주머니에 손을 넣었다. 우유를 쑥 꺼내 쥔 손으로 엘리베이터 버튼을 누르며 시계를 보니 7시 41분. 문이 닫히려는 찰나에 '잠깐만요.' 하는 익숙한 목소리에 서둘러 열림 버튼을 눌렀다. 헐레벌떡 음식물 쓰레기 봉지를 들고 안으로 들어오는 초로의 여인은 같은 층에 사는 이웃이었다.

"안녕하세요."

남자가 꾸벅 고개를 숙이자 여인이 반가운 얼굴로 경상도 억양을 담아 인사를 건넸다.

"앞집 총각 출근하는 길인가 보네."

"네."

"토요일인데도 안 쉬고 일하나 봐요."

"네. 토요일도 근무합니다."

여인은 흘끔흘끔 남자를 쳐다보았다.

내사마 아들이 저리 생겼으면 밥을 안 먹어도 배부를 낀데. 아직도 우유 먹고 클 나인가. 뭘 먹고 키는 저리 큰 거고. 딱 봐도 여자가 억수로 꼬일 상인데 희한하제. 드나드는 여자라곤 눈 코빼기도 본 적이 없으니.

엘리베이터 문이 열리고 밖으로 나오자 차가운 아침 공기가 헐렁한 목 안으로 파고들었다. 옷깃을 여미던 여인은 걸음을 멈추고 지하 주차장 쪽으로 트는 남자에게 물었다.

"그런데 어머님이 바쁘신가 봐요. 가끔 들르시더니 언제부턴가 통 뵌 적이 없네."

남자의 깊고 서늘한 눈매가 막 트는 일출에 붉게 물들었다.

"어머니께선 얼마 전에 돌아가셨습니다."

여인은 어쩔 줄 몰라 황망해하는 얼굴을 돌리며 중얼거렸다.

"아, 아이고. 만다꼬 내가 쓸데없는 소릴 해서리. 미안해요. 총각."

여인이 후다닥 음식물 쓰레기통 쪽으로 사라지자 남자는 주차장 계단으로 내려섰다. 차에 올라 시동을 걸자 추위에 웅크리고 있던 차가 우르릉 기지개를 켰다. 예열이 되는 동안 가지고 온 우유를 마셨다. 인턴 시절부터 아침마다 우유를 마시는 그를 보며 김 선배는 '태하, 너는 흰 우유 마시면 수술 중에 배 안 아프냐? 나는 바나나우유만 마셔도 바로 화장실 직행인데. 락타아제 mRNA가 아직도 멀쩡한가 보다?'라고 물었다. 바쁜 이모가 아침을 차려 주지 못할 때면 설탕을 탄 따뜻하고 달콤한 우유를 줬던 기억 때문인지 그는 매일 한 잔씩 우유를 마셨다. 보름 후면 집을 비울 테니 그때까지만 우유 신청을 하겠다는 문자를 보내야겠단 생각이 미쳤다. 뿐만 아니라 TV, 인터넷 해지 신청까지 신경 쓸 것이 적지 않았다.

차를 출발시키자 라디오에서는 출근길에 즐겨 듣는 음악 프로그램의 익숙한 진행자 목소리가 흘러나왔다.

— 5130님이 문자 보내 주셨는데요. '누나, 저희 동네에 동백꽃이 엄청 많이 피었어요. 진짜 예뻐요.' 하셨어요. 여수나 거제도 쪽은 한겨울에도 동백꽃이 핀다고 들었는데, 5130님이 사시는 곳도 남도 그쯤이실까요? 오늘 기온이 전국적으로 영하 12도에서 15도 사이인데, 이런 추위에 꽃이 핀다니 믿을 수가 없는 일이죠. 눈 속에서도 꽃을 피우는 강인한 생명력을 가진

동백꽃의 꽃말은 기다림, 애절한 사랑, 누구보다 당신을 사랑합니다 등이 있다 하네요. 이 겨우내 꽃봉오리를 틔운 동백은 봄을 간절히 기다리다 지쳐 먼저 맞으러 나온 걸까요? 곧 따스한 봄이 그리 머지않았다고 알려 주는 것처럼요. 2월의 둘째 주 토요일입니다. 모두 얼마 남지 않은 겨울을 즐기시길 바라며, 마지막 곡 나갈게요. 베르디 오페라 〈라 트라비아타〉의 〈축배의 노래〉입니다.

왈츠 리듬의 경쾌한 전주와 함께 굵직한 테너의 노래가 이어지는 동안 양화대교를 건너, 한 달 뒤면 벚꽃이 만개할 선유로를 달렸다. 주말 이른 아침이라 한산한 길은 뻥 뚫려 강남까지 30분도 채 걸리지 않았다.

고층 빌딩 사이에 위치한 15층 빌딩의 지하 주차장에 차를 세우고, 엘리베이터에 올라 10층에 내렸다. 데스크 앞에 서 있던 검은 정장 차림의 젊은 여자가 수화기를 입으로 막으며 눈인사를 하자 남자도 꾸벅 고개를 숙이고는 방으로 들어갔다.

외투를 벗고 가운을 입고 손을 씻자마자 통화를 끝낸 김 실장이 예약표와 차트를 가지고 들어왔다. LIPO(liposuction, 지방 흡입술)과 Rhino(코 성형 수술) 수술 두세 건 사이로 쌍꺼풀 수술이나 보톡스 시술 같은 비교적 간단한 스케줄까지, 작은 종이가 빼곡했다.

성형의 메카인 강남역 일대의 성형외과 중에서도 가장 잘나간다는 리더스美병원답게, 1년 중 수술 환자가 제일 많다는 겨울 방학 끝 무렵까지도 손님들로 붐볐다.

"성현주 환자분 어제까지도 통증 심하셨다고 아침에 꼭 원장님 뵙고 드레싱 받아야겠다고 하셔서 LIPO 들어가시기 전까지 오시라 했어요."

예약표를 모니터 옆에 붙여 놓은 남자가 그녀가 건넨 차트를 훑었다.

"알겠습니다. 이미자 환자분은 혈압 확인했나요?"

"네. 확인해서 마취과 선생님께 넘겼습니다."

"좋은 아침. 김 실장님도 굿모닝요."

얇고 각진 메탈 안경을 쓴 가운 차림의 남자가 들어오며 인사를 건네자 김 실장이 가슴에 안고 있던 것을 그에게 넘겼다.

"이건 박 원장님 거요."

박 원장이라 불린 남자는 그의 몫의 예약표와 차트를 보며 한숨을 흘렸다.

"오늘도 빡빡하네요."

"다다음 주까지 풀로 차 있어요."

"아이고야."

김 실장이 나가자마자 문이 또 열리더니 곰돌이 푸처럼 둥글둥글하게 생긴 가운 차림의 남자가 들어왔다.

"이 시간에 김 선배가 웬일이에요? 어제 당직이었잖아요."

"상담 있어. 장모님 친한 친구분 딸이 상담받으러 오겠다는데, 하필이면 오늘 오전밖에 시간이 안 된단다. 아나운서 준비 중인데 K사, S사, M사 다 최종 면접까지 갔다가 물먹기를 세 번째라고. 능력 탓이 아니라 얼굴이 문제라고 생각하는지."

미어지게 하품을 쏟아 낸 그는 2인용 소파에 앉아 뒷목을 까딱까딱 움직여 풀며 말을 이었다.

"오후에는 윤주 스케이트 강습 교실에 데려다줘야 하고, 저녁에는 장인어른 생신이라 가야 하고. 어째 평일보다 주말이 더 바쁘다. 준호 저번 주에 보드 타고 왔댔지? 어디, 홍천?"

"무주요."

"부럽다. 올해는 스키 한번 타러 갈 시간이 없네. 독신남들이야 주말이 행복하겠지만, 유부남은 와이프한테 치이고 애들한테 치이고. 인간 김정근은 사라지고, 김 원장, 이지혜 남편, 윤주 윤수 아빠만 남는구나."

푸념을 늘어놓는 그에게 준호가 픽, 웃음을 흘렸다.

"나 참. 엊그제 윤수가 쓴 '내가 제일 존경하는 사람은 우리 아빠입니다.' 독후감을 귀에 딱지 않도록 읽으며 좋아할 땐 언제고요? 니들은 집에 가면 현관문 센서등 말고 누가 반겨 주냐고 혀를 찰 땐 언제고요? 솔직히 한국대병원 시절부터 선배 유명했죠. 다들 실습이다 전공의 시험이다 준비하느라 정신없었을 때도 형은 형수랑 1박 2일 여행 가고, 결혼해 달라고 형수 집 앞에 가서 무릎 꿇고 빌고. 형만큼 몸 불사르며 뜨겁게 연애한 사람이 어디 있었다고. 그 찬란하던 러브 스토리는 다 어디 갔어요?"

"세월과 함께 이 뱃살 안으로 다 사라졌다."

정근이 두둑한 뱃살을 두드리자 준호가 웃으며 물었다.

"너무 빨리 사라진 거 아니에요?"

"그래도 아직 지혜는 나 보면 설렌다고 하더라."

"난 정말 어느 포인트에 설레는지 눈치도 못 채겠는데."

"당근 너는 모르겠지."

"대체."

그동안 한마디 빵긋 않고 차트만 보고 있던 태하가 입을 떼자 아옹다옹하던 준호와 정근의 눈이 그에게로 향했다.

"왜 아침마다 제 방에 오셔서 이러시는지 이유를 알고 싶네요."

"우리가 안 오면 넌 안 오잖아."

준호의 말에 정근이 손가락을 딱 치며 고개를 끄덕였다.

"빙고. 자고로 팀워크가 좋아야 병원이 잘 굴러가는 법이지. 그리고 이제 이럴 날도 얼마 안 남았잖냐. 며칠 남았지?"

"보름 정도 남았죠."

밖에서 김 실장이 유리문을 똑똑 두드려 진료가 시작되었음을 알리자 정근이 일어나며 말했다.

"그 전에 한번 뭉치자."

전날 수술 환자들의 드레싱을 마친 후 수술방으로 갔다. 수술복을 입고 들어가자 갈색 소독약을 바르고 누운 환자가 보였다.

초조한 기색이 역력한 여자에게 물었다.

"환자분, 기분 어떠세요?"

"괜찮아요."

"그럼 수술 들어가겠습니다."

그가 눈짓을 주자 마취과 의사가 마취액을 주입했다. 환자가 눈을 감자 복부에 국소 마취를 하고 사타구니와 배꼽에 절개선을 넣었다. 환자는 초고도 비만으로 한 달 전 1차 지방 흡입을 하고 이번이 두 번째 수술이었다.

간호사가 주입기를 건네자 절개부에 조심스레 넣어 투메센트액을 넣었다. 복부가 출렁거릴 정도로 부풀어 오르자 주입기를 빼내고 캐뉼라를 넣었다. 시끄러운 흡입 소리와 함께 통 안에 피가 섞인 지방이 채워지기 시작했다.

수술을 마치고 나오자 기다리고 있었던 듯 김 실장이 다가왔다.

"윤 원장님. 주차장에서 원장님 차를 누가 받았대요."

놀라는 일이 거의 없는 태하의 눈썹이 휙 치켜 올라갔다. 마스크를 벗는 그에게 김 실장이 무언가를 건넸다. 명함이었다.

"주차장 관리인이 와서 말하길 좀 심하게 받았다는데. 차주가 이 앞 탑에듀 학원 강사래요."

길 건너에 있는 탑에듀 학원의 주차장이 학부모의 주차로 자주 만차가 되자, 그곳 강사들이 돈을 내고 이 빌딩의 주차장 이용권을 끊어 사용한다는 건 이미 들어 알고 있는 터였다.

"그런데 강의 시작 직전이라 시간이 없다면서 명함을 주고 가더라네요. 점심 때 병원으로 찾아뵙겠다고 하면서. 주차장 관리인도 차 주인을 잘 아는지 뺑소니는 아닐 거라고 하고요."

태하는 김 실장이 건넨 검은색 명함을 보았다.

[Grace Seo]

금박으로 새겨진 이름 아래 핸드폰 번호만 달랑 쓰여 있었다.

"다음 예약 환자는요?"

"사거리에서 막혀서 10분 정도 늦으실 것 같아요."

가운을 벗은 태하는 지하 주차장으로 내려갔다. 그를 발견한 주차장 관리인이 한걸음에 다가왔다.

"아이구. 원장님 많이 놀라셨죠. 운전이 미숙한 아가씨는 아니었는데, 웬일인지 쾅 소리가 나서 보니 이렇게 되어 있지 않겠어요."

운전이 미숙하지 않다고? 찌푸린 눈으로 10년간 사고 한 번 없었던 차 범퍼에 푹 찍힌 흔적을 보았다. 깨진 라이트와 찌그러진 보닛을 살피는 그의 눈치를 보며 주차 관리인이 덧붙여 말했다.

"아주 야무지고 싹싹한 아가씨인데 어쩌다가 이런 사고를 냈는지."

차를 이 정도로 만들었으면 그 야무지고 싹싹한 여자와 차도 멀쩡하지는 않을 듯싶어 한숨을 삼키며 물었다.

"그분이랑 차는 괜찮나요?"

"아, 아가씨는 괜찮고, 차는 기스만 갔던데요."

주차 관리인이 가리킨 자리에는 막 출고되어 나온 듯 반짝반짝 광이 나는 빨간색 스포츠카가 있었다.

주차 관리인이 허허, 사람 좋게 웃으며 말했다.

"비싼 차는 잘 찌그러지지도 않나 봐요."

"812 슈퍼패스트라고?"

그가 말한 차 모델에 준호가 흥분해서 되물었지만, 배달 도시락을 먹는 태하는 아무 대꾸도 하지 않았다. 그러자 선배 정근이 말을 이었다.

"탑에듀 학원이 국내 입시 학원 중에 제일 잘나가잖아. 주차장에서 가끔 봤는데, 강사들이 벤츠 정도는 흔히 몰고 다니더라. 1타 강사들은 연봉이 수억 대라니, 슈퍼카 정도야 뭐 껌이겠지."

"그냥 슈퍼카가 아니라고요, 선배. 그 차 국내 출시가가 5억은 족히 될 텐데."

그렇게 비싸냐며 눈이 휘둥그레진 정근에게 준호가 물었다.

"그런데 1타 강사가 뭐예요?"

"가장 많은 학생이 수강하는 스타 강사를 1타 강사라고 하잖아. 요 앞 학원도 그런 강사 수업 시간에는 앞자리에 앉으려고 번호표 받고 기다리는 애들 엄청 많다고 들었어. 요즘은 인강이라고 인터넷 강의도 하니까, 그거 다운 받아서 보는 애들까지 하면 어마어마하게 벌겠지. 그래도 웬만한 아파트 전셋값 차를 몰다니 대단한 여자긴 하다. 태하, 네 차 상태는 어떤데?"

"조금 박혔어요."

"아깝네. 그동안 무사고로 깨끗하게 탔는데. 그러게 차만 좋으면 뭐 하나. 운전 실력이 안 따라 주는 걸."

널리고 널린 주차 공간을 내버려 두고 맨 안쪽에 세워 둔 그의 차 범퍼가 박힌 이유는 태하 역시 이해하기 힘든 터였다.

"그나저나 아까 나한테 상담 온 아가씨 봤어? 아나운서 준비한다는."

몇 번 뵌 적이 있던 정근의 장모님께 인사를 드리며 옆에 있던 젊은 여자를 본 것 같긴 했지만, 정확히는 기억이 나지 않았다. 태하가 고개를 젓자 준호가 대신 물었다.

"미인이시던데. 뭐 하기로 했어요?"

"콧등이 살짝 휘어 있기에 그것만 하기로 했어. 본판이 좋아 딱히 손볼 데가 없더라고. 그런데 그 아가씨 어머님이 태하 애인 있냐고 묻더라."

준호가 오오, 하며 그를 쳐다보았지만 태하는 젓가락질을 멈추지 않았다.

"그래서 천연기념물 모쏠이다 말씀드렸더니, 눈을 반짝이시며 자기 딸이랑 소개팅해 볼 생각 없으시냐던데."

"그러고 보면 은근 얘는 어르신들한테 잘 먹히더라고요."

"젊은 여자들한테도 잘 먹혀. 얘가 튕겨서 그렇지. 태하, 너 생각 없어? 집안도 괜찮아. 아가씨도 예쁘고 성격 좋던데."

그가 대답 대신 도시락 뚜껑을 닫고 일어나자 준호가 물었다.

"왜 벌써 일어나?"

"사고 낸 사람 점심 때 찾아온다고 했어요."

그가 식당 겸 탕비실을 나가자 정근이 질린다는 표정으로 고개를 내저었다.

"준호 너랑 고등학교부터 동창이랬지. 옛날에도 저랬냐?"

"뭐가요?"

"온몸에 두르고 있잖아. 노란 폴리스 라인처럼 여자 접근 금지 테이프."

정근의 말에 준호가 푸흡, 입을 가려 튀어나오려는 음식을 막았다.

"옛날이나 지금이나 봉래산 제일봉의 낙락장송처럼 저 혼자 독야청청했죠."

"지가 성삼문이야? 무슨 절개를 지킨다고 저래. 진짜 여자 없었어? 저 얼굴에 여자가 없었다는 게 말이 안 되는데."

"윤태하 인생에 여자는 한 명밖에 없잖아요."

"여자, 누구?"

"어머님이요."

준호의 대답에 정근이 고개를 주억거렸다.

"맞다. 어머니한테는 진짜 유난한 놈이었지. 기일 다가오지 않아? 이맘때쯤이었던 것 같은데."

"아마 3월 초였을 거예요."

"연세도 안 많으신데, 녀석 장가가는 거나 보고 눈 감으시지."

"장가를 가야 보는 거죠."

딸랑, 울리는 종소리에 이어 들리는 여자 목소리에 둘의 대화가 일시에 멈췄다. 정근이 소리 없이 '슈퍼카?' 하고 물으니 준호가 일어나 살짝 문을 열고 밖을 살폈다. 잠시 돌아와 자리에 앉은 그에게 정근이 다그쳐 물었다.

"어때, 젊어?"

"젊어요."

"예뻐?"

"아까 그 아나운서보다 훨씬 더 예뻐요."

"그으래?"

아, 얼굴이나 볼걸, 하며 아쉬운 눈으로 문 쪽을 보는 정근에게 준호가 오묘한 표정으로 말했다.

"그런데 형, 나 저 여자 아는 여자 같아요."

김 실장이 나가고 문이 닫혔다. 문 앞에 선 여자는 눈동자를 굴려 5평 남짓이나 하는 원장실을 둘러보았다. 6000켈빈의 주광색 조명 아래 새하얀 벽의 한편에는 의서가 빼곡히 꽂혀 있는 책장이, 다른 쪽에는 몬드리안 그림 액자가 있었고, 반대편에는 블라인드가 반쯤 쳐진 창문과 2인용 소파가 있었다. 그리고 그 사이에 [성형외과 전문의 윤태하]라고 쓰인 명패를 둔 월넛 책상 앞에 선 남자에게로 시선이 멈췄다.

"앉으라고 안 해요?"

놀랍도록 태연한 질문에 오히려 정신이 든 건 그였다.

"앉아."

태연함을 가장한 손끝을 뻗어 맞은편 의자를 가리켰다. 여자가 환자용 스툴에 앉자 태하는 메모꽂이에 넣어 둔 명함을 보았다.

[Grace Seo. 은혜 서. 서은혜]

뇌리를 치고 지나가는 깨달음에 후회의 신음을 물었다. 어떻게 너란 걸 몰라봤을까. 어떻게 너란 걸.

마지막으로 보았던 게 6년 전, 그사이 여자의 갈색 머리카락은 짧아져 부드럽게 웨이브 져 있었고, 앳됨이 사라진 얼굴은 또렷한 이목구비와 세련된 화장술에 힘입어 화려한 미모를 더욱 돋보이게 했다. 콧등과 광대뼈 언저리에 흩뿌려져 있던 주근깨도 보이지 않았다. 변한 듯 변하지 않은 여자의 모습에서 저도 모르게 옛 흔적을 찾고 있는 한심한 자신을 자조했다.

6년, 2190일, 자그마치 5만 2560시간의 시간이었다. 길가에 굴러다니는 돌멩이라도 변하지 않았을 리 없는 세월이었다. 모든 게 바뀌었다고, 지금의 둘은 그때의 윤태하도, 서은혜도 아니라고 생각하면서도 가슴이 아프도록 뛰는 것은 어쩔 수가 없었다. 쇠사슬로 꽁꽁 동여매 놓은 운명의 수레바퀴가 덜커덩거리며 돌기 시작했다.

"차는."

"원래."

둘이 동시에 말을 꺼냈다. 태하가 고개를 끄덕였다.

"먼저 해."

"흉부외과 지원한다고 하지 않았어요?"

"전과했어."

명패를 째려보고 있던 여자가 그의 여상한 어조에 얼굴을 찌푸렸다. 마치 믿을 수 없단 듯한 그런 표정으로.

"전과를 했다고요?"

그녀의 표정에 담긴 의미를 알지만, 이유를 설명할 필요성을 느끼지 못했다.

"너야말로 미국에 있는 줄 알았어."

"대학 마치고 한국 들어왔어요. 한 비서님은…… 잘 계시죠?"

망설이듯 물어 오는 질문에 심장이 욱신대는 걸 익숙하게 숨긴 그가 얕게 고개를 끄덕였다.

"은주 누나랑 아저씨는?"

"잘 지내세요."

오래전 동네 이웃처럼 주거니 받거니 안부 인사를 건네고 나자 다시 적막이 흘렀다. 지척에 두고도 몰랐으니 그보다 나은 사이였다 우길 수도 없는, 아니 차라리 이렇게 만나지 않았으면 더 좋을 사이였다.

"우리…… 거제도 이후로 6년 만이네요."

딸깍하고 기억의 스위치를 올리자, 파도가 빠져나가며 촤르르 돌 부딪히는 소리가 가득했던 몽돌 해변이, 여자의 입술처럼 붉은 꽃잎이 양탄자처럼 깔려 있던 오솔길과 뚝뚝 낙화하던 동백꽃의 추억이 우르르 몰려왔다.

그만. 덮쳐 오는 기억의 파도에 숨이 막힐 것 같아 눈을 돌렸다. 푸르렀던 거제도의 기억 대신 빵빵거리며 사거리를 가득 메운 차들과 하늘을 막고 쑥쑥 솟은 빌딩들, 그리고 유리창에 비친 그와 그녀가 보였다. 이 만남을 그만 끝내는 게 좋겠다는 생각이 들었다.

"차는 괜찮으니까 걱정하지 마."

"어떤 상탠지 보긴 했어요?"

"봤어. 정비소에 맡기면 되니까 신경 안 써도 돼."

방어벽을 감지한 듯 고양이처럼 살풋 치켜 올라간 여자의 눈매가 제법 사나워졌다.

"더 세게 박았어야 했나 봐요. 그걸 보고 괜찮다는 걸 보니."

세월이 흘렀어도 그 성질머리는 어딜 가지 않은 모양이었다. 그만. 봇물처럼 자꾸만 흘러나오는 기억에 호흡을 고른 태하가 말했다.

"어차피 연식도 오래된 차고, 고쳐서 타면 돼."

자리에서 일어난 여자는 핸드백에서 미리 준비해 둔 하얀 봉투를 꺼내 테이블 위에 놓았다.

"알다시피 빚지고는 못 사는 성격이라."

봉투에서 고개를 들어 여자를 보자 그녀가 손을 내밀었다.

"반가웠어요."

곱고 하얀 손을 올려다보던 태하는 손을 내밀어 잡았다. 미지근한 온기가 전해지기도 전에 손을 거둔 여자가 방을 나갔다. 긴 한숨을 내쉰 그는 의자를 돌려 창문을 바라보았다. 뾰족뾰족한 마천루가 눈이라도 올 듯 잔뜩 흐린 하늘을 힘겹게 지고 있었다.

퇴근 후 준호가 잘 안다는 카센터에 차를 맡겼다.

"월요일에 찾으러 오시고, 현금으로 95만 원이요. 죄송하지만, 카드는 안 되거든요."

사장이 미안한 표정으로 말하자 태하는 그 자리에서 바로 계좌 이체를 하고 준호의 차에 올랐다.

"오랜만에 삼겹살에 소주 한잔할까?"

"차는 어쩌고?"

"너희 집에서 하룻밤 자고 가면 되지. 정근이 형 말대로 집에

가면 반겨 주는 처자식이 있는 것도 아닌데, 꼬박꼬박 퇴근 도
장 찍을 필요 있나."

삼겹살집은 주말 저녁이라 그런지 몇 테이블 말고는 손님들
로 차 있었다. 기름때에 누렇게 바랜 '국내산 삼겹살' 종이가 붙
은 벽 자리에 앉아 삼겹살과 소주 한 병을 시켰다. 잔을 채우던
준호가 불판에 삼겹살을 얹는 태하를 흘끔 쳐다보았다.

"그 여자 맞지?"

"……."

되묻지 않는 걸 보니 그가 무슨 말을 했는지 모르는 건 아닌
게 분명했다.

"워낙 쉽게 잊힐 타입이 아니라서."

길거리를 지나다 한 번쯤 뒤돌아볼 만한 미모는 그렇다 쳐
도, 그 도도하고 자존심 센 성격은 쉽사리 잊기 힘든 여자임이
분명했다. 하지만 더 결정적 이유는 윤태하의 인생에 존재하는
거의 유일한 가족 외의 여자라는 점 때문이었다.

"입시 학원 강사래?"

"안 물어봤어."

독한 놈.

"이렇게 가까이 있는데도 서로 모르고 지냈네. 그러고 보면
참 둘이 묘한 인연이긴 하다. 끝인가 싶으면 또 만나고, 이제
끊어졌다 싶으면 다시 만나고."

"인연이 아니라 악연이지."

식당 소음에 묻힌 말에 준호가 '뭐라고?'라고 물었지만 태하

는 대답 대신에 소주병을 들어 제 잔을 채웠다. 쪼르륵 채운 술은 정확히 10분의 7.

"오늘 너희 집에서 자고 내일 우리 집 가서 해장국 끓여 달라고 할까? 우리 박 여사가 언제 너 밥 한번 먹으러 집에 들르라고 하던데. 얼굴 본 지 너무 오래된 것 같다고."

"무슨 민폐야. 다음에 정식으로 초대해 주시면 가야지."

"십년지기 친구 사이에 무슨 초대씩이나. 그냥 오는 거지."

"아이고, 고기 다 타네. 뭐 하고들 있어. 뒤집어야지!"

지나가던 서빙 이모의 핀잔에 준호는 얼른 집게를 들어 삼겹살을 뒤집었다. 흘끔 쳐다보니 양은 테이블에 놓인 태하의 잔은 벌써 비어 있었다. 고기가 익기도 전에 두 잔째, 술을 즐기지 않는 녀석치고는 예외적으로 빠른 속도였다.

준호가 다시 소주병을 들자 태하는 사양 않고 잔을 들었다. 뭘 비우고 싶어서 대신 술을 채우려는 건가. 취하고 싶은 건가. 왜, 무엇을 잊고 싶어서. 하지만 시종일관 덤덤한 표정은 아무 감정의 파동도 읽히지 않았다.

"우리 박 여사가 예전에 한 말이 있다. 태하 너 보면 딱 한옥 같다고."

평당 4천만 원이 넘는다는 한남동의 고급 빌라 단지부터 한옥 호텔의 새로운 장을 열었다는 평을 듣는 아란 호텔까지 설계한, 건축계에서 세 손가락에 꼽히는 마인 건축 사무소의 대표가 준호의 아버지였고, 어머니는 인테리어 디자이너였다.

"조용해서?"

"나도 그렇게 생각해서 물었거든. 그랬더니 왜 조용하고 고즈넉한 줄 아냐고 되물으시더라."

"왜 고즈넉한데?"

"나무는 습성상 철근 콘크리트나 다른 어떤 건축 자재에 비해 충격 흡수가 좋대. 지진이 나도 파동을 흡수해서 충격이 덜하고, 건조하면 습기를 내뿜고, 축축하면 습기를 빨아들이고. 자외선을 흡수해서 눈의 피로도 덜하고 흡음성이 좋아서 조용하고. 그래서 한옥이 조용한 거라고."

태하가 삼겹살을 잘라 사이드에 먹기 좋게 놓자 준호가 젓가락을 들며 말했다.

"어렸을 땐 무슨 말인지 이해 못 했는데, 나이가 드니까 무슨 말인지 알겠더라. 시간이 지나니까 자연히 말이야."

너는 모두 네 안에 흡수하는 녀석이라는 걸. 기쁨, 슬픔, 괴로움과 번민까지도 모두 제 안에 빨아들이고 아무렇지 않은 듯 있는 놈이라는 걸.

강남 8학군에서 나고 자란 그가 한창 한옥에 미친 부친 덕에 성북동으로 이사를 하며 고등학교 1학년 때 태하를 만났다. 전학생에 대한 담임의 배려로 반장인 태하와 짝이 되었고, 타고난 둘째의 빠른 눈치로 준호는 그를 파악했다. 이런 쉰내 풀풀 나는 남고가 아닌 남녀공학이었다면 난리가 났을 얼굴인데. 어딘가 그늘져 보이는 인상이었으나 지나치게 반듯한 분위기가 그를 상쇄해 주고도 남았다. 반장이니 성적도 나쁘지 않을 테고. 의외였던 건 고지식한 원칙주의자임에도 불구하고 아이들에게 꽤 신망 높은 반장이란 것이었다. 준호 역시도 몇 번의 경험이 있기에, 포유류와 조류 사이의 박쥐 취급을 받으며 이쪽 저쪽에서 다 욕을 먹는 게 허울 좋은 반장이란 걸 잘 알고 있었다. 하지만 곧 녀석에게서 풍기는 나이답지 않은 아우라가 그 이유라는 걸 알게 되었다.

그리고 얼마 뒤 치른 기말고사에서, 강남 유수의 고등학교에서도 내신 1등급을 놓쳐 본 적이 없던 그가 윤태하에게 무참히 깨진 후 손을 내밀며 말했다. 친구가 되자고. 전 과목 백 점을 맞는 괴물을 적으로 두긴 싫으니까. 그때 친구가 되었기에 망정이지 한국 의대 수석 졸업한 놈이랑 싸우겠다고 덤볐으면 고교 내내 인생이 지옥이었을 게 뻔했다.

술병이 빈 걸 알아챈 준호가 손을 드는 찰나에 태하가 입을 뗐다.

"시간이 지나면 다 깨달아져?"

"……?"

"여전히 모르겠는 답은 얼마나 시간이 지나야 깨달아질까?"

서빙 이모가 테이블에 새 소주를 놓고 가자 준호가 병을 들어 뚜껑을 열며 되물었다.

"네가 모르는 답도 있냐? 세상 답 다 알고 있는 놈인 줄 알았는데."

쪼르륵, 잔에 채워지는 무색투명한 술을 보며 태하가 물었다.

"열차가 오고 있어. 이쪽 선로에는 다섯 명이, 다른 선로에는 한 명의 사람이 서 있고, 내게 선로를 바꿀 수 있는 장치가 있다면 어떻게 해야 할까?"

"그거 마이클 샌델의 트롤리 딜레마잖아. 정의란 무엇인가. 다수를 위한 소수의 희생, 공리주의, 윤리적 딜레마."

까마득한 기억을 깨워 대학 윤리학 강의 때 배웠던 걸 떠올린 준호가 답했다.

"당연히 다섯 명을 살리는 쪽을 택해야지. 5대 1인데."

"그래……. 그렇지."

대답에 실린 나직한 한숨을 눈치챈 준호가 물었다.

"그 그렇지는 무슨 의미의 그렇지야?"

"……."

"혹시 그거 네 얘기냐?"

준호의 물음에 대답 대신 잔을 기울이자 꼴깍하고 목구멍으로 넘어가는 소리와 함께 목울대가 올라갔다 내려왔다. 소주의 쓴맛 때문인지 아니면 다른 무엇 때문인지 찰나에 찌푸려진 미간은 금세 제자리를 찾았다. 마치 빈 소주잔처럼 아무 일도 없었다는 듯, 아무것도 없다는 듯.

징그러워. 확실히 징그러운 놈이야.

"내가 진짜 15년을 넘게 알아도 네 속을 모르겠다만, 그거 하나는 알지."

"뭘?"

"네가 그 여자애 못 잊고 있다는 거."

앤

12년 전.

번화가의 정류장에 멈춘 버스가 사람들을 토해 냈다. 그중에도 키가 우뚝 한 뼘 이상 솟은 남자가 백팩을 추슬러 메고는 아직 봉오리만 맺힌 벚꽃나무가 즐비한 인도로 성큼성큼 빠르게 나아갔다. 15분 남짓 걸어 도착한 빌딩의 엘리베이터 대신 계단을 올라 단숨에 3층 사무실의 문을 열었다.

"안녕하세요."

다수를 향한 인사에 파티션 안에 앉아 있던 사람들이 고개를 들어 그를 반겼다.

"태하 왔구나. 한 비서님. 아드님 오셨어요."

웅성거림에 저 안쪽 책상에 앉아 있던 여인이 한달음에 달려와 그를 맞았다.

"왔어. 점심은?"

하며 얼른 그의 어깨에서 전공 책으로 묵직한 가방을 벗겨 냈다.

"아직요. 급하게 전화하셔서, 시키실 일 있나 해서 뛰어왔는데."

정연이 다니는 회사는 '삼해 김 주식회사'로, 김을 가공해서 유통 판매하는 회사였다. 사무실은 그리 크지 않았지만 대천, 서천 인근 공장 세 개에 직원만 백 명이 넘는 꽤나 튼실한 중소기업이었다. 이곳에서 정연이 비서로 일한 지가 벌써 10여 년이 넘었고, 모든 직원들이 가족처럼 지내는 분위기라 종종 급하게 전할 서류가 있다거나 일손이 부족할 때면 태하도 일을 도왔던 터였다.

"미안해. 같이 점심 먹자고 부른 건데. 도서관에서 공부하다 또 컵라면으로 대충 때울 것 같아서 조금 호들갑을 떨었네. 오랜만에 제육불고기 어때?"

"그 고기는 내가 사면 안 될까?"

안쪽 사무실 문이 열리며 중년의 남자가 나서자 태하는 꾸벅 고개를 숙여 인사를 건넸다.

"안녕하세요. 사장님."

단정한 양복 차림에, 키가 크진 않았지만 호리호리한 체격의 남자는 사람 좋은 웃음을 흘리며 그의 어깨를 끌어안았다.

"아이고. 우리 태하 얼마 만이야. 얼마 못 본 사이에 더 큰 것 같다? 태하 키가 몇이야, 한 비서?"

"185센티요."

"의사가 아니라 모델이 되려고 이러나. 얼굴 잘났지. 키 크지. 머리 좋지. 정말 뉘 집 아들인지 너무 갖고 싶다."

어렸을 때부터 태하를 유달리 아껴 온 걸 잘 아는 정연은 웃으며 말했다.

"사장님도 예쁘고 똑똑한 따님 둘이나 있으시잖아요."

그에게는 경성대 법학과 4학년에 재학 중인 큰딸과 서원외고 2학년인 둘째 딸이 있었다.

"예쁘지. 예쁜데, 딸만 있는 아빠는 늘 듬직한 아들이 그리워. 가자. 태하 오랜만에 보는데, 내가 꽃등심 사 줘야지."

꽃등심이란 말에 귀가 솔깃한 다른 직원이 물었다.

"사장님. 저희도 같이 동석하면 안 되겠습니까?"

"오랜만에 아들 녀석이랑 데이트하는데 눈치 없이 끼어들게? 우리 김 대리는 다음 회식 때 꼭 사 줄게."

회사에서 멀지 않은 고깃집에 정연과 태하, 서 사장이 앉았다.

"2학년이지? 학교 공부는 어때? 힘들지 않아?"

"아직 본과 시작 전이라 많이 힘들진 않습니다."

서 사장이 고기를 구우려 하자 얼른 태하가 집게를 잡고 달궈진 불판에 올리기 시작했다. 무릎을 세우고 고기를 굽는 그를 바라보는 눈빛에는 애정이 뚝뚝 떨어졌다.

"진짜 잘 컸다. 한 비서가 아들 하나는 잘 키웠어."

"제가 안 키웠어요. 저 혼자 저렇게 잘 자라 준 거죠. 힘 하나도 안 들이고 공으로 얻었다니까요."

반듯하게 티슈를 접어 깔고 수저를 놓는 정연을 바라보는 서 사장의 눈빛에는 연민이 어렸다. 말은 저렇게 해도 젊은 여자 혼자서 아이를 키운다는 게 얼마나 힘든지, 그동안 얼마나 고군분투하며 살았는지 옆에서 지켜본 그가 누구보다 잘 알고 있었다.

"태하가 2인분, 한 비서가 2인분 먹어야 해. 사내놈이 당연히 그 정도는 먹을 수 있지?"

"비싼 걸 뭘 이렇게 많이 시키셨어요? 제가 2인분을 어떻게 먹는다고요."

정연이 뭐라 하자 서 사장이 나뭇가지마냥 가는 손목을 보며 혀를 찼다.

"아이고, 2인분도 못 먹어? 그렇게 참새 모이처럼 먹으니 살이 안 찌지. 별수 있나, 남은 건 태하가 다 먹어야지."

"사장님도 드세요."

"두 분이나 많이 드시게. 나는 혈압 높아서 많이 먹으면 안 되는 줄 알면서 그래."

"그럼 이 시금치 좀 드셔 보세요."

반찬 그릇을 주거니 받거니 하는 둘의 모습은 꽤나 친숙한 분위기를 풍겼다. 규모가 크지 않은 중소기업인데다 서 사장이 워낙 성격이 좋아 직원들 모두 가족 같은 분위기이기도 했지만, 직원이 서너 명뿐이던 시절부터 같이 일해 온 터라 특히나 둘의 인연은 깊었다. 결국 5인분의 꽃등심이 그득 쌓인 접시가

다 비워지자 서 사장이 만족스러운 얼굴로 말했다.

"태하 언제 시간 나면 나랑 목욕탕이나 가자. 예전에는 종종 가고 그랬는데, 어느 때부턴가 자꾸 빼네. 저 녀석이."

서 사장의 말대로 거뭇거뭇 수염이 나면서부터는 그를 따라 목욕탕 가는 일을 피했지만, 어린 시절에는 그의 손에 이끌려 종종 회사 근처 목욕탕을 갔었다. 초등학교 3학년 때인가, 어른 남자와의 목욕은 처음이라 당황스러웠던 감정 때문인지 그날의 기억은 선명했다.

배배 몸을 꼬는 그의 옷을 홀딱 벗겨 김이 모락모락 올라오는 탕에 집어넣은 서 사장은 온몸이 발개질 쯤 그를 꺼내 때를 밀어 주고는 등을 보이며 나도 좀 밀어 다오, 하셨다. 그 등이 너무 넓었다. 광개토 대왕이 누비던 만주 벌판보다 더 넓어 보였다.

"세월이 참 언제 이렇게 흘렀네. 그 조막만 한 손으로 등 밀어 준다고 끙끙댔는데, 이제는 네 등이 나보다 넓겠다."

태하는 희끗희끗한 서 사장의 귀밑머리를 보았다. 까마득해 보였던 그의 등도 더 이상 만주 벌판처럼 넓어 보이지 않았다.

"언제 한번 같이 가세요. 등 밀어 드릴게요."

태하에 말에 서 사장이 웃었다.

"그래, 그래. 한번 가자. 의대 공부 하느라 바쁠 텐데 아르바이트할 시간은 없지?"

"1년 동안 과외 했는데, 아이가 이번에 대학 들어가느라 잠깐 쉬고 있어요."

"그래? 운전면허는? 차는 좀 몰 줄 알아?"

"네. 대리 알바를 좀 해서 할 줄은 압니다."

의대 공부 할 놈이 운전 알바는, 하며 안쓰러운 표정의 서 사장이 말했다.

"그러면 너 알바 좀 해라. 화, 목 4시에서 7시까지 수학 과외인데, 내가 알바비는 섭섭지 않게 줄게."

"누구 과외데요?"

정연의 질문에 서 사장이 말했다.

"우리 집 둘째 딸."

서원외고에서 살짝 떨어진 길가에 차를 멈춰 세운 태하는 시간을 확인했다. 4시 3분. 다행히 이제 막 하교하는 학생들이 교문에서 우르르 빠져나오고 있었다. 저 중에 그 아이가 껴 있을까. 하지만 그는 그녀의 얼굴을 몰랐다. 서 사장님의 첫째 딸인 은주 누나는 어려서부터 자주 보아 막역한 사이였지만, 미국에 사는 이모와 있는 둘째 딸은 한 번도 얼굴을 본 적이 없었기 때문이었다.

부인이 죽었을 당시에 너무 어리고 몸도 약했던 터라, 이모가 10년을 넘게 돌봐 주다가 얼마 전에 귀국해서 드디어 세 식구가 다 같이 살게 됐다며 좋아하던 서 사장의 얼굴이 떠올랐다. 그 아이도 그를 모르겠지만, 픽업을 같이 부탁받은 터라 서 사장님이 내준 차를 몰고 왔으니 잘 찾아올 거라 믿었다. 여차하면, 번호를 알아 뒀으니 전화를 하면 되고.

일부러 그에게 과외 자리를 주려고 한 제안임을 모르지 않았다. 너만큼 똑똑한 과외 선생을 어디서 구하겠냐고 너스레를 떠셨지만, 그 금액이면 그보다 더 나은 과외 선생을 구하고도 남을 과외비였다. 정연에게 보너스라며 그의 의대 첫 등록금까지 내주신 걸 생각하면 더 받는 것은 도리가 아니라, 죄송스러워 안 되겠다고 그냥 가르쳐 주겠노라 말씀드렸다. 하지만 곧 2학기인데 열심히 해서 학비 보태야지 네 엄마 허리가 덜 휘지 않겠느냐며, 네 학비는 네가 벌어야지라는 꾸지람만 들었다.

'잘 부탁한다. 고 녀석이 머리는 나쁘지 않은데, 뿔난 망아지 같아서 다루기가 영 쉽지 않을 거야.'

헤어지며 건넨 서 사장의 말이 귓전을 스치는 동안 한산해진 교문 앞에서는 학생들이 드문드문 보일 뿐이었다. 태하는 핸드폰을 꺼내 문자를 보냈다.

[윤태하야. 아직 안 끝났니? 교문 앞에서 기다리고 있는데.]

10분을 기다렸지만 아무런 답문이 오지 않자 태하는 차에서 내렸다. 시간은 벌써 4시 20분, 아무도 없는 교문 앞에 선 태하는 통화 버튼을 눌렀다. 신호는 가지만 전화는 불통이었다.

아직 학교에 있나? 아니면 혹시 깜빡 잊고 그냥 가 버렸나?

전화를 끊었다가 다시 전화를 거는 순간 어디선가 희미하게 전화벨 소리가 들렸다.

— 지금은 전화를 받을 수 없사오니…….

끊고 다시 통화 버튼을 눌렀다. 그 순간 희한하게도 어디선가 다시 시작되는 전화벨 소리에 그의 핸드폰의 통화 연결음과 연결되어 있다는 생각에 닿았다. 무엇에 이끌리듯 전화벨 소리를 따라 교문 우측의 골목으로 들어갔다. 그곳에는 교복 차림의 여학생 넷이 있었다.

"네가 외국에서 오래 살다 와서 모르나 본데, 여긴 한국이야. 거기에선 어떻게 했는지 몰라도 로마에 왔으면 로마 율법에 따라야지."

안경 낀 여자애의 말에 그 쪽에서는 등만 보이는 여자애가 물었다.

"여기 율법은 어떤 율법인데?"

학교 폭력의 현장인가 했던 우려가 여자애의 목소리에 짙게 깔린 환멸에 조금 사그라졌다.

"너 팀워크 몰라? 너 혼자 독무 추고 노래 부르는 데 우리가 들러리 서 주는 학예회가 아니라 조별 발표라고. 왜 너 혼자만 튀려고 해?"

안경 낀 여자애 옆에 삐딱하게 서 있던 통통한 여자애도 덧붙였다.

"네가 혓바닥 굴리지 않아도 너 잘하는 거 다 안다고. 나 참, 외국 살다 온 애가 지 하나뿐인 줄 아나? 유학이다 어학연수다, 이 학교에서 외국물 안 먹어 본 애가 없어. 어디서 저 혼자 잘난 척이야?"

"그래서 너는 다녀왔니?"

되묻는 목소리에는 상황과 어울리지 않게 지루함이 묻어났다. 확실히 여자애들에게 당하고 있는 느낌은 아니었다.

"뭐?"

"유학, 어학연수 다녀왔냐고."

"당연히 다녀왔지. 캐나다에 1년 동안……."

"아, 그래서 네 발음이 그 모양이구나."

이제야 이해하겠다는 듯 등을 보인 여자애가 고개를 끄덕이자 통통한 여자애가 얼굴이 벌게져 소리쳐 물었다.

"뭐, 뭐라고?"

"네 발음 구리다고. 셋 다 마찬가지야. 계속 말했잖아. 연습 좀 더 해야겠다고. 계속 말했는데, 너희들이 무시했잖아. 안 고쳤잖아."

세상 한심스럽다는 듯한 말투에 여자애들 세 명의 얼굴이 동시에 붉으락푸르락해졌다.

"말해 봐. 같이 조별 발표하는데, 이렇게 처져서 레벨 낮게 받으면 그건 누구 탓이야? 그게 너희가 말하는 팀워크고, 못하는 애한테 맞춰서 같이 구리게 하자는 게 여기 율법이니?"

"이, 이게 진짜."

결국 못 참고 통통한 여자애가 팔을 드는 순간 등을 보인 여자애의 손에 들린 핸드폰이 벨소리를 토해 냈다. 공중에서 멈춘 팔을 흘끗 본 여자애가 물었다.

"때릴 거야, 말 거야? 바쁘니까 빨리 정해. 그래 봐야 나는 며칠 멍 때문에 쪽팔릴 거고, 너는 정학이나 당하지 않겠어?"

여자애의 여상한 말투에 통통한 여자애는 그 손을 돌려 뒷목을 붙잡았다.

"아오, 이게 진짜! 저거 뭘 믿고 저러지?"

"날, 내 실력을 믿는 거지. 정 나랑 같이 못 하겠으면 니들이 가서 말씀드려. 나 빼 달라고. 그럴 자신이 없으면 어쩌고저쩌고 떠들어 댈 시간에 연습이나 해 와. 그따위로는 같이 발표 못 하니까."

여자애가 뒤도는 순간 눈이 딱 마주쳤다. 그의 핸드폰에서는 여전히 통화 연결음이 울렸고, 여자애의 핸드폰에서는 계속 벨소리가 울리고 있었다. 어쩐지 여자애가 자기를 알아보는 것 같단 느낌이 들었지만, 그의 생각을 비웃듯 지나친 여자애는 골목을 빠져나갔다. 회색 교복 재킷의 어깨선까지 늘어뜨린 갈색 머리와 빨간색 백팩, 체크무늬 교복 치마 아래 곧게 뻗은 다리의 굽이 낮은 검은 구두가 그가 세워 놓은 차 앞에 멈췄다. 뒷좌석에 앉은 그녀가 차 문을 쿵 닫자 뿔난 망아지 같아서 다루기 쉽지 않을 거라는 서 서장의 말이 귓전에 다시 맴돌았다.

통화 종료 버튼을 누르고 뒤따라가 운전석 문을 열었다. 자리에 앉자마자 차 안을 떠도는 낯선 향기에 창문을 살짝 열며 말했다.

"앞으로 앉아."

뒤통수에 여자애의 시선이 닿는 게 느껴졌지만 고개를 돌리진 않았다.

"난 기사가 아니니까 앞으로 와."

잠시 기다리자 차 문이 열리더니 옆자리로 여자애가 앉았다.

"집으로 가면 되지?"

"네."

여자애의 대답에 시동을 걸며 참으로 대단한 첫 만남이라 생각했다.

서 사장님 댁은 학교에서 30분 거리의 강남에 위치한 아파트였다. 가끔 명절에 음식을 가져다 드린 적이 있어 위치는 잘 알고 있었다. 집에 들어가니 일하시는 아주머니가 그들을 맞으며 미리 전해 들은 듯, 곧 간식을 들일 테니 들어가 있어요, 했다.

방문을 열고 러그 위에 놓인 상 앞에 앉아 직접 뽑은 레벨 테스트용 문제지와 교재를 꺼내 놓았다. 서원외고로 전학을 온 지 한 달도 안 된 상황이라 정확한 성적을 알 수가 없어 중간 레벨과 중상위 레벨의 교재를 준비해 온 터였다.

하지만 오늘 여자애의 모습을 보건대 당장의 성적이 중요한 게 아니라 학교생활을 잘 이어 갈 수 있을지에 대한 걱정이 앞서는 게 사실이었다. 서 사장님께 말씀을 드려야 하나. 좀 더 지켜보고 말씀을 드리는 게 맞을까 고민하는 사이 그녀가 와 앉았다.

"윤태하야."

"서은혜예요."

"오늘 같은 일이 아니면 화요일 목요일 4시까지 늦지 않게 교문 앞으로 나와 줬으면 좋겠다."

"알았어요."

"30분 줄게. 풀어 봐."

여자애가 그가 내민 테스트지를 받아 들자 핸드폰으로 30분

알람을 지정하고 문제를 푸는 그녀를 보았다. 엄마를 닮았나. 언뜻 자매인 은주의 얼굴도 보이긴 했지만, 단아한 느낌의 누나와 달리 여자애는 좀 더 화려한 이목구비를 가지고 있었다. 동그란 이마 아래 슬쩍 치켜 올라간 눈매와 자그마하지만 또렷한 콧망울과 입술로 이어지는 선이 도도한 꽃 같았다.

"그만 쳐다보시면 안 돼요? 집중을 못 하겠는데."

고개를 들지 않은 채 나지막이 흘리는 여자애의 한숨 소리에 오해를 살까 싶어 저답지 않게 얼른 변명을 늘어놓았다.

"미안. 얼굴이 은주 누나를 많이 닮진 않은 것 같아서."

"언니는 아빠 닮았고, 전 돌아가신 엄마 빼닮았대요."

정연도 자주 그 말을 했었다.

'태하 너는 엄말 꼭 빼닮았어. 이 길고 깊은 눈매며 인중 깊은 입술이며 곧은 등허리도 똑같아. 엄마가 꼭 너처럼 몸을 곧게 펴고 볕 좋은 마루에 앉아 책을 읽었지. 그러면 할머니가 정연아, 너도 언니처럼 저렇게 예쁘게 앉아 책을 봐야지 왜 맨날 엎드려 보니, 꾸중을 하셨어.'

정연은 어린 그를 안고 자장가처럼 엄마에 대한 이야기를 해주었다. 하지만 아빠 얘길 들어 본 적은 단 한 번도 없었다. 형체 없는 그림자처럼 아버지란 세상에 존재하지 않은 인물같이 느껴졌었다. 오히려 그에게 부정이란 감정을 처음으로 느끼게 해 준 이는 피 하나 섞이지 않은 남인 서 사장님이었다.

"다 했어요."

그녀가 테스트지를 내밀자 태하는 빨간 펜을 들었다. 30문항

중 틀린 것은 네 개. 고난도의 문제가 아닌 쉬운 문제를 틀려 의아함을 자아냈지만, 걱정했던 것보다 실력이 나쁘지 않아 안도가 됐다.

"미국에서는 어디까지 진도가 나갔니? 미적분은 배웠어?"

"미적분이 뭐예요?"

"Calculus 말이야."

"아. 아직 안 배웠어요. 학교 진도는 여기까지 나갔고요."

"좋아."

준비한 교재로 수업을 시작했다. 7시가 넘어 메모지에 꼼꼼히 숙제를 체크해서 주고는 가방을 챙겨 나가려는데, 현관문이 열리더니 익숙한 얼굴이 들어왔다.

"태하, 오랜만."

"안녕하세요."

그가 꾸벅 인사를 건네자 검은색 정장 치마 차림의 은주가 종아리를 들어 높은 굽의 구두를 벗으며 나란히 선 둘을 보았다.

"과외한다더니 오늘부터구나."

"네. 막 끝나고 가려는 참이었어요."

"저녁은? 저녁 먹고 가."

"괜찮습니다. 집에 가서 먹으면 돼요."

"지금 집에 가면 몇 시에나 먹으려고? 오랜만에 이야기도 나누고 그러게, 비서님 기다리시지 않게 저녁 먹고 간다고 말씀드려. 여사님, 저희 저녁 준비 좀 해 주세요."

결국 그를 다시 안으로 끌어다 놓은 은주가 편안한 옷으로 갈아입고 나와 여전히 교복 차림인 은혜에게 물었다.

"넌 왜 아직도 교복?"

"오자마자 과외 시작했는데 옷 갈아입을 시간이 어딨냐."

퉁명스러운 얼굴로 수저를 놓고 있는 동생의 엉덩이를 은주가 토닥이며 웃었다.

"귀여운 것. 싫다고 난리 치더니 그래도 조용히 과외받았나 보네."

"내가 언제 난리를 쳤다고 그래?"

질색하며 엉덩이에서 손을 떼어 내다 태하가 손을 씻고 오자 급히 입을 다물었다.

"이리 앉아. 태하야. 은혜 테스트 좀 해 봤어?"

"네. 미국이랑 여기가 커리큘럼이 달라서 레벨이 어떻다고 말하기는 힘든데, 기본기는 잘 다져져 있어서 걱정 안 하셔도 될 것 같아요."

"오올. 미국에서 놀기만 한 건 아니었나 보지."

"뭐라는 거야. 내 GPA가 3.9였는데. 그게 얼마나 대단한지 모르나 본데, 경성대 법학과 정도는 누워서 떡 먹기거든."

"그건 경성대 법학과 들어가고 나서 말하고."

손가락 끝으로 이마를 밀어내자 은혜가 이씨, 하며 고개를 털어 냈다.

"태하가 과외하는 날 학교까지 픽업도 해 주기로 했다며?"

"네."

"요즘 공장이 너무 바빠서 아빠가 픽업 문제로 고민이 많았거든. 버스 두 번 갈아타야 하는데, 얘가 아직 대중교통을 잘 모르는 데다 길치야."

"버스 몇 번 잘못 탄 거 가지고 길치는 무슨 길치냐."

"버스 몇 번 잘못 타면 길치 맞거든."

다시금 두 자매가 아옹다옹하며 싸울 기미를 보이자 태하가 중간에 끼어들어 말렸다.

"괜찮아요. 운전할 줄 아니까 드라이브 좀 한다고 생각하면 되죠."

"그래. 태하 네가 도와줘서 너무 고맙다. 아빠도 바쁘시고 나도 4학년이라 시간이 없고. 요즘 2차 시험에다 모의재판대회 다 뭐다 해서 준비할 게 많아서 저녁 같이 먹는 것도 되게 오랜만이거든. 우리 막내랑 이제 한 지붕 아래 살아서 너무 좋은데, 요즘 우리 집이 좀 그러네. 온통 낯선 것투성이라 혼자 힘들 텐데 학교생활은 잘하고 있는지."

한숨 섞인 걱정에 무언가를 오물오물 씹고 있던 은혜와 태하의 눈이 마주쳤다. 그 순간 둘 다 똑같이 낮에 있었던 일을 떠올렸단 걸 알아차렸다.

"우리 막내, 혹시 힘든 거 있으면 언니한테 꼭 말해."

"힘들 게 뭐 있어."

태연한 대답과 함께 여자애가 태하를 향해 슬쩍 고개를 내저었다. 여자애의 사인에 잠시 고민하던 그는 하는 수 없이 덧붙였다.

"걱정하지 마세요. 금방 적응하고 잘 지낼 거예요."

그의 답이 만족스러운 듯 새침한 눈꼬리를 내리까는 여자애의 모습에 실소가 흘렀다. 당연히 제 편을 들어 줄 줄 알았다는 표정이었다.

착각하지 마. 너 때문에 그런 거 아니니까. 좀 더 두고 보는 게 좋을 것 같아서 그런 거지.

"사실 내 동생이 야무지긴 엄청 야무지지. 어디다 내놔도 절대 기죽거나 당하고 살 애는 아니니까. 태하야, 얘 별명이 뭔 줄 아니?"

"하지 마아."

당황한 얼굴로 수저를 놓은 은혜가 은주의 입을 막으려 하자 은주가 얼른 몸을 물리며 말했다.

"하지 말긴 뭘 하지 마. 얘 별명이 서희빈이야, 서희빈."

서희빈?

"장희빈 있잖아. 무고의 옥을 보면 인현 황후를 저주했다는 죄로 숙종이 교만한 장씨한테 사약을 내리잖아. 거기서 안 마신다고. 네 이년들 내가 누군 줄 아냐고, 세자의 어머니라고 있는 패악 없는 패악을 다 부리지. 얘 진상 부릴 때 보면 진짜 똑같다."

"내가 뭘!"

은주가 붉으락푸르락하는 얼굴로 자리를 박차고 일어서는 동생의 어깨를 잡아 다시 자리에 앉혔다.

"뭘 창피하다고 그래, 선생님인데."

"누가 선생님한테 그런 얘길 하냐구!"

바락 대드는 모습에 은주가 혀를 쯧쯧 찼다.

"쟤가 저런다니까. 별명이랑 이질감이 전혀 없지. 명심해라, 서은혜. 언니한테는 그래도 태하한테는 그러면 안 된다고 아빠가 신신당부한 거 잊지 않았지?"

"한 번만 더 들으면 백 번인데 잊을 리가 있어?"

시큰둥하게 답하는 은혜의 등을 가볍게 때리며 말했다.

"까불지 말고. 내 오빠다 생각하고 말 잘 들어. 태하도 동생이라 생각하고 말 안 들으면 봐주지 말고 혼내고. 알았지?"

태하가 웃음으로 대답하자 은혜는 콧방귀를 뀌며 들릴 듯 말 듯 중얼거렸다.

"피도 안 섞였는데 오빠는 무슨 오빠."

다행히 다음 과외 날은 칼같이 4시에 교문을 나선 은혜가 차에 올라탔다. 태하가 시동을 걸자 그녀가 말했다.

"집에 아무도 없어요. 여사님 아파서 오늘 못 오신대요."

"그래?"

여사님이 계시건 안 계시건 과외하는 데는 아무 상관이 없었다. 하지만 열여덟 살, 스물한 살 남녀 단둘이 빈집에 있기에는 좀 그랬다. 어디로 가야 하지? 도서관으로 가야 하나? 고민하고 있는데 은혜가 벨트를 매며 말했다.

"집 근처에 언니랑 가끔 가는 카페 있어요. 따로 룸도 있으니까 거기로 가요."

차를 집에 세우고 그녀가 이끄는 대로 카페로 향했다. 서 사장님 댁에서 멀지 않은 카페의 2층은 그녀의 말대로 룸이 나눠져 있어서 공부를 하기는 안성맞춤이었다.

"난 캐러멜 마끼아또요. 디카페인으로 휘핑크림 적게, 캐러멜은 많이요."

태하가 황당한 눈으로 그녀를 쳐다보았지만, 은혜는 그러거나 말거나 교복 재킷을 벗어 의자에 걸고는 앉아 교재와 필통을 꺼냈다. 하는 수 없이 1층으로 내려온 태하는 캐러멜 마끼아또를 시켜 위로 올라왔다. 그가 잔을 놓자 매의 눈으로 커피 주문을 제대로 했는지 살핀 은혜가 그제야 입을 댔다.

"디카페인으로 먹을 거면 커피는 왜 마시는지 물어도 돼?"

"맛있으니까요."

그녀가 입술에 묻은 휘핑크림을 혀로 핥아 먹자 태하는 고개를 끄덕였다. 정답이네. 맛있어서. 물어본 내가 잘못이지.

조용히 입을 다물고 수업을 시작했다. 시간은 금세 흘러 7시가 되었다.

"사장님께서는 4시부터 7시까지 말씀하셨는데, 중간고사 전까지는 못 나간 진도를 나가야 하니까 당분간은 7시 반까지 하자."

싫다고 할 줄 알았던 여자애가 흔쾌히 고개를 끄덕였다.

"그렇게 하세요."

수업을 마친 그들은 카페를 나섰다. 어둠이 내려앉은 한적한 주택가는 가로등이 그 자리를 대신하고 있었다.

"가자. 바래다줄게."

당연하다는 듯 별 대꾸 없이 집 쪽으로 향하는 여자애의 뒤를 따랐다. 차에 탈 때는 몰랐는데, 교과서와 문제집으로 빵빵한 가방에 비해 여자애의 어깨가 너무 작아 보였다. 어렸을 때부터 몸이 약했다더니, 드센 성질과 달리 마르고 가는 체형이었다. 아직은 스산한 저녁 공기에 어깨를 옹송그려 모은 그녀가 아파트 입구에 멈춰 서자 태하가 말했다.

"조심히 들어가."

"배고파요."

어쩌라고, 하고 묻듯 그의 눈썹 사이가 좁혀졌다. 그러거나 말거나 당돌한 여자애는 제 의견을 피력하기에 여념이 없었다.

"떡볶이요. 떡볶이 먹고 싶어요."

얜 뭐지, 싶어 퉁명스레 대답했다.

"먹고 싶으면 먹어."

이번에는 여자애가 황당하단 듯 미간을 찌푸렸다.

"혼자 먹기 싫단 말이잖아요. 어차피 저녁 먹어야 하는 건 마찬가진데 같이 먹으면 좋잖아요."

저녁에 좋아하는 순두부찌개에 애호박전 해 놓을게, 했던 정연의 말이 떠올라 선뜻 대답을 못 하고 있자 여자애는 새빨갛게 달아오른 얼굴로 소리쳤다.

"싫으면 관둬요. 혼자 먹을 테니까."

그를 지나친 여자애는 아파트 단지 앞 상가의 분식집으로 들어갔다.

그에게 여자는 익숙한 존재가 아니었다. 정연과 할머니를 제외하고 여자라고는 주변에 아무도 없는 데다 남중, 남고 출신이고 의과 역시 여자가 많지 않았다. 그래서인지 여자 동기나 후배들과 좀처럼 어울리지 못했다. 그런 그를 두고 친구 준호는 혈관 속 DNA에 여자 염색체가 없어 얼굴만 번지르르하지 어디다 쓸데도 없는 놈이라고 혀를 차곤 했지만, 굳이 가까이할 이유가 없는 그로서는 불편함도 고칠 이유도 느끼지 못했다.

서은혜 역시 마찬가지였다. 보통의 과외 학생이라면 가까워지려 노력할 필요가 없었다. 하지만 서 사장님의 따님이었고 서 사장님이 특별히 부탁한 과외였다. 버스 정류장으로 향한 발걸음을 돌려 여자애가 간 분식집 안으로 들어갔다. 구석 자리에 홀로 앉은 그녀를 보니 슬그머니 불편한 마음이 올라왔다.

그래. 다시 생각해 보면 애초에 여자로 생각하면 안 되는 거였다. 겨우 열여덟밖에 안 된 애지 않은가. 은주 누나가 그를 대하듯 그 역시도 그렇게 대하면 어려울 것도 아닌 일을.

은혜의 맞은편 의자를 빼 앉으며 물었다.

"같이 먹자는 태도가 그러면 누가 너랑 먹고 싶겠니? 원하는 게 있으면 상대를 설득해야지. 너와 의견이 다르다고 화내고 떼 부릴 나이 아니잖아."

차분하게 타이르는 말에 속살을 씹은 듯 하얀 볼에 조그맣게 보조개가 팼다.

"미안해요."

생각지도 못한 빠른 사과에 놀라 여자애를 보았다.

"다음부터는 조심할게요. 언니가 그러는데, 한 번씩 지랄 버튼이 눌리면 제가 좀 그렇대요."

지랄 버튼은…… 또 뭐야. 입술을 꾹 문 태하가 말했다.

"나도 미안해. 일부러 그런 건 아니고 익숙지가 않아서 그 랬어."

"알았어요. 그럼 다음부터 신경질 부리지 않고 말하면 다 들 어주는 거죠?"

"아니. 오늘만 같이 먹는 거야."

단호하게 고개를 저은 태하는 입을 삐죽대는 여자애를 무시 하고 떡볶이와 김밥과 오뎅을 시켰다.

"집에 가면 아주머니랑 저녁 먹어요?"

네가 붙잡지 않았다면 같이 먹고 있었겠지, 라는 말 대신 시 간이 맞으면, 했다.

"전 일주일째 혼자 밥 먹고 있어요."

작년부터 중국으로 시장 진출을 시작하면서, 늘어난 수요를 위해 서천에 제4공장을 새로 짓고 있느라 정연도 주말까지 근 무를 하고 있는 상황이니 서 사장님이 바빠진 건 당연한 일이 었다.

"미국에선 어땠는데?"

"이모랑 이모부랑 같이 지냈는데, 자식이 없으셔서 두 분 다 절 많이 예뻐하셨어요. 거기선 혼자 밥 먹을 일이 많진 않았죠. 이제 익숙해져야 한다는 건 알아요."

애써 괜찮은 척 말하고 있었지만, 목소리에 어린 혼란스러움 과 외로움까지 숨겨지지는 않았다.

"이번 공장 일만 끝나면 좀 여유로워지실 거야."

그의 무심한 위로에 그녀가 고개를 끄덕였다. 조용히 접시를 비우는 동안 분식집 아주머니가 습관처럼 떡볶이를 뒤적거리는 소리만이 울려 퍼졌다.

"궁금한 게 있는데, 의대는 왜 들어갔어요?"

"의사 되고 싶어서."

"그런 거 말고 좀 더 특별한 동기나 소명 같은 건 없어요?"

"사람 목숨 구하는 사람이 되고 싶어서. 내 가족이나 아는 사람 중에 아픈 사람이 있다면 고쳐 주고 싶어서. 그만큼 보람 있을 것 같은 직업을 못 찾았거든."

그녀가 그를 빤히 바라보자 태하가 되물었다.

"왜?"

"울 엄마 급성 백혈병이었거든요. 진단받고 2주도 못 돼서 돌아가셨대요."

병환으로 돌아가셨다는 얘기는 들었지만, 직접적인 사인을 들은 건 처음이었다.

"그때 넌 몇 살이었는데?"

"여섯 살요."

관세음보살. 나무아미타불 관세음보살.

태어남도 인연이요, 돌아감도 인연인걸. 그 무엇을 애착하고 그 무엇을 슬퍼하랴.

생사고해 벗어나서 해탈열반 성취하사. 극락왕생하옵시고 모두 성불하옵소서.

관세음보살. 나무아미타불 관세음보살.

너무 커서 겹겹이 접어 올린 상복 차림으로 불당 앞에 앉아 절을 하는 여섯 살 소년의 귓전을 때리던 목탁 소리와 할머니의 눈물 섞인 염불 소리가 들리는 듯했다. 어째서 이 아이도 어린 나이에 그런 일을 겪어야만 했을까.

"솔직히 전 엄마가 죽었다는 것도 이해를 못 했어요."

여섯 살에게 죽음이란 어떤 의미인지 그도 잘 알고 있었다. 왜인지 모르게 눈물이 솟아나는 걸 꾹 참으며 뒤척이는 밤이면 정연이 '잠이 안 와?'라고 물었다. 그러면 이불 밖으로 자그마한 얼굴을 내밀고 물었다.

'엄마 언제 와요? 내일이면 와요?'

망설이던 정연의 아마 그렇게 빨리는 힘들 것 같다는 말에 그는 또 물었다.

'그럼 언제 날 찾으러 와요? 다섯 밤 자면요? 열 밤 자면요?'

엄마가 나를 보러 오지 않는다는 건 여섯 살 아이에게 절대 받아들여질 수 없는 현실이기에, 도돌이표처럼 끝나지 않는 의문에 영원히 엄마를 다시 볼 수 없다는 걸 깨달은 것은 몇 해가 더 지나고 나서였다. 새삼 그처럼 무섭고 외로웠을 여자애에게 동질감과 안쓰러움이 느껴졌다.

"잘 컸다고 하늘에서 기뻐하실 거야."

"그럴까요?"

"그럼. 이제 고2인데 진로는 정했어?"

"경영학과로 갈까 해요. 언니나 나 둘 중 한 명은 아빠 뒤를 이어 회사를 운영해야 할 텐데, 언니가 법학과 쪽으로 갔으니까요."

철부지에 제멋대로 공주님인 줄 알았는데. 조금 놀란 눈으로 보자 떡볶이를 오물거리던 그녀가 눈을 들어 그를 보았다. 시선을 돌리지 않고 뚫어져라 쳐다보는 눈동자는 유독 검고 커다랬다. 정연은 종종 그런 이야기를 했다.

'눈은 마음의 창이래. 우리 태하는 나중에 꼭 맑고 고운 눈 가진 여자를 만나.'

"서 사장님이 기특해하시겠네."

왜인지 모르게 시선을 돌리며 말하자 여자애가 뚱한 얼굴을 저었다.

"하나도 안 기특해하시던데. 그 성질머리로 어떻게 사람들 부리며 회사를 운영하겠냐고. 그냥 마음 편히, 언니든 저든 결혼하면 사위한테 물려주겠노라고 하셨어요."

서 사장님이라면 능히 그러실 분이라는 생각에 태하가 웃자, 은혜도 웃었다.

"그때 언니한테 말 안 해 줘서 좀 고마웠어요."

"어떤 거?"

"학교에서 있었던 일요."

"고마워할 필요 없어. 말 안 하겠다곤 안 했으니까."

여자애가 웃음기가 싹 사라진 얼굴로 말했다.

"계속 고마워하고 싶으니까 말하지 마세요. 별일도 아니고, 아빠랑 언니 걱정시키고 싶지 않단 말이에요."

부탁을 하려거든 좀 공손하면 좋겠지만, 저 성질머리에 쉽지 않겠지. 애초에 걱정시키고 싶지 않으면 그럴 일을 만들지 않으면 좋으련만, 타고난 성격상 그러기는 어렵겠지.

결국 젓가락을 놓은 태하가 물었다.

"걔들이랑은 조별 발표는 했니?"

"다음 주 월요일에 발표해요."

빤히 그녀를 바라보자 매운 걸 먹은 탓에 더 도톰해진 입술을 비죽거리며 되물었다.

"왜요? 애들이 나랑 안 하겠다고 할까 봐 걱정되세요?"

아니라고 답하고 싶은데 그러지 못 하는 그에게 여자애가 콧방귀를 흘리며 말했다.

"그러라고 해요. 그렇대도 상관 안 하니까."

그래. 본인도 상관 안 할 일을 그가 뭐라고 상관할 바는 아니었다.

"아무 말도 안 했어. 다 먹었으면 일어나자."

분식집을 나선 태하를 따라 나온 은혜가 나란히 걸었다. 아까보다 더 껌껌해진 거리를 걸어 아파트 앞에 도착하자 그녀가 인사를 건넸다.

"조심히 가세요."

"어서 들어가."

여자애의 뒷모습이 길쭉한 네모 문 사이로 사라지고 서 사장님 댁인 10층에 불이 들어온 걸 확인한 태하는 그제야 걸음을 뗐다.

"시험 잘 보면 뭐 해 줄 거예요?"

다 푼 중간고사 대비 기출문제지를 내밀며 여자애가 물었다. 빨간 펜으로 동그라미를 칠하며 태하가 되물었다.

"날 위해 시험 잘 봐?"

"제가 잘 봐서 나쁠 것도 없잖아요? 과외 선생님이 가르치는 학생이 성적 올라가면 같이 좋아하고 축하해 줘야 하는 거 아니에요?"

하여간 한마디도 안 지지. 태하가 무응답으로 응하며 채점에만 집중하자 은혜가 재촉해 물었다.

"네?"

"그러니까 원하는 게 뭔데?"

이마가 뚫어져라 쳐다보는 시선에 못 이기는 척 묻자 여자애의 얼굴에 희색이 어렸다. 솔직히 그간 진도 빼느라 힘들었을 텐데도 과외 내내 성질 안 부리고 따라와 준 것이 기특하기도 하고, 한 번씩 학습 동기 부여를 해 주는 것도 나쁘진 않다는 생각은 있었다.

물론 그걸 티 내어 안 그래도 제멋대로인 여자애를 득의만만하게 만들 생각은 없지만. 기껏해야 하루만 과외 안 하고 놀게 해 달라거나 맛있는 거 사 달라, 둘 중에 하나겠지.

"학교 구경시켜 주세요."

생각지 못한 요구에 그가 고개를 들어 은혜를 보았다.

"우리 학교?"

"언니가 그러는데, 한국에서 제일 캠퍼스가 아름다운 학교라면서요."

"경성대도 아름다워."

"거긴 가 봤어요."

잠시 고민을 한 태하가 앞면에 85라고 쓴 시험지를 돌려주며 말했다.

"그 대신 수학 95점 이상."

좀 무리다 싶은 조건임에도 여자애는 흔쾌히 고개를 끄덕였다.

"알았어요."

그 순간 문 열리는 소리에 이어 서 사장과 은주의 목소리가 들렸다. 태하와 은혜가 방에서 나와 인사를 하자 서 사장이 놀라 물었다.

"시간이 몇 신데 아직도 과외 중이었어?"

"다음 주부터 중간고사 시작이라 좀 더 봐주고 있었습니다. 막 가려던 참이었어요."

"저녁 먹고 가."

뒤이어 들어오던 은주의 말에 태하가 뭐라 말하려 하자 안방으로 들어가려던 서 사장도 다짐을 두듯 말했다.

"당연히 먹고 가야지. 이 시간까지 부려 먹고 아들 밥도 안 먹여 보내면 한 비서가 날 얼마나 욕할 거야."

결국 네 명이 식탁에 앉아 늦은 저녁을 시작했다. 서 사장이 미안한 표정으로 태하를 보았다.

"과외에 픽업까지 부탁해 놓고 이제야 얼굴을 보고. 내가 너볼 낮이 없다."

"괜찮습니다. 많이 바쁘시다고 들었어요."

"그래. 하필이면 공장 착공에 중국 건까지 한꺼번에 겹쳐서 좀 바쁘네. 그나저나 우리 예쁜 둘째 딸은 어떠냐?"

"잘하고 있습니다. 기본도 탄탄하게 잡혀 있고, 이해력도 빠르고, 욕심도 많고요."

"우리 딸 욕심 많은 건 유명하지. 오죽하면 애 엄마가 이글이글 타오르는 해를 치맛자락으로 폭 감싸 안는 태몽을 꿨다 했거든. 미국에서도 1등을 한 번도 놓친 적이 없으니까. 이번 시험 잘 보면 맛있는 것 사 줄 테니까 한번 열심히 해 봐."

"맛있는 거 말고 옷이요."

은혜의 말에 은주가 밥 수저를 놓으며 어이없단 듯 말했다.

"교복 입고 다니면서 옷은 무슨 옷? 사복 입고 다니는 나보다 더 옷장이 미어터지면서."

"언니는 가방 사 줘."

불시에 들어온 반격에 허, 하고 콧방귀를 뀐 은주가 비꼬아 물었다.

"대학생이 무슨 돈이 있어서 가방을 사 주나요?"

"카드 있잖아."

"아빠 카드지 내 카드니?"

"그럼 언니 생일 선물 받은 가방 나 한 번만 빌려주든가."

"고딩이 어딜 명품 가방을 메고 다니려고 들어? 어휴, 하여간 저 요오망한 서희빈."

"그렇게 부르지 말랬지!"

은주는 눈에 쌍심지를 돋우며 달려드는 동생에게 더 약을 올렸다.

"예쁘지는 않지만 사랑스러운 앤."

"그것도 하지 말라니까!"

"아이고, 태하도 있는데 그만해라."

서 사장이 그의 눈치를 살피며, 밥상을 사이에 두고 싸우는 자매 사이를 막아섰다.

"전 괜찮습니다."

솔직히 부러웠다. 신나게 싸워도 뒤돌아서면 언제 그랬냐는 듯 챙겨 주는 핏줄과, 자식 일이라면 두 발을 벗고 나서는 부모. 사람 냄새 물씬 묻어나는 모습은 마치 성냥팔이 소녀가 창문 너머로 보았던 풍경처럼 따뜻하고 정겨웠다.

"아빠가 옷도 사 주고 가방도 다 사 줄 테니까 은혜는 공부 열심히 해서 시험만 잘 봐."

"아빠. 아빠가 자꾸 그러시니까 쟤가 더 저러는 거잖아요."

은주의 핀잔에 서 사장이 사람 좋은 웃음을 흘렸다.

"내가 뭘 얼마나 사 주기는 했냐? 떨어져 살아서 생일 때 말고는 뭐 사 줄 일도 없었지. 돈 벌어 뭐에 쓰겠냐. 우리 예쁜 두 딸 말고 돈 쓸 데도 없다, 아빠."

"그러지 마시고 지금이라도 좋은 분 만나 데이트하고 돈도 쓰세요."

"뭐?"

서 사장의 당황한 얼굴에 은주는 더없이 진지하게 말을 이었다.

"은혜도 저도 아빠 홀아비로 늙다 돌아가시는 거 안 원해요. 저희 이제 다 자랐고, 지금까지 해 주신 걸로도 충분하니까 이제라도 좋은 인연 놓치지 마시고 잡으셨으면 좋겠어요. 저번 추석 때 고모가 중매 서신다는 분은 왜 싫다고 하세요? 전주에서 한식당 하신다고 했던 분 말이에요. 고등학교 다니는 아들 하나 있으시다던."

태하와 눈이 마주친 서 사장이 부끄러운지 슬쩍 얼굴을 붉혔다.

"관둬라. 이 나이에 중매는 무슨."

"나이가 있으시니 중매를 받아야죠. 왜요? 마음에 안 드세요? 사진으로 봐선 얼굴도 고우시던데."

"인연이란 그렇게 억지로 만드는 게 아니라 다 따로 있는 거다. 연이 있으면 만나겠지."

서 사장님 댁을 나선 태하가 집으로 돌아왔을 때는 10시가 되어 가고 있었다. 잠자리에 들려는 참인지 파자마 차림의 정연이 그를 맞았다.

"늦었네. 피곤하겠다. 밥은 잘 먹고 왔어?"

"네."

"그래. 어서 씻고 자."

"이모."

방으로 들어가려던 정연이 고개를 돌려 태하를 보았다.

"이모는 좋은 분 없으세요?"

"……좋은 분?"

"이제라도 좋은 분 만나서 이모가 행복해지셨으면 좋겠어요."

조카의 말에 여자의 고운 눈매가 반달처럼 휘어졌다.

"지금도 이모는 행복한데? 우리 태하 이렇게 건강하고 반듯하게 자라고, 우리 둘 먹고 살기 힘들지 않고, 너는 이제 곧 네 꿈을 이뤄 멋진 의사가 될 테고. 이모는 여기서 더 행복을 바라는 건 욕심 같은데?"

"아니요. 저 때문에 말고 온전히 이모의 인생 그대로 행복하셨으면 좋겠어요. 제겐 이모가 세상 무엇보다 가장 중요해요."

잠시 침묵이 흘렀다. 정연이 손을 들어 자신보다 한참이나 큰 태하의 어깨를 잡아 품으로 끌었다.

"많이 컸다. 우리 태하. 하늘에서 언니가 보고 얼마나 기뻐할까. 알았어. 이모도 이모의 인생의 행복을 찾아볼게."

방으로 돌아온 태하는 샤워를 마치고 책상에 앉았다. 시간은 자정을 향해 가고 있었지만, 내일 기초 전공인 유전학 시험이 남아 있는 상황이라 밤을 새워서 공부를 해야 할 판이었다. 가방에서 책을 꺼내는 순간 무언가가 나풀거리며 떨어졌다.

[반드시! 수학 95점!]

바닥에서 주운 포스트잇을 잠시 바라보던 태하는 책상 보드 위에 붙이고는 유전학 책을 펼쳤다.

교문을 빠져나와 차 쪽으로 다가오는 은혜가 눈에 들어왔다. 여자애가 손을 들어 손목시계를 확인하자 태하도 시동을 걸며 차에 있는 시계를 확인했다. 4시가 되기 5분 전. 걱정과는 달리, 잊지 못할 첫인상을 선사한 첫날 빼고는 두 달 넘도록 단 한 번도 시간을 어긴 적이 없었다. 뭔가 즐거운 일이 있는 듯 유리창 너머로 마주친 눈동자가 반짝였다. 뭐지? 정체 모를 불안한 예감이 스친 찰나 저만치에서 달려온 남학생이 그녀의 어깨를 잡아 세우자 눈맞춤은 멈췄다.

동급생인 듯한 남자아이는 뭐라고 중얼거리며 주머니에서 무언가를 꺼내 내밀었다. 우물쭈물대는 몸짓과 손에 들린 영화 표와 붉어진 뺨에 둘 사이에 어떤 대화가 오가는지 예상이 됐다. 괜찮으면 나랑 영화 같이 보지 않을래?

하지만 여자애의 얼굴은 첫날 골목에서 여자애들 세 명과 싸우고 있을 때 보았던 표정과 별반 다르지 않았다. 지루하다 못해 짜증난다는 얼굴로 뒤돌아 걷자 남자애가 앞으로 와 다시 막아서더니 여자애의 손에 티켓을 쥐여 주며 소리쳤다. 창문이 닫혀 들리진 않았지만, 주위에 있던 다른 아이들은 와르르 웃음을 터트렸다. 이 거리에 웃지 않는 이는 차 안에서 관망하는 남자와 창피함에 얼굴이 붉어진 여자애뿐이었다. 결국 성질대로 바닥에 표를 패대기친 그녀가 뛰듯 달려와 차에 오르자 태하는 차를 출발시켰다. 실망스런 표정으로 선 남자애가 사이드 미러 너머로 사라지자 신호가 뚫린 교차로로 시선을 주었다. 한참을 달리는데 은혜가 물었다.

"왜 안 도와줬어요?"

원망 어린 목소리에 되물었다.

"뭘?"

"아까 교문 앞에서 말이에요."

"도와줘야 할 상황이었어? 여자애 셋도 가볍게 맞짱 뜨던데 데이트 신청하는 남자애 하나 정도는 네 스스로 해결할 수 있 잖아?"

여자애의 얼굴이 묘하게 찡그려졌다. 그의 말이 맞긴 하지만 인정하기에는 뭔가 자존심이 상한다는 듯한 표정이었다.

"하지만 그건 그러니까…… 신사적이지가 않잖아요."

"난 신사가 아니니까, 선생이지."

선생은 무슨 맨날 선생이래, 들릴 듯 말 듯 투덜대는 목소리 에 한 소리 해야겠다 싶은데 나오는 건 황당한 웃음이었다.

그래, 아직 애다, 애. 잡으려 한들 잡힐 리도 없는 성격이거 니와, 선생은 아니라면서도 말을 안 듣지는 않으니 달리 뭐라 혼낼 건더기도 없었다.

창문을 열었다. 빌딩 숲 사이로 나른한 오후의 햇살과 포근 한 봄바람이 밀려 들어왔다. 창가에 매달린 은혜가 중얼거렸다.

"한 바퀴 돌고 들어가면 안 돼요? 책상 앞에 앉아 있기에는 너무나 황홀한 날씬데."

책상에 앉아 있기 좋은 날씨는 따로 있냐 묻고 싶었지만, 날씨가 너무 좋은 건 사실이었다. 태하도 버튼을 눌러 운전석 쪽 창문을 활짝 열었다. 갑작스러운 맞바람이 형성되며 차 안으로 돌풍이 분 건 순식간이었다. 교복 치마가 훌렁 뒤집어져 하얀 허벅지가 드러나자 둘의 눈동자가 동시에 휘둥그레졌다.

"······!"

빛의 속도로 은혜가 펄럭이는 치마를 손으로 눌러 잡자 태하 역시 얼른 창문을 닫았다. 그 찰나에 차선을 넘어간 차를 제대로 세우고는 사과를 건넸다.

"······미안."

하지만 그의 뒷목은 이미 타듯 붉게 달아오른 뒤였다. 운전대를 잡았다가 앞머리를 쓸어 올렸다가 다시 운전대를 잡고는 덧붙여 말했다.

"절대 고의는 아니었어."

"고의가 아니면······."

고개를 튼 여자애가 그를 보았다.

"계획적이었나?"

"······뭐?"

여자애의 짓궂은 질문에 겨우 다잡은 평정이 와르르 무너져 내리는 걸 느꼈다.

"그러게 확실히 젠틀맨은 아니네요?"

"그만해."

"지금 완전 귀 끝까지 빨개진 거 알아요? 그 나이에 여자 허벅지 처음 보는 것도 아닐 텐데."

"그만하라고."

놀려 대는 여자애의 잔망스러운 입을 겨우 다물게 하고는 서둘러 서 사장님 댁으로 향했다.

아파트에 도착해 엘리베이터에 오르는 동안까지도 놀리는 듯한 여자애의 시선을 애써 무시했다. 그녀가 손을 씻으러 간 사이 태하는 그제야 정신을 차리고 앉았다. 진정해, 진정. 저 여자애한테 말리면 한도 끝도 없다고. 희디흰 허벅지를 겨우 머리에서 떨쳐 낼 즈음 은혜가 돌아왔다. 태하가 가방에서 교재를 꺼내며 물었다.

"숙제는?"

그의 말에 그녀가 문제집이 아닌 종이 한 장을 내밀었다. 종이를 뒤집자 성적표가 보였다.

[수학 100]

머리가 좋은 편이라는 건 알았지만, 서원외고의 수준을 고려하면 이 성적이 절대 쉽지가 않다는 걸 알고 있었다. 그가 그녀의 레벨을 낮게 보았거나, 95점 이상을 맞기 위해 코피 터져라 공부했거나 둘 중에 하나였다.

"내일 저희 학교 개교기념일이에요."

그래서 그 남자애가 영화 같이 보러 가자고 했나 보군.

갑자기 그게 왜 생각났는지 모를 일이지만, 다시 성적표를 그녀에게 건네주며 말했다.

"난 3시까지 수업 있어."

"그럼 3시까지 제가 학교로 가면 되잖아요?"

반박할 여지가 없는 물음에 태하는 하는 수 없이 고개를 끄덕였다.

"좋아."

여자애의 입술에 제 뜻대로 되어서 아주 만족스럽단 미소가 어리는 걸 무시하고 손을 내밀었다.

"숙제."

강의가 끝나자마자 서둘러 가방을 챙기는 태하에게 준호가 물었다.

"어디 가? 오늘 과외 없잖아?"

"과외받는 애가 시험 잘 쳐서 학교 구경시켜 주기로 했어."

"학교 구경시켜 달래?"

"응."

"아쉽네. 농구 한 게임 뛰자고 하려 했는데."

"다음에."

가방을 메는 그에게 준호가 무언가 생각난 듯 물었다.

"근데 그 학생 여자라고 그러지 않았냐?"

"열여덟이야."

질문 자체가 불쾌하단 표정에 준호가 얼른 두 손을 펼쳐 들었다.

"그래그래. 핏덩이 데리고 고생 많이 해라. 구경하다가 심심하면 운동장에나 들르든가."

건물을 나선 태하는 핸드폰을 들어 전화를 걸었다.

"어디니?"

— 그러니까 여기가…… 도서관 앞 같아요.

같다고?

백만 평 부지에 캠퍼스 안으로 버스가 운행될 정도의 규모를 자랑하는 대학인 만큼 처음 이곳을 방문한 이들 중에 갈 곳을 잃고 헤매는 사람도 종종 있었다. 길치라고 놀리던 은주의 말이 떠올라 조급하게 물었다.

"계단 많은 데 맞아? 손 모양 조형물 보여?"

— 네.

"거기 앉아 기다려. 5분 안에 갈게."

태하는 사범대 건물 사이를 지나 잔디밭을 뛰어 도서관으로 달려갔다. 도서관 옆 계단은 휴식과 담소를 즐기는 학생들로 늘 북적이는 곳이었다. 학생들 사이를 둘러보던 그의 등을 누군가가 콕 찌르자 놀라 뒤돌아섰다. 손가락을 접으며 거친 숨을 몰아쉬고 있는 태하를 올려다보는 건 은혜였다.

"뛰어왔어요?"

밝은 햇살 아래 여자애의 콧등에 내려앉은 옅은 점들이 보였다. 주근깨? 얼마 전 은주가 놀리며 '예쁘지는 않지만 사랑스러운 앤'이라고 불렀던 게 생각났다.

"안 그래도 되는데. 가만히 앉아 구경하고 있었어요."

뒤로 한 걸음 물러나자 하얀 블라우스에 청치마 차림의 여자애가 눈에 들어왔다. 교복이 아닌 다른 옷차림의 그녀는 처음이었다. 개교기념일이니 교복을 입고 올 리는 없지. 왜 그것을 남다르게 느끼는지 제 스스로도 어이없어하며 물었다.

"언제 왔어?"

"20분쯤 됐어요."

"그럼 우선 도서관부터 가 볼래?"

그들 뒤로 선 웅장한 건물을 가리키자 은혜가 고개를 끄덕였다.

"좋아요."

방문증을 끊고 도서관 안으로 들어가자 책들로 빼곡한 책장이 끝도 없이 이어졌다. 테이블에 앉아서 혹은 책장 사이에 서서 책에 몰두한 학생들을 지나쳐 더 안쪽으로 들어갔다. 원서 코너에서 멈춘 은혜가 책을 둘러보더니 나지막한 목소리로 물었다.

"몇 권 정도 있을까요?"

"4층까지 600만 권 정도 있다고 들었어."

"그런데 원서는 생각보다 많진 않네요."

"소설 원서보다는 학술이나 논문 원서가 많을 거야."

그녀가 책장에서 무언가를 꺼내 읽자 태하도 영문으로 된 의학서를 살펴보기 시작했다. 한참 책을 보다 구석 벽에 기대어선 채로 책을 보고 있는 여자애를 흘끔 보았다. 등 뒤로 비치는 햇빛에 번진 탓인지 또렷한 눈썹과 고집스러운 입술이 부드럽게 풀어져 보였다. 성질을 부리지 않고, 맹랑한 짓만 하지 않으면 그냥 곱고 예쁜 여자애일 뿐인데. 아이러니하게도 그렇지 않기에 그녀에게서 더 눈을 뗄 수 없다는 걸 잘 알고 있었다.

대체…… 이런 말도 안 되는 생각은 언제부터 한 거지?

"그만 가요."

다가온 그녀가 속삭이자 당황한 마음을 숨기려 얼른 고개를 끄덕였다. 도서관을 나선 둘은 박물관, 야구장 등의 교내 명소를 둘러보고 호수가 보이는 벤치에 앉아 한숨 돌렸다.

"예상했던 것보다 더 넓네요."

"다리 아파?"

"괜찮아요."

5월의 따사로운 햇살이 호수로 쏟아져 내렸다. 작은 물방울을 뿜어내는 분수 위로 무지개가 어른거리고 라일락과 조팝나무의 향기에 홀려 날아온 벌들의 윙윙거리는 소리가 귓전에 울리는, 바흐의 무반주 첼로곡 같은 느른한 봄이었다.

"여기 이렇게 자주 앉아 있어요?"

은혜가 크로스백 안에서 폴라로이드 사진기를 꺼내 들며 묻자 태하는 고개를 저었다.

"아니. 의학관이랑 거리가 멀어서 올 일이 없어. 게다가 데이트 코스로 유명한 곳이라."

찰칵. 스르르 밀려 나오는 사진을 빼 든 은혜는 주위를 둘러보았다. 태하의 말대로 벤치에 앉은 이들 대부분이 남녀 커플이었다. 사진이 서서히 제 모습을 드러냈다. 하얀 햇살과 부서지듯 흩날리는 물방울과 희미한 무지개. 찰나의 아름다움이 그 안에 갇혀 있었다.

"예쁘네요."

각도를 달리해 사진을 더 찍으려는 찰나, 저만치에서 누군가가 아는 척을 하며 다가왔다.

"어이. 윤태하."

고개를 돌린 태하는 옆구리에 농구공을 끼고 다가오는 준호를 맞았다.

"도서관이라도 가셨나 했더니 여기 계셨네."

"거긴 이미 다녀왔어."

"어련하시려고. 그 여학생? 안녕. 나는 윤태하 베프 박준호라고 한다."

특유의 친화력을 뽐내며 손을 내밀어 악수를 청하자 은혜가 사진기를 바꿔 들며 손을 잡았다.

"서은혜예요."

손을 뗀 준호가 태하의 귀에 대고 속삭였다.

"핏덩이가 아닌데? 게다가 예쁜데?"

태하가 팔꿈치로 옆구리를 찍자 준호가 윽, 소리를 삼키고는 물었다.

"사진 찍고 있었나 봐?"

"네. 사진 찍는 거 좋아해서요."

"명당 제대로 찾아왔네. 여기가 우리 학교에서 제일 유명한 포토존이지. 한 장 찍어 줄까? 나도 우리 과에서 꽤 유명한 찍사거든."

은혜가 흔쾌히 사진기를 건네자 준호는 일어나서 호수를 등지고 서 보라 주문했다.

"어느 쪽 얼굴이 더 사진 잘 받아? 왼쪽? 오른쪽?"

"어느 쪽이든 죽는 각은 없어요."

준호가 재밌다는 눈빛을 보내자 태하는 무뚝뚝한 얼굴로 어서 찍으라는 눈빛을 되돌려 보냈다. 나온 사진을 확인한 은혜가 만족스러운 얼굴로 말했다.

"고맙습니다."

"난 가 볼게. 구경 재밌게 하고, 맛있는 것도 사 달라고 해."

"어디 가는 길이었는데?"

"농구 한 게임 하고 카페테리아 가는 길이었지."

준호의 말에 구경한다고 두 시간 넘게 여기저기를 걷고 다닌 은혜에게로 생각이 이르렀다.

"넌 목 안 말라? 뭐 좀 마시러 갈래?"

"좋아요."

결국 셋은 다 같이 카페테리아로 갔다. 야외 빈 테이블에 자리를 잡고 앉은 준호가 말했다.

"나도 사 주는 거지? 난 아메리카노 아이스."

태하가 지갑을 들고 안으로 사라지자 준호가 물었다.

"학교는 어디?"

"서원외고요."

"어우. 빡센 데 다니네. 우리 학교 오고 싶어서 구경시켜 달라고 한 거야?"

"뭐 겸사겸사요. 하도 캠퍼스가 멋지다기에."

여자애의 시선이 삼삼오오 학생들이 모여 있는 잔디밭을 지나 자그마한 인공 폭포에 머물렀다가 카페 안으로 향하자 그를 따라 고개를 돌렸다. 옥스퍼드 남방에 청바지 차림의 키가 큰 남자가 줄 끝에 서 있었다. 여자애를 보았다가 그 시선을 따라가 커피 주문을 시작한 태하를 다시 보았다.

이건…… 꽤나 기시감이 드는 구도인데.

"멋진 게 캠퍼스뿐일까?"

고개를 돌린 은혜가 그를 보자 준호가 유들유들하게 웃으며 말을 이었다.

"우리 학교는 건물도 멋지고, 야경도 멋지고, 멋진 남자들도 많거든."

그의 말속에 든 뼈를 느낀 듯 여자애의 눈매가 가늘어졌다.

"멋진 남자 별로 안 보이던데."

누가 너무 멋져서 다른 남자들이 눈에 안 들어오는 건 아니고?

"눈이 높단 소리 좀 듣지?"

"낮진 않죠."

"학교에서 인기 많을 것 같은데?"

"모르겠어요. 별로 신경 안 써서."

세상 지루한 질문이라도 받은 듯 무료한 손길로 철제 의자 손잡이를 매만졌다. 여간해서 눈치 싸움에 말리지 않는 여자애에게 감탄을 하고 있는데, 고개를 든 은혜가 물었다.

"그런데 혹시 지금 저한테 작업 거시는 거예요?"

"뭐, 뭐?"

부지불식간에 허를 찔린 준호가 당황해서 말을 더듬자 은혜가 되물었다.

"그런 건 왜 물어보시는지 모르겠어서요. 초면이잖아요."

"오해하지 마. 개인적 관심이 아니라, 태하가 여자를 데리고 온 적이 없어서 신기해서 그랬던 거니까. 불쾌했다면 미안."

때마침 쟁반을 들고 온 태하가 아메리카노를 준호와 제 자리에 놓고 휘핑크림이 얹어진 잔을 은혜 앞에 놓았다.

"디카페인 마끼아또, 휘핑크림 적게, 캐러멜 많이."

예상치 못한 듯 동그래진 눈동자가 준호와 맞닿는 순간 언제 그랬냐는 듯 갸름하게 치켜 올라갔다. 그리고 예상했단 듯 여유롭게 잔을 들며 말했다.

"고맙습니다."

어후, 태하야. 조심해라. 쟤 보통 여우가 아니다.

"커피 취향 독특하네. 디카페인 마끼아또에 캐러멜 많이라. 맛이 상상이 안 가는데."

"맛있대."

"맞아요. 진짜 맛있어요."

맛있……대? 맛있대라고?

태하의 한마디에 충격을 받은 준호는 가슴 앞으로 팔짱을 끼며 마주 앉은 둘을 보았다. 이 구도는…… 예상 못 했는데?

과외 선생과 학생, 게다가 어린 시절부터 친분이 있는, 어머님이 일하는 회사 사장님 딸이라 했으니 태하의 입장에서는 확실히 신경 쓰이고 친절을 베풀어야 할 상대이긴 했다. 그러니

저답지 않게 학교 구경도 시켜 준다 했겠지.

그렇다 쳐도 커피라면 '커' 자도 모르는 데다 여자한테 눈곱만큼의 친절도 여지도 주지 않기로 악명 높은 윤태하가 저런 정신 사나운 커피를 직접 주문해서 가져다주다니. 이들의 관계를 좀 더 캐 볼 필요성을 느낀 준호가 본격적으로 질문을 던지기 시작했다.

"태하가 공부는 잘 가르쳐 줘?"

"네."

"그럼 고3까지 계속 쭉 가는 거야?"

"그건 모르죠."

새침한 표정이지만 아무 말도 없는 태하의 눈치를 살피는 게 보였다. 다행히 아직 갑은 윤태하군.

"밥은 잘 사 줘?"

"언젠가 과외 끝나고 배고프다고 했더니 어쩌라는 거냐고 그러더라고요."

웃음이 터진 준호가 끅끅대자 태하가 한심스럽다는 듯 그를 쳐다보았다.

"그래서 사 줬어?"

"네."

그럴 줄 알았어. 저 커피를 사 줬다면 밥도 사 줬겠지. 물론 꼿꼿한 윤태하는 친한 지인분 따님이라 그런 거라 스스로를 자위했을 테고.

"그래도 사 주긴 했네. 학기 초에 식당에서 만난 여자 후배들이 밥 사 달라고 붙으니까 계산만 해 주고 나왔는데."

의과 철옹성으로 불린다는 말에 여자애는 알 듯 모를 듯한 미소를 지었다. 왜? 나만 밥 사 준 것 같아서 기분 좋아? 하지만 아가씨, 여긴 대학이야. 경쟁자가 생각보다 많다고.

"말 나온 김에 태하 넌 다음 주에 어떡할 거야?"

준호가 고개를 돌려 묻자 태하가 '무슨 다음 주?'라는 표정을 지어 보였다.

"수요일에 성악과랑 3 대 3 미팅하기로 한 거."

와르르. 플라스틱 컵 안의 얼음이 요동치는 소리에 준호가 걱정스러운 표정을 꾸미며 은혜에게 물었다.

"괜찮아? 안 쏟았어?"

"네."

"조심해서 마셔야지. 쏟아지면 예쁜 블라우스 다 젖을 텐데."

은혜가 굳은 얼굴로 찌그러진 잔을 펴자 준호는 다시 대화를 이었다.

"웬만하면 같이 가지. 음악과 여신 이현아도 나온다는데."

"안 한다니까. 하고 싶으면 너나 해."

"대학 생활의 꽃이 미팅인데 말이야. 당최 꽃을 피울 생각을 안 해요. 말라비틀어지겠어. 인생 재미없게 사는 친구 같으니라고."

입으로는 투덜거리면서도 소기의 목적을 달성한 준호는 미련 없이 자리에서 엉덩이를 일으켜 세웠다.

"가게?"

"커피 얻어 마셨으니 그만 꺼져 줘야지. 맛있는 거 사 먹여서 들여보내. 만나서 반가웠다."

"안녕히 가세요."

눈도 마주치지 않고 싸늘한 얼굴로 까딱 고개 숙여 인사하는 은혜의 모습에 준호는 겨우겨우 웃음을 참아 냈다.

자, 병을 줬으니 약도 줘 볼까?

"가기 전에 둘이 사진 한 장 찍어 줄까? 자고로 남는 건 추억뿐이거든."

테이블에 놓인 사진기를 든 준호가 사진의 양 사이드에 앉은 둘의 모습에 주문했다.

"좀 붙어 앉아 봐."

은혜가 그를 보자 태하가 의자를 들어 그녀 쪽으로 붙어 앉았다. 분명 갑은 윤태한데, 녀석답지 않게 여자애한테 맞춰 주고 있다는 게 놀라웠다.

"팔순 잔치 하냐? 다정하게 어깨동무라도 해라, 좀."

"그냥 찍어."

하여간 뻣뻣한 놈. 중얼대며 사진기를 은혜에게 건넸다.

"잘 나왔지?"

"네."

사진을 살피는 집요한 시선과 달리 못 이기는 척 대답하는 모습에 웃음을 꾹 참으며 손을 흔들었다.

"진짜 갈게. 재밌게 놀아라."

준호가 가고 난 뒤 둘은 조용히 커피를 마셨다. 지는 해가 서관 건물 너머로 사라지자 붉은 노을이 교정을 물들였다.

"더 돌아볼래?"

"조금만요. 저 배고파요."

"뭐 먹고 싶은데? 후문 뒤쪽으로 수제 피자집이랑 돈까스집 유명한데."

"피자요."

"그럼 일어나자."

후문 쪽으로 이동하던 그들은 몰려 있는 학생 무리를 발견했다. 가까이 가니 공예과 학생들이 직접 만든 작품을 가판에 놓고 판매하고 있었다. 구경을 하던 은혜가 무언가를 집었다.

"저 이거 기념으로 사 주세요."

태하는 그녀가 든 반짝반짝 광이 나는 분홍색 하트 펜던트가 달린 은팔찌를 보았다.

"무슨 기념?"

"한국대학교에 처음 온 기념으로요."

무슨 기념까지 할 일이라고, 그렇게 중얼거리면서도 선선히 지갑을 꺼내 돈을 치렀다. 여자애가 손목에 팔찌를 두르고 걸쇠를 잠그려 낑낑대자 태하가 손을 뻗었다.

"이리 내 봐."

그가 고리를 걸어 주자 은혜가 손목에 채워진 팔찌를 들어 보였다. 짤랑짤랑 경쾌한 금속음에 여자애의 입술에 활짝 웃음 꽃이 피었다.

"고마워요. 맨날 하고 다닐게요."

저녁의 캠퍼스는 낮과는 전혀 다른 매력을 뿜어냈다. 가로등을 밝힌 한적한 산책로는 마치 다른 세계로 이끄는 듯 비밀의 정원 같은 분위기를 풍겼다. 손목에서 달랑이는 펜던트를 흔들며 여자애가 물었다.

"왜 미팅 안 해요?"

"별로 관심 없어서."

"여자한테 관심 없으면 남자한테 관심 있나?"

"까분다."

태하의 말에 여자애가 발걸음을 멈추고 그를 올려다보았다.

"되게 나이 많은 척하는데 겨우 나보다 세 살 많은 거 알아요? 어린애 아니니까 그런 식으로 말하지 않았으면 좋겠어요."

띠리링, 하며 자전거가 달려왔다. 태하는 얼른 그녀를 옆으로 잡아끌어 등으로 막아섰다. 등나무 꽃이 근처에 있었나. 달콤한 향기가 피어올랐다 신기루처럼 사라지자 잡은 팔을 놓으며 말했다.

"기분 나빴다면 미안."

"그러니까 왜 여자한테 관심이 없는데요?"

되돌아온 질문에 무뚝뚝하게 답했다.

"대답해 준다곤 말 안 했는데."

하, 하는 한숨에 이어 그녀가 물었다.

"늘 그렇게 모든 일과 관계에 원칙과 거리를 정해 두고 살아요?"

"……."

어둑해지는 산책길 어귀에 선 여자애의 얼굴에 읽을 수 없는 표정이 어렸다.

"늘 그렇잖아요. 내 사람, 내 사람이 아닌 사람, 내 이만큼을 보여 줄 수 있는 사람. 늘 그렇게 경계를 두고 사냐고요? 그렇게 살면 피곤하지 않아요? 아니, 외롭지 않아요?"

한참 후 태하가 입을 열었다.

"솔직히 말하면 한 번도 그런 생각 해 본 적이 없어. 외로운 건 혼자 있으나 누군가와 같이 있으나 늘 내 안에 있는 익숙한 감정이니까. 정말로 외로운 순간은 내 곁에 있는 소중한 누군가를 잃었을 때라고 생각하거든."

"그래서 잃지 않으려고 처음부터 곁을 안 두는 거예요?"

저만치 후문 너머로 불을 밝힌 간판들이 보이기 시작했다. 몇 걸음 더 걸어 그 번잡한 거리에 들어가면 단골 식당의 이모님이나 같은 과의 동기, 동아리의 후배들을 만나 반갑게 인사를 나누거나 근황을 물을 것이다. 하지만 태하는 그 속에 있는 그 자신이 그들과 완벽하게 융화되지 않는다는 걸 알고 있었다. 등록금 걱정을 하면서도 술 한잔 걸치면 내 아들이 대한민국 최고 대학에 다닌다며 자랑을 늘어놓는 아버지와 늦게 돌아오지 말라 잔소리하는 엄마, 그리고 투닥투닥 싸우면서도 챙겨 주는 형제 남매들.

대부분의 이들에게 당연한 행복이 그에게는 절대 가질 수 없는 것이란 걸, 그는 그들과 다르다는 걸 끝없이 인지시키고 있었다.

"인생은 의외로 공평해. 절대 다 가질 수는 없으니까. 하나를 얻으면 다른 하나를 잃게 돼. 내게 간절한 무엇을 가지려면 다른 걸 포기해야 한단 얘기지."

"……."

"나는 내게 주어진 것에 만족하고 살 거야. 가족와 꿈. 내가 선택한 건 그거고, 그 외의 것들에 대해서는 생각 안 하기로 했어."

"왜 꼭 선택을 해야 해요?"

"뭐?"

여자애의 반문에 당황해서 쳐다보았다.

"왜 다 못 가진다는 건지 이해를 못 하겠어요. 다 가질 수도 있잖아요? The Winner Takes It All."

익숙한 올드팝의 제목에 태하는 웃었다. 아직 선택의 순간을 맞이한 적이 없는, 단 한 번도 부딪혀 깨져 본 적 없는 여자애의 순수함이 곱고 예뻤다. 그 믿음이 깨지지 않게 보호해 주고 싶단 마음이 들 정도로. 낯간지러운 감정을 숨기려 부러 무뚝뚝하게 말했다.

"그럼 열심히 해 봐. 둘 다 놓치지 않고 가지도록."

그리고 손목시계를 보고는 손짓을 했다.

"서두르자. 저녁 시간이라 자리 없겠다."

계절은 봄을 지나 여름으로 향해 갔다. 지옥문이 열린다는 본과를 앞둔 태하는 강의와 과외 아르바이트로 바쁘게 보냈고, 은혜는 한국 생활과 학교에 빠르게 적응해 갔다.

햇살이 나날이 뜨거워지던 7월의 초입, 곧 다가올 기말고사를 앞둔 날이었다. 4시가 훌쩍 지나 교문을 나서는 은혜가 보이자 태하는 굳은 얼굴로 차에서 내렸다. 쿵, 하고 텅 빈 거리에 울리는 차 문 소리가 유독 컸다.

"무슨 일로 전화도 안 받고 이렇게 늦게……."

화와 걱정을 동시에 쏟아 내리던 태하는 여자애가 휘청대며 걸음을 멈추자 본능적으로 손을 뻗어 팔을 잡았다.

"무슨 일이야?"

"속이, 속이 좀 안 좋아요."

하얀 이마에 송골송골 맺혀 있는 식은땀을 본 태하가 놀라 물었다.

"점심 먹고 체했어?"

"아니요. 속이 부대껴서 점심 안 먹었어요. 빈혈 때문에 가끔 그래요. 양호실에 누워 있었는데, 아무도 안 깨워 줘서 시간이 이렇게 된 줄도 몰랐어요."

얼른 가방을 뺏어 든 그가 차 문을 열어 앉혔다.

"증상을 말해 봐."

"메스껍고…… 어지럽고 숨이 차요."

서둘러 시동을 건 태하는 자꾸만 놓치고 있는 벨트를 당겨 채워 주고는 에어컨을 튼 채로 창문을 활짝 열었다.

"병원에서 진단받은 적 있어?"

"미국에 있을 때 빈혈로 진단받고 철분제 처방받아 먹었어요."

"지금도 먹어?"

"아니요. 한국 오면서 안 먹었어요."

"왜?"

"처방받으러 가야 하는데 바쁘고 정신없어서 잊고 있었어요. 가끔 어지럽거나 한 적은 있었는데……."

그런데 왜 약을 계속 먹지 않았냐고, 어째서 그간의 전조 증상을 무시했냐고 하려다 입을 다물었다. 겨우 열여덟이고, 한국에 온 지 반년도 되지 않았다.

"그럼 누구한테든 전화를 해야 할 것 아니야. 서 사장님께 전화를……."

그의 조용한 타박에 눈을 감은 채 기대어 앉은 은혜가 중얼거렸다.

"아빠 중국 가셨어요."

소리 없는 탄식이 흘렀다. 그제야 정연도 중국 출장 때문에 그제부터 집에 들어오지 않은 걸 기억해 냈다. 하는 수 없이 은주에게 전화를 걸었다.

"전화했는데 안 받아요. 강의 중이라 안 받을 거예요."

은혜의 말대로 은주는 전화를 받지 않았다. 태하는 한국대병원 쪽으로 방향을 틀며 말했다.

"10분이면 가니까 조금만 참아."

서둘러 병원에 도착한 태하는 등을 돌리고 앉았다.

"업혀."

"괜찮아요. 걸을 수 있어요."

"병원 나올 때는 걸어 나오고, 고집부리지 말고 어서 업혀."

결국 그의 등에 업혀 응급실로 들어간 은혜는 간단한 문진을 거치고는 몇 가지 검사를 받았다. 흰 가운을 입은 젊은 남자 의사가 와 말했다.

"헤모글로빈 수치가 낮아요. 8.7이 나왔는데 이보다 낮아진다면 위험할 수 있어요. 생리량이 많을 경우 철 결핍성 빈혈이 생길 수 있는데, 그 때문인지 다른 원인이 있는지 알아보려면 좀 더 검사가 필요해요."

의사에 말에 붉어진 은혜의 얼굴이 이어지는 태하의 질문에 걷잡을 수 없이 새빨갛게 달아올랐다.

"생리 때문에 빈혈이 올 정도면 문제가 있는 거 아닌가요? 그럼 매달 이런 증상이 생길 수 있단 건가요?"

"여학생들에겐 종종 있는 일이에요. 고2라니 스트레스, 수면 부족, 편중된 식습관도 있을 테고. 우선 검사 좀 해 볼게요."

"알겠습니다."

여기저기 불려 다니며 이런저런 검사를 마친 결과 은혜는 철 결핍성 빈혈로 나왔다.

"오늘은 철분제 주사 맞고 가시고, 경구용 철분제 처방해 드릴게요. 잘 챙겨 드시고 한 달 뒤에 다시 검사받으러 오세요."

의사가 가자 간호사가 베드에 누운 은혜의 팔에 노란 고무줄을 채우며 말했다.

"좀 아플 수 있어요."

혈관을 잡지 못해 두 번을 찔러 겨우 갈색 수액 팩을 달고서는 살짝 미안한 표정으로, 피멍이 맺힌 바늘 자국에 밴드를 붙여 주며 말했다.

"혈관통 때문에 저리거나 뻐근할 수 있으니까 남자친구가 어깨 좀 주물러 주세요."

간호사의 말에 둘의 눈이 동시에 마주쳤다. 몇 걸음 가던 간호사가 다시 돌아와 태하에게 종이를 건네주었다.

"아, 그리고 수납하고 오시면 약 설명해 드릴게요."

"금방 다녀올 테니까 맞고 있어."

잠시 뒤에 돌아온 태하가 줄어든 팩을 확인하고는 말했다.

"은주 누나랑 통화됐어. 강의 중이라 못 받았대. 바로 출발한다는데, 퇴근 시간에 걸려 좀 시간이 걸릴 거야. 서 사장님은 전화 안 받으셔서 문자 드렸고. 진료 예약은 다음 달 초에 잡았으니까 꼭 다시 와서 검사 받아 봐."

"네."

그가 편의점 비닐봉지 안에서 생수병을 꺼내며 물었다.

"목 안 말라?"

"말라요."

"기다려. 일으켜 줄 테니까."

목 뒤로 팔을 넣어 어깨를 잡아 세우자 작은 몸이 힘없이 딸려 왔다. 뚜껑을 딴 생수를 벌어진 입술 사이로 기울여 주며 말했다.

"이거 다 맞을 동안 눈 좀 붙여."

가슴 위까지 이불을 덮어 주고는 태하도 베드 옆에 놓인 스툴에 앉았다.

평일 오후의 병원은 한산했다. 시간을 다투는 위급 환자도 없었고, 환자가 누워 있는 베드보다 빈 베드가 더 많았다. 병실을 떠도는 공기와 스테이션에 앉은 의료진들 사이에 이곳과 어울리지 않을 것 같은 평화로움이 흘렀다. 물론 모두에게 그런 것은 아니었다. 고개를 올린 태하는 갈색 주사액이 한 방울씩 떨어져 주사침이 꽂힌 손등으로 들어가는 것을 지켜보았다.

아주 잠시 최악의 시나리오가 뇌리를 스쳤었다. 그래서 수납을 하러 가는 길에 몰래 담당 의사에게 가 환자의 모친이 급성 백혈병이었다며, 혹시 유전이 될 가능성이 있겠냐고 물었다. 의사는 급성 백혈병은 유전적 요인이 높지 않으며 검사 결과 백혈병으로 의심될 만한 소견도 보이지 않는다고 말했다. 노파심에 계속 되물은 그는, 정 걱정이 되면 정밀 검사를 받아 봐야겠지만 지금으로서는 과다 월경에 의한 철 결핍성 빈혈일 가능성이 높단 소리에 한시름 놓았다.

시원한 에어컨 바람에 말라 버린 두 손바닥을 맞잡고 비비자 빠져나갔던 숨이 그제야 돌아오는 기분이었다.

"미안해요."

고개를 기울여 쳐다보자 가만히 누운 은혜가 입술을 달싹였다.

"한숨 쉬었잖아요. 바쁜데 귀찮게 해서 미안하다고요."

"귀찮아서 한숨을 쉰 게 아니야."

놀란 거라고, 혹시 많이 아픈 걸까 봐 걱정이 됐다고, 오해하지 말라고 말하려는데 이불 위에 놓인 하얀 손이 눈에 들어왔다. 경련이 이는 듯 손끝을 파르르 떨더니 피아노 건반을 치듯 손가락을 까딱이다 쥐었다를 반복했다. 안전 가드를 내린 태하가 손을 뻗어 링거가 꽂힌 쪽 어깨를 잡았다.

"많이 저려?"

손아귀 안에 잡히는 뼈대가 생각보다 가늘어 살짝 힘을 뺐다.

"괜찮아요. 안 아파요."

놀라 허우적대자 붉은 피가 손등 관의 갈색 액을 밀어내고 역류했다.

"가만히 좀 있어. 여기서 더 흘릴 피가 어디 있다고."

어찌할 바 몰라 하는 여자애를 잡고 어깨와 팔을 주물렀다. 포기한 듯 내준 여자애가 입을 열었다.

"그때요."

"……?"

"그때 교문에서 싸운 걔들이랑 조별 발표했어요. 발표하기 전 주말에 제가 만나서 연습하자고 했어요."

"그래서 잘했어?"

"A 플러스 받았어요."

"그 아이들은 뭐래?"

"고맙다고 한마디 하고는 그 뒤론 쌩까던데요."

그럴 줄 알았다는 듯 콧숨을 내쉬었지만, 크게 기대도 안 했던 듯 화도 나지 않는다는 표정이었다. 그 모습에 저도 모르게 웃음이 터졌다.

"잘했어."

"칭찬해 주는 거예요?"

"그래."

그 성질머리에 굽히고 들어갔을 때 얼마나 참을 인 자를 되뇌었을까. 그럼에도 불구하고 마음을 고쳐먹고 먼저 손 내밀고 다가간 여자애가 참으로 기특했다.

"오늘처럼 아무도 연락이 안 될 때는 나한테 연락해."

말간 눈동자에 놀란 빛이 어렸다. 사정도 모르고 왜 아무에게도 연락을 하지 않았냐 아픈 애를 잡았던 게 내내 마음에 걸렸다. 그녀가 연락을 하지 않은 게 아니었다. 아무도 그녀의 연락에 응답해 주지 않은 것이었다.

"바로 올 수 있다고 약속은 못 하지만, 그래도 연락하라고."

둘의 시선이 얽혔다. 지나가던 간호사가 '위험하니까 가드 올려 주세요.' 했을 때야 어깨에 손을 얹은 채 한참을 그러고 있었단 걸 알아챘다. 손을 물린 순간, 병실 가득 익숙한 목소리가 울렸다.

"은혜야!"

고개를 돌려 입구를 보자 정신없이 달려온 듯 재킷과 가방이 팔에 걸려 대롱대는 은주가 보였다. 한달음에 다가온 그녀가 질문을 쏟아 냈다.

"은혜야, 괜찮아? 어때? 아직도 아프고 어지러워?"

"주사 맞았더니 괜찮아졌어."

은주가 창백한 동생의 얼굴을 쓰다듬으며 죄책감 가득한 얼굴로 중얼거렸다.

"미안. 언니가 너 아픈 줄도 모르고 전화 못 받아서 진짜로 정말로 너무 미안해."

"괜찮아. 겨우 빈혈이라는데 뭘."

"정말로 그냥 빈혈 맞대? 어디 다른 데 문제가 있는 건 아니고? 의사가 뭐래?"

"과다 월경에 의한 빈혈이라고. 철분제를 먹고 한 달 뒤에 재검을 받아 보는 게 좋을 것 같다고 해서 제가 임의로 예약 잡았어요."

태하가 진료 예약표와 약을 건네자 은주가 땀에 젖은 머리칼을 넘기며 그제야 안도의 한숨을 쉬었다.

"진짜 고맙고 너무 미안하다. 내가 전화를 받았어야 했는데…… 바로 달려왔어야 했는데."

"괜찮아요."

사법고시 2차를 코앞에 둔 그녀가 얼마나 바쁘고 정신이 없을지 누구보다 잘 아는 태하이기에 전화를 받지 못한 은주의 상황을 충분히 이해했다. 마침 수액이 다 들어가자 간호사가 와 주사를 제거해 주었다.

차에 오른 셋은 서 사장님 댁으로 향했다. 태하는 백미러로 은주의 어깨에 머리를 괴고 잠든 은혜를 보았다. 속도를 조금 늦추어 조심스레 달리기를 30여 분, 강남의 아파트 단지에 멈춰 섰다.

"고맙다. 태하야. 정말 오늘 너 아니었으면 어쨌을지 생각도 못 하겠다."

"이만 가 볼 테니 올라가 쉬세요."

"그래. 조심히 가."

자매가 아파트 안으로 들어가고 곧 10층에 불이 들어온 걸 확인한 태하는 무언가가 생각나 서둘러 사거리로 향했다. 다행히 아직 불이 밝혀진 가게에서 그것을 사 온 그는 올라가 서 사장님 댁의 초인종을 눌렀다. 문을 연 은주가 놀란 낯으로 그를 맞자 태하는 쇼핑백을 건네며 말했다.

"죽이에요. 아까 속이 안 좋아서 점심도 못 먹었다고 했거든요."

"안 그래도 막 사러 나가려던 참이었는데, 너무 고마워."

방문 너머로 고개를 내민 은혜가 보였다. 막 씻고 나왔는지 젖은 머리칼에 편한 티셔츠 차림이었다.

"주말 동안 푹 쉬고 꼭 약 챙겨 먹어."

고개를 끄덕이는 여자애의 시선이 닫힌 문 사이로 사라지자 태하는 엘리베이터 버튼을 눌렀다.

일요일이었다. 정연이 중국 출장을 간 사이 밀린 빨래와 청소를 하고 근처 슈퍼에서 라면을 사 오던 길이었다. 대문 앞을 서성이고 있던 여자애를 발견한 것은.

왜 저 아이가 우리 집 앞에 있는 거지? 은혜가 다가와 그의 앞에 멈춰 서자 당황해서 물었다.

"여긴 어쩐 일이야?"

"지나는 길에 우연히 들렀어요. 전화는 왜 안 받는 거예요?"

빈 바지 주머니를 짚은 태하는 식탁 위에 두고 온 핸드폰을 떠올렸다.

"안 가지고 나왔어. 어딜 지나는 길이었는데?"

"친구 집요."

그녀의 대답에 태하가 의심스러운 표정으로 되물었다.

"친구가 이 동네에 산다고?"

"네."

"우리 집 주소는 어떻게 안 건데?"

"라면이에요?"

자연스레 말을 돌린 여자애가 봉지 안에 든 라면을 보며 중얼거렸다.

"맛있겠다. 나 아침도 못 먹었는데."

무시해. 하나도 불쌍해 보이지 않는 저 표정에 말리면 정말 바보다. 보나 마나 은주 누나에게 물어서 주소를 알고 왔을 테고, 밥을 안 먹었단 말도 거짓말이겠지. 뿔난 망아지는 혼내서 쫓아 보내야지, 상대해 주면 더 제멋대로 굴 것이 뻔하다.

왜 쓰러진 지 며칠 되지도 않았으면서 집에 좀 가만히 있지 않고 저러고 다니는 거지? 저러다 어디서 또 픽 쓰러지면 어쩌려고. 점심이 훌쩍 지난 시간인데 정말로 밥을 못 먹은 건 아니겠지? 무시하자면서도 여자애가 던져 놓은 말 한마디에 이러지도 못하고 저러지도 못하는 제 자신에게 짜증이 난 태하가 결국 참다못해 물었다.

"정말 밥 못 먹었어?"

"네."

"왜 이 시간까지 밥을 안 먹었는데? 엊그제 쓰러지고 또 쓰러지려고 그래?"

"혼자 밥 먹기 싫어서 나왔어요."

"그럼 친구랑 먹고 들어가면 되겠네."

그가 지나쳐 가려 하자 여자애가 앞을 막아서며 말했다.

"라면 끓여 줘요. 그러면 그것만 먹고 갈 테니까."

"친구 만난다는 거 거짓말이지?"

"맞아요. 실은 고맙다는 인사 하려고 왔어요."

작게 한숨을 내쉰 그가 물었다.

"몸은 좀 어때?"

"좋아요."

"안 어지러워?"

"네."

"약은?"

"먹고 있어요."

"알았어. 인사 받았으니까 이제 그만 가."

"라면만 먹고 갈게요."

감사 인사를 하러 왔다면서 밥을 내놓으라는 건 무슨 적반하장인지.

"안 돼. 집에 아무도 없어."

"알아요."

태연자약한 여자애의 대답에 태하가 황당한 얼굴로 물었다.

"넌 애가 겁도 없니?"

"왜 겁이 나야 해요? 대체 뭘 생각을 하시기에. 난 라면만 먹고 갈 거거든요."

도도한 얼굴로 그를 지나친 그녀가 계단을 올라갔다. 제 집인 양 당당하게 현관문 앞을 지키고 선 여자애를 보고 있던 태하는 어쩔 수 없이 위로 올라갔다. 안으로 들어가 자그만 거실 한편을 차지하고 있는 낡은 소파를 가리켰다.

"앉아 있어."

하지만 여자애는 들은 척 만 척 집 안 구경을 시작했다. 장식장 안의 아기자기한 찻잔과 꽃자수를 보더니 물었다.

"집 분위기가 의외로 여성스럽네요."

"어머니가 그런 걸 좋아하셔."

벽에 걸린 사진 액자를 본 은혜가 웃었다.

"어렸을 때도 지금이랑 똑같네요. 세상사 혼자 다 짊어진 애 어른 같은 표정. 장난꾸러기였던 시절이 있긴 해요?"

기억도 가물가물한 어린 시절에는 그도 알아주는 골목대장이었다. 엄마는 자주 그의 바지 무릎 구멍을 기우며 우리 태하는 누굴 닮아 장난꾸러기일까, 하며 흐린 미소를 지으셨다. 마치 그는 모르는, 그를 닮은 누군가를 떠올리는 듯한 눈빛으로. 엄마가 돌아가신 후 달라졌다. 소년은 아주 일찍 철이 들었고, 그 시절의 장난꾸러기는 돌아오지 않았다.

은혜가 주방으로 와 도마에 김치를 썰고 있는 그에게 물었다.

"그런데 뭐 하는 거예요? 라면은요?"

"빈혈 때문에 라면은 안 돼."

무뚝뚝한 대답에도 여자애의 입꼬리가 올라갔다.

"그래서 지금 날 위해 요리를 해 주겠다고요? 굳이 나 때문에?"

짓궂게 놀리는 웃음에 태하는 잘게 자른 김치를 그릇에 담으며 말했다.

"하지 마."

"뭐가요?"

"그런 식으로 사람 도발하는 거."

"도발됐어요?"

"아니. 그러니까 하지 말라고. 동생 같아서 하는 말이야."

"왜 내가 동생이에요? 난 한 번도 오빠라고 생각한 적 없는데."

그가 그녀를 보자 쐐기를 박듯 말했다.

"나한테 오빠 아니라고요."

나 역시 넌 동생은 아니라고. 그러면 대체 우리는…… 무슨 사이일까? 그 순간 삐익, 하는 전기밥솥 소리가 그들 사이에 끼어들었다. 손을 털고 일어나며 그녀가 말했다.

"나도 도울게요. 뭐 할까요?"

"가만있는 게 도와주는 거야."

"무슨 소리. 이래 봬도 이모 요리할 때 자주 도와서 간단한 건 할 줄 알거든요."

요리를 할 줄 알면 집에서 해 먹으면 될 것을 왜 밥은 굶고 다니면서 걱정을 시키는지. 엊그제는 피죽도 못 얻어먹은 것처럼 힘이 하나도 없더니, 오늘은 온 동네를 활개치고 다닐 것 같은 모습에 헛웃음이 날 뿐이었다. 식탁에 굴러다니는 계란 세 알을 건네며 말했다.

"그러면 프라이 해."

그를 등지고 선 은혜는 가스레인지를 켜고 기름을 두른 프라이팬에 계란을 깨 넣었다. 소금을 솔솔 뿌려 노른자가 익기 전에 접시에 얹어 자신만만하게 건넸다.

"잘했죠?"

태하가 접시를 잡자 은혜가 반대쪽을 잡고 안 놓으며 물었다.

"잘하면 칭찬해 준다면서요?"

"잘했어."

김치와 햄에 밥까지 넣어 볶자 더운 열기와 함께 매콤한 냄새가 주방 가득 퍼졌다. 태하가 김치볶음밥에 계란 두 개를 얹은 그릇을 그녀 앞에, 하나 담은 그릇을 반대쪽에 놓자 은혜가 물었다.

"왜 내가 두 개예요?"

"빈혈에 계란이 좋아. 쉽게 먹을 수 있는 거니까 집에서도 매일 챙겨 먹어."

"배불러서 다 못 먹을 것 같은데."

그러면서도 야무지게 한 수저를 떠 입안에 넣은 여자애가 눈이 동그래져 고개를 끄덕였다.

"맛있어요. 요리 잘하네요."

"김치볶음밥만 잘해."

"과외하면서 우리 집에서도 가끔 해 주면 안 돼요?"

"나는 선생이지."

"요리사는 아니라는 거죠? 알아요."

그의 뒷말을 빼앗은 그녀가 보란 듯 웃자 태하도 어이없는 표정으로 웃음을 흘렸다.

둘은 이야기를 나누며 접시에 가득 담은 밥을 다 먹어 치웠다. 그녀가 물 잔을 들자 손목에 걸린 팔찌가 보였다. 맨날 하고 다닌다고는 했지만, 얼마나 갈까 싶었는데 봄부터 여름까지 내내 그녀의 손목에 채워져 있는 걸 볼 수 있었다.

태하가 접시를 들고 일어나자 은혜도 일어났다.

"밥 얻어먹었으니까 설거지는 제가 할게요."

"내가 할 테니까 넌 식탁 위에 참외를 깎아."

결국 그녀가 참외를 깎고, 태하는 설거지를 했다.

"식사하고 바로바로 설거지해요?"

"웬만하면. 놔두면 더 하기 싫어지니까."

"김치볶음밥도 잘하고, 설거지도 잘하고 살림꾼이네. 여자들한테 인기 진짜 많겠다."

무의식적으로 '까분다.' 하려다 그 말이 싫다는 여자애의 말이 떠올라 멈췄다. 그 순간 포크에 찍은 참외가 불쑥 들어왔다. 엉겁결에 그것을 한 입 베어 물고 은혜를 보았다. 팔뚝에 빠듯하게 걸린 분홍색 고무장갑에 코웃음을 흘린 여자애가 엄지손가락을 치켜세웠다.

"진짜 잘 어울린다."

"물 튀니까 비켜."

"다니까 한 입만 더요."

말릴 새도 없이 다시 참외 조각을 내밀자 태하가 한 입 베어 물었다. 여자애의 붉은 입술이 벌어졌다. 고르고 하얀 치아 사이로 그가 먹고 남은 과육이 들어가더니, 오물거리며 씹어 먹기 시작했다. 그가 그녀를 물끄러미 보자 은혜가 물었다.

"왜요?"

"아니야."

물을 틀었다. 쏴아아 쏟아지는 물줄기에 접시의 거품기를 씻어 내며 귓불이 화끈거리는 느낌을 애써 떨쳐 냈다.

아무 의도도 없이 한 행동이야. 따지고 보면 그게 뭐 대수라고.

한 접시의 음식을 나눠 먹는 것과 다를 것도 없는 일이다. 김치볶음밥이 너무 짰던지 연거푸 찬물을 들이켠 태하가 말했다.

"일어나. 역까지 데려다줄 테니까."

은혜를 데려다주고 오는 길에 익숙한 벌레의 울음에 걸음을 멈췄다. 고개를 들어 나뭇가지에 매달린 매미를 올려다보았다. 드디어 여름의 시작이었다.

— ××백화점 앞으로 5시까지 나오너라. 말복인데 삼계탕이나 한 그릇 먹자.

서 사장님의 전화를 받은 것은 가만히 앉아 있어도 땀이 줄줄 흐르는 늦더위가 기승을 부리던 8월의 어느 날이었다. 방학을 맞이한 은혜가 폭염을 피해 이모 댁이 있는 미국으로 떠난 사이, 태하는 낮 동안은 본과 예비 공부를 위해 학교 도서관에 가고, 밤에는 집 근처 편의점에서 아르바이트를 했다.

약속 장소에 도착하자 그를 맞은 것은 놀랍게도 서 사장이 아닌 은혜였다. 며칠 더 있다 귀국하는 걸로 알고 있었던 그녀의 깜짝 등장에 놀란 태하가 물었다.

"언제 왔어?"

"어제요."

화요일, 목요일 오후 4시가 되면 저도 모르게 시계를 확인했다. 단순한 습관일 뿐이라 생각했지만 1주, 2주 시간이 흐르며 태하는 깨달았다. 일주일에 두 번씩 보던 여자애의 존재감이 컸다는 사실을. 잘 지내고 있는지, 몸은 좀 괜찮은지, 이모와 이모부의 사랑을 독차지하며 지내고 있을지 궁금할 즈음 여자애는 말도 없이 갑자기 그의 앞에 서 있었다. 왜인지 갈비뼈 언저리가 뻐근해 숨을 몰아쉬고는 물었다.

"잘 다녀왔어?"

"네."

대답과 달리, 달궈질 대로 달궈진 강남 거리와 이질적으로 뉴저지의 서늘한 기운을 품은 여자애는 조금 야위어 보였다.

장시간 비행으로 피곤했나? 살짝 어두운 낯빛을 살피는 그에게 은혜가 말했다.

"아빠는 20분 정도 늦으신대요. 더워요. 들어가 있어요."

그녀가 백화점 안으로 들어가자 태하도 뒤따라 들어갔다. 여자애는 에스컬레이터에 올라 5층에서 멈췄다. 목적지를 정확히 알고 가는 걸음걸이를 따라가 멈춘 곳은 어느 신사복 매장이었다.

"왜? 사장님 선물 사려고?"

"아니요."

그럼 뭐 하느라 이곳에 온 건지 물으려는 찰나에 매장 여직원이 다가와 친절히 물었다.

"뭐 찾으시는 거 있으세요?"

"봄가을용 슈트요."

"나이대는 어떠신데요?"

"20대 초반요."

직원이 몇 가지를 꺼내 보여 주자 은혜는 그중에 하얀 셔츠와 슈트를 골라 태하 턱 밑에 대 보았다.

"……뭐 하는 거야?"

"오늘 아빠가 옷 사 주려고 부른 거예요."

"옷을 왜?"

"저번에 나 응급실에 데려다준 거 고맙다고……."

옷걸이를 빼앗아 점원에게 건네주고는 죄송합니다, 한 태하는 은혜의 손을 잡아끌고 매장을 나왔다.

"괜찮아. 그게 뭐라고 옷까지 받아."

"정말로 내가 그래 달라고 한 거 아니에요. 아빠랑 언니가 너무 고마워서 그런 거니까 그냥 받아 둬요."

억울하단 표정에 태하는 알았다는 듯 고개를 끄덕였다.

"알았으니까 마음만 고맙게 받을게."

"정말로 고마우면 받으면 되잖아요."

"난 괜찮아. 정말 괜찮다니까."

마치 떼쓰는 아이를 달래는 듯한 그의 말투에 은혜가 목소리를 높였다.

"내가, 내가 안 괜찮다고요. 내 마음이 편하지가 않다고요."

"그래서 내가 네 마음 편하자고 원치도 않은 걸 따라 줘야 해?"

차분한 목소리 안에 세운 날카로운 가시에 여자애의 얼굴이 굳어졌다.

"가르치는 학생이 아프다는데 세상에 그렇게 안 할 사람 한 명도 없어. 하물며 나는 여태 사장님께 도움을 받은 게 셀 수도 없이 많아. 겨우 널 병원에 데려다준 대가로 뭘 받는다는 것 자체가 내겐 어불성설이란 거야."

뒤돌아서려는 그의 팔을 잡아챈 은혜가 물었다.

"그러면 말해 봐요. 가족 아무도 전화는 안 받고 나는 아파 죽겠는데 도와준 사람, 병원에 데려다주고 아플까 봐 어깨 주물러 주고, 굶었다고 죽 사다 준 사람한테 뭐라도 보답하고 싶은 사람의 심정은 어떨 것 같아요? 누군가에게는 '겨우'나 '당연히' 베푸는 선의일지 모르겠지만, 당사자인 나는 아니었어요. 내겐 아주 절실한 거였다고요."

"……."

"알아요. 안 받을 거 예상했어요. 그래도 한 번쯤은 못 이기는 척 받아 두는 게 그렇게 어려워요? 자기 감정, 자기 원칙만 중요해요? 그럼 나는, 내 감정은 아무 상관도 없어요?"

당연히는 아니라고, 누구에게나 그런 선의를 베풀었을지 몰라도 그때 그가 느꼈던 놀라움과 걱정은 겨우가 아니었다고 태하는 말하지 않았다. 이런 식의 감정은 그를 너무나 혼란스럽게 만들었다.

아버지의 부재, 어머니의 죽음, 이모의 보살핌 속에서 커 가며 그는 명확하게 그의 안과 밖을 나누었다. 그에게 안은 자신과 가족이었고, 밖은 그 외의 모든 사람이었다. 그 사이에 있는 유일한 이가 서 사장님 댁 가족이었다. 서 사장님은 아버지 같은 분이었고, 은주는 친누나처럼 그를 아껴 주었다. 하지만 그 둘과 달리 은혜는 동생처럼 느껴지지 않았다.

"나는 안 중요하냐고요?"

여전히 그를 도발하는 그녀의 질문이 마음에 들지 않으면서도 그를 올려다보는 여자애의 눈동자에 그렇다, 내 원칙이 네 감정보다 중요하다는 대답이 선뜻 나오지가 않았다. 여자애의 마음을 아프게 하는 데 망설여졌다. 무엇보다도 그런 감정이 드는 제 자신이 낯설었다.

"은혜야, 태하야."

서 사장이 반가운 얼굴로 다가오자 태하는 그녀에게 붙들린 팔을 놓았다.

"여기서 뭐 하고 있어? 옷 보고 있으라니까."

"싫대요. 마음만 받겠대요."

그에게서 등 돌리고 선 은혜의 모습에 상황을 인지한 서 사장이 웃었다.

"그러지 말고 너도 내 입장이 되어 생각해 봐라. 의대 공부하느라 바쁜 놈 붙잡아다가 하루 세 시간 과외에 픽업까지 시켜 놓고 아픈 딸 병원까지 데려가 줬는데, 어떻게 내가 입을 싹

닦고 있겠니?"

"정말로, 정말로 전 괜찮습니다."

"은주가 꼭 사 주랬어. 은혜는 어떻고. 제 옷, 가방 안 사 줘도 되니까 제일 좋은 거 사 주라고 신신당부를 했는데. 쟤가 어떤 앤데. 옷 욕심이 얼마나 많고, 지 언니한테도 양보 잘 안 하는 앤데."

"……."

"알아, 알아. 너는 은혜가 동생 같아서, 가족 같아서 그랬겠지."

등줄기를 두드리는 다정한 손길에 왜인지 자꾸만 어깨가 오그라들었다.

"나는 네가 내 아들 같아서 옷 한 벌 꼭 사 줘야겠다. 대학 들어갔으니 정장 한 벌 사 줘야지 생각은 하고 있었는데 잘됐네. 잔말 말고 들어가. 한 비서한테도 내가 다 허락받아 놨어. 너 옷 좋은 거 사 줄 거라고. 어서 들어가래도."

서 사장이 그를 반강제로 매장 안으로 떠밀며 은혜에게 눈치를 주었다.

"네가 한번 골라 줘 봐라. 은혜가 눈썰미가 좋아서 썩 잘 어울리게 코디를 해 주거든."

태하가 그녀를 보자 여전히 화가 안 풀린 듯 딱딱한 얼굴로 물었다.

"제 말은 안 들으면서 아빠 말은 듣네요?"

뭐라 변명할 새도 없이 고개를 돌린 은혜가 매장 여직원에게 물었다.

"여기서 제일 비싼 게 어떤 거예요? 그걸로 주세요."

그의 눈빛이 싸늘해지는 걸 모르는 체하고는 여직원이 내민 슈트에 하얀 셔츠를 내밀었다. 얼른 들어가서 갈아입고 나오라는 점원의 성화에 어쩔 수 없이 탈의실로 들어갔다. 옷을 갈아입고 나오자 점원이 감탄을 쏟아 냈다.

"너무 잘 어울리신다. 키가 크신 분들도 바지 기장은 살짝 줄여야 하는데, 다리가 길어서 그런지 줄일 필요도 없이 딱 맞으시네요."

아무런 대꾸도 없이 그의 모습을 살핀 은혜가 이번에는 남색 슈트를 건넸다.

"이것도 한 번만 입어 봐요."

태하가 갈아입고 나오자 점원이 모델 같다며 또 칭찬을 늘어놓았다.

"혹시 검은색 슈트 가지고 있어요?"

"없어. 슈트 입을 일이 없었으니까."

"언니 말로는, 실습 나가고 그러면 정장 입을 일이 많아질 거랬어요. 하늘색 셔츠로 한 번만 더 입어 봐요."

다시 하늘색 셔츠를 갈아입고 나온 태하가 점원과 서 사장이 이야기를 나누고 있자 은혜에게 물었다.

"재미있어?"

"뭐가요?"

"인형 놀이 하는 거."

말을 하고 나서 바로 후회했다. 아무리 화가 나도 이렇게 못되게 말한 적은 없었다. 그녀가 그의 원칙을 무너뜨리고, 불편한 감정을 느끼게 할지라도 모두 이 아이의 탓으로 돌리는 건 졸렬하고 치사한 일이었다.

　"미안해. 내가 말이 심했어."

　그가 바로 사과를 건네자 은혜가 가슴을 부풀렸다 크게 숨을 내쉬고는 말했다.

　"미안하면 한 벌 더 사시든가요."

　"네 옷은? 왜 네 옷은 안 산다고 한 건데?"

　은혜가 장식장에서 도트 무늬가 있는 검은색 넥타이를 집으며 말했다.

　"인생은 선택이라면서요. 나는 이걸 선택한 거예요. 걱정하지 마세요. 다음 중간고사 때 성적 올려서 내 옷 살 거니까."

　그녀가 넥타이를 들고 다가오자 태하는 뒤로 물러섰다.

　"이리 줘. 내가 맬게."

　"맬 줄 알아요?"

　아니. 슈트를 입어 본 적이 없으니 당연히 넥타이 매는 방법 역시 알 리 만무했다. 그의 표정에서 대답을 읽은 그녀가 코앞에 멈춰 섰다. 팔을 들어 넥타이를 목에 감고는 매듭을 짓기 시작했다. 살짝 당겨지는 목덜미에 절로 시선이 여자애에게 내려졌다. 집중한 듯 오물거리는 입술과, 내려뜬 눈이 깜박일 때마다 팔락이는 속눈썹, 말간 뺨에 새겨진 주근깨를 보았다. 숨을 참고 있는 자신을 발견한 태하는 눈을 올리고 숨을 몰아쉬었다. 왜 이렇게 심장이 빠르게 뛰는지 알다가도 모를 일이었다.

앞머리를 스치는 숨에 그녀가 그를 올려다보는 시선이 느껴졌다. 무슨 말이라도 해야 할 것 같은 기분에 뇌리를 스치는 질문을 건넸다.

"주근깨 앤이 별명이야?"

"미국 이름이 애니였거든요. 그게 별명으로 된 거죠. 웃기죠? 주근깨는 지네들이 더 많으면서. 이모, 이모부 집에 얹혀사는 애, 고아인 빨간 머리 앤이랑 똑같다, 그런 뜻이었겠죠."

말은 안 했지만, 난 상관 안 해요. 그런 표정이었다.

"왜요? 주근깨 못 생겼어요?"

"아니."

예뻐. 없어도 예뻤겠지만, 있어서 더…… 예쁘다고.

하지만 그 말을 할 순 없었다. 마지막 매듭까지 예쁘게 지은 그녀가 뒤로 물러서 그를 보았다. 발끝부터 훑고 올라온 눈이 그의 눈동자에서 멈췄다. 둘의 시선이 얽혔다. 지금 자신의 모습이 어떤지, 아까부터 아무 말도 하지 않는 여자애의 반응이 신경 쓰였다. 다가온 서 사장이 칭찬을 늘어놓았다.

"정장도 잘 어울리네. 역시 우리 아들이다."

고개를 돌린 은혜가 점원에게 말했다.

"이 슈트에 셔츠 흰색이랑 하늘색이랑 넥타이 이거랑 이거 주세요."

너무 많다고 반박하려는 그를 서 사장이 옷 갈아입고 나오라며 탈의실로 떠밀었다. 그가 나왔을 때는 이미 계산이 끝난 뒤였다. 하는 수 없이 서 사장이 내미는 슈트 가방을 받아 들며 고개를 꾸벅 숙였다.

"감사합니다."

"감사하긴 내가 더 감사하지. 이제 진짜 밥 먹으러 가자. 은 주도 부르고 한 비서도 같이 먹으면 좋을 것 같아서 불렀는데."

"어머니를요?"

그가 회사에 가면 종종 정연과 서 서장과 함께 셋이서 식사를 한 적은 있어도 은주, 은혜와 다 함께 식사를 한 적은 단 한 번도 없었다. 놀란 그의 얼굴에 서 사장이 아쉬운 웃음을 흘리며 고개를 저었다.

"그런데 한 비서는 극구 싫다고 해서 결국 못 불렀고, 은주는 식당으로 오기로 했다."

서 사장이 운전석에, 보조석에 은혜가, 뒷좌석에 태하가 앉았다. 주차장을 빠져나간 차는 식당으로 향했다. 서 사장과 간간이 대화를 나누면서 비스듬히 창밖 풍경을 보고 있는 여자애의 옆모습을 보았다. 뜻대로 이뤄 득의양양할 줄 알았던 그녀는 가는 내내 침묵을 지키고 있었다.

한식당에 자리를 잡고 앉자 곧 은주가 왔다.

"요즘 학교 공부는 어때?"

"괜찮습니다."

"바쁘진 않아?"

"아직은 괜찮은데 내년부터는 본과라 좀 바빠지겠죠."

음식이 세팅되는 동안 잠시 말을 멈춘 태하가 직원이 나가자 말을 이었다.

"그래서 과외는 올해까지만 하는 게 좋지 않을까 싶습니다. 아무래도 고3이니까 저보다는 좀 더 전문적인 과외 선생님을 붙이시는 게 도움이 될 거예요. 물론 똑똑하고 야무져서 혼자서도 잘할 테지만요."

"그래그래. 본과 들어가면 바빠서 과외는 힘들겠지. 올해 정말 태하 덕을 많이 봤다. 고맙다."

"아닙니다."

그러면서 서 사장 옆에 앉은 은혜를 보았다. 이렇다, 저렇다 한마디 할 법한데 여자애는 조개처럼 꾹 입을 다물고 있었다. 되레 자꾸 그녀의 눈치를 살피게 되는 건 그였다.

"바빠서 연애할 틈도 없겠다? 소개팅은 좀 해?"

은주의 물음에 고개를 저었다.

"아니요."

"여자 후배들이 많이 따를 것 같은데? 예전 고등학교 때 여고생들이 집까지 쫓아오고 그랬다고 한 비서님이 언젠가 말하신 적 있는데."

서 사장이 웃으며 그의 어깨를 감쌌다.

"보는 눈은 다 똑같은 거지. 이렇게 잘났는데 왜 안 그러겠냐. 태하, 진짜 지금이라도 내 아들 해라. 내가 정말 잘해 줄 테니까. 네 생각은 어떠냐, 은주야?"

서 사장의 말에 은주가 웃었다.

"전 좋죠. 고집 세고 욕심 사나운 여동생만 있으란 법 있나요. 잘생기고 반듯한 남동생, 전 무조건 찬성."

은주가 옆에 앉은 은혜의 옆구리를 찌르며 물었다.

"넌 어때? 잘 보살펴 주고, 공부 잘하고, 멋진 오빠 좋잖아."

그녀가 고개를 들자 태하는 그녀의 눈동자에 맺힌 물기를 알아차렸다. 눈물?

"아빠, 한 비서님이랑 재혼하실 거예요?"

"……뭐, 뭐?"

은혜의 물음에 일동 모두 당황한 얼굴이 되었다.

"그런 거 아니면 왜 자꾸 그런 말씀을 하시는 거예요? 왜 자꾸 다른 분 아들을 내 아들 삼고 싶다고 하시냐고요. 아끼고 좋아하는 것과 별개로 그건 아니잖아요."

어쩔 줄 모르며 앉아 있는 서 사장과 태하를 번갈아 살핀 은주가 말했다.

"얘는. 웃자고 한 얘기에 뭘 그렇게 정색을 해. 하여간 성질머리 하고는."

자리에서 일어난 은혜가 말했다.

"전 머리가 좀 아파서 먼저 일어날게요. 식사하시고 오세요."

"많이 아파? 약 사다 줄까?"

"가면서 사 먹을게요."

은주가 은혜의 손을 잡으며 물었다.

"차편도 모르면서 어떻게 집까지 가려고? 조금만 기다렸다가 같이 가."

"내가 어린애야? 전철 타고 가면 되지. 먼저 갈게."

결국 그녀가 방을 나서자 서 사장이 어두운 낯빛으로 중얼거렸다.

"내가 괜한 농담을 했나 보다."

"제가 따라가 볼게요. 누나가 사장님 모시고 천천히 오세요."

태하가 일어나자 은주도 따라 일어났다.

"안 돼. 너도 밥 못 먹었잖아."

"괜찮아요. 천천히 드시고 오세요."

은주의 만류에도 불구하고 한식당을 빠져나온 태하는 길가를 두리번거렸다. 저만치 횡단보도를 건너고 있는 익숙한 뒷모습에 달려갔다. 잡을까 하다 그녀가 약국 안으로 들어가자 발걸음을 늦추었다. 잠시 뒤에 나온 그녀는 걷기 시작했다. 태하는 더 이상 거리를 좁히지 않고 따라갔다. 그녀가 지하철역으로 들어가 플랫폼에 서자 그도 조금 떨어진 곳에 섰다.

사람들을 싣고 온 주말의 지하철은 한산했다. 빈자리를 두고 문가 벽 쪽에 기대어 선 그녀를 보았다. 빠르게 지나치는 풍경 어딘가에 시선을 둔 얼굴은 왜인지 모르게 슬퍼 보였다. 종종 욱하는 그녀의 성격에 대해서 모르지 않았다. 백화점에서 내내 그와 티격태격하며 싸운 상황이었기에 기분이 좋지 않다는 것도 알고 있었다. 하지만 세상 누구보다 아버지와 언니에 대해 애정이 깊은 아이였다.

대체 무엇이 못 견디고 그 자리를 뛰쳐나오게 한 걸까. 눈동자에 어린 물기는 정말 눈물이었을까.

생각에 빠져 있던 태하는 은혜가 열린 문 사이로 내리자 얼른 따라 내렸다. 아직 몇 정거장 더 가야 하는데, 왜 여기서 내린 거지? 놀라 그녀를 찾아 두리번거리자 계단을 오르는 사람들 사이에 서 있는 은혜와 눈이 마주쳤다. 사람들이 그들을 지나쳐 사라지자 오후의 햇볕에 달궈진 플랫폼은 적막이 흘렀다.

"두통약 먹었어?"

태하가 다가가 묻자 은혜가 고개를 끄덕였다.

"좀 괜찮아졌어?"

이번에는 고개를 저었다. 태하가 걱정스러운 눈빛으로 그녀를 살폈다.

"아직도 많이 아파?"

"깨……질 것 같아요. 산산조각 나는 것처럼 너무, 너무 아파요."

"어디가? 머리가?"

고개를 휘저은 그녀가 두 손을 올려 얼굴을 가렸다. 무언가를 숨기려는 듯 손가락을 꼭꼭 오므려 얼굴을 묻은 여자애가 흑, 하며 주저앉자 놀란 태하가 어깨를 잡았다. 쓰러지듯 가슴에 안긴 여자애는 울음을 토해 냈다.

무엇이 산산조각 나는 것 같은지, 자그만 손바닥에 넘치도록 눈물을 쏟아 내는 그녀를 품에 안은 그는 그때는 몰랐다.

무엇이 그녀를 아프게 하는지. 왜 그녀가 그랬는지.

그리고 자신이 티셔츠 앞섶이 흠뻑 젖도록 우는 여자애를 잊지 못할 거란 것 또한 알지 못했다.

길버트

한식당 '초가집'은 강남 대로변이 아닌 골목 구석에 위치해 있었지만, 가격도 싸고 집밥을 맛볼 수 있어 주위 단골들이 애용하는 식당이었다. 단 하나의 단점이라면 가게가 넓지 않아 금세 만석이 된다는 것이었다.

오랜만에 오전 진료를 빨리 마친 정근과 준호, 태하는 서둘러 초가집으로 향했다. 4인용 테이블에 자리를 잡자마자 점심시간에 맞춰 몰려 나온 인파로 금세 테이블이 채워졌다. 한참 대화를 이어 하던 준호가 문 쪽을 쳐다보고는 태하의 팔을 쳤다. 고개를 돌린 그가 닫힌 문을 등지고 선 여자를 본 건 그때였다. 정면에서 눈이 마주친 준호가 살짝 고개를 숙여 아는 체를 하자 은혜도 고개를 숙여 답했다. 다가온 주인이 물었다.

"동행이세요?"

"아. 아니에요."

"그런데 어쩌죠. 지금은 자리가 다 차서 30분은 기다리셔야 할 것 같은데."

"그럼 다음에 올게요."

그녀가 뒤도는 순간 준호가 전광석화처럼 일어나 은혜를 불렀다.

"혼자 왔으면 우리 자리에 합석할래요? 한 자리 남는데."

누가 더 놀라고 당황했는지 알 수가 없었지만, 준호는 개의 치 않고 제 옆의 빈 의자를 가리켰다.

"모르는 사이도 아닌데. 그러지 말고 혼자 온 거면 같이 먹어요."

준호가 눈치를 주자 그제야 자리에서 일어난 태하가 물었다.

"같이 먹을래?"

거절할 거란 예상과 달리 테이블에 다가온 그녀가 그의 맞은 편 빈 의자에 앉았다.

"그럼 고맙습니다."

"어차피 남는 자린데요. 아, 여기는 초면이니 인사 나누실까 요? 우리 윗 기수 선배이자 리더스 성형외과 대표인 김정근 원 장님. 그리고 이 숙녀분은 태하가 과외 가르친 학생이셨던 서 은혜 씨. 저번에 말했잖아요. 태하 차 박으신 분."

아아, 하고 정근이 손을 내밀어 악수를 청하자 은혜도 인사 를 건넸다.

"아는 사이라더니 과외 가르치던 학생이었구나. 언제 과외

받았어요?"

"고2 때요. 그때 예과 2학년이셨죠."

"와. 10년도 더 전인데 이렇게 만나다니, 진짜 희한한 인연이네."

"인연인지 악연인지 모르겠어요."

정근과 준호가 무슨 뜻이냐는 표정이자 은혜가 태하를 보며 말했다.

"오랜만에 만나서 차부터 들이박아서요."

"그거 말끔하게 고쳐서 잘 타고 다녀요. 결혼은 했어요? 아, 내가 너무 실례되는 질문을 한 건가."

"괜찮아요. 아직 결혼 안 했어요."

"입시 영어 강사라면서요? '그레이스 서'로 찾아보니까 그쪽에선 엄청 유명한 영어 1타 강사던데. 적중률이 점쟁이 뺨치는 수준이라고. 엄청 재밌던데요. 애들이 졸거나 문제 못 맞히면 돌대가리라고 욕하면서 디스한다고."

"저만 그런 게 아니라 다들 그래요. 워낙 제가 비주얼이 강하니까 더 이슈가 될 뿐이죠."

여전히 자신감 넘치는 그녀의 태도에 준호가 웃었다.

"진짜 하나도 안 변했네. 그나저나 언제부터 강남에 있었던 거예요?"

"계속 대치동 쪽에 있다가 올해부터 이쪽으로 옮겼어요."

조용히 물 잔을 비우는 태하에게 시선을 돌린 은혜가 물었다.

"저희 선생님은 애인 있으신가요?"

"왜 결혼했냐고는 안 물어봐요?"

짓궂게 되묻는 준호에게 빈 손가락을 가리켰다.

"두 분 다 반지가 없으시잖아요."

"아, 그러네. 태하 애인 없어요."

마침 음식이 나오고 정근과 준호가 밥을 먹으며 병원 이야기를 나누는 동안 태하와 은혜는 말 한마디 없이 식사에만 집중했다. 식사를 마치고 나오자 준호가 물었다.

"커피 한잔 드실래요?"

"자리 양보해 주셨으니까 제가 사는 걸로 해요."

"저희야 감사하죠."

준호와 정근이 자리를 잡자 은혜는 주문대에 섰다. 뒤따라온 태하가 말했다.

"내가 할게."

"제가 할게요."

"저 사람들 커피 취향도 모르잖아. 넌 아직도 디카페인으로 마셔?"

그의 질문에 잠시 알 듯 모를 듯한 표정을 짓던 은혜가 고개를 끄덕였다.

"네."

태하가 주문한 커피를 가져오자 준호가 잔을 들고 정근과 일어났다.

"우리는 먼저 올라가 볼 테니까 두 사람은 이야기 좀 나누고 천천히 오세요."

그들이 자리를 피해 주자 카페에 남은 둘은 자리에 앉았다. 점심을 먹고 나온 인파들이 우르르 대로변으로 쏟아져 나오는 것과 달리 한적한 카페에 마주 앉은 그들 사이로는 적막이 흘렀다. 먼저 입을 뗀 건 태하였다.

"영어 강사는 어쩌다 하게 된 거야? 경영학과 갔다고 하지 않았어?"

"사람들 목숨 구하고 싶어서 흉부외과 들어가고 싶다던 사람도 강남에서 성형외과 하고 있잖아요."

비꼬아 물은 건 아니었다. 분명 그 꿈을 이뤘을 거라고, 어디선가 위급한 환자들의 가슴을 열고 멈춘 심장을 뛰게 할 거라고 생각했다. 하지만 흉부외과협회 어디에서도 태하의 이름을 찾을 수 없었다. 그리고 우연히 거리에서 본 그는 성형의 메카로 불리는 강남에서 성형외과의를 하고 있었다.

왜 그가 꿈을 포기하고 이쪽 길을 택하게 됐는지, 그동안 무슨 일이 있었는지 너무나 궁금했다. 하지만 그는 날아온 돌멩이를 삼킨 호수처럼 잔잔할 뿐이었다. 예전의 서은혜였다면 떼를 부리며 물었을 테지만, 서른 살의 서은혜는 때를 보며 물러서는 법을 택했다.

"강사는 어떻게 연이 닿아 하게 된 거예요. 때가 되면 아빠 뒤 이어서 회사 일 할 생각이에요."

"회사는 요즘 좋은 것 같던데. 스타 중소기업에 뽑혔다는 기사 봤어."

"미국 시장이 대박 날 줄은 생각지도 못했는데, 운이 좋았어요."

"서 사장님이 열심히 하셔서서 그런 거지. 은주 누나는 잘 지내?"

잔을 들던 손이 잠시 멈칫했지만, 이내 뜨거운 커피 한 모금을 홀짝인 은혜가 입을 열었다.

"로펌 다녀요. 딸 하나 있고, 2년 전에 이혼했어요."

그의 놀란 눈빛에 살짝 턱을 치켜올린 도도한 얼굴에 예전에 보았던 표정이 떠올랐다. 별로 상관없어요, 하는.

"괜찮아요. 돈 많은 할아버지, 이모도 있고, 넘치도록 사랑 주는 엄마도 있으니까. 하나뿐인 딸 생일도 모르고 지나치는 이름뿐인 아빠는 없어도 돼요."

늘 듬직한 맏이로서 아버지를 살피고, 동생을 돌보던 은주였는데. 구김살 없이 밝고 다정했던 그녀의 불행에 태하는 잠시 말을 잃었다.

"아이는…… 몇 살이야?"

"여섯 살요."

"다들 마음고생이 많았겠다."

"언니랑 지원이가 힘들었죠."

담담한 목소리였지만, 여러 감정이 스쳐 가는 눈빛까지 숨길 수는 없었다. 그는 알지 못하는 시간들, 그들 사이로 흐르는 6년의 공백이 새삼 크게 느껴졌다.

"몸은 어때?"

은혜가 무슨 뜻인지 모르겠다는 표정으로 보자 태하가 덧붙여 물었다.

"예전에 빈혈도 있고 그랬잖아."

"아. 이젠 괜찮아요."

카페를 나온 둘은 탑에듀 학원이 있는 건물 앞에 멈춰 섰다. 태하가 작별 인사를 건넸다.

"그럼 조심히 들어가."

"저기 잠깐⋯⋯."

은혜가 무슨 말인가 꺼내려던 순간 뒤에서 버럭 남자의 목소리가 울렸다.

"서은혜!"

고개를 돌린 둘은 막 회전문에서 나온 남자가 계단을 다다다 달려 내려오는 걸 보았다.

"전화를 왜 이렇게 안 받아? 다섯 통을 넘게 했는데."

분통을 터트리는 남자와 달리 은혜가 여상한 어조로 답했다.

"미안. 진동으로 해 놔서 몰랐어."

"같이 점심 먹기로 해 놓고서 전화를 안 받으면 어쩌라는⋯⋯ 어, 그런데 이분은 누구⋯⋯?"

호들갑스러운 어조와 달리 재빠르게 훑는 남자의 시선은 꽤나 날카로웠다.

"이쪽은 윤태하 씨. 나 고등학교 때 과외 선생님이셨어. 여긴 제 상사인 황민혁 씨."

남자가 손을 내밀어 악수를 청하며 말했다.

"상사 아니고 남친입니다."

"말도 안 되는 소리 하지 말고 가, 좀."

그녀의 짜증 섞인 핀잔에 굴하지 않고 남자가 명함을 건네자 태하도 지갑에서 명함을 꺼냈다. 태하의 명함을 확인한 남자가 놀란 표정으로 길 건너를 가리키며 물었다.

"리더스 성형외과라면 요 앞 아닌가요?"

"맞습니다. 죄송하지만 제가 오후 진료가 있어서 그만 가 봐야 할 것 같네요."

"아, 네. 만나서 반가웠습니다."

고개를 꾸벅 숙인 태하가 횡단보도를 건너 사라지자 은혜는 건물 안으로 들어갔다. 뒤따라온 민혁이 엘리베이터에 오르며 명함을 보았다.

"윤태하? 저 사람이랑 같이 밥 먹은 거야?"

"응."

"나 참. 누군 전화 기다리느라 여태 못 먹고 있었고만."

"가서 먹고 와."

은혜가 1층 버튼을 누르고는 엘리베이터를 나가자 남자가 닫히는 문 사이로 빠져나오며 여자의 뒷모습을 째려보았다.

저 피도 눈물도 없는 얼음 공주.

"뭐 먹었는데?"

"초가집. 거기서 우연히 만난 거야. 같이 일하는 의사 분들도 둘 있었는데, 한 자리 남아서 합석해서. 너랑 약속한 건 완전히 잊고 있었어."

미안하긴 한지 그녀답지 않게 변명하는 모양새에 못 이기는 척 고개를 끄덕인 남자가 소파에 앉았다. 그녀가 책상에 익숙한 카페 로고가 적힌 커피 잔을 놓고 코트를 벗자 물었다.

"커피도 마시고?"

"응."

"근처에 아는 사람 있다고 말 안 했잖아."

게다가 저렇게 젊고 잘생긴 남자를 말이지.

"그걸 왜 너한테 말해야 하는데?"

전혀 이해를 못 하겠다는 눈빛에 10년의 우정에도 좁혀지지 않는 거리감을 또 한 번 체감했다.

너는 너, 나는 나. 너는 친구. 나는……. 나는.

늘 그렇듯 상처 받은 속마음을 숨긴 그는 너스레를 떨며 말했다.

"나 여기 토박이잖아. 여기 사람치고 우리 아버지 이름 모르는 사람이 없는데. 사람 정도 알아보는 건 일도 아니지."

노트북을 켠 은혜가 마우스를 옮겨 커서를 누르며 말했다.

"알아볼 필요 없어."

생각보다 친분이 있는 사이는 아니었나. 슬쩍 떠보듯 남친이라고 말했을 때 별로 놀란 눈치도 아니긴 했다. 조각처럼 깎은 듯한 얼굴에 서늘하고 차분한 남자의 아우라 때문에 느꼈던 불안감이 사라지자 민혁은 그제야 편안히 등받이에 팔을 걸쳐 앉았다.

"새로 바꾼 매니저는 어때?"

"꼼꼼하고 야무져서 괜찮아."

얼마 전 은혜와 2년 동안 같이 일한 매니저가 결혼을 하며 관둔 이후 새로운 매니저를 뽑았다. 일명 1타 강사로 불리는 스타 강사들에게 매니저나 전속 코디, 강의 보조들이 따라붙는 건 요새는 그리 드문 일도 아니었다.

"슬슬 6월 모평 준비해야지. 어법 쪽으로 빠삭한 사람들로 팀 짜 줘. 알지? 어설픈 사람은 딱 질색인 거."

"네 눈에 차는 사람이 세상에 없어요. 다들 너랑 한 팀 되는 거 피하는 건 아세요?"

민혁의 비꼼에 은혜가 그러거나 말거나, 하고 중얼거렸다.

"그 정도도 못 견디면 이 바닥에서 어떻게 살아남으려고."

"튀어나온 돌은 정을 맞게 되어 있다. 너무 날 세우지 말고 적당히 해. 그리고 이거."

민혁은 재킷 안주머니에서 예쁘게 포장이 된 상자를 꺼내 책상 위에 놓았다. 은혜가 흘끔 쳐다보았다.

"뭔데?"

"선물. 너 생각나서 하나 샀어."

지난 주, 민혁은 아버지의 생신 겸 가족들과 구정을 보내기 위해 LA에 다녀온 터였다. 상자 안에 든 팔찌를 본 은혜가 의미심장하게 물었다.

"애인 꺼 사면서 곁들여 샀나 봐?"

"무슨 애인?"

"어디서 모르는 척이야. 황민혁 선봤다는 소문이 학원 내에 파다하던데. 게다가 그 상대가 영국 디자인 학교를 나온 재원에다 무려 전직 장관 딸이라고."

너무나 디테일한 설명에 민혁은 소문의 출처로 의심되는 몇몇을 떠올리며 이를 갈았다.

"엄마가 하도 성화를 부리셔서 한 번 나간 거야. 한 번 본 뒤론 연락도 안 했거든."

"왜, 마음에 안 들었어?"

"그냥."

바지에 묻은 먼지를 털어 내며 시큰둥하게 답하자 은혜가 물었다.

"안 예뻤어?"

"아니. 예쁘더라. 그쪽 어머님이 미스코리아 출신이셨다더니 딸도 예쁘더라고."

"그럼 뭐가 문제야?"

"얼굴 보고 결혼하냐. 뭔가 필이 통해야지."

"그놈의 필 찾다가 그 꼴 난 거 아니고? 아버지는 뭐라셔?"

"뭐, 똑같지. 금이고 옥이고 이딴 생일 선물 다 필요 없다, 죽기 전에 손자 안아 보는 게 소원이다."

안 봐도 그려지는 그림, 안 들어도 백번은 들은 듯한 잔소리에 은혜가 웃었다.

"웬만하면 소원 들어 드려."

"그게 내 마음대로 되어야지."

"그러니까 진작 잘하지. 몇 년 전까지는 간간이 연애도 하고 쫓아다니는 여자들도 있더니, 이젠 선이나 보러 다니는 아재나 되고."

은혜가 혀를 쯧쯧 차자 울컥한 민혁이 소리쳤다.

"다 너 때문이잖아! 내가 너 만난 후로…… 이렇게 꼬여 가지고 인생 하락길 걷고 있는 거 몰라?"

"웃기셔. 쓸데없이 눈만 높아서 고르다 그런 걸 왜 내 탓?"

"그래. 다 눈이 높은 내 탓이다."

그러니까 너한테 반했지. 그러니까 다른 여자가 눈에 안 차겠지.

거하게 술이 들어가 취한 날이면 은혜와 처음 만난 날을 떠올리며 후회했다. 강의실을 가득 메운 파란 눈동자와 금발 사이에 홀로 앉은 동양인 여자한테 관심을 두지 않았어야 했다고. 오지랖을 부려 '너 어디 출신이니? 혹시 중국?'이라고 유창한 중국어로 묻지 말았어야 했다고. 그때 은혜가 한 말은 10년이 지나도 생생했다.

'너랑 똑같은 한국인이야. 창피하니까 목소리 좀 낮춰 줄래.'

그때 너의 도도한 눈빛과 시니컬한 표정에 벙쪘다고 생각했지만 아니었어. 이제 와 생각해 보면 난 그때 첫눈에 너한테 반했던 거였는데. 그걸 깨달은 건 한참 후였다.

상자 안에 있는 백금 팔찌를 꺼내 손목에 채운 은혜가 말했다.

"땡큐. 하지만 다음에는 이런 선물 대신 월급을 올려 주면 고맙겠네."

"욕심 사나운 서희빈."

"그렇게 부르지 말랬지."

그녀가 빈 상자를 그에게 던지자 웃으며 일어난 민혁이 말했다.

"오늘 점심 바람맞힌 거 수일 내로 갚아라."

"알았어."

"수업 잘 하고."

모니터에 시선을 둔 은혜가 손을 흔들었다.

"너도 수고."

강의를 끝내고 학원을 나선 은혜는 길 건너 빌딩의 주차장으로 향했다. 엘리베이터에서 내리는 그녀의 모습에 주차 관리인이 반갑게 인사를 건네자 은혜도 인사를 했다. 차 문을 열려다 구석 자리를 보았다. 태하의 차를 박았던 자리를 한참을 보고 있던 그녀가 차에 올라 한남동으로 향했다.

"이제 와?"

도어락 소리에 방에서 나온 은주가 맞이하자 은혜가 물었다.

"언니야말로 이 시간까지 안 자고 뭐 해?"

"밀린 일 좀 하느라."

"아빠는?"

"시간이 몇 신데. 벌써 주무시지."

"엄마아, 이모오?"

방문이 열리고 분홍색 잠옷 바람의 여자아이가 눈을 비비며 걸어 나오자 은혜는 핸드백을 바닥에 던져 두고 무릎걸음으로 다가가 물었다.

"우리 지원이, 이모 때문에 깼어?"

"응."

잠결에 눈도 제대로 못 뜨고 꼬물거리는 모양새가 귀여워 자그마한 정수리와 이마에 뽀뽀를 퍼부었다.

"시끄럽게 해서 미안. 어서 들어가서 자. 내일 주말이니까 이모랑 재밌게 놀자."

아이가 고개를 끄덕이고는 다시 방으로 들어가자 은주가 뒤따르며 말했다.

"피곤할 텐데 너도 어서 자."

샤워를 하고 나오자 시간은 벌써 새벽 1시를 넘어가고 있었다. 로션을 바르고는 책상에 놓인 비타민 통과 철분제 통을 들었다.

'몸은 어때? 빈혈도 있고 그랬잖아.'

노란색, 황갈색 알약 두 알을 물 한 모금과 함께 털어 넣고는 책상 서랍 깊숙이에서 노트를 꺼내 들었다. '2007'이라고 금박이 수놓여 있는 갈색 다이어리는 잘 보관되어 흠집 없이 깨끗했지만, 누렇게 바랜 종이는 세월의 흔적이 고스란히 묻어났다. 다이어리를 펼치자 오밀조밀한 글씨가 빼곡한 페이지가 나왔다.

2007년 3월 20일 — Worst or Best day
그를 만났다.
내가 상상했던 재회란 4시에 딱 맞춰 교문에 나가 차에 오르며 '서

은혜예요.' 차분하게 인사를 건네는 것이었지만, 늘 그렇듯 인생 내 뜻대로 되지 않았다.

하필이면 그것들이랑 싸우는 걸 들킬 줄이야. 어디서부터 들었을까. 제발 처음부터는 아니기를. 뒤돌아 차로 걸어가는 동안 머릿속이 도화지처럼 하얘졌다. 차로 돌아온 그가 '앞으로 앉아. 난 기사가 아니야.'라고 말하기 전까지 심지어 내가 뒷좌석에 앉은 줄도 몰랐다. 기사라니! 안 그래도 첫인상도 거지 같았는데, 망신살이 뻗쳐도 유분수지, 나를 위아래도 없는 싸가지로 본 건 아니겠지?

집으로 가는 내내 이대로 내 존재가 연기처럼 사라지거나 지붕을 뚫고 우주 바깥으로 날아가게 해 달라고 간절히 기도했다. 물론 신이 그렇게 한가하지 않단 걸 알고 있기에 나는 이너피스를 되뇌었다. 그리고 깨달았다. 2년 전 설날 명절음식을 들고 왔을 때 문을 열어 준 날 기억하지 못한다는 걸.

그게 말이 돼? 난 그날 추위에 붉게 물든 얼굴과 입고 있던 검은 코트와 날 내려다보던 깊고 서늘한 눈빛 모두 정확히 기억하고 있는데, 날 기억 못 하다니! 그게 가능하다고? 내가 절대 그렇게 쉽게 잊힐 얼굴이 아닌데? 아, 자존심 상해.

하지만 지금으로서는 그가 날 기억 못 하는 게 최악인지, 애들이랑 싸우다 들킨 게 더 최악인지 도저히 고를 수가 없을 지경이었다. 레벨 테스트도 더 잘 볼 수 있었는데, 긴장한 탓에 30문항 중에 4개나 틀렸다. 내 인생 최악의 점수였지만 그는 나쁘지 않다는 표정이었다. 나에 대해 과소평가를 하고 있단 게 마음에 걸렸으나 긍정적으로 생각하기로 마음먹었다. 내가 얼마나 똑똑하고 명석한 애인 줄 알게 되어 안 좋은 첫인상이 조금이나마 회석되길 바랐다.

벌써 그를 만날 화요일이 기대가 된다. 시간아, 어서 빨리 가라. 어서 해가 뜨고 어서 해가 져서 그를 내게 데려다주렴.

2007년 4월 22일 ─ A Review of 윤태하

그간 나는 그의 수많은 미담을 믿지 않았다. 아빠는 굉장히 자주 그를 아들 삼고 싶다고 하셨고, 언니는 10여 년을 보아 왔지만 단 하나의 흠도 잡을 게 없는 아이라고 말했다. 너무 많이 이야기를 들은 나머지 단 한 번도 그를 본 적이 없음에도 어느 순간부터는 마치 잘 아는 사람 같은 기시감이 들 정도였다. 하지만 아빠와 언니가 다른 이들에게 너무 관대하단 걸 알고 있기에 그 이야기의 절반의 절반은 걸러 들었다. 그리고 2년 전 새해 그를 만났다.

휴식을 깨는 인터폰 소리에 '누구세요.' 응수하는 퉁명스러운 내 물음에 그는 '서 사장님 회사에서 일하는 한정연 비서의 아들인 윤태하입니다. 어머니께서 설음식을 조금 해서 보내셨어요. 오늘 오후에 방문하겠다 미리 전화를 드렸습니다.'라고 또박또박 말했다. 그 유명한 윤태하라고? 음질이 떨어지는 인터폰 너머 들려오는 차분한 저음과 말끝을 흐리지 않은 말투가 꽤나 인상 깊었다. 뭐, 나쁘진 않아. 순순히 그가 예의 바르다는 건 인정했지만 이 정도로 귀가 따갑도록 들었던 미담이 진짜라 입증하긴 어려웠다. 드디어 진실을 판가름할 기회가 왔단 기대에 부풀어 인터폰으로 문을 열어 주고 현관 앞을 서성였다. 마침 아빠는 근처에 지인이 와서 잠깐 나가셨고, 언니는 외출 중이었다. 벨 누르는 소리에 나는 문을 열었다.

좋……아. 그가 잘생겼다는 것도 인정했다. 외국인들의 시원시원하고 뚜렷한 피지컬에 익숙한 내 눈에도 그의 수려한 외모와 반듯한 체격은 모자람이 없었다. 결정적인 건 그의 눈빛이었다. 그 서늘하고 무심한 눈빛에 나는 무언가에 홀린 듯 아무 말도 할 수가 없었다. 그는 '서 사장님은 안 계시나요?' 하고 물었고, 나는 두어 번 눈을 깜빡이고 나서야 그의 질문을 이해할 수 있었다. '지금 집에 아무도 안 계시는데…….' 하고 말꼬리를 내리는 내게 그는 들고 있던 보자기에 싸인 찬합을 내밀었다. 그것을 받아들며 스친 그의 손가락은 얼음처럼 차가웠다. '그럼 좀 전해 주시겠어요?' 하고는 인사를 한 그가 사라진 뒤에도 나는 한참 동안 신발장 앞에 서 있었다.

설 명절을 한국에서 보내고 미국으로 돌아왔다. 시간은 천천히, 그리고 빠르게 흘렀고 춥고 매서운 뉴저지의 겨울이면 난 자주 그를 떠올렸다. 여전히 눈빛이 서늘한지, 그 손은 아직도 차가운지. 그렇게 떠올릴 때면 왜인지 모르게 가슴이 뜨끈해지는 기분이었다. 그리고 다시 그를 보았을 때 나는 그 느낌의 정체를 깨달았다.

그가 내 길버트라는 걸.

몇 장을 넘기던 은혜는 한 페이지에 멈췄다.

2007년 5월 16일 — The Winner Takes It All
아빠가 제일 좋아하는 가수 ABBA는 말했다. 승자는 모든 걸 갖는다고.
드디어 그날이 왔다. 언니가 비싼 거니까 절대로 눈독 들이지 말라고 신신당부했던 블라우스에 청치마를 입고 (또 요망하니 서희빈이니 할 테지만 흥,

그러거나 말거나.) 혹시나 길을 잘못 들어 아까운 시간을 날려 먹을까 봐 택시를 타고 한국대로 갔다. 너무 빨리 출발한 탓에 2시도 못 되어 도착했다. 캠퍼스는 넓었지만, 언젠가 가 봤던 미국 대학의 캠퍼스의 규모를 아는지라 많이 놀랍지는 않았다. 법학관으로 가서 기다릴까 하다가 너무 속 보이는 것 같아서 참았다.

수업이 끝난 그에게서 전화가 왔을 때는 캠퍼스를 어슬렁거린 지 한 시간 반이 지나서였다. 우리는 도서관을 구경하고 박물관도 둘러보았다. 그리고 교내에서 가장 유명하다는 호숫가 산책로의 벤치에 앉아 쉬었다. 그는 풍경을 보았고, 나는 그가 보고 있는 풍경을 사진 찍었다. 무지갯빛 물방울을 뿜어내는 분수와 오후의 햇살이 넘실대는 호수를 바라보는 그의 시선이 곧 나의 시선이었다. 멈춰진 시간 안에 우린 함께 있었다. 그 순간 도서관에서 보았던 영문소설에 나왔던 구절이 떠올랐다.

'영원이라도 이렇게 앉아 있을 수 있을 것 같아.'

영원이라도 그렇게 앉아 있고만 싶었다. 커피를 쏟아 가며 밤샘을 해서 수학 백점을 맞았던 것에 넘치도록 충분하게 보상받은 듯한 기분이었다. 방해꾼이 나타나기 전까지 말이다. 이름은 박준호, 둘은 고등학교 때부터 친구였다는데, 성격은 또 전혀 딴판이라 눈치도 빠르고 좀 음흉해 보이는 스타일이었다. 심지어는 그에게 미팅에 같이 나가자고 해서 커피를 쏟을 뻔했다. 다행히도 그가 단칼에 싫다고 말해 참을 수 있었다.

밥을 먹으러 가는 길에 가판에서 파는 분홍 하트 펜던트 팔찌를 발견한 건 정말 운명 같은 일이었다. 나는 한국대에 온 기념으로 사 달라고 했지만, 그걸 본 순간 길버트가 앤에게 선물로 주었다던 분홍색 하트 펜던트를 떠올렸기 때문이었다. 그가 처음으로 사 준 선물이니 평생 차고 다

너야지!

나는 왜 그에게 여자를 만나지 않냐고, 외롭지 않냐고 물었다. 그는 외로움이란 곁에 있던 소중한 누군가가 사라질 때 느끼는 거라고 했다. 누굴 말하는 걸까? 아버지일까? 그 말을 하는 얼굴이 너무나 쓸쓸해 보였다. 하지만 하나를 얻으면 다른 걸 잃어야 한다는 그의 말엔 동의할 순 없었다. 그라면 모든 걸 충분히 얻어 낼 수 있음에도, 더 욕심을 부릴 가치가 있는 사람임에도 스스로에게 너무 인색하게 군다는 생각을 지울 수가 없었다. 하지만 그렇기에 그가 여자를 멀리하고 있단 건 나에게는 또 다행인 것이었다. 나는 그에게 말했다.

'The Winner Takes It All.'

그때 그는 웃었다. 마치 어린아이를 보듯 그렇게.

하지만 그는 모른다. 나는 승자가 될 것이고, 그도 놓치지 않을 것이다.

일기장을 꺼낸 서랍 깊숙이 손을 넣은 은혜는 숨어 있던 팔찌를 꺼냈다. 민혁이 선물로 준 팔찌를 빼고 은팔찌를 꼈다. 무려 12년 전 것이었지만 틈틈이 녹 제거도 해 주고 고장 난 걸쇠도 고쳐 놓은 덕인지 아직도 멀쩡했다.

2007년 7월 13일— Red string

새벽 2시.

여전히 머리는 어지럽고, 가슴이 뛰고 그가 생각이 난다.

이것은 빈혈 때문이 아니다.

눈에 보이지 않지만 그와 내가 연결되어 있음을 느낀다.

절대 끊어지지 않을 운명이란 붉은 실로.

다음 페이지도 다다음 페이지도 첫사랑의 열병에 빠진 소녀
의 달콤한 문장이 이어졌다. 하지만 다가올 일을 알고 있는 그
녀의 눈빛은 침잠했다.

2007년 8월 22일 — 그날

생각보다 빠른 귀국에 내일부터 수업할 수 있겠냐고 그에게 문자를
보내려던 찰나에 아빠에게서 전화가 왔다. 태하 옷을 사고 다 같이 저
녁이나 먹자는 말에 무언가가 뒷목을 잡아당기는 느낌에 고개를 돌려 밖
을 보았다. 소나기가 그친 바깥은 후덥지근한 열기로 가득 차 있었다. '저
녁이요?' 하고 묻자 '그래. 언니도 불렀는데, 한 비서도 같이 볼까?' 하는
물음이 되돌아왔다. '마음대로 하세요.' 하고는 전화를 끊었다. 샤워를 하
고 옷을 입고 버스에 올랐는데, 희한하게도 덥다는 생각이 들지가 않았다.
서늘한 뉴저지의 기온에 익숙한 내게 훅훅 달아오르는 한국의 여름은 고문
과도 같았는데도 이상하게도 더위를 느끼지 못했다. 아지랑이가 피어오
르는 백화점 앞의 사거리를 멍하니 바라보며 나는 수일 전 이모가 하셨던
말씀을 떠올렸다.

'네 엄마 간 지도 10년이 넘었는데, 언제까지 홀아비로 사시게 둘 순
없는 거 아니니. 이제 좋은 사람 만나 다시 시작하셔야지.'

이어서 며칠 전 은주 언니가 지나치며 물었던 질문이 떠올랐다.

'넌 한 비서님 어때?'

기민하게 이상한 느낌을 알아챈 내가 뭐가 어떠냐는 거냐고 되물

었고, 사람 좋아 보이지 않으시냐고 자문자답하는 언니가 비밀스러운 이야기를 꺼냈다. 원래 태하가 한 비서님의 아들이 아니라 조카라고. 언니가 사고로 죽고 어린 조카를 거둬다 키운 거라고. '그래서 태하도 한 비서님 말이면 무조건 네, 하잖아.' 했다. 놀란 내가 부모님에 대해 묻자 아버지는 원래 없었으며 어머니는 여섯 살에 돌아가셨다고 말했다. 언니는 '결혼도 안 한 처녀가 그러기가 쉽지가 않은데 참 대단하지? 믿을 만한 좋은 분인 것 같아.' 했다.

그가 오자 나는 신사복 매장으로 이끌었다. 무엇인가가 나를 조급하게 만들고 불안하게 했다. 아니라는 걸 두 눈으로 똑똑히 확인하고 싶었지만 동시에 도망치고 싶었다. 혼란스러운 상황에서 무턱대고 그에게 검은색 슈트를 내밀었다. 예상했던 대로 그는 거절했다. 예상치 못한 건, 그럴 걸 알았으면서도 참을 수 없이 서운한 내 마음이었다. 그에게 묻고 싶었다. 누구에게나 베푸는 선의였냐고. 당신의 굳건한 원칙 바깥에 있는 수많은 사람들 중에 하나냐고. 당신도 알고 있었냐고. 우리가 모르는 곳에서 벌어지고 있는 일들을. 그래서 내 과외 선생 자리를 수락한 거냐고.

만약 그때 아빠가 오지 않았다면 기어코 눈물을 흘리며 소리쳐 물었을지 모르겠다. 그 뒤로는 내내 최악이었다. 우리는 둘 다 고집을 부렸고, 내내 어색한 말다툼이 이어졌다. 추스를 수 없는 감정을 겨우 끌어안고 식당에 앉자 그는 내년부터는 본과라 올해까지만 과외를 하겠노라 말했다. 그의 목소리에 담긴 확신과 거리감은 아무리 두드려도 열리지 않을 철옹성처럼 느껴졌다. 그리고 결국 터지고야 말았다.

'아빠, 한 비서님이랑 재혼하실 거예요?'

나의 물음에 아빠는 내 눈을 피했고, 언니는 당황해서 어쩔 줄 모르는 표정으로 그의 눈치를 살폈다. 그는…… 모르고 있었다. 나처럼 아무것도 모르고 이 자리에 끌려 온 거였다. 도저히 참을 수 없어 자리를 박차고 일어났다. 지는 해가 내 뒤를 따라오는데, 머리도 아프고 배도 아프고 온몸이 두들겨 맞은 듯 아팠다.

가는 길에 약국에 들어갔다. 약사가 '어디가 아프세요?'라고 물었다. '그냥 죽을 것처럼 아파요.' 할 수는 없어 '잘 듣는 진통제 하나만 주세요.' 했다. 사실 어떤 약을 먹는데도 나아지지 않을 것을 알고 있었지만 알약 두 알을 입안에 털어 넣으며 생각했다. 그가 안다면, 무슨 반응을 보일까? 그가 이 사실을 알게 된다면 놀랄까? 축하할까? 혹은 싫다고 생각할까? 아니. 그는 절대 싫다고 하지 않을 것이다. 그가 선택한 단 두 가지가 가족과 꿈이라고 했다. 그런 그가 고아가 된 자기를 거둬 키워 준 이모의 행복이라면 망설일 이유란 없었다. 적어도 그녀 때문에 반대할 일은 절대 없을 거라 장담할 수도 있었다.

열린 전철 문 밖으로 뛰쳐나오고서야 내려야 할 역이 아니라는 걸 알아챘다. 내 어깨와 내 팔과 손을 치고 지나가는 사람들 속에 그가 보였다. 그 순간에도 나는 확신했다. 그가 길버트라는 것을. 그는 아무것도 묻지 않았다. 왜 화를 냈는지, 왜 갑자기 뛰어나왔는지 아무것도 묻지 않고 그저 머리 아픈 건 어떠냐고 물을 뿐이었다. 참을 수 없는 눈물이 흘러나왔다. 아마 당신은 모르겠지. 내가 얼마나 당신을 좋아했는지. 우리가 서로에게 느낀 이 감정들의 정체도. 그걸 말할 기회는 없을 거란 걸 알았다. 아마도…… 영원히.

뒤페이지는 없었다. 일기는 그곳에서 끝이 나 있었다. 하지만 기록되어 있지 않은 12년 전의 기억은 그녀의 뇌리에 생생히 남아 있었다.

그 일이 벌어지고 얼마 후 은혜는 미국행 비행기에 올랐다. 다시 뉴저지의 이모 댁에 머물며 고등학교를 다녔고, 아빠는 회사로, 사법고시를 패스한 언니는 로펌으로 들어갔다. 그리고 이모와 이모부의 보살핌 속에 그녀는 뉴욕대 경영학과에 진학했다. 마치 그녀가 한국에 오기 전처럼, 그를 만나기 전처럼 그렇게 시간은 그해 봄과 여름을 꿀꺽 삼키고 유유히 흘러갔다.

손목에서 달랑거리는 분홍색 하트 펜던트를 보던 은혜는 펜을 들어 다음 페이지에 글을 써 내려가기 시작했다.

2019년 2월 18일 — One more, Last Chance

일생에 세 번의 기회가 찾아온다고 했다. 난 첫 번째 기회를 눈물 흘리며 놓았고, 두 번째는 눈앞에서 놓쳤다. 그리고 이번이 마지막 기회라는 걸 알아차렸다. 마음을 정한 나는 핸들을 돌리고 후방 카메라에 잡힌 차를 확인했다. 사이드 미러로 거리를 가늠하고 망설임 없이 후진했다. 쿵, 하고 무언가가 찌그러지고 깨지는 느낌과 함께 센서가 요란하게 주차장에 울려 퍼졌다. 차에서 내린 나는 범퍼가 찌그러지고 라이트가 나간 걸 확인하고는 안면이 익은 주차 관리인에게 가서 명함을 그에게 전달해 주길 부탁했다.

오전 내내 그를 만나면 무슨 이야기를 해야 할지 어떤 얼굴을 해야 할지 고민했지만, 소용없었다. 그를 보자마자 머릿속이 하얘졌으니까. 그는 강남 대로변에서 그를 처음 발견했던 3일 전의 나와 똑같은 표정으로 나를 보았다. 정말로 어이없게도 성형외과전문의 윤태하라는 명패 앞에 서서. 그를 찾으려 했던 부단한 노력이 허사였던 이유가, 그를 흉부외과협회, 한국대병원의 흉부외과 명단에서 찾을 수 없었던 이유가 단번에 설명이 되었다. 왜 그가 흉부외과의가 아닌 성형외과의가 되었는지 궁금했지만, 그는 그 질문에 아무런 답도 해 주지 않았다. 나는 내가 12년 전보다 훨씬 더 매섭고 날카로워졌다고 생각했지만 그 역시 그 시간 동안 더욱 견고하고 단단해져 있었다. 뚫지 못할 것이 없는 창과 절대 뚫리지 않는 방패처럼.

낡은 사진을 들었다. 해가 지는 한국대 교정을 배경으로 어깨를 맞대고 남녀가 앉아 있었다. 단정한 짧은 머리카락에 서늘한 눈매를 한 남자를 한참 보던 은혜는 다시 펜을 들었다.

하지만 나는 포기할 수가 없다. 내게 이건 마지막 기회니, 나는 그가 아니면 안 되니, 나는 도저히 그를 놓을 수가 없으니 이번에는 그가 포기하게 할 수밖에.

기억의 열쇠

흔히들 뇌를 기억의 창고라 부른다. 기억이란 어떠한 경험이나 학습에 의해 뇌 안에 물리적, 화학적 변화가 생기는 것으로 그때 생긴 흔적을 엔그램이라 한다. 엔그램이 만들어지는 과정에서 같이 활성화된 신경 세포는 일종의 기억의 열쇠가 되는데, 어떤 자극이나 감각과 연결되어 있어 특정한 물건이나 냄새, 소리에 기억을 불러일으키곤 한다. 어떠한 향기에 설레었던 첫사랑을 떠올리거나 길거리 상점에서 흘러나오는 옛 노래에 슬픈 이별의 순간을 떠올리는 것이 그 예다. 이 열쇠를 가지고 있는 한 우리는 늘 기억의 창고로 들어갈 수 있는 것이다.

차를 주차시키고 있는데, 요란스러운 주차 경보음과 함께 차가 지하 주차장으로 내려오는 소리가 들렸다. 익숙한 빨간 스포츠카가 유연하게 커브를 틀어 그의 차 옆에 섰다. 단 한 번에 주차선 안에 세운 차에서 내린 은혜가 인사를 건넸다.

"좋은 아침이에요."

빨간 스포츠카와 빨간 입술. 그 선연한 색채는 잿빛 공간에서 단연코 비현실적으로 돋보였다.

"좋은 아침."

무뚝뚝하게 인사를 건네고 성큼성큼 엘리베이터로 향하자 또각거리는 힐 소리가 뒤따랐다. 딩동 하며 열린 엘리베이터 안으로 들어갔다. 1층, 10층. 각자 버튼을 누르고 반대편에 섰다. 여자가 침묵을 깨고 입을 뗐다.

"그때."

"……?"

"초가집에서 만나고 헤어질 때 할 말 있었는데 왜 그냥 갔어요?"

"무슨 할 말?"

"점심 같이 하잔 말요."

B3, B2. 올라가는 숫자를 보고 있던 태하가 답했다.

"미안해. 선약 있어."

"그럼 내일 점심은요?"

"그 날도 있어."

"그럼 모레는요?"

고개를 돌린 그가 그녀를 쳐다보자 은혜가 짓궂게 되물었다.

"표정 보니 그 날도 선약이 있다고 말할 참이었나 봐요?"

딩동. 열린 엘리베이터가 대신 대답을 해 주자 여자의 웃음소리가 바깥으로 이어졌다.

"그럼 또 봐요."

문 사이로 그녀가 사라지고 그 홀로 남게 되었다. 우연한 만남이었다고 생각했지만, 그 생각을 비웃듯 점심 식사를 같이 한 이후 계속 그녀를 보았다.

이틀 전, 주차장에서 본 여자는 겨드랑이에 코트를 끼고 가방과 텀블러를 들고 차에서 내리고 있었다. 벨소리가 울리자 가방을 차 지붕에 올려놓고 전화를 받았다. 통화를 하며 바쁜 듯 종종걸음으로 엘리베이터에 오르자 차 지붕에는 덩그러니 클러치백만 남겨졌다. 빨리 제 손에 가방이 없단 걸 알아차리기를 바라며 기다리자 얼마 후 그녀가 헐레벌떡 돌아왔다. 가방을 들고 사라지자 그제야 병원으로 올라간 그는 그날 처음으로 지각 출근을 했다.

어제는 거리에서였다. 근처 칼국수집에서 점심을 먹고 돌아오는 길에 그녀를 보았다. 동료로 보이는 여자 둘과 같이 걸어가던 은혜는 다행히 그를 보지 못하고 지나쳤다. 특유의 도도한 걸음걸이와 서늘한 바람을 가르는 웃음소리. 준호가 '뭐 해, 안 가?'라고 물었을 때야 신호가 바뀐 줄도 모르고 여자를 보고 있었다는 걸 깨달았다.

마주 보는 건물, 같은 주차장. 그보다 더 심각한 문제는 그의 신경이 온통 그녀에게로 향하고 있단 것이었다. 똑같던 일상이 달라지고, 잔잔하던 호수는 파도로 출렁였다. 그녀를 만난 이

후 좀처럼 평정을 유지할 수가 없어 진료 중에도 종종 몰려오는 생각을 멈추기 위해 숨을 가다듬어야 했다. 아무도 그의 변화를 눈치채지 못했지만, 그 스스로는 알고 있었다. 그가 흔들리고 있단 걸. 이런 식의 만남이 얼마나 더 빈번이 벌어질까. 그나마 다행인 것은 그의 출근이 2주도 채 남지 않았다는 것이었다. 당장 내일부터는 차를 놓고 버스를 타고 출근해야겠다 다짐하며 진료실로 들어간 태하는 책상 위에 놓인 것을 발견하고 우뚝 걸음을 멈추었다.

마침 뒤따라온 김 실장이 말했다.

"아. 윤 원장님께 아침에 배달 왔었어요."

풍성한 이파리 사이로 보이는 낯익은 꽃에 봄 처녀처럼 가슴이 울렁울렁거렸다.

"그런데 보낸 사람 이름도, 카드도 없고 그냥 꽃만 왔더라고요. 잘못 왔나 싶어서 거듭 물었는데, 원장님 이름은 정확하고요. 혹시 누가 보낸 건지 짐작 가시는 데 있으세요?"

"글쎄요."

화사한 꽃망울에서 겨우 시선을 거둔 그가 옷을 걸고 의자에 앉자 김 실장이 예약표와 차트를 건네며 고개를 갸웃거렸다.

"그런데 처음 본 꽃인데, 대체 무슨 꽃인지 모르겠더라고요."

"동백꽃이에요."

"어머, 이게 동백꽃이에요? 되게 독특하다 했는데 꽃다발로 만든 건 처음 봐서 몰랐어요. 아, 꽃병 찾아서 꽂아 드릴게요."

김 실장의 목소리가 방문 밖으로 멀어지자 눈을 들어 기름을 발라 놓은 듯 반들반들한 이파리 사이로 탐스럽게 핀 붉은 꽃을 보았다. 찰칵, 하고 열쇠로 열고 들어가자 대뇌 깊숙이에 묻어 두었던 그 봄 기억의 흔적들이 아련하게 펼쳐졌다.

'운명을 믿어요?'

'아니.'

'평생 안 마주칠 거라고 생각했어요? 좁은 서울 하늘 아래, 몇 안 되는 대학병원 응급실에 있으면서?'

하얀 포말을 일으키는 파도에 와르륵 밀려들어 오는 돌들을 보며 여자가 알 듯 모를 듯한 미소를 지었다.

'인생 뜻대로 안 되죠? 그것 또한 운명일 수도 있어요.'

돌아온 김 실장이 꽃병을 책상 한편에 놓으며 말했다.

"어제 Ptosis(안검 하수) 수술하신 김영란 환자분 두통으로 못 주무셨다고 오신다고 하셔서 9시에 잡아 드렸어요."

"알겠습니다."

차트를 펼치자 철컥, 닫힌 문 너머 은은한 꽃향기로 가득했던 봄날의 기억들이 사라졌다.

인생이 뜻대로 흘러가지 않는다는 말을 다시 떠올린 건 며칠 후 예상치 못한 손님과 맞닥뜨리게 되면서였다. 간호사의 안내에 진료실로 들어온 세련된 하얀 정장 차림의 여인이 명함을 건네며 말했다.

"탑에듀 교육 주식회사 시스템 지원 팀장 이선영입니다."

태하가 명함을 차트 위에 놓고 스툴을 가리키자 여자가 앉으며 고맙습니다, 했다.

"저희 부대표님과 여기 원장님께서 고교 동문이시더라고요. 얼마 전 동창회에서 만나셨다고 말씀하시면서 이곳을 추천해 주셨어요. 그래서 김 원장님께 상담을 받으려 했는데, 또 저희 서은혜 강사님과 윤 원장님이 특별한 인연이 있으시다고요?"

다소 호들갑스러운 물음에 맞은편에 앉은 여자를 보았다. 그의 시선에 담긴 나지막한 비난에도 은혜는 화사하게 웃으며 말했다.

"제 성적을 올려 주신 소중한 은사님이시죠."

"그러니까요. 대한민국에서 손꼽히는 스타 강사를 키운 과외 선생님이라니, 청출어람이란 말이 이런 데서 나온 게 아니겠어요? 윤 원장님 역시도 아직 젊으신데 이쪽에서 굉장히 실력이 좋기로 유명하시던데요."

"과찬이십니다. 서 선생님이야 제가 아니어도 원래 타고난 머리가 좋은 똑똑한 분이었으니까요. 그런데 정확히 무슨 일로 저희 병원에 찾아 주신 건지……."

"호호호. 제가 사설이 길었나요? 저희 탑에듀 학원에는 강사 분들이 많으세요. 단과부터 EBS강좌, 인터넷 강의까지 수많은 강사들이 포진해 계시는데, 그중에 서 강사님은 탑 중에서도 탑이시죠."

수능 설명회에서 들을 법한 설명에 태하는 다시 네, 하고 대답했다.

"성형외과 전문의시니까 잘 아시겠지만, 요즘은 강사들도 외모가 굉장히 중요해요. 얼마나 강의를 잘하고 얼마나 성적을 올려 주느냐와 함께 얼마나 호감 가는 스타일인가도 따져 보게 되죠. 머리나 옷을 스타일링해서 보완하지만 솔직히 본판의 한계란 존재하니까 어쩔 수 없이 전문가의 손길이 필요할 때가 있어요."

이 팀장이 몸을 돌려 은혜를 보았다.

"저희 서 강사님께선 워낙 비주얼이 훌륭하셔서 이쪽까진 올 일이 없었는데, 4월에 프로필 촬영이 있고 6월에는 수능 설명회도 있어요. 두 분이 서로 아시는 사이라 하니 좀 더 신경 써서 도움을 주실 것 같아 상담차 왔어요."

행동반경이 겹치는 지역만 피하면 된다는 생각에 허를 찔렸다. 병원으로 찾아올 줄은 예상도 못 했다. 하지만 그건 알았다. 누가 먼저 오자 했는지 알 순 없으나 여기가 아니라면 서은혜가 절대 오지 않았을 거란 걸. 또한 자신감과 자기애로 똘똘 뭉친 그녀가 정말 성형이 필요해서 온 게 아니라는 것도. 혼자 왔다면 내보냈을 텐데. 그럴 줄 알았으니 동행을 했겠지. 그가 하고 있는 생각을 그녀가 안 할 리가 없었다.

"혹시 어디 마음에 안 드시거나 생각해 두신 게 있으신가요?"

차트를 펼치며 묻는 그에게 은혜가 되물었다.

"전문가의 눈으로 보시기엔 어떠세요?"

그러고는 책상 위에 놓인 판넬의 성형 전후 사진을 가리켰다.

"이렇게 눈을 살짝 트면 좀 예뻐 보일까요?"

"지금도 충분히 크세요. 트면 삼백안이 돼서 무서워 보일 가능성도 있습니다."

"그럼 눈꼬리를 좀 올려 볼까요? 요즘 고양이 상이 유행이라는데."

"지금도 고양이 상이시잖아요."

"그럼 코를 살짝 손보면······."

"안 건드리는 게 좋을 것 같습니다."

쏟아 내는 질문에 조목조목 팩트 폭격을 하는 그를 은혜가 갸름한 눈으로 노려보았다.

"그럼 가슴은 어때요?"

기습 공격에 당황해 아무 말도 못 하는 그에게 그녀가 다시 물었다.

"사이즈를 좀 키워 보는 것도 좋지 않을까요?"

"사이즈를······."

하고 잠시 멈춘 그가 표정을 가다듬고 말을 이었다.

"키워야 할 정도는 아니실 것 같습니다."

"정확히 제 사이즈도 모르시잖아요."

저 도발에 말리면 안 돼. 정신 차려. 태하는 최대한 냉정한 어조로 말했다.

"저로서는 그게 아이들을 가르치는 것과 어떤 연관이 있는지 모르겠습니다."

무의미한 설전을 막아선 건 이 팀장이었다.

"아유, 우리 서 강사님 농담도. 진짜 두 분이서 친하시긴 한가 봐요. 서 강사님이 그런 흰소리하실 분이 아닌데. 사실 강사님이 다 좋으신데, 혈색이 좀 창백하신 편이어서요."

이 팀장의 말에 다시 은혜를 보았다. 기억 속의 그녀는 피부가 하얀 편이긴 했으나 창백하다고 느낀 적은 없었다.

"요즘 남자 강사님들도 화면발 잘 받으려고 물광 주사나 보톡스 같은 거 많이 맞으시거든요. 확실히 맞으시면 얼굴이 환해 보이더라고요. 우리 서 강사님도 하시면 좋지 않을까 생각하는데……."

너 나 할 것 없이 이름만 달리한 피부 재생 주사가 남발되고 있는 것이 현실이긴 하나 그는 특별한 경우가 아니고선 젊은 환자에게 권하지 않는 편이었다.

"그건 피부 상태를 보고 말씀드리죠."

태하는 메이크업을 지운 맨 얼굴의 스캔을 뜨고는 피부 측정기로 얼굴 곳곳을 확인했다.

"조금 예민해져 있는 상태고 건조하신 편이에요. 하지만 전체적인 피부는 좋습니다."

"이 주근깨는 레이저 같은 걸로 제거 가능하지 않나요?"

이 팀장이 화면으로 보이는 점을 가리키자 태하가 답했다.

"그건 환자분의 의사에 따라 결정할 일이죠."

"망설일 게 뭐예요? 온 김에 하시죠. 요즘 레이저로 하면 감쪽같이 지워지는데."

이 팀장의 적극적인 부추김에 은혜가 물었다.

"선생님 생각은 어떠세요?"

"……."

"만약 선생님 여자친구에게 이런 주근깨가 있다면 제거하라고 하시겠어요?"

"다시 한번 말씀드리지만 중요한 건 제가 아니라 환자분의 의사……."

"전 선생님 의견이 듣고 싶은데요."

고집불통, 고집불통. 한숨을 삼키며 말했다.

"불편하지 않으시다면 화장으로 충분히 커버가 가능하시니 그냥 있으셔도 좋을 것 같긴 합니다."

그의 대답이 마음에 드는 듯 은혜가 환하게 웃으며 말했다.

"제 의견도 그래요."

아니, 레이저 몇 번이면 감쪽같이 지울 수 있는데, 하며 이해할 수 없단 표정의 이 팀장의 말에 은혜가 고개를 저었다.

"전 이 주근깨가 좋거든요."

"지금으로선 혈색이 창백한 이유가 피부 문제 같지는 않고요."

"피부 문제가 아니라면 뭐가 문제죠?"

"여러 문제가 있을 수 있지만, 대부분 전신적 문제일 가능성이 많습니다. 만성 피로나 불면증이나 빈혈 같은 것들이요. 전신적 문제에 기인한 걸 피부 재생 주사를 맞는다고 해결될 것 같진 않습니다."

"그럼 어떻게 하면 좋단 말씀이시죠?"

당황한 이 팀장에게 태하는 차트에 내용을 기입하며 담담한 목소리로 답했다.

"푹 자고, 잘 드시고 하면 나아지겠죠."

"푹…… 자고 잘 먹으라고요? 그게 단가요?"

"네."

"그러면 여기서 해 주실 게……."

"저희로서는 도와드릴 게 없네요."

"아니 그게 무슨……."

황당한 기색이 역력한 이 팀장의 말을 막은 것은 요란스러운 벨소리였다. 그녀는 핸드폰을 들고 검사실을 나갔다 들어와 말했다.

"급한 손님이 오셔서 들어가 봐야 할 것 같은데. 서 강사님, 같이 가시죠. 여기서 더 답을 얻긴 힘들 것 같은데요."

은혜가 고개를 돌리지도 않은 채 말했다.

"이 팀장님 먼저 들어가세요. 저는 조금 더 상담받아 보고 들어갈게요."

이 팀장이 가자 검사실에는 그들만 남게 되었다. 환영받지 못할 줄은 알았다. 하지만 이런 축객령이라니. 황당한 웃음을 흘리며 은혜가 물었다.

"이런 식으로 환자 내쫓고 돈을 어떻게 버는 거예요? 환자는 답을 얻으러 이곳에 왔는데, 의사로서 해 줄 말이 잘 자고 잘 먹고, 그게 끝이에요?"

"애초에 진심으로 상담받을 생각도 없었잖아. 빈혈 검사나 다시 한번 받아 봐. 남의 직장에 이렇게 장난식으로 찾아와 사람 곤란하게 하지 말고."

"장난 아닌데. 보고 싶어서 온 거예요."

당황한 그에게 쐐기를 박듯 다시 말했다.

"보고 싶어서 왔다고요. 이제 어디 있는지 알았으니까 보고 싶을 땐 찾아올 거고, 만나고 싶으면 만나러 올 거예요."

"넌 정말…… 여전하구나."

제멋대로고, 어디로 튈지 모르겠고, 늘 원하는 것에 솔직하고, 너무나도 쉽게…… 무장 해제 시키지. 그래서 너와 있으면 난, 겁이 나.

차트를 탁 소리 나게 덮은 그가 물었다.

"내가 만나고 싶어 하지 않을 거란 생각은 안 들어?"

"……."

"조심히 가."

일어나려는 그를 붙잡아 세운 건 그녀의 말이었다.

"아니라고 하면서도 눈빛은 그렇지 않잖아요."

"……."

"싫다고 밀어내면서도 나 보고 있잖아요. 나 혼자만의 감정이라고 말하지 말아요. 한 번은 솔직해져 봐요. 아니라고 말 못 하겠죠? 솔직히 그때…… 이야기만 오갔지 실제로 사귀신 것도 아니고 약혼한 사이도 아니었어요. 친구 같은 좋은 동료셨다고요. 어찌 됐든 헤어지셨고, 벌써 12년이나 지났어요. 12년요."

격앙된 그녀와 달리 그는 차분하기 이를 데 없는 목소리로 되물었다.

"그래서? 시간이 지났다고 모든 게 사라지는 게 아니야. 12년이 지났다고 두 분이 결혼하실 뻔했던 일이 사라지는 것도 아니고, 우리가…… 남매가 될 뻔했던 사이라는 게 없어지는 것도 아니야. 묻어 둬야 될 건 묻어 둬. 억지로 파헤쳐서 다시 여러 사람 아프게 하지 말고."

검사실을 나온 태하가 데스크에 선 김 실장에게 차트를 건네며 진료비 받지 마세요, 했다. 가운을 벗고 나온 은혜가 저 아직 상담 안 끝났어요, 하고 뒤따라 진료실로 들어갔다.

"그래서 언제까지 묻어만 둘 건데요? 언제까지 모른 체하고 도망치며 다른 사람들을 위해 내 감정, 내 행복은 외면하고 살 거냐고요? 그거 자기기만인 거 알아요? 자신을 포함해서 모두를 속이고 있는 거라고요."

"어떤 이유로든 내 자신을 모두 내보이고 사는 사람은 없어. 나 하고 싶은 대로 다 하고 사는 사람도 없고."

"그래서 다 참고 누르고 사는 당신을…… 기다리는 나는요?"

"……."

체념과 슬픔이 묻어나는 은혜의 물음에 태하는 아무런 말도 할 수가 없었다.

"내 생각은 안 해요? 내가 아프고 상처 받는 건 상관 안 하냐고요? 혼자 다 희생하는 척 내 마음까지 마음대로 하지 말아요. 나는 싫어요. 더는 이런 식으로 살 순 없다고요. 이젠 옛날처럼 그렇게 놓지 않을 거예요. 바보처럼 물러나지 않을 거라고요."

"서은혜."

그가 무슨 말을 하려는지 예상한단 듯 그녀가 말을 막아섰다.

"아니요. 지금은 아니에요. 그러니까 아무 말도 하지 말아요.

충분히 생각해 보고 답을 주세요."

문을 열고 나가기 전, 여자는 그를 보며 말했다.

"기다릴 테니까."

[오늘 윤 원장 퇴사 송별 회식 있습니다. 빠지는 이 없이 모두 참석 바랍니다. 시간 7시, 장소 해담. — 김정근]

연이은 수술을 끝내고 방으로 돌아온 그가 메시지를 확인했을 때는 이미 저녁 7시가 다 되어 가는 시간이었다. 리더스 병원 단체 채팅방은 퇴사 당사자의 의견과 상관없이 온통 비싼 일식집에 대한 기대와 기쁨에 찬 이모티콘으로 도배가 되어 있었다. 마지막 환자를 보내고 김 실장과 해담으로 가자 정근과 준호, 간호사들이 이미 자리를 잡고 있었다.

"오늘 약속 없었지?"

테이블에 앉는 태하가 황당하단 표정으로 물었다.

"그걸 지금 물어보시는 거예요?"

정근이 통통한 석화 한 점을 집어 오물거리며 옆에 앉은 준호를 가리켰다.

"얘가 없을 거라고 하기에. 술 한잔해야 하는데 마침 입원 환자도 없고, 너도 이제 일주일밖에 안 남았잖아. 기분은 어때?"

"뭐가요?"

"지옥불로 다시 걸어 들어가는 기분 말이야."

정근이 술병을 기울이자 얼른 앞에 놓인 빈 잔을 들었다.

"더블보드(두 개의 전문의 자격증 취득) 좋지. 너야 원래 흉부외

144

과 가려다 방향 튼 거니까. 대표 원장 입장에서야 일 잘하는 의사 놓쳐서 아쉽지만, 아끼고 좋아하는 후배가 지금이라도 꿈 찾아가는 거 두 팔 벌려 응원한다. 인생 한 번인데 하고 싶은 거 하고 살아야지. 근데 진짜 난 놈은 난 놈이다. 아무리 꿈이라지만 나라면 또 못 할 것 같거든. 그때야 멋모르고 버텼지. 다 알면서 어떻게 그 지옥으로 다시 기어 들어갈 생각이 드냐?"

정근의 말에 매일 서너 시간 남짓의 수면과, 눈코 뜰 새 없이 밀려들어 오는 환자와, 눈 좀 붙이려고 하면 울려 대는 새벽 응급 콜에 재가 되어 버릴 것 같은 몸을 이끌고 의국 복도를 휘청거리며 다니던 기억들이 새록새록 몰려왔다.

"2년 차 때였나. 3일 통틀어 다섯 시간도 눈을 못 붙이고 수술 어시스트를 섰다가 졸아서 교수님께 된통 터지는데, 아무 소리도 안 들리는 거야. 욕설이 정수리로 쏟아지는데도 그냥 이대로 쓰러져 다시는 눈을 뜨지 않았으면 좋겠다, 그 생각만 나더라. 완전 번아웃되어 버린 거지."

"외과의라면 다 그런 경험 있죠."

정근의 말에 그때의 기억을 떠올리는 준호도 고개를 주억거렸다.

"그제야 내 상태가 심상치 않단 걸 알아챘는지 치프 선생이 세수하고 오라고 등을 떠밀더라. 변기에 앉아서 딱 15분 졸다가 들어갔는데 그 잠이 얼마나 꿀같이 달던지. 어떻게 그 지긋지긋한 생활을 4년 다시 할 자신이 드냐?"

물끄러미 술잔을 내려다보던 태하가 잔을 들며 말했다.

"해야 한다면 해야죠."

"대단하다. 하긴 너야 한국대병원의 레전드로 남은 놈이었으니까. 중환자실, 응급 콜, 쏟아지는 노티에도 눈 하나 깜짝 안하고 다 해냈잖아. 풀당(full 당직)에도 조는 법도 없고, 오더를 놓치는 법도 없고, 못 견디고 병원 뛰쳐나간 적도 없고. 전공의 지원할 때 교수님들까지 두 팔 걷고 널 데려가려고 난리였었지. 우린 당연히 네가 흉부외과 갈 줄 알았는데, 성형외과로 온다고 해서 얼마나 놀랐는지."

"진짜 대파란이었죠. PS(성형외과)에서 뭐라고 꾀어서 얠 데려간 거냐, 얼마나 뒷말이 많았게요."

"그래서 난 네가 이번에 한국대 CS(흉부외과) 면접 보고 왔다고 했을 때 까일 줄 알았다니까. 너 김현석 과장님한테 엄청 찍히지 않았었냐? 흉부외과로 픽스했다가 네가 물먹여서 레지던트 4년 동안 단 한 번도 네 인사 안 받아 주셨잖아."

"아. 그 교수님. 난 병원 생활 통틀어 그분이 제일 무서웠어요. 가까이 가면 그 싸늘한 기운에 숨도 못 쉬게 하는 압박감. 으으."

준호가 진저리를 치자 정근도 웃음을 흘리며 고개를 끄덕였다.

"그분 유명하지. 원래 CS(흉부외과)가 세긴 세. 보통 독하지 않고는 못 버티는 데니까."

정근이 다시 술병을 들자 태하도 빈 잔을 들었다.

"넌 잘할 거야. 네 꿈이기도 했지만, 네 재능은 성형외과 쪽

보다는 CS(흉부외과)에서 더 빛이 날 거다."

"고마워요. 그동안 많이 신경 써 줘서 감사했어요, 형."

"그래그래. 1년 동안 수고 많았다. 혹시라도 못 견디겠으면 다시 돌아와. 너라면 언제든 환영이니까."

주거니 받거니 셋은 술잔을 주고받았다. 술병이 하나둘 쌓여 가도록 인턴, 레지던트 시절부터 병원 이야기까지 끊이지 않고 이어졌다.

"아 참, 가기 전에 내 부탁 하나만 들어주고 가라."

"무슨 부탁요?"

"소개팅 한 번만 하고 가."

태하가 뭐라 답하기도 전에 정근이 재빨리 뒷말을 가로챘다.

"알아. 인마. 너 그런 거 안 좋아하는 거. 근데 알잖냐. 우리 이지혜 씨 성격 집요한 거."

"형수 아는 사람이에요?"

준호의 물음에 정근이 고개를 끄덕였다.

"응. 집안끼리 잘 아는 동생이라는데, 서른두 살이고 대기업 비서야."

"저 다시 병원 들어가는 건 알아요?"

"당연히 말했지. 신용을 바탕으로 하는 선인데. 그쪽도 당장 결혼 생각하는 건 아니야. 그냥 청춘 남녀 한번 만나 보고 느낌 맞으면 또 만나는 거고. 그러다 연 닿으면 연애하고 결혼도 하는 거고."

태하가 가타부타 아무 말도 하지 않자 정근이 그의 눈치를 살피며 말했다.

"며칠 내로 날 잡는다."

"안 해요."

"짜식아. 내 면 좀 살려 줘. 지혜한테 이번에는 꼭 된다고 말했단 말이야."

"그러니까 왜 지키지도 못할 약속을 하세요."

술기운에 붉어진 얼굴의 정근이 소리쳤다.

"너 한 시간 전까진 나더러 고맙다며 신경 써 줘서 감사하다고 했어, 안 했어? 그런데 헤어지는 마당에 보답을 이렇게 해?"

"보답할게요. 이런 거 말고 다른 식으로요."

"그만 빡빡하게 굴고 한번 해, 소개팅. 뭐 그리 어려운 거라고 튕기냐?"

"튕기는 게 아니라 그냥 싫다는 거예요."

"그만하고 일어나세요. 직원들 지겨워 죽으려고 해요."

해담을 나와 아쉬워하는 간호사들에게 따로 2차를 가라고 카드를 줘 보낸 정근이 말했다.

"우리도 한잔 더 하자."

"그냥 가요. 또 형수한테 진탕 욕 들어 먹고 우리 원망하려고요?"

"안 할 테니까 가자고. 위스키 한잔씩 어때?"

"섞어 마시면 머리만 아파요."

"그럼 소주 한잔 더 하러 가든가."

"저도 내일 9시에 2-Jaw(양악 수술) 있어요."

준호에 이어 태하까지 손을 내젓자 정근은 어쩔 수 없이 대리운전을 불렀다. 빌딩에 들어선 태하는 엘리베이터 앞에 선 익숙한 남녀의 모습에 걸음을 멈추었다. 인기척에 은혜가 고개를 돌렸다. 옆에는 그 남자였다.

[탑에듀 교육 주식회사 대표이사 황민혁]

명함을 건네며 자신을 서은혜의 남자친구라고 소개하던 남자.

"안녕하세요. 또 뵙네요."

민혁이 한발 빨리 인사를 건네자 태하도 인사를 했다.

"네. 안녕하세요."

"일전에 성형외과에 다녀갔다는 얘기 들었습니다. 할 게 엄청나지 않나요?"

민혁의 농에 무슨 말도 안 되는 소리 하는 거야, 하며 은혜가 작은 주먹으로 어깨를 때리는 시늉을 했다. 확실히 보통 상사와 부하 사이로는 보이지 않는 둘의 모습에 태하는 담담히 말했다.

"상담만 받고 갔습니다."

"그랬군요. 어쩐지 되게 의외다 싶었거든요."

"......?"

"서은혜가 어떤 앤데요. 제 얼굴에 불만이 눈곱만큼도 없는, 다시 태어나도 이 얼굴로 태어나고 싶다고 할 애라는 거 아시잖아요?"

떠보는 듯한 민혁의 물음에 태하는 무심히 답했다.

"글쎄요. 병원을 찾으신 이유는 혈색이 창백한 것 때문에 오신 거였으니까요."

문이 열리자 모두 엘리베이터에 올랐다. 은혜가 지하 2층을 누르자, 준호가 지하 3층을 누르며 물었다.

"이렇게 늦게 퇴근하시는 거예요?"

"네. 요즘 조금 바빠서. 술 한잔하셨나 봐요."

엘리베이터 안에 떠도는 알코올 냄새에 준호가 머쓱한 미소를 흘렸다.

"예. 오랜만에 회식을 했어요."

그러고는 태하의 뒤통수를 보는 은혜와 그런 둘을 바라보고 있는 민혁을 빠르게 훑어보았다. 엘리베이터 문이 열리자 은혜의 등을 감싸 안고 밖으로 나온 민혁이 가볍게 고개를 숙였다.

"그럼 다음에 또 뵙죠."

"네."

엘리베이터 문 사이로 남녀가 사라지자 그제야 정근이 표정을 풀고는 태하에게 물었다.

"너 황민혁이랑 아는 사이야?"

"얼굴만 알아요. 아는 사람이에요?"

"개인적으로 아는 사이는 아닌데, 여기서 장사하는 사람치고 황민혁 모르는 사람 없지. 여기 사거리의 땅이 다 황가네 땅이다, 했을 때가 있었어. 학원 사업한다고 저치 아버지가 많이 말아먹었는데 아들이 배로 회수한다더라고. 요즘 입시 학원 중에 탑에듀가 최고잖아."

"그래요? 우리보다 어려 보이던데."

준호의 말에 엘리베이터에서 내리며 정근이 고개를 끄덕였다.

"두어 살 어릴 거야. 미국 어디 대 경영학과 석박사 출신이랬는데. 본투비 금수저지. 아직 결혼 안 한 걸로 아는데, 태하가 과외했던 분이랑 꽤 다정해 보이지 않았냐? 둘이 잘 어울려 보이던데."

준호가 태하의 눈치를 살피며 중얼거렸다.

"글쎄요."

마침 대리 기사들이 오자 정근과 준호가 각각 자기 차에 올랐다. 작별 인사를 나누고 차 문을 열자 중년의 대리 기사가 말했다.

"전화 한 통만 받고 출발할게요."

"그렇게 하세요."

탁탁탁, 멀어지는 기사의 목탁 벨소리를 들으며 태하는 뒷좌석에 앉았다.

관세음보살. 나무아미타불 관세음보살.

태어남도 인연이요 돌아감도 인연인걸. 그 무엇을 애착하고 그 무엇을 슬퍼하랴.

데려가려거든 이 늙은이나 데려가시지. 어쩌라고 두 딸들을 다 데려가시오.

생사고해 벗어나서 해탈열반 성취하사. 극락왕생하옵시고 모두 성불하옵소서.

어린 조카 키운다고 결혼도 한번 못 해 보고 고생만 하던 애가 불쌍치도 않으시오.

관세음보살. 나무아미타불 관세음보살.

왜 네가, 네가 고운 나이에 벌써 가니. 이렇게 가면 애미는 어떻게 살라고. 태하는 어떻게 살라고.

스님의 목탁 소리와 나직한 염불에 섞여 할머니의 오열이 절간 가득 울려 퍼졌다. 정연의 천도제 날이었다. 그 짙은 슬픔의 기억을 뚫고 여자의 목소리가 울렸다.

'그래서 다 참고 누르고 사는 당신을 기다리는 나는요? 내 생각은 안 해요?'

"출발할까요?"

정신을 차리자 백미러로 그를 쳐다보는 중년 대리 기사가 보였다.

"네. 출발하시죠."

벨트를 끌어 매는데 문득 여자의 등을 감싼 남자의 팔이 떠올랐다. 정근의 말대로 위스키나 한잔 더 하고 올걸. 취했어야 했는데. 그의 등으로 꽂히던 여자의 눈빛을 외면할 수 있도록. 엘리베이터 너머로 그를 직시하던 남자의 눈동자에 어린 적개심 따위 눈치채지 못하게. 안 되는 줄 알면서 자꾸만 가슴이 들 끓어오르는 걸 모르는 척할 수 있도록.

주차장을 나선 차는 강남 대로변에 줄지은 차들 사이로 끼어들었다. 뜨거운 머리를 시트에 기대고는 창문을 열었다. 도시의 네온사인을 훑고 온 오싹할 정도로 차가운 공기를 가슴 깊이 들이마시자, 폐포를 타고 뇌리로 밀려들어 온 바람이 뉴런 깊숙이 숨어 있던 기억들을 몰고 왔다.

7년 전.

12월을 얼마 남기지 않은 날이었다. 레지던트 선발 시험을 마쳤고, 며칠 남지 않은 인턴 과정의 마지막 일정은 응급실이었다. 연말의 응급실은 크고 작은 사고로 실려 온 환자들로 눈코 뜰 새 없이 바빴다.

그리고 그 안에서 그들은 재회했다. 차트와 문진표를 들고 다가간 태하는 여자와 눈이 마주쳤다. 옷깃을 여미지도 못한 코트 안에 빨간 머리 앤이 그려진 원피스 차림의 여자는 은혜였다. 놀란 둘의 시선이 허공에서 얽혔다.

"욕실에서 미끄러지셔서 머리가 찢어졌어요. 기절하셨다가 도착하자마자 의식 회복하셨고, 구역질과 두통을 호소하셨습니다."

119 구급 요원의 말에 정신을 차린 태하가 베드를 보니 놀랍게도 서 사장이 피로 얼룩진 얼굴을 하고 누워 있었다. 서둘러 청진기를 셔츠 안 가슴에 대며 구급 요원에게 물었다.

"바이탈은요?"

"괜찮습니다."

"혹시 술 드셨습니까?"

은혜가 창백한 얼굴을 저었다.

"아니에요. 술은 전혀 안 하셨어요. 저녁 드시고 샤워하신다고 들어가셨는데, 바닥이 미끄러웠나 봐요."

태하는 뒤통수를 누르고 있는 서 사장의 손을 잡아 내리며 말했다.

"상처를 제가 한번 보겠습니다."

거즈를 떼어 내자 꽤 깊어 보이는 4센티미터가량의 벌어진 환부가 드러났다. 잔뜩 찌푸린 채 눈을 감고 있는 서 사장에게 질문을 건넸다.

"사장님. 저 태합니다. 눈 떠 보세요."

"태, 태하?"

익숙한 목소리에 눈을 뜬 서 사장이 그를 올려다보았다. 당연한 말이지만, 그는 예전보다 늙었고 많이 고통스러워 보였다.

"네. 저 태하예요. 여기 한국대병원 응급실입니다. 많이 아프시겠지만, 상처도 깊고 뇌진탕 소견도 보이니 검사부터 해 보겠습니다."

신경외과에 노티를 넣고 기본 검사와 CT촬영을 의뢰했다. 부스스한 몰골의 NS(신경외과) 레지던트가 응급실로 들어오자 태하는 다른 환자를 보다 급히 다가가 차트를 건넸다.

"Scalp laceration(두피열상)에 Concussion(뇌진탕) 소견이 보입니다. 가까운 지인 분이신데, 잘 부탁드립니다. 선생님."

태하의 가운 명찰을 흘끔 본 그가 X-ray와 CT를 확인하고는 서 사장에게 다가갔다.

"환자분. 좀 어떠세요?"

"계속 머리가 아프시다고 해요."

은혜의 걱정스러운 표정과 달리 레지던트는 여상한 말투로 물었다.

"구역질이나 다른 데가 불편하다고는 안 하시나요?"

"네. 응급차 타기 전에 한 번 토하신 거 말고 구역질은 더 안 하셨고, 두통 말고는 다른 말씀은 없으세요."

"다행히 검사 결과 특별한 이상이 보이지는 않습니다. 찢어진 상처는 꿰매면 될 것 같은데…… 잠깐이지만 의식도 잃으셨고, 구토도 하셔서, 하루 정도 입원하시고 좀 경과를 지켜보는 게 좋을 것 같은데요."

"네네. 그렇게 해 주세요."

뒤통수의 찢어진 상처를 꿰매고 서 사장은 입원실로 옮겨졌다. 태하는 따라가고 싶었지만, 밀려드는 응급 환자에 도저히 짬을 낼 수가 없어 새벽 근무를 끝내고서야 서 서장을 찾았다.

병실 문을 열자 베드 앞에 앉아 있던 은혜가 고개를 돌려 그를 보았다. 블라인드 너머로 어스름히 아침이 몰려오는 병실 맞은편에 서서 서로를 바라보았다. 이런 식의 재회는, 의사 대 보호자로 만나게 될 줄은 상상도 못 했다.

5년 전 그해 여름, 은혜는 미국의 이모 댁으로 돌아갔고, 정연은 삼해 김 주식회사를 그만두었다. 이듬해 정연은 새 직장을 구했고, 그는 본과 1학년이 되었다. 그렇게 인연이 완전히 끝난 줄 알았다. 운명의 장난처럼 이렇게 다시 만나게 될 거라곤 생각지도 못했다.

"일 끝났어요?"

고개를 끄덕인 태하의 눈에 그제야 응급실에서는 경황이 없어 보지 못했던 것들이 들어왔다.

그녀의 단발머리는 어깨너머로 찰랑이는 긴 생머리가 되었고, 말간 얼굴에는 화장기가 돌았다. 빨간 백팩 대신 핸드백을 들고 있었고, 깡말랐던 몸매는 적당히 살이 붙어 여성스러움이 묻어났다. 5년의 시간 동안 여자애는 여자가 되어 있었다. 흔들리는 시선을 들킬까 서 사장에게 다가가자 은혜가 옆으로 비켜서며 말했다.

"병실로 옮기자마자 잠드셨어요."

살짝 입을 벌리고 잠든 얼굴, 반창고를 붙인 머리, 반쯤 비워진 수액 팩을 차례로 확인했다.

"두통은?"

"진통제 들어가고 나서 더 아프시다고는 안 했어요."

"은주 누나한테는 연락 안 했어?"

"언니 엊그제 결혼식 올리고 신혼여행 갔어요. 큰일 같진 않아서 연락 안 했어요."

그제야 이 난리통에 은주의 부재 이유를 알았다. 마지막으로 보았을 때가 은주가 법학과 4학년이었을 땐데 결혼을 하다니. 그들 사이로 흘러간 세월이 여실히 느껴졌다.

"넌 대학은…… 들어갔어?"

"뉴욕대 경영학과 다녀요."

결국은 경영학과를 들어갔구나. 아직도 미국에 있구나.

자세한 근황을 묻는 건 안 될 일이기에 서둘러 화제를 돌렸다.

"근무 끝났으니까 내가 지키고 있을게. 밤새 한숨도 못 잤을 텐데 들어가서 눈 좀 붙이고 나와."

"괜찮아요."

"안 괜찮아 보여."

하필이면 은주 누나도 없을 때 이런 일이 벌어져 얼마나 놀랐을까. 응급실에서 혼이 나가 보이던 모습이 떠올라 안쓰러웠다.

"피곤한 건 밤샘 근무한 사람이 더 그렇겠죠."

"난 늘 하는 거고."

"저도 하루 정도 밤 새운다고 큰일 안 나요."

"넌 아직도 그렇게 고집이 세니?"

그의 물음에 은혜가 억울한 표정으로 되물었다.

"나만 그렇다고요?"

"좀 이르지만 밥이라도 먹고 오든가. 끼니는 때우고 간호를 해야지."

"그럼 집에 가서 옷 좀 갈아입고 올게요."

코트를 걸친 그녀가 병실을 나서며 말했다.

"금방 올게요."

태하는 침대 옆 스툴에 앉았다. 가을이 오는 길목의 늦여름이면 낯선 역 플랫폼에서 울던 여자애를 떠올렸다. 그럴 때면 밤새 열병을 앓듯 아파 잠을 뒤척여야만 했다. 수염이 거뭇거뭇 나기 시작하던 고등학교 시절에 끝냈어야 할 사춘기가 늦게 온 거라고. 폭풍우처럼 뒤흔들다 지나는 풋사랑이라고. 조금만 지나면 괜찮아질 거라 스스로 되뇌었다.

그렇게 1년, 2년…… 5년이 지나 그녀를 만났다. 그리고 거짓말처럼 다시 가슴이 뛰는 걸 느꼈다.

"태하냐?"

갑작스러운 부름에 정신을 차린 태하는 저를 보는 서 사장을 발견했다.

"깨셨어요? 좀 어떠세요?"

"괜찮다. 자고 났더니 머리 아픈 것도 덜한 것 같고."

서 사장이 두리번거리며 병실을 둘러보자 태하가 말했다.

"은혜는 집에 가서 옷 갈아입고 온대요. 어제는 어떻게 넘어진 건지 기억나세요? 정말로 미끄러지신 거예요?"

"모르겠다. 조금 미끄러웠던 것 같기도 하고. 요 근래 무리를 좀 했더니 몸이 좋지 않긴 했거든."

그 순간 드르륵, 하고 병실 문이 열리고 아침 식사가 들어왔다.

"죽일 거예요. 드실 수 있으시겠어요?"

"그럼. 먹어야 정신이 나지."

식탁을 펼쳐 식판을 놓고, 침대를 세워 서 사장을 조심스레 일으켜 앉혔다. 미간을 찌푸리며 머리를 짚는 그에게 태하가 물었다.

"두통 나세요?"

"아니. 조금 어지럽구나."

"피도 흘리셨고, 일종의 뇌진탕 증상이에요."

뚜껑을 열자 다진 고기와 야채가 섞인 죽이 가득 담겨 있었다. 태하가 죽을 떠 입가로 가져가자 서 사장이 힘없이 웃으며 입을 벌렸다.

"가끔 네 생각이 날 때면 어디선가 훌륭한 의사가 되어 있겠지 했다만, 네가 치료해 주고 네가 떠 주는 죽도 먹게 될 줄 누가 알았겠냐."

"아직 수련의예요."

"수련의는 의사 아니냐?"

가운 차림의 태하를 한참을 기특한 눈길로 바라보던 서 사장이 입을 뗐다.

"그동안 어떻게 지냈니?"

"잘 지냈습니다. 식기 전에 죽 드세요."

태하가 숟가락을 내밀자 서 사장이 웃으며 입을 벌렸다.

"이러고 있으니까 우리 와이프 병원 있었을 때가 생각나네. 급성 백혈병으로 입원했다가 얼마 못 살고 가 버렸거든. 그 후로 병원이라면 발걸음도 안 했는데 어떻게 또 여기서 너를 만나는구나. 그래…… 한 비서는 잘 지내지?"

"네."

"건강하고?"

"네."

"그래. 건강이 최고다."

그렇게 말하던 서 사장은 자신의 손등에 연결된 수액 줄과 환자복에 시선이 닿자 결국 허허, 사람 좋은 웃음을 흘렸다.

"사장님도 몸 생각하고 일하세요. 때마다 건강 검진도 꼭 받으시고요."

"그래그래. 알았다. 우리 태하가 하라는 대로 해야지."

죽 그릇을 거의 비워 갈 즈음 문이 열리더니 은혜가 들어왔다. 딱 보아하니 씻고 옷만 갈아입고 온 모양새였다.

"오는 길에 제가 회사에 전화해 뒀어요. 아빠 며칠 쉬셔야 할 것 같다고요."

"뭘 그래. 몇 바늘 꿰맨 거 가지고."

"그냥 찢어진 게 아니라 머리를 부딪혔잖아요. 정신까지 잃으셨다고요."

"의사가 괜찮다고 하잖냐."

서 사장이 슬쩍 그를 보며 떠넘기려 하자 태하는 고개를 저었다.

"은혜 말대로 며칠 쉬면서 살펴보시는 게 좋아요. 정말 미끄러지신 건지 정신을 잃고 부딪히신 건지도 확실치가 않으니까요."

"아, 그리고 언니한테는 말 안 했어요."

"잘했다. 신혼여행 갔는데 신경 쓰이게 하면 안 되지. 아 참, 태하야. 은주 결혼했다."

"들었습니다. 축하드립니다."

"그래. 내가 사위를 볼 날이 올 줄이야. 어렸을 때는 절대 결혼 안 하고 평생 아빠랑 같이 살겠다고 했던 앤데 말이야. 이제 은혜만 보내면 끝이다."

서 서장의 말에 은혜가 어이없단 표정으로 말했다.

"나 이제 스물세 살이거든요."

"네 언니도 그런 때가 있었는데 시집가잖냐."

"걱정 마세요. 나는 절대 언니처럼 빨리 안 갈 테니까."

"아이고. 아빠 그만 괴롭히고 어서 가라."

두 부녀가 투닥대는 모습을 지켜보고 있던 태하는 코트 주머니에서 울리는 전화에 병실을 나왔다. 잠시 뒤 병실로 돌아온 그가 말했다.

"계속 있으려 했는데, 응급 콜이 와서 아무래도 가 봐야 할 것 같아요."

"오프라고 하지 않았어요? 밤샘 근무를 하고 또 일을 한다고요?"

"교통사고 환자가 몰려 손이 부족한가 봐. 일 끝나는 대로 다시 들르겠습니다."

"바쁜데 들를 필요 없어. 밤새 잠도 못 자고 어떻게 가서 또 일을 한다고."

안쓰러운 얼굴로 혀를 차는 서 사장에게 인사를 하고 서둘러 병실을 나오자 은혜가 따라나섰다.

"아마 오늘이나 내일 퇴원하자고 할 거야. 당분간은 무리하지 않으시게 하고 옆에서 상태 좀 잘 지켜봐 줘."

"알았어요."

"가 볼게."

등을 돌리려는 그를 붙잡은 건 그녀의 말이었다.

"기억나요?"

"……?"

"빈혈로 쓰러졌을 때 저 여기 응급실에 데려왔던 거요."

"……기억나."

한참을 뜸을 들이다 답하자 여자가 쓴웃음을 지어 보였다. 그녀는 그가 그 기억을 떠올리는 데 오래 걸렸다고 생각하겠지만, 사실 그는 응급실에 온 교복 입은 여학생만 보아도 그녀를 떠올렸었다.

"고마웠어요. 그때도 지금도 고마워요."

가슴 안에 몰아치는 소용돌이를 누르고 고개를 끄덕였다. 이게 마지막일 거란 걸, 다시는 볼 수 없을지도 모른다는 걸 알았지만, 그렇대도 달라지는 것은 없었다.

등을 돌려 오는 내내 명치끝이 쿡쿡 쑤셨다. 응급실 일이 정리되고 다시 병실에 들르자 역시나 서 사장은 퇴원을 한 후였다. 연락처야 의무 기록을 뒤져 알아낼 수 있었지만 태하는 그러지 않았다. 스쳐 지나듯 보내야 할 인연이라 생각했기 때문이었다. 그리고 얼마 후 한 달간 논산 훈련을 거치고 공중 보건 의사로 거제도에 파견되었다.

3월의 거제도는 꽃 천지였다. 향긋한 매화꽃이 온 섬을 뒤덮더니 곧 붉은 동백꽃이 뒤를 이었다.

보건지소의 공중 보건 의사로 파견되어 오고 네 번째 주말을 맞은 그는 이른 아침부터 나갈 채비를 하고 있었다. 보건소 업무를 익히고 군에서 내어 준 관사를 꾸리느라 엄두도 못 냈던,

거제도 둘러보기를 위해서였다. 문을 두드리는 소리에 재킷을 걸치려던 걸 멈추고 문으로 향했다.

"누구세요?"

하면서도 잠금장치를 풀었다. 이 시간에 그를 찾아올 이라고는 손수 만든 반찬이나 찌개를 챙겨 주시는 아랫집 할머니뿐이기 때문이었다. 하지만 문밖에 선 생각지도 못했던 사람에 태하는 돌처럼 그대로 굳어졌다.

대한민국 남쪽 끄트머리에 있는 이 섬에, 게다가 그가 묵는 관사 앞에 선 은혜의 모습은 너무나 비현실적일 수밖에 없었다.

"나 여기 계속 서 있어요?"

당돌한 물음에 그는 수많은 의문을 안은 채 문을 열어 들어오라는 시늉을 했다.

"목마른데 시원한 물 한 잔만 주세요."

여긴 무슨 일이냐고 물을 새도 없이 신발을 벗고 들어온 은혜가 말했다. 냉장고에서 생수병을 꺼내며, 자그마한 관사를 둘러보고 있는 은혜에게 말했다.

"거기 의자에 앉아."

하지만 그녀는 의자에 앉는 대신 가지고 온 쇼핑백을 들고 코딱지만 한 주방으로 들어왔다.

"이게 냉장고예요?"

중고로 산 냉장고를 연 그녀가 쇼핑백에서 꺼낸 반찬 통들을 차곡차곡 채워 넣었다. 텅 비어 있던 소형 냉장고는 반찬 통 몇 개에도 금세 가득 찼다.

"그게 다 뭐야?"

"이자요."

"이자라니……."

"다른 밑반찬은 괜찮은데 불고기랑 게장은 빨리 먹는 게 좋을 거예요."

냉장고 문을 닫고 일어난 은혜가 그를 보았다.

"아빠 퇴원하면서 계산하려니까 이미 정산 다 됐다고 하더라고요. 응급실로 찾아갔는데 퇴근했다고 하고, 연락처를 물으니 안 알려 주더라고요."

환자에게 의료진의 연락처를 마음대로 알려 주는 병원은 없다. 게다가 공중 보건의로 거제도에 온 상황이었기에 이렇게 다시 그녀를 만날 거라곤 꿈에도 생각지 못했다.

"그럼 여기는 어떻게 찾아왔어?"

"우연히 그분 만났어요. 박준호 씨요. 사정 말하고 연락처 달라고 했더니 훈련소 들어가서 연락 안 될 거라고 하더라고요. 어제 여기 주소를 문자로 보내 주셔서 찾아온 거예요."

박준호 이 자식. 배신감과 황당함이 뒤통수를 가격하는 동안 그녀가 재킷 주머니에서 하얀 봉투를 꺼내며 물었다.

"왜 우리 아빠 병원비를 말도 없이 낸 거예요? 혹시 돈이 없을까 봐요?"

"그럴 리 없잖아. 우리나라 사람 중에 삼해 김 안 먹어 본 사람 있을라고."

태하가 물이 담긴 머그잔을 내밀며 말을 이었다.

"난 사장님께 받은 게 너무 많아. 학비도 보태 주시고, 입학식, 졸업식 때도 늘 아버지처럼 보살펴 주고 챙겨 주셨어. 이 정도론 어림도 없겠지만, 내가 할 수 있는 한에서 그 은혜의 일부라도 갚고 싶어서 그런 거야. 그러니까 그건 다시 가져가."

"우리 아빠가 아버지 같았어요?"

정연에게조차 말한 적 없지만, 단 한 번도 채워진 적이 없었던 부정을 서 사장님에게서 느꼈다. 만약 아버지가 생기면 그분 같으면 좋겠다 생각했었다.

"그래."

"그래서 좋은 아들이 돼서 아빠한테 은혜 갚고 싶었어요?"

예기치 못한 물음에 눈동자가 진동했다. 전철에서 뛰어나와 그의 품에서 울던 소녀의 창백한 얼굴과 단청이 벗겨진 대웅전 전각 아래에 우뚝 선 석탑을 따라 걸으며 그를 물끄러미 보던 정연의 발긋한 뺨이 차례로 떠올랐다. 꽤 긴 세월 속에 이젠 다 아물었다고 믿었던 기억의 상흔이 욱신거렸다.

"말해 봐요. 그러고 싶었냐고요?"

또 도발하지 마. 그런 식으로, 네 멋대로 묻어 둔 과거를 들추어내지 말라고.

식탁 위에 머그잔을 내려놓으며 태하가 말했다.

"내가 아버지를 원한다고 해서 아버지를 가질 수 있는 건 아니야. 너처럼, 태어났는데 세상에서 가장 좋은 아버지가 있는 애는 절대 이해할 수 없겠지만."

잔에서 넘친 물을 의자에 걸린 수건으로 닦고 돌아서자 그녀가 그 머그잔을 들어 단숨에 비우고는 식탁 위에 올려놓았다. 그들이 뿜어내는 뒤엉킨 감정의 파편들이 좁은 관사 안에 나뒹굴었다.

격정을 가라앉힌 건 정말 예상치도 못한 데에서였다. 꼬르륵, 하며 정적을 깨고 울리는 소리에 태하는 고개를 돌렸다. 다시 또 꼬르륵 울리는 소리에 은혜가 당황한 표정으로 입술을 질끈 무는 걸 보니 그가 잘못 들은 게 아님이 분명했다.

"아침 안 먹었어?"

주말이라 이르긴 했지만, 8시면 아침을 못 먹을 시간도 아니었다.

"못 먹었어요. 졸음 깨려고 휴게소에서 커피 한 잔 사 마신 게 다예요."

"차를…… 몰고 왔어?"

"네."

태하가 믿을 수 없다는 표정으로 되물었다.

"밤새 차를 몰고 여길 왔다고? 거제도까지 초행길을?"

"초행길인 건 맞지만, 운전은 못하지 않아요. 여기 아침에 문여는 식당 있어요?"

이마를 짚은 태하는 책상에 걸쳐 놓은 재킷을 챙겨 들며 말했다.

"나와."

집 앞에 세워진 세단을 발견한 그가 손을 내밀었다.

"차 키."

잠자코 차 키를 넘긴 은혜가 보조석에 앉자 태하는 운전석에 앉았다. 5분도 안 돼 도착한 곳은 '거제식당'이라는 평범하고 작은 음식점이었다. 태하는 이른 식사를 하러 온 이들 사이에 자리를 잡고 앉으며 물었다.

"밤 새우느라 입안 깔깔할 테니 탕 어때?"

"좋아요."

중년의 여인이 다가와 구수한 사투리로 인사를 건넸다.

"어머나. 새로 오신 보건소 선생님 아닝교?"

"안녕하세요. 저희 연포탕에 밥 둘 주십시오."

여인의 눈이 빠르게 앞에 앉은 은혜를 훑었다.

"그런데 이기 이쁜 아가씨는 애인인가 보네? 내는 혼자라케서 우리 선상님 중매 한번 서야지 했드만."

"애인 아니고 아는 동생입니다."

"그라요?"

웃으면서도 흘끗흘끗 은혜를 살피던 여인이 큼직한 낙지가 들어간 냄비를 버너 불에 올리고는 사라졌다. 은혜가 수저, 젓가락을 가지런히 놓으며 중얼거렸다.

"한 달 된 것치고 현지인 다 됐네요. 중매 서신다는 분도 계시고."

"인심이 좋은 곳이라 그래."

"인심 두 번만 더 좋았다가는 곧 애도 낳고 살림 차리고 살겠어요."

국물이 바글바글 끓자 태하는 가위로 뚝뚝 잘라 낸 낙지를 국물과 함께 앞접시에 덜어 건네며 말했다.

"먹어 봐. 더 끓이면 질겨져."

야들야들한 낙지와 함께 국물을 한 수저 뜬 은혜가 밥그릇 뚜껑을 벗겨 냈다. 시끌시끌한 소음 속에 묻혀 둘은 식사를 했다. 배가 고팠던 건지 입맛에 맞았던 건지 별말 없이 밥그릇을 비우던 그녀가 물었다.

"그런데 어디 외출하려던 길이었어요? 보건소 오늘 안 열잖아요."

"동백섬에 가려던 참이었어."

"동백섬?"

"지심도라고, 근처에 작은 섬이 있어. 여기 분들이 말하길, 지금 그 섬의 동백꽃이 가장 예쁠 때라기에 한번 가 보려던 길이었어."

"몽돌 해변도 유명하다면서요. 가 봤어요?"

"아니."

"그럼 우리 같이 가 볼래요?"

물 잔을 들다 멈추고 그녀를 쳐다보았다. 은혜가 어깨를 으쓱 올려 보이며 재차 물었다.

"여섯 시간이나 달려왔는데, 연포탕 한 그릇만 먹고 서울 올라가라고요?"

"네 마음대로 왔잖아. 전화를 미리 줬으면."

"오지 말라고 했겠죠."

맞아. 너는 오지 말아야 할 곳에 왔고, 우린…… 만나지 말았어야 했어. 병원에서 헤어졌어야 옳을 인연을 억지로 끌고 온 그녀가 원망스러웠다.

"나 밤새 한숨도 못 자고 운전했어요. 뜨뜻하게 밥도 먹었겠다, 나른한 봄 햇살은 쏟아지겠다, 이대로 운전대 잡았다가는 100퍼센트 졸음운전 각일걸요."

자리에서 일어난 그녀가 계산을 하고 밖으로 나가자 태하가 뒤따라 나왔다.

"그럼 관광을 하는 게 아니라 한숨 자고 가야 할 것 아니야?"

"어디서 자요? 아까 그 관사에서요? 그럼 재워 주든가요. 하지만 내일이면 이 좁은 동네에 소문 파다하게 날 텐데, 감당할 수 있겠어요?"

그가 노려보았지만, 은혜는 개의치 않고 말했다.

"역시 그건 힘들겠죠? 바른 원칙주의자시니까. 그럼 키 줘요. 좀 졸리긴 하지만 설마 무슨 일이야 있겠어요?"

그녀가 다가와 그의 손에 들린 차 키를 뺏으려 하자 태하가 손아귀 안에 움켜쥐었다. 은혜의 얼굴에 그럴 줄 알았다는 미소가 떠오르자 옛날 언젠가처럼 또 그녀에게 말리고 있단 걸 알아차렸다. 그렇대도, 지금 그들이 같이 있으면 안 된대도, 위험할 수도 있는 상황에 무턱대고 되돌려 보낼 수는 없는 노릇이었다. 어쩔 수 없이 운전석으로 향하며 태하가 말했다.

"그럼 차에서 좀 자."

"안 그래도 그럴 생각이었어요."

차에 오른 은혜는 시트를 뒤로 젖히고는 기대 누웠다.

"몽돌 해변에 도착하면 깨워 줘요."

은혜는 눈을 감았고, 태하는 내비게이션을 켜고 몽돌 해수
욕장을 입력했다. 예상시간 22분. 피곤했던지 금세 잠든 그녀
가 곤한 콧소리를 흘리자 태하는 부러 지름길 대신 빙 돌아가
는 길을 택했다. 날씨는 따뜻했고, 해수욕장으로 향하는 한산
한 도로 옆으로는 붉은 동백꽃들이 반겨 주었다. 말 그대로 완
벽한 봄날이었다.

기억 속 그해 봄에도 운전하는 그와 교복 차림의 그녀가 있
었다. 날씨가 너무 좋아 공부하기 싫다고 투덜대거나 학교에서
있었던 일을 이야기하는 걸 묵묵히 듣고 있노라면 여자애는 '제
얘기 듣고 있는 거예요?'라고 물었다. '그래, 듣고 있어.' 왜인지
입꼬리가 느른하게 올라가는 걸 숨기려 부러 무뚝뚝하게 답했
다. 따스한 바람, 적당히 막혀 드라이브 시간을 늘리고 있는 도
로, 옆자리에 앉은 여자애의 종알대는 수다까지. 모든 게……
좋았다.

창가 쪽으로 꺾여 있는 고개를 잡아 조심스레 돌려놓았다.
깊게 잠이 든 여자의 평온한 얼굴과 달리 그의 가슴은 그녀가
관사 앞에 나타난 이후 내내 거센 파도가 멈추지 않고 출렁였
다. 재킷을 벗어 덮어 주고는 서둘러 해안가로 내려왔다. 난생
처음 본 몽돌 해수욕장은 여타 해수욕장들과는 전혀 다른 모습
이었다. 백사장이 아닌 몽돌이 가득한 해안으로 파도가 몰려왔
다 빠져나갈 때마다 돌들이 부딪혀 내는 소리가 바닷가에 울려
퍼졌다.

쏴아아. 촤르르륵. 달그락달그락.

쏴아아아. 촤르르. 달그락달그락.

복잡하던 머릿속이 서서히 가라앉는 걸 느끼며 얼마나 그렇게 서 있었을까. 등 뒤로 여자의 목소리가 울렸다.

"예술이네요."

그의 옆으로 선 은혜가 꽤 긴 호선을 그리는 해변을 둘러보며 말했다.

"와. 이런 해수욕장도 있구나. 해수욕을 하다가는 발바닥이 남아나지 않을 것 같긴 한데, 여기 앉아 종일 듣고 있어도 질리지는 않을 거 같네요. 소리가 너무 예뻐서."

그녀의 감탄에 태하도 고개를 끄덕여 동의했다.

둘은 한참을 자연이 연주하는 끝없는 돌림 노래를 듣고 있었다. 파도가 빠져나간 자리에 있던 조그만 돌멩이 하나를 주운 은혜가 물었다.

"듣는 우린 좋은데, 얘넨 많이 아프겠죠?"

"뭐가?"

"맨날 쉴 새 없이 부딪혀 닳으면 아플 거 아니에요. 만약 모래와 함께 있었다면, 나무와 있었다면 서로 부딪혀 닳지 않을 텐데. 왜 하필 같이 있어서."

"모르지. 이 해변에서 만나야 할 운명이었는지."

"운명을 믿어요?"

"아니."

그의 대답에 그럴 줄 알았다는 표정이 떠올랐다.

"왜 응급실에서 만났을 때 곧 훈련소 들어간단 말 안 했어요?"

하얀 포말을 일으키는 거친 파도에 와르륵, 돌들이 그들 앞까지 밀려들어 왔다.

"더 만나게 될 일이 없을 것 같아서."

"평생 안 마주칠 거라고 생각했어요? 좁은 서울 하늘 아래 몇 안 되는 대학병원 응급실에 있으면서?"

걸치고 있던 재킷을 벗어 그에게 건네며 그녀는 알 듯 모를 듯한 웃음을 흘렸다.

"인생 뜻대로 안 되죠? 그것 또한 운명일 수도 있어요."

둘은 다시 차에 올랐고, 지심도로 가는 배편이 있는 장승포항으로 향했다. 주차장에 차를 세우고 배에 올랐다. 배는 크지 않지만 제철인 동백꽃 구경을 온 이들로 만선이었다.

15분 남짓 걸려 도착한 지심도 역시 딱 보기에도 작은 섬이었다. 배에서 내려 이정표에 적힌 대로 섬 둘레길을 따라 걸으며, 앞서 등산 가방을 메고 걷는 중년 여인 무리의 요란스러운 감탄을 엿들었다.

"거봐. 내가 이번 주가 딱 맞다고 했지. 더 늦게 왔으면 꽃 다 떨어졌을걸."

"그러게. 지영 엄마 말이 맞았네. 근데 얘는 향기가 없어?"

한 여인이 나무에 달린 꽃에 코를 킁킁대자 옆의 여자가 말했다.

"은은하게 나긴 나. 장미같이 진하지 않아서 그렇지. 이 색깔 좀 봐. 어쩜 이렇게 새색시 한복 치마처럼 예쁜지. 어때, 예뻐?"

땅에 떨어진 꽃을 귀에 꽂자 여인들이 새색시같이 예쁘다며 호호호 웃음을 터트렸다.

"그런데 이 동백꽃이랑 동백기름이랑 상관이 있는 거야?"

"가을이면 씨 떨어지는데, 짜면 동백기름이 나오지. 옛날 우리 할머니 쪽 찐 머리에 바르면 그렇게 반들반들하고 윤이 났는데."

"기현 엄마는 모르는 게 없어. 나는 동백꽃도 오늘 처음 보잖아. 노래가 절로 나오네. 헤일 수 없이 수많은 밤을 내 가슴 도려내는 아픔에 겨워……."

애절한 가사와 달리 흥에 겨운 여인들의 노랫소리가 서서히 멀어지자 길에는 정적이 흘렀다. 비포장 길바닥은 떨어진 동백꽃이 레드 카펫처럼 깔려 있었고, 꽤 수령이 되어 보이는 동백나무의 가지가 빼곡하게 하늘을 뒤덮어 자연적으로 터널 모양을 이루고 있었다. 이름 모를 새가 꺅꺅 울고 사라진 가지에 코를 가져다 댄 은혜가 말했다.

"정말 향기가 희미하긴 하네요."

"향기가 장미처럼 강하면 이 길을 지나는 게 곤욕이지 않을까?"

"그도 그렇겠네요. 그런데 꽃잎이 하나씩 떨어지는 게 아니라 꽃송이 전체가 떨어지나 봐요."

떨어진 지 얼마 안 되어 보이는 꽃을 살피던 은혜가 길 한편에 떨어진 동백꽃으로 하트 모양을 만들어 놓은 걸 보고 중얼거렸다.

"이럴 줄 알았으면 카메라 가져올걸."

"아직도 사진 찍고 다녀?"

"자주는 아니고, 기억을 저장하고 싶을 때만요."

은혜가 두 손을 기역 자로 세워 사각 프레임을 만들자 손가락 사이로 둘의 눈이 마주쳤다.

"이 순간을 간절히 기억하고 싶어질 때가 올지 모르잖아요."

그녀의 기억 속에 그가 있을까? 있다면 어떤 모습일까? 지금 이 순간을 기억하고 있을 때 그들의 모습은 어떠할까?

예측할 수 없는 미래지만, 절대 함께는 아닐 걸 알고 있었다.

"그만 올라가자."

그가 프레임에서 벗어나자 그녀가 뒤따랐다.

한참을 걷자 나무가 듬성듬성해지더니 해안 쪽으로 뻥 뚫린 길이 나왔다. 둘은 바닷바람에 걸음을 멈추고 땀을 식혔다.

"거제도는 지원해서 오게 된 거예요?"

"아니, 추첨으로. 막연히 물이 있으면 좋겠다 했는데, 딱 맞는 곳이지. 좋은 곳 같아. 사람들도 따뜻하고. 레지던트 올라가면 이런 시간을 가지는 것 자체가 흔치 않을 테니까."

"레지던트는 과 선택해야 하지 않아요? 무슨 과로 갈지 결정했어요?"

"흉부외과로 갈까 해."

끝없이 펼쳐진 푸른 바다 너머 어딘가로 시선을 둔 그의 말에 여자가 웃었다.

"딱 본인답네요. 예전에 그랬잖아요. 사람들 목숨 구하는 일을 하고 싶다고, 내 가족이나 친구 중에 아픈 사람이 있으면 고쳐 주고 싶다고. 그러고 보니 벌써 구했네요.”

“……?”

“아빠 말이에요.”

“서 사장님은 내가 아니었어도 잘 치료받으셨을 거야. 내가 실제로 한 일은 없으니까.”

“그렇지 않아요. 당신이 아니었다면, 응급실에서 우리가 만나지 않았다면…… 분명 더 힘들어졌을 거예요.”

알 듯 모를 듯한 미소가 걸린 입술을 보고 있자 은혜가 말을 이었다.

“그 짧은 머리 진짜 오랜만이네요.”

은혜의 시선을 따라 머리칼을 만져 보았다. 훈련소를 나와 공중 보건의로 배정된 지 한 달밖에 되지 않았기 때문에 머리카락이 아직도 짧은 상태였다.

“과외했을 때는 머리가 훨씬 길었는데?”

“난 그때를 말한 게 아니에요.”

“우리가 또 언제 만난 적이 있었어?”

“과외 시작한 기준으로 2년 전쯤 설날이었나.”

잠시 생각에 골몰한 듯하던 태하가 아, 하고 그녀를 쳐다보았다.

“혹시 설음식 가져다주던 날 문 열어 줬던 여자애?”

여자가 손으로 꽃받침을 하며 어이없단 듯 물었다.

“이 얼굴이 그렇게 쉽게 잊힐 얼굴은 아니지 않아요?”

"잊지 않았어."

오목조목한 이목구비 사이로 별 가루처럼 흩뿌려진 주근깨와 한 번도 시선을 피한 적 없이 올곧게 그를 향한 맑은 눈동자는, 마치 진한 유화처럼 추억과 그리움이 계속 덧입혀져 지울 수도 잊을 수도 없었다.

"너란 걸 몰랐을 뿐이지. 왜 과외할 때 말하지 않았어?"

"뭐 하려요? 날 알아보지도 못하는 남자한테 나 그때 개예요, 하긴 내 자존심이 허락지 않거든요."

"지금 말하는 건 자존심 안 상해?"

"상해요."

그럼에도 불구하고 어쩔 수 없다는, 체념의 표정이 스쳤다.

미리 전화를 걸었다면 찾아오지 말라고 하지 않았겠냐고 되묻던 여자가 떠올랐다. 밤새 차를 몰고 이곳에 오며 무슨 생각을 했을까. 자신을 반기지 않을 그를 알면서도 올 수밖에 없던 이유가 뭘까. 문득 촤르륵, 쓸려 가던 파도에 어깨와 무릎이 긁혀 닳던 돌멩이들이 생각났다.

혹시 너는, 나는 그 돌들이었을까.

"저 꽃 이름은 뭘까요?"

조금 앞서 걷던 그녀의 물음에 눈을 돌리니 어느 집 담장 안 나뭇가지에 분홍색 꽃 무더기가 탐스럽게 피어 있었다.

"홍매일 거야. 향기가 좋아."

그의 말에 담장에 바싹 기대어 서서 코를 댄 은혜가 눈을 동그랗게 떴다.

"엄청 좋아요."

"할머니가 계시는 청암사에 매화나무가 많아. 밤에 탑돌이를 하면, 밤바람에 스미는 향기와 날리는 꽃잎이 정말 장관이지."

"청암사라면?"

"절이야. 외할머니께서 그곳에 공양주 보살로 계시거든. 절에서 스님이나 머무는 손님들 밥해 주시는 분 말이야."

"그 얘긴 처음 들었어요."

"오래 하셨어. 내가 태어나기도 전부터 했다고 하셨으니까."

오솔길이 끝나자 나온 아담한 찻집으로 들어갔다. 바다가 보이는 야외 테이블에 자리를 잡고 앉은 둘은 따뜻한 유자차를 시켰다. 은혜는 나무 테이블의 가운데 놓인 빨간색과 하얀색 동백꽃 센터피스에 신기한 듯 중얼거렸다.

"흰색 동백도 있네요."

마침 쟁반을 들고 온 찻집 여인이 노란 유자를 띄운 투명한 찻잔을 놓으며 말했다.

"예쁘죠? 꽃말도 예뻐요. 흰 동백은 굳은 약속, 손을 놓지 않는다라는 뜻이 있어서 옛날엔 혼례 치를 때 많이 쓰였대요."

"그렇구나. 붉은 동백은요?"

"누구보다 당신을 사랑합니다."

"좋네요. 손을 놓지 않고 누구보다 사랑한다라."

"맛있게 드세요."

"감사합니다."

여인이 사라지고 둘은 조용히 차를 마셨다. 은혜는 아까 들었던 이야기를 떠올리며 물었다.

"절은 어디에 있어요?"

"무주 쪽 덕유산 자락에 있어. 의사가 되지 않았다면 아마 스님이 되었을 거야. 여섯 살 때 할머니가 동자승으로 맡기려고 하셨거든."

놀라움 탓인지 잠시 말을 잃은 그녀가 물었다.

"왜요?"

"그냥 그게 좋을 거라 생각하셨던 것 같아."

아버지는 없었고, 어머니는 죽었다. 정연은 갓 고등학교를 졸업한 새파란 처녀였고, 할머니는 산사에 묻혀 스님 밥을 해주는 공양주 보살이었다. 여섯 살 아이를 맡아 키워 줄 이는 아무도 없었다.

"머리를 빡빡 밀리기 직전이었는데, 소식 듣고 온 이모가 달려와 말렸지. 내가 키우겠노라고. 그때 스무 살이었으니까 지금 너보다, 그리고 나보다 어렸지."

톡, 하더니 그들 위로 드리운 가지에서 떨어진 동백꽃이 바닥에 내려앉았다. 꽃잎이 시들어 떨어지는 다른 꽃들과 달리 생생한 꽃송이 그대로 낙화한 모습은 마치 바닥에서 새로 꽃을 피운 듯 붉고 아름다웠다. 다시 톡, 하는 소리에 둘이 동시에 고개를 올렸다. 마치 약속이나 한 듯 톡톡톡 꽃받침에서 분리된 꽃이 그들 위로 비처럼 떨어져 내렸다.

"이 꽃 같았겠네요."

여전히 붉고 아름다운데 져 버려야만 했던 꽃.

"그래서 내가…… 미웠어요? 두 분 재혼 이야기 나왔을 때 말이에요."

툭, 하고 꽃이 그의 가슴께로 떨어졌다. 그 가벼운 스침에도 믿을 수 없이 가슴이 아렸다.

"좋다고…… 찬성했어요?"

길게 숨을 고른 그가 한참 만에 입을 열었다.

"내가 좋고 싫고 할 문제가 아니잖아."

"그래서 좋다고 했냐고요? 우리 아빠가 아버지가 되었으면 좋겠다고 했어요?"

집요한 물음에 고개를 끄덕였다.

"두 분이 좋다면 나도 좋다고 했어. 싫을 이유가 없잖아."

이모가 원하는 분이라면, 아버지처럼 따르던 서 사장님이라면 그가 두 손 들고 환영하지 않을 이유가 없었다. 갓 졸업한 스물에 조카를 거둬 준 은혜를 안다면, 생판 남인 그를 아들처럼 살펴 준 고마움을 안다면 그가 두 분을 반대할 이유는 없어야 하는 것이었다.

"그럼…… 날 원망했겠네요. 나 때문에 다 틀어졌으니까."

한마디로 정의할 수 없는, 분노와 원망과 죄책감이 마구 뒤섞인 여자의 눈동자에 얼핏 물기가 어렸다.

그만. 이 순간 그가 가장 피하고 싶은 건 바로 그 둘, 진실과 눈물이었다.

"네가 반대했다는 건 알고 있어. 하지만 너 때문에 일이 틀어졌다고 생각지 않아. 그냥 그렇게 된 거일 뿐, 널 원망하지도 않고, 네가 왜 그랬는지 이유도 궁금하지 않아."

네 마음, 네 감정, 아무것도 궁금하지 않아. 네가 왜 울었는지 더 이상 생각하지 않을 거야. 진실을 알게 되었을 때 느꼈던 내 감정의 정체에 대해서도 궁금해하지 않을 거고. 난 그 기억을, 너를 완전히 묻었어. 다시는 찾을 수 없이 아주아주 깊숙이에.

태하가 자리에서 일어나며 말했다.

"만약 그때 두 분이 재혼을 하셨다면 우린 가족이 되고…… 남매가 됐겠지. 하지만 그러지 못했고, 이제 남보다도 못한 사이가 됐어. 만약 네가 말한 대로 운명이란 게 있다면, 우리 모두의 인연은 그때가 끝이었던 거야."

우리가 몽돌이라면, 서로 부딪혀 닳고 아프게 하는 운명이라면.

"더는 만나지 말자."

"……!"

"내려가면 선착장이야. 나는 좀 이따 갈 테니 먼저 배 타고 나가."

태하는 자리에서 일어나 걸어왔던 산책로로 다시 올라갔다.

한 시간 뒤 다시 그곳에 돌아왔을 때 그녀는 없었다. 떨어진 붉은 동백꽃만 가득할 뿐이었다.

트롤리 딜레마

트롤리란 토목 공사 현장에서 흙을 운반하는 차를 말하는데요. 이 트롤리의 브레이크가 고장 난 상황에서 두 개의 갈림길을 만나게 됩니다. 한쪽에는 인부 다섯 명이 있고, 다른 한쪽에는 인부 한 명이 일을 하고 있습니다. 만약 트롤리가 인부 다섯 명이 있는 길로 향하고 있는데 당신에게 변환기가 있다면, 당신은 트롤리를 그냥 가게 두실 건가요? 아니면 방향을 틀어 인부 한 명이 있는 길로 가게 하실 건가요? 모든 게 당신의 선택에 달렸다면요.

"서정호 환자분."

서울암센터 3층 대기 의자에 앉아 있던 서 사장과 은혜는 간호사의 호명에 진료실로 들어갔다.

"안녕하세요."

서 사장이 인사를 건네자 모니터를 보고 있던 초로의 의사가 스툴을 가리켰다.

"네. 6개월 만에 뵙습니다. 그동안 어떠셨어요?"

"별다를 것 없이 잘 지냈습니다."

"피곤하시거나 몸이 처지시는 건요?"

"그런 거야 늘 있지만 별 무리 없이 지내고 있습니다."

뒤에 선 은혜가 걱정스러운 눈빛으로 아버지의 뒷모습을 바라보았다.

"몸무게 변화는요?"

"요즘 좀 바빴더니 2킬로그램 정도 빠졌어요."

"식사는요? 입맛은 좀 어떠세요?"

"괜찮습니다."

은혜가 얼른 반박했다.

"요즘 입맛 없다고 잘 안 드세요."

손으로 서 사장의 복부 이곳저곳을 촉진한 의사가 말했다.

"그럼 검사받아 보시고 결과 나오는 날 다시 뵙고 말씀드리겠습니다."

진료 후 서 사장은 피 검사와 소변 검사, 초음파와 CT 촬영을 했다. 6년 전 간암 수술과 항암 치료 후 짧게는 3개월, 길게는 6개월마다 받는 통과 의례 같은 검사였다. 수납을 하고 예약을 잡은 은혜가 서 사장과 함께 차에 올랐다.

"오랜만에 나왔는데, 맛있는 거 먹고 가요. 검사받는다고 아침도 못 드셨잖아요."

"그러자. 네 언니랑 지원이도 같이 먹으면 좋을 텐데."

"내가 그럴 줄 알고 나오라고 했지."

애교 섞인 그녀의 말에 서 사장이 웃으며 은혜의 무릎을 도닥였다.

"잘했어. 맛있는 거 먹고, 우리 오랜만에 쇼핑도 할까? 우리 딸 옷 사 준 지도 오래된 것 같은데."

"다음에요. 병원 간다고 스케줄 뺀 김에 아빠 좀 쉬어야 해요."

"우리 막내가 옷을 마다한다고?"

놀리는 듯한 서 사장의 물음에 교차로 신호에 차를 멈춘 은혜가 진지한 얼굴로 말했다.

"나 이제 하고 싶은 대로 다 하던 어린애 아니라고요. 쇼핑은 다음에 하고 오늘은 무조건 쉬세요. 아빠 요즘 너무 피곤해 보인단 말이야."

"난 괜찮다. 늘 하던 일인데 뭘."

"아빠 건강이 제일 중요해요."

그해 여름, 그 일이 있은 후 둘의 관계는 달라졌다. 서 사장은 다시는 재혼의 '재' 자도 꺼내지 않았고, 두 딸들에게 더욱 신경을 썼다. 은혜도 더 이상 고집을 부리거나 제멋대로 굴지 않고 공부에 집중했다. 그 뒤 아무도 그 일에 대해 언급하지 않았지만, 마음 깊은 곳에 지울 수 없는 상처가 남아 있음을 알고 있었다. 아마도 시간이 해결해 줄 거라 믿었을지 모른다.

하지만 은혜는 아니었다. 여전히 그녀의 마음속엔 그가 있었고, 그것이 언제고 터질 폭탄이란 걸 알고 있었다.

'바보처럼 물러나지 않을 거라고요. 그러니 충분히 생각해 보고 답을 줘요. 기다릴 테니까.'

그러고 병원을 나온 지 일주일이 지나고 있었다. 아직 어떠한 답도 듣지 못했지만, 더 이상 그가 자신을 피하지 않을 거라 믿었다. 긍정적인 답이길 원하지만, 부정적인 답이래도 상관없었다. 이번에는 절대로 포기하지 않을 테니까.

예약한 한식당에 도착하자 직원이 룸으로 안내했다. 미닫이 문을 여는 순간 생각지도 못한 이가 그들을 맞아 주었다.

"안녕하세요. 아버님."

90도로 인사를 하는 남자의 모습에 은혜가 놀라 물었다.

"네가…… 여기 왜 있어?"

예상치 못한 민혁의 등장에 은혜는 얼떨떨한 얼굴로 은주를 쳐다보았다. 이유를 묻는 시선에 은주가 난감한 얼굴로 답했다.

"낮에 집으로 전화가 왔더라고. 뭐 물어볼 게 있어서 전화했는데 네가 전화 안 받는다고. 그래서 아버지 모시고 병원 갔다, 뭐 그런 얘기 하다가 점심 먹으러 간다니까 민혁이가 모시고 싶다기에."

"네가 우리 아빠를 왜 모셔?"

이해할 수 없단 듯 따져 묻는 은혜에게 민혁은 너스레를 떨며 답했다.

"내가 네 십년지기 친구인데 아버님께 식사 대접 한번 할 수 있는 거지. 늘 생각은 하고 있었는데, 그간 워낙 바쁘시니까 기회를 못 냈던 거야."

"그러니까 갑자기 왜 남의 가족 모임에?"

"어떻게 우리가 남이니?"

"그렇다고 너랑 내가 가족은 아니잖아?"

티키타카 오가는 말싸움에 서 사장이 둘을 말렸다.

"아이고, 누가 모시건 무슨 상관이냐. 이왕 이렇게 된 거 다 같이 밥 한 끼 맛있게 먹으면 되지. 다들 앉자."

서 사장이 자리에 앉자 은혜도 어쩔 수 없이 앉았다. 음식이 하나씩 들어와 세팅되기 시작했다.

"신선로 좋아하신다고 해서 주문해 놨어. 그리고……."

하면서 옆자리에 놓아둔 보자기에 싸인 상자를 서 사장에게 내밀었다.

"자연산 상황버섯이에요. 아는 분 통해서 구한 건데, 아버님 달여 드시라고요."

"어유. 뭐 이런 귀한 걸."

"항암 효과가 있다 하니 잊지 말고 꼭 챙겨 드십시오. 그리고 은혜 친구니까 아들이라 생각하시고 편하게 말씀 놓으세요."

"그래그래. 천천히 그러자고."

고개를 돌린 민혁이 은주 옆구리에 꼭 붙어 있는 여자애에게 물었다.

"지원이지? 아저씨 기억나? 전에 집 앞에서 한 번 봤었는데."

여자애가 고개를 살짝 끄덕이자 민혁이 웃었다.

"아저씨가 지원이 취향을 몰라서 고르긴 했는데, 마음에 들진 모르겠네."

제법 커 보이는, 포장이 된 무언가에 지원이 엄마의 뒤춤에 숨자 은주가 난감한 얼굴로 대신 받아 들며 말했다.

"미안해요. 지원이가 낯가림이 좀 있어요."

"괜찮아요. 어렸을 때는 다 그렇죠."

"지원이 삼촌이 준 선물 뭔지 안 궁금해? 엄마가 포장 풀어 줄까?"

여자애가 미약하게 고개를 끄덕이자 은주가 포장을 뜯어냈다. 안에서 나온 것은 귀여운 토끼 인형이었다. 이러지도 저러지도 못하는 둘의 표정을 눈치챈 민혁이 물었다.

"왜? 혹시 마음에 안 들어?"

은혜가 고개를 설레설레 흔들며 은주의 손에 들린 인형을 뺏어 그녀의 가방 옆에 놓았다.

"지원이가 비염이 심해서 인형 못 가지고 놀아."

"아, 그렇구나. 미안. 삼촌이 그런 줄 몰랐네. 지원이가 좋아하는 거 귀띔 좀 해 주면 삼촌이 다시 선물해도 될까?"

은주가 웃으며 손사래를 쳤다.

"아니에요. 가지고 놀지는 못하지만 장식장에 올려놓고 볼게요. 고마워요, 민혁 씨."

음식은 정갈하고 맛있었다. 은혜는 입맛이 없어 하는 서 사장에게 이것저것을 권했고, 민혁은 능숙하게 이런저런 이야기로 분위기를 띄웠다.

"민혁 군은 은혜랑 대학 같이 다닌 동기라고 했던가?"

"네. 경영학과 같이 다녔습니다. 한국인이 저희 둘뿐이었는데, 은혜가 거의 늘 과 탑이었죠."

"민혁 씨는요?"

"앤 맨날 애들이랑 놀고 다니면서도 2등 했다니까. 난 코피 터져라 밤새 공부해서 1등 하고."

은혜의 억울해하는 표정에 은주가 웃었다.

"머리가 좋나 보다. 민혁 씨는 애인 있어요?"

"없습니다."

"의외네요. 인기 많을 것 같은데."

"인기 많았는데, 나이 들어 다 떨어져 나가고 선보고 다녀."

은혜의 말에 서 사장이 조금 놀란 표정으로 물었다.

"집에서 벌써 결혼 얘기 하시나? 남자 서른이면 급할 나인 아닌데."

"저희 집이 손이 귀한 데다 삼대독자라 부모님께서 좀 서두르시는 편입니다."

"그렇구먼."

"아버님은 은혜 안 급하세요?"

"우리 아빠는 그런 데에 굉장히 관대한 아메리칸 스타일이셔."

은혜의 말에 서 사장이 웃으며 말했다.

"부모 마음이야 다 똑같지. 좋은 사람 만나서 행복하게 가정 꾸리길 바라지만, 지금 당장은 연애나 결혼 생각 전혀 없다고 하고 일하는 거 재미있어 하니까. 재촉을 한다고 될 일도 아니고, 때가 되면 만나지겠지, 하는 마음으로 기다리고 있네."

식사를 마치고 나온 민혁이 서 사장에게 인사를 하며 말했다.

"다음에는 더 좋은 데에서 모시겠습니다."

"오늘도 좋았네. 맛있었고, 귀한 선물까지 받아서 내가 고맙지. 다음에는 내가 꼭 사겠네."

"네네. 아버님 연락 기다리고 있겠습니다."

은혜가 은주에게 말했다.

"애 차 안 가지고 왔다니까 바래다주고 집으로 갈게. 언니가 아빠 모시고 가."

"그래. 조심히 와."

은주와 서 사장이 떠난 뒤 차에 오른 은혜는 시동을 걸며 입을 뗐다.

"진짜 오늘 보니 황민혁……."

"황민혁 뭐? 너무 멋졌다고?"

잔뜩 기대에 부푼 얼굴에 코웃음으로 응수했다.

"멋지긴 개뿔, 입만 열면 청산유수 사기꾼 같더만. 언제 봤다고 아버님, 누님, 지원아가 어떻게 그렇게 자연스럽게 술술 나오니? 안 오글거려?"

"좋아하시잖아. 이래 봬도 내가 어른들한테 인기 많은 스타일이거든. 장담하건대 두어 번 더 보시면 아들 삼고 싶다 하실걸."

민혁의 호언장담에 은혜가 미묘하게 달라진 표정으로 중얼거렸다.

"아닐걸."

"뭐?"

"우리 아빠 아들 삼고 싶어 하는 스타일은 너 같은 스타일 아니거든."

"그럼 어떤 스타일인데?"

생각을 털어 내듯 머리를 흔든 은혜가 차를 출발시켰다.

"그건 중요한 게 아니고. 오늘 전화는 왜 한 건데?"

"무슨 전화?"

생뚱맞은 되물음에 은혜가 답답한 표정으로 말했다.

"전화했는데 내가 안 받아서 언니랑 통화한 거라며. 무슨 급한 일인데 주말에 집까지 전화했냐고."

"아아. 모평 팀 다 짰다고."

"겨우 그 얘기하려고 집까지 전화를 했다고?"

"실은 저녁에 뮤지컬이나 보러 가자고 전화했었지. 보고 밥이나 같이 먹을까 해서."

"너 요즘 진짜 한가한가 보다."

"뭐?"

"생각 좀 해 봐라. 어느 직원이 쉬는 주말에 직장 상사랑 뮤지컬을 보러 가고 싶겠니?"

고개를 설레설레 내젓는 은혜에게 민혁이 물었다.

"직장 상사 아니고 친구로서는?"

"다음에."

보통이었으면 이쯤에서 끝날 대화가 오늘은 달랐다.

"그러면 남자로서는?"

"……."

"남자로서는 어떠냐니까?"

"그만해. 농담 재미없어."

"농담 아닌 거 알잖아. 내가 너 어떻게 생각하는지 잘 알고 있잖아."

차가 남산 터널 안으로 들어서자 순간 암흑이 밀려왔다. 그 어둠을 틈타 제 존재를 드러낸 진실은 깜빡이 없이 끼어든 차만큼이나 갑작스럽고 당황스러웠다. 혀로 마른 입술을 축인 은혜가 입을 열었다.

"그러는 너 역시도 잘 알고 있잖아. 내가 너 친구 이상으로 생각 안 하는 거."

"그럼 그 남자는?"

"……."

"그 성형외과 의사, 그 사람도 친구야?"

그는…… 터널 저 너머의 빛처럼 닿을 듯 닿지 않는 사람. 한 달음에 달려가면 스무 발짝은 뒷걸음치는 남자. 과외 선생, 지인의 아들, 오빠가 될 뻔했던 사람.

하지만 그 무엇도 그녀가 바라는 수식어는 아니었다.

터널을 나온 차는 한남대교로 들어섰다. 차 밖으로 펼쳐진 환한 한강변의 전경과 달리 차 안으로는 무거운 침묵이 흘렀다.

"그 사람이 무엇인지는 중요치 않아. 그 사람이 친구건 아니건 내가 널 어떻게 생각하는지는 변함이 없을 테니까."

"……."

"우리 10년을 알고 지냈어. 그 누구보다 서로를 잘 알고 이해

한다고 믿어 의심치 않고. 네가 처음으로 입시 강사 일을 제안했을 때, 누굴 가르치는 일이 내게 어울리지 않는다고 생각했어. 당장 회사 경영에 뛰어들 상황이 아니어서 받아들이면서도 솔직히 반신반의했지. 하지만 너는 누구보다 아낌없이 날 도와주고 지원해 줬어. 이제 와 생각해 보면 네 안목이 맞았던 거지. 내게 제안해 줘서 너무 고맙고, 네 믿음에 반하지 않으려고 열심히 하고 있어. 최선을 다해서 그 누구보다 잘하고 싶어."

"넌 지금도 충분히 잘하고 있어."

"그런 말이 아닌 걸 알잖아. 나 너 친구 이상으로 생각해 본 적 없어."

교차로에 멈춰 선 은혜가 붉은 신호등을 올려다보며 말했다.

"누가 그런 얘길 한 적이 있어. 인생엔 중요한 선택의 순간이 온다고. 하나를 선택하면 다른 하나는 놔야 한다고."

"둘 다 가질 수도 있잖아."

민혁의 말에 은혜가 씁쓸한 미소를 흘렸다.

'왜 다 못 가진다는 건지 이해를 못 하겠어요. 다 가질 수도 있잖아요? The Winner Takes It All.'

패기 넘치던 자신에게 그는 웃으며 최선을 다해 보라고 했지. 하지만 그의 말이 맞았다. 그 순간이 되어서야 그녀는 둘 다 가질 수 없음을 깨달았다.

"이래서 내가 널 좋아하는 거야, 황민혁. 넌 정말 나랑 비슷하거든. 그래서 친구로서 놓치고 싶지 않은 거고."

"……."

"네가 날 잡으면 넌 친구를 잃고, 나는 좋은 파트너를 잃게 돼. 선택은 네 몫이야."

대답 대신 차 문을 열고 나간 민혁이 길 너머로 사라지자 은혜는 한숨을 내쉬며 차를 출발시켰다.

3월의 덕유산은 놀랍게도 한겨울이었다. 무주로 들어서며 도롯가에 쌓여 있는 눈에 어느 정도 예상을 했지만, 눈 쌓인 설산과 살얼음이 진 계곡은 서울과 너무 달라 잠시 말을 잃었다. 이내 정신을 차리고 산을 오르기 시작했다. 다행히도 청암사로 가는 등산로는 눈이 녹아 있어 많이 미끄럽진 않았다.

일주문을 지나자 피안교가 나타났다. 돌다리 아래 계곡에서 목을 축이고 있던 새들이 인기척에 후드득 날아오르자 태하는 고개를 들어 하늘을 올려다보았다. 새들이 지나간 하늘 아래로 하얀 산봉우리를 지고 우뚝 선 대웅전의 모습이 보였다. 뜨거운 입김을 뿜으며 올라가자 저만치에서 갈색 코트를 걸친 자그마한 몸집의 노인이 보였다.

"추운데 왜 나와 계세요?"

"덕구 밥 주러 나온 길이었어. 얼마 안 됐다."

하지만 그의 손을 잡는 여인의 손은 얼음처럼 차디찼다. 태하는 커다란 손으로 두 손을 모아 쥐며 말했다.

"시간 되면 어련히 올까 봐 기다리세요. 추워요. 들어가세요."

"그래그래. 배고프지? 밥부터 먹자."

금세 뚝딱 차려 낸 상에는 뜨거운 뭇국과 연잎밥, 가짓수는 많지 않지만 맛깔스러워 보이는 나물 반찬들이 놓여 있었다.

"할머니는요?"

"난 벌써 먹었지. 어서 먹어라. 부족하면 더 말하고."

연잎을 펼치자 뜨끈한 쌀밥에서 향긋한 향을 머금은 김이 모락모락 올라왔다. 이곳에서만 먹을 수 있는 별미였다.

"몸은 좀 어떠세요? 저번에 감기 걸리신 건요?"

"다 나았지. 그냥 지나는 고뿔이었어."

"혈압약이랑 같이 영양제 좀 가져왔으니 잊지 말고 챙겨 드세요."

"알았다. 병원은 언제부터 나간다고?"

"다음 주부터요."

깊은 한숨을 내쉰 노인이 쭈글쭈글한 손목에 걸린 염주 팔찌를 더듬어 올라갔다.

"그 힘든 걸 4년이나 또 한다고 하니까 요 며칠 걱정이 돼서 잠이 안 오더라."

"이미 해 봤는데 뭘 걱정하세요."

"그때랑 같니? 결혼하고 가정도 꾸려야 할 나이에 그 힘든 데를 다시 들어가고."

"결혼 생각 없어요."

노인의 입술에서 노곤한 한숨이 다시 흘러나왔다.

"네 이모 생각하면 그러지 마라. 네 앞길 막힐까 봐 결혼도 안 하고 평생을 혼자 살다 그리 갔는데 너라도 잘 살아야지."

목구멍으로 넘어가던 밥이 돌덩이처럼 콱 들어 막혔다.

그러니까 제가 그러면 안 되는 거잖아요. 제가 이모를 생각하면 결혼도 하고 아이도 낳고 그렇게 평범하고 행복한 꿈을 꾸면 안 되는 거잖아요. 자꾸만 그 아이를 떠올리면…… 안 되는 거잖아요.

"죄송해요."

"네가 뭐가 죄송하냐. 천천히 꼭꼭 씹어 먹어라. 체할라."

달그락거리는 염주 소리에 맞춰 모래알처럼 씹히는 음식이 담긴 그릇을 겨우 비워 내고 대웅전에 올라가 삼배를 올렸다.

다음은 사찰 뒤쪽에 있는 봉안당이었다. 꽤 넓은 단 위에는 유골함들이 차곡차곡 놓여 있었다. 태하는 오른쪽 구석에 나란히 놓인 [한정연], [한정희] 이름이 새겨진 봉안함에 절을 올리고는 주머니에서 꺼낸 손수건으로 유골함을 닦기 시작했다. 할머니께서 매일 잘 관리해서인지 나무 유골함은 먼지 한 점 없이 깨끗했다. 끼익, 하는 문소리가 울리더니 그의 뒷모습을 지켜보는 할머니의 시선이 느껴졌다.

"큰스님께서, 가기 전에 차 한잔하자 하시는구나."

"네."

봉안당을 나온 태하는 눈이 깨끗하게 쓸린 울퉁불퉁한 돌계단을 따라 큰스님이 머무는 곳으로 향했다.

"어서 오세요. 시주님 바쁘신데 노승이 눈치 없이 붙잡은 건 아니겠지요?"

합장을 하고 인사를 건네는 그를 자그마한 방 안으로 이끌며 노스님이 물었다.

"아닙니다. 큰스님께 인사드리고 갈 참이었습니다. 그간 안녕하셨는지요?"

"산사에 머무는 이야 안녕하지 못할 일이 없지요. 앉으십시다. 다행히 차가 식기 전에 딱 맞춰서 오셨네요."

스님이 맞은편 낡은 방석을 가리키자 태하는 자리에 앉았다. 4평 남짓한 방의 벽에는 낡은 법복이 걸려 있었고, 탁자에는 법문과 책이 가지런히 놓여 있었다. 고즈넉한 산사의 방 안은 다기에서 피어오른 청아한 향기로 가득했다. 스님이 차를 따라 건네며 물었다.

"흉부외과로 가기로 하셨다면서요?"

"네."

"그래요. 잘하실 겁니다."

그가 5년 전 성형외과로 결정했을 때도 큰스님은 똑같이 말씀하셨다.

'그렇군요. 잘할 겁니다.'

오늘처럼 향긋한 차를 내주신 노스님은 차를 다 마시고 절을 떠나는 그에게 한마디 하셨다.

'너무 힘들어 마세요. 이것 또한 지나갈 것이외다.'

혹시 큰스님은 이리될 줄 미리 알고 계셨던 걸까. 결국 돌아 돌아 다시 처음 그 자리로 되돌아올 거란 걸.

"기억하십니까?"

태하가 운을 떼자 노스님의 흰 눈썹이 꿈틀대며 위로 들렸다.

"할머님이 스님께 어린 저를 맡기셨을 때, 절대 중이 될 팔자가 아니라고 말씀하셨지요."

"제가요?"

노인이 웃으며 되물었지만, 태하는 그 은은한 웃음에 속지 않았다.

"박복한 팔자, 부처님 은덕에나마 기대어 살게 해 달라 할머니가 울며 청하였더니, 스님께서 전혀 박복하지 않으니 다시 데려가라고 하시지 않았습니까. 왜 그런 말씀을 하셨는지 궁금합니다."

"이러니 애 앞에서 물도 함부로 못 마신다고. 그 어린 나이에 들은 말을 어찌 시주께서는 토씨 하나 안 빼먹고 기억하시는지."

허허 웃음을 흘리던 스님이 하얀 찻잔을 들어 보였다.

"이 다기의 재료는 무엇입니까?"

"……흙입니다."

"그렇지요. 흙이지요. 이 흙은 길가에 깔려 사람들의 발에 밟히는 흙길이 될 수도 있고, 어느 기름진 밭의 흙이 되어 고픈 배를 불릴 벼를 자라게 할 수도 있고, 다디단 과실을 열리게 할 과수원의 흙이 될 수도 있지요. 어느 해변 갯벌이 되어 조개를 품을 수도 있고, 귀한 집 정원의 수목을 자라게 할 수도 있고요. 흙조차도 그 쓰임이 이리 다 다른데, 하물며 사람의 쓰임이 어찌 다 똑같겠소. 땡중의 눈에도 어린 시주가 산사에 묻힐 운명은 아닌 것이 보였나 보지요."

주전자를 들어 기울이자 빈 잔에 쪼르륵 찻물이 채워졌다.

"그러니 이제 그만 시름을 내려놓으세요. 모든 인연은 시작과 끝이 있고, 모든 일이 그렇게 흐르게 된 데는 저마다 이유가 있는 것이외다. 시주 혼자 자책하는 건 의미가 없어요."

고개를 돌리자 반쯤 열어 놓은 문 너머로 눈 모자를 쓴 석탑이 보였다. 그날, 어머니의 기일에 청암사를 찾은 정연과 그는 탑돌이를 하고 있었다.

'서 사장님이 그러시더라. 남은 시간 같이 보내면 어떻겠냐고. 나이 차이도 많이 나고 딸도 둘 있지만, 괜찮다면 서로 아껴 주며 살아 보고 싶다고.'

늦더위 때문인지, 부끄럼 때문인지 송골송골 땀이 맺힌 관자놀이와 붉은 뺨을 한 정연을 태하는 말을 잃고 바라보았다. 멍한 정신에 떠오른 건 맑은 눈동자를 가진 여자였다.

알고 있었구나. 그래서 울었던 거구나.

지하철역 플랫폼에서 울던 여자애가 떠올라서…… 그는 아무런 말도 할 수가 없었다.

'태하 네 생각은 어떠니?'

재차 묻는 정연의 질문에 숨을 들이마시는데 갈비뼈 언저리가 뻐근했다. 왜 그러는지 알 수 없었지만 자꾸만, 너무 아팠다.

'태하야?'

'……저는.'

목구멍을 긁고 나온 탁한 목소리에 목을 다시 가다듬고 겨우 말을 이었다.

'이모가 좋으면 저도 좋아요.'

합장을 하고 걷던 정연의 발걸음이 우뚝 멈추었다. 왜인지 그 다정한 눈길을 마주 볼 수가 없어 시선을 바닥으로 내렸다.

'태하야.'

'네.'

'이모는 네가 싫다면 안 할 거야. 이모한테 가장 중요한 건 너니까. 그러니까 진심을 말해 줬으면 좋겠어.'

그의 얼굴을 훑는 따스한 시선에 온몸이 부서져 내리는 것만 같은 착각이 들었다. 탁탁, 목탁 소리와 함께 매엠, 매엠 마지막 생을 다해 우는 매미 소리만이 절 안에 가득했다. 태하는 폐 안에 있는 숨을 모두 몰아 내쉬고는 말했다.

'전 좋아요. 이모가 행복하시면 전 더 바랄 게 없어요.'

하지만 정연과 서 사장은 헤어졌고, 꽃은 결국 한 번도 활짝 펴 보지 못한 채 그렇게 져 버렸다. 눈을 뒤집어쓴 석탑에서 시선을 물린 태하는 잔을 내려다보았다.

'그래서 언제까지 묻어만 둘 건데요? 언제까지 모른 체하고 도망치며 다른 사람들을 위해 내 감정, 내 행복은 외면하고 살 거냐고요? 그거 자기기만인 거 알아요? 자신을 포함해서 모두를 속이고 있는 거라고요.'

지하철역 플랫폼에서 울던 여자애는, 지심도에서 떨리는 목소리로 자신을 원망하냐고 묻던 여자는, 이제 물러섬이 없었다.

'이젠 옛날처럼 그렇게 놓지 않을 거예요. 기다릴 테니까.'

기다려도 소용없다고 말했어야 했는데. 그는 아무 답도 하지 않을 테니까. 어떠한 말도 해 줄 게 없으니까. 그는 또 도망칠 거니까.

다기를 들어 기울였다. 차디차게 식은 찻물로도 뜨겁게 달아오른 가슴을 식히기에는 역부족이었다. 차를 다 마시고 일어나자 스님이 그의 뒤를 따라 나왔다.

"또 찾아뵙겠습니다."

스님과 할머니께 인사를 드린 태하가 해가 지기 시작한 산을 내려갔다. 남자의 모습이 사라져 보이지 않자 여인은 손수건을 꺼내 주름진 눈가를 훔쳤다.

"아이고. 보살님은 왜 또 눈물을 훔치십니까?"

"자식 둘 앞세운 제 팔자도 그렇지만, 아비도 없이 어미 둘도 보낸 박복한 손자가 불쌍해서 그럽니다."

"육친의 연이 박하나, 내 부모만큼 아끼고 살펴 줄 연이 있는데 어찌 박복하다만 하리오."

뜻 모를 노승의 말에 훌쩍이던 여인이 쳐다보았다.

"겨울나무가 기름진 흙과 맑은 물의 보살핌에 자라나 중천에 뜬 뜨거운 태양까지 얹는데, 바랄 게 더 무엇이 있겠습니까. 곧 그 풍성한 가지에 과실이 열리고, 시원한 나무 그늘에 고단하고 힘든 이들을 쉬게 할 것이니 조금만 기다리시오. 봄이 오고 있잖습니까."

여인은 노승이 법복을 휘적거리며 돌아가는 뒷모습을 바라보았다.

수술을 마치고 나오자 책상에 예쁘게 포장이 된 작은 상자가 놓여 있었다. 김 실장이 들어오자 태하가 물었다.

"실장님, 이거 뭔지 혹시 아세요?"

"아, 저희 직원들이 원장님 퇴사 기념으로 준비한 선물이에요. 꽃으로 할까 하다가 이쪽을 더 좋아하실 것 같아서요."

"고맙습니다. 다른 분들한테도 고맙다고 꼭 전해 주세요."

"네."

김 실장이 나가고 상자를 여니 심플한 디자인의 만년필이 들어 있었다. 똑똑, 노크 소리에 이어 문이 열리더니 정근과 준호가 들어왔다.

"그게 뭐냐?"

정근이 궁금한 듯 손을 내밀자 만년필을 건네주었다.

"직원들이 퇴사 기념이라고 선물해 줬어요."

"오오. 신경들 좀 썼구먼. 주말에 할머님은 잘 뵙고 왔고? 건강하시고?"

"네."

"오늘이 마지막 날인데, 저녁이나 같이 먹고 헤어져요."

준호의 말에 정근이 왜인지 초조한 기색으로 고개를 저었다.

"안 돼. 오늘 윤태하 약속 있어."

"무슨 약속요?"

자신도 모르는 약속이 있단 말에 태하가 쳐다보자 정근이 말했다.

"실은 좀 이따 요기 아래 카페에, 저번에 얘기했던 그 소개팅녀 오기로 했어."

"형!"

그답지 않게 높아진 목소리에 정근이 이마를 긁적이며 변명을 늘어놓았다.

"알아, 인마. 네가 정색을 하고 싫어한다고 말했어. 그런데 윤주 엄마가 마음대로 약속 잡고 한 시간 전에 문자 보내서 황당한 건 나도 마찬가지란 말이야. 기왕 이렇게 된 거 한번 만나나 봐. 지혜 말이, 너랑 너무 잘 어울릴 거랬어. 너도 만나면 분명 마음에 들 거라고. 오죽했으면 네 형수가 그랬겠냐."

정근이 멀뚱히 선 준호의 옆구리를 팔꿈치로 치며 눈치를 주자 준호가 갈비뼈를 쓰다듬으며 중얼거렸다.

"그래. 차 한잔 마시고 오는 데 큰 의미를 부여할 필요 있나? 그냥 부담 가지지 말고 만나면 되지. 당장 결혼하라고 떠미는 것도 아니고, 알 만한 성인 남녀끼리 뭐."

"내 말이 그 말이잖니."

정근이 준호의 말에 격하게 동의하자 태하가 가운 단추를 풀며 말했다.

"결혼이고 연애고 아무것도 할 생각이 없어요. 그런 마음으로 만나는 건 상대에게 큰 실례예요."

"그러니까 왜 생각이 없는데? 왜 연애가 하기 싫어? 너 혹시 여자 싫어하냐? 아니면 아직도 레지던트부터 다시 시작해야 돼서, 그것 때문에 신경 쓰는 거야?"

"그런 거 아니에요."

정근이 도와 달라는 듯 쳐다보자 가만히 듣고만 있던 준호가 물었다.

"여자가 싫은 것도 아니고, 네 상황 때문도 아니면 왜 그러는 건데? 내 기억엔, 옛날에 넌 여자한테 관심이 없긴 했어도 연애 No, 결혼도 No 그러진 않았던 것 같은데. 대체 언제부터 다 하지 말아야겠다는 결심이 든 거냐?"

"……."

"그 여자애 만났을 때부터? 아니면 다시 만난 이후부터?"

"박준호."

그의 싸늘한 표정에도 준호는 굴하지 않고 물었다.

"그 여자 때문 맞잖아. 그동안 여자 안 만난 거, 연애 안 한 거 다 그 여자 때문이잖아."

"……."

"그러면 가서 잡든가. 못 할 거면 다른 여자 만나든가. 그 여자는 이미 옆에 다른 남자 있던데 왜 너만 수절하려고 들어? 안 억울하냐?"

"잠깐, 니들 대체 무슨 소리 하는 거야? 여자애는 누구고 여자는 또 어떤 여자를 말하는 거냐? 수절이라니?"

정근이 어리둥절한 표정으로 물었지만, 그의 물음에 대답해 주는 이는 아무도 없었다.

서로를 뚫어져라 노려보던 둘 중 먼저 물러선 이는 태하였다. 그가 가운을 벗어 던지고 방을 나가 버리자 정근이 준호에게 타박을 주었다.

"대체 무슨 소리야, 여자라니? 윤태하가 여자가 어딨다고. 그리고 잘 달래 내보내도 모자랄 상황에 넌 왜 애 성질을 건드려?"

"걱정하지 마세요. 저래도 나가긴 할 테니까. 약속 시간이랑 장소, 문자로 찍어 보내세요."

준호가 방을 나가자 정근도 불안한 얼굴로 방을 나섰다.

병원을 나선 태하는 근처 카페 안으로 들어갔다. 손님들로 절반쯤 채워진 테이블을 휘 둘러보고는 빈자리에 앉았다. 시계를 들어 약속 시간인 7시에서 5분 모자란 시간인 걸 확인한 순간, 구두 소리와 함께 누군가가 테이블가에 멈춰 섰다.

"윤태하 씨?"

자리에서 일어난 태하는 여자를 마주 보았다. 체크무늬 코트에 검은 원피스 차림의 여자가 악수와 함께 인사를 건넸다.

"안녕하세요. 오늘 만나기로 한 박수진이에요."

"반갑습니다. 윤태하입니다."

태하가 맞은편 빈 의자를 가리키며 물었다.

"음료는 뭐로 드시겠어요?"

"아, 저는 페퍼민트 티로 부탁드릴게요."

차를 가져온 태하가 자리에 앉자 여자가 해사하게 웃으며 물었다.

"바쁘시다고 들었는데, 용케 시간을 내주셨네요. 혹시 저 기억 못 하세요? 일전에 신사동에 있는 중식당에서 지혜 언니랑 같이 있다가 지나치듯 뵀었는데."

"죄송합니다."

더듬어 생각해 보지도 않고 사과를 하자 여자가 서운한 표정을 지으면서도 웃었다.

"괜찮아요. 기억해 주셨으면 좋았겠지만 어쩔 수 없죠. 실은 그때 전 꽤 깊은 인상을 받았거든요. 그래서 지혜 언니가 소개팅 제안을 했을 때 태하 씨가 상대라는 걸 알고 바로 오케이했어요."

"감사합니다."

그의 말에 여자가 풋, 하고 터지는 웃음을 손바닥으로 막았다.

"연애 경험 별로 없으시다더니 진짠가 봐요?"

"네?"

"만나서 10분 동안 반갑습니다, 뭐 드실래요랑 죄송합니다, 감사합니다가 다인 거 아세요? 뭐, 좋아요. 미리 얘기를 들었던 터라 많이 놀랍지는 않네요. 곧 대학병원으로 다시 들어가신다면서요."

"네."

"성형외과 쪽이 잘 맞지 않으셨나 봐요?"

"잘 맞지 않는다기보다 좀 더 공부를 하고 싶은 마음이 있었죠."

"새로운 출발인데 떨리시겠어요."

여자는 성형외과와 더블보드, 레지던트 생활에 대해 물었다.

"레지던트 생활이 제가 알던 것보다 훨씬 더 비인간적이고 빡세네요."

"과마다 다르겠지만, 외과 계열은 좀 더 그렇습니다."

"그런데 또 외과 쪽을 택하셨네요."

"네."

단답형의 대답에 무언가를 생각하는 듯하던 여자가 물었다.

"왠지 태하 씨는 오늘 소개팅에 대해 이미 결말을 내리고 오신 것 같은 건 저만의 착각인가요?"

"죄송합니다."

그가 부인하지 않자 여자가 헛웃음을 흘렸다.

"단호하시네요. 세상 모든 레지던트들이 바쁘다는 이유로 연애도 안 하고 결혼도 안 하는 건 아닐 텐데요?"

여자의 질문에 태하는 아무런 대답도 하지 않았다. 결국 자리에 앉은 지 한 시간도 안 되어 둘은 카페를 나섰다.

"댁까지 모셔다드리겠습니다."

여자는 애써 실망감을 감추고 예의 바르게 고개를 저었다.

"아닙니다. 저도 차를 가져와서요. 솔직히 즐거웠다고 말씀드릴 순 없지만, 이렇게 만난 것도 인연이겠죠. 안녕히 가세요."

상대가 바뀐 신호에 횡단보도를 건너 인파들 사이로 사라지자 태하도 뒤돌아섰다. 하지만 그 자리에 붙박인 듯 설 수밖에 없었다. 그를 보며 서 있던 여자를 발견했기 때문이었다.

"……!"

불신과 배신감에 휩싸인 은혜를 지나쳐 건물 지하 주차장으로 내려와 차에 올랐다. 뒤엉킨 감정을 정리하지도 못한 채 주차장을 빠져나가려는데 들어온 차가 출구를 가로막아 섰다. 급하게 브레이크를 잡은 태하는 비스듬히 선 빨간색 스포츠카에

서 내리는 여자를 보았다. 그의 차를 박살 내고, 그의 일상을 파괴하고, 그의 가슴을 진탕으로 만드는 여자를.

벨트를 풀고 내려 그녀 앞에 마주 섰다.

"이게…… 내 질문에 대한 답이에요?"

떨리는 목소리에 그녀가 얼마나 자존심에 상처를 입었는지 느껴졌지만, 태하는 담담하게 고개를 끄덕였다.

"그래."

"여자를…… 만난다고요?"

"우리가 서로 누구를 만나는지 상관할 사이 아니잖아."

"……그래요. 그랬죠. 내 감정, 내 마음 따윈 하나도 궁금하지 않고 신경 쓰지도 않는다고 했었죠."

과거 그가 했던 말을 되뇐 여자의 작은 입술 사이로 자조 섞인 헛웃음이 흘러나왔다.

"나도 그런 남자, 궁금해하지도 말고 신경 쓰고 싶지도 않은데, 자존심 상하게도 그럴 수가 없어요."

자존심이 상한다는 여자의 눈빛은 아이러니하게도 슬퍼 보였다. 지하철 벽에 기대어 캄캄한 창밖을 바라보던 여자애처럼. 그러니까 그 성격에, 그 자존심에 뭐 때문에 이러는 건지. 뭐 대단한 인연이라고 같이 모르는 척 무시하고 지나치면 좋으련만. 언제나처럼 '그러든지 말든지 상관없어요.' 왜 그렇게 못하고 이 지긋지긋한 인연을 붙잡고 있는 건지 안타까웠다.

"우리 집에 설음식 가져온 날 첫눈에 반했어요. 과외받기 싫었는데 누군지 알고 나서 바로 하겠다고 했죠. 인정받고 싶어서 밤새 코피 쏟으며 공부했고, 좋은 아이처럼 보이고 싶어서 싫은 애들한테 손을 내밀었어요. 순간순간이 떨렸고, 설렜고, 즐거웠어요. 당신은 하나도 기억 못 하겠지만, 나는 잊을 수가 없었어요. 잊히지가 않았어요."

"서은혜."

그녀가 세차게 고개를 내저었다.

"아니요. 내 말 들어요. 그래서 말했어요. 재혼하시면 미국으로 가서 영원히 안 보고 살 거라고. 딸 하나 없는 셈 치고 두 분이서 행복하게 사시라고. 내가 그랬다고요. 죽어도 결혼은 안 된다고. 왜냐하면 도저히 우리가 남매가 되고, 가족이 되어 만날 자신은 없었으니까."

회색 시멘트 벽에 부딪혀 메아리처럼 되돌아온 여자의 고백에 그의 가슴이 진동하기 시작했다.

"난 단 한 번도 두 분 재혼 말린 거 후회한 적 없어요. 백 번 다시 돌아간대도 백 번 다시 그럴 거예요. 하지만 당신은……아니겠죠. 세상 그 누구보다 고마운 이모님이니까. 그런 당신 눈에는 두 분 앞길 막아선 내가 얼마나 이기적이고 못돼 보일지 잘 아는데……."

"말했잖아. 널 원망하지 않는다고."

말을 막아서는 그에게 은혜가 물었다.

"왜요? 왜 원망하지 않는데요? 원망할 가치조차 없단 거예요?"

대답 대신 턱 근육이 팽팽해지도록 어금니를 사리무는 그에게 그녀가 다가왔다.

"그럼 내게 말해 줘요. 대체 내가 어떻게 해야 좋을지. 난 아직도 포기하지 못했는데, 여전히 12년 전 그 자리에서 한 발짝도 못 움직이겠는데. 날 못 본 체하고, 차갑게 밀어내고, 다른 여자를 만나는 당신을…… 견딜 수가 없으니까, 내가 어떻게 해야 하는지 말해 달라고요."

고집스러운 얼굴로 기어코 눈물을 떨구는 여자에게서 시선을 거두고 고개를 들어 주차장 천장을 올려다보았다. 어두컴컴한 조명 아래 흉물스러운 내벽을 숨긴 모습이 마치 저 자신처럼 느껴졌다. 지독한 자기혐오가 덮쳤다.

"그러면 어쩌자고? 이제 와 우리가 남자, 여자 하자고?"

생각지도 못한 직설적인 물음에 놀란 그녀의 얼굴에 대고 쉴 새 없이 몰아붙였다.

"너는 네 감정이 이렇다, 그래서 12년 전에 두 분 결혼을 반대할 수밖에 없었다, 우리 둘이 좋아하니 용서해 달라 사장님께 말씀드릴 수 있어?"

폐부 깊이 숨을 몰아 삼키는 여자의 눈동자가 아득해졌다.

생각만으로 괴로울 거면서, 감당할 자신도 없으면서 왜 지옥불로 걸어 들어와. 얼마나 고통스러운지도 모르고 겁도 없이.

"네."

바르르 떨리는 눈을 감았다 뜬 은혜가 고개를 끄덕였다.

"말씀드릴 수 있어요. 평생 무릎 꿇고 용서를 빌라면 빌 거고, 설득해야 한다면 몇 년이 걸리더라도 설득할 거예요."

"아니."

태하는 고개를 저었다.

"난 못 해. 이미 돌아가셨으니까."

"……!"

"나는 용서를 구할 수도, 허락을 해 달라고 빌 수도 없어. 이제 그럴 기회 자체가 없으니까."

충격과 고통에 휩싸인 그녀에게 물었다.

"왜 널 원망하지 않느냐고 물었지? 왜냐하면 널 원망할 자격이 없기 때문이야. 그때 난 이모가 행복하면 뭐든 좋다고 했지만…… 그 말은 진심이 아니었어. 너는 울면서 반대를 했고, 나는 거짓말을 했지. 우리 둘 다 마찬가지였던 거야."

정연은 알아챘을까. 그가 거짓말을 하고 있단 걸. 결국 질주하는 트롤리의 선로를 바꾸지 못했다는 걸.

그가…… 여자애를 택했다는 걸.

"만약 그때 재혼하셨더라면 남은 생이라도 행복하게 살다 가셨겠지. 하지만 힘들게 거둬 키워 준 조카 때문에 평생을 고생만 하다 마지막 기회조차도 놓치신 거라고. 그래서…… 옛말에 머리 검은 짐승은 거두는 게…… 아니라고 했던 거야."

그의 고통스러움이 전해진 듯 그녀의 얼굴이 더욱 희게 질렸다.

"다른 여자 만나는 걸 못 견디겠으면 다신 안 만날게."

"……"

"평생 혼자 살라면 그렇게 할 거야."

정말로 운명이란 게 있다면 너와 나는 만나지 말았어야 할 운명. 다시 만나지 말아야 할 인연.

"널 밀어내고 차갑게 대하는 게 싫다면 네 앞에서 사라져 줄 테니까, 그러니까…… 너는 네 길을 가. 나는 내 길을 갈 테니까."

떨리는 턱 아래로 눈물을 떨구는 여자에게 마지막 인사를 건 넸다.

"이제 정말 다시는 만나지 말자."

차에 오른 태하는 주차장 구석까지 후진을 했다. 유리창 너머로 보이는 여자의 간절한 눈빛을 외면하며 거칠게 운전대를 돌렸다.

나는 도망친다. 끼이익 하며 주차장 바닥이 긁히는 마찰음과 함께 그녀의 차를 아슬아슬하게 지나쳤다. 아무것도 할 수 없으므로, 너를 잊어야 살 수 있으므로…… 또 도망친다.

세게 액셀을 밟자 이내 백미러 너머로 우두커니 선 여자의 모습이 사라졌다. 앞은 끝도 없이 이어진 어두운 터널이었다.

운명의 수레바퀴

이른 아침, CS(흉부외과) 의국에서는 새로운 레지던트 1년 차를 맞이하고 있었다.

"올해 흉부외과에 세 명의 새내기 레지던트를 맞이하게 되었습니다. 작년에 공석이었던 것을 생각한다면 눈물이 나지 않을 수가 없지요. 쉽지 않은 결정을 내려 준 1년 차들에게 감사의 마음을 전하며, 부디 4년간 이탈 없이 모두 웃으며 결승점을 통과하길 빕니다."

유쾌한 성격이 엿보이는 3년 차 레지던트의 인사말에 박수를 치는 4년 차들의 얼굴에도 웃음기가 어렸다.

성형외과, 정형외과 같은 인기 과와 달리 전공의들이 기피하는 대표 과인 흉부외과는 해마다 정원 미달에 시달렸다. 원래 신입 전공의 정원은 네 명이었지만, 작년에 한 명도 없었던 걸 생각하면 세 명이라도 지원해 준 것에 두 손 들고 만세 삼창이라도 해야 할 지경이었다.

"자. 한 명씩 인사해 봅시다."

치프의 말에 첫 번째 새내기부터 인사를 시작했다.

"안녕하세요. 저는 김민욱입니다. 잘 부탁드리겠습니다."

"박창재입니다. 부족하지만 흉부외과에 도움이 되도록 열심히 노력하겠습니다."

태하가 자리에서 일어나자 3년 차와 4년 차의 눈빛이 미묘하게 바뀌었다.

"안녕하세요. 윤태하입니다. 선배님들의 많은 가르침 부탁드리겠습니다."

"좋습니다. 우선 회진 시간 다 됐으니까 당직이랑 다른 것들은 조금 이따 이야기하도록 합시다."

병동 입구에서 잠시 기다리자 곧 마른 체격의 날카로운 인상의 남자가 엘리베이터에서 내렸다. 악명 높기로 유명한 김현석 과장의 등장에 모두들 바싹 긴장한 얼굴로 90도 인사를 건넸다. 회진판을 든 전공의 뒤 새로운 얼굴들을 슥 둘러본 그가 말없이 발걸음을 옮기자 치프가 어리바리하게 선 1년 차들에게 빨리 따라오라 눈짓을 했다. 병실에는 흉부외과 특성상 대부분이 위급을 다투는 중환자나 수술한 환자들이 많았다.

"60세 여자 환자로 Chest pain(흉통)과 Dyspnea(호흡 곤란) 주소(주요 호소 증상)로 어제 자정 응급 내원했습니다. 특이 병력 없었고, Non smoker(비흡연자)였습니다. ECG(심전도)로 Inferior wall MI(하벽 심근 경색) 확인하고 CABG(관상동맥 우회술) 시행하였습니다."

"AMI(급성 심근 경색) 환자의 투약은?"

CAG(관상 동맥 조영술)를 확인한 김현석의 물음에 회진판을 든 치프가 옆에 선 1년 차의 옆구리를 쳤다. 멍하니 서 있던 전공의가 서둘러 대답했다.

"아……. 그러니까 아스피린, 모르핀, 니트로글리세린과 프로프라노롤이나 메토프로놀 같은 베타차단제입니다."

"니트로글리세린을 투약하면 안 되는 케이스는?"

치프의 눈치에 그 옆에 선 1년 차가 대답했다.

"SBP(수축기 혈압) 90 이하의 환자와 RV infarction(우심실 경색), AS(대동맥 판막 협착증) 환자, 그리고 비아그라를 복용한 환자입니다."

김현석이 차트를 태하에게 넘기며 물었다.

"그럼 이틀 전 실신으로 내원한 이 환자의 EKG(심전도 검사)를 분석해 본다면?"

갑작스레 난이도가 훌쩍 뛴 질문에 레지던트들 사이로 동요가 일었다. 태하는 차트를 살폈다.

62세 남자, 30년간 흡연, 불안정 협심증으로 스탠트 삽입, 고혈압, 부정맥, 우울증약 다년간 복용.

매의 눈으로 차트를 살폈지만, 많은 병력을 가진 환자이기에 진단이 간단하게 나오지가 않았다. 여러 가지 가능성을 염두에 두어야 하기 때문이었다.

"TdP(torsades de pointes 다형성 심실 빈맥)로 보여집니다."

그의 대답에 고참 레지던트들의 눈빛에 놀라움이 떠올랐지만, 김현석의 표정은 변함이 없었다.

"그렇게 진단 내린 이유는?"

"QRS complex(QRS파)가 주기적으로 높아졌다 낮아졌다 하면서 470ms로 long QT 간격을 보이고 있기 때문입니다."

"환자에 대한 처치는?"

"Quinidine, Phenothiazine에 의해 유발된 long QT일 경우를 감안하여 약 중단하고, Overdrive pacing(고박 동조율) 시행하고 MgSO4(황산 마그네슘) 투여합니다. Isoproterenol 투여도 고려해 볼 수 있습니다."

"Isoproterenol 투여를 고려한단 이유는?"

"약제 때문이 아닌 Congenital(선천적인) long QT인 경우에는 금기이기 때문입니다."

"그렇다면 Congenital(선천적인) long QT를 보이는 병력은?"

"브루가다 신드롬, Congenital long QT syndrome, HCMP(비후형 심근증)이 있습니다."

정신없이 쏟아지는 질문에 마치 교과서를 읊는 듯 막힘없이 대답이 술술 흘러나오자 뒤에 선 레지던트들의 입이 쩍 벌어졌다. 하지만 김현석 과장은 아무 일도 벌어지지 않은 듯한 얼굴로 다음 병실로 이동했다. 회진을 마치자 치프가 그들 셋을 데리고 의국으로 돌아왔다.

"당직 정하고, 각자 자리 정하고, 이건 콜폰, 연락처. 인수인

계해 줄 바로 위가 없어서 혼란스러울 것 같아 인계장을 정리해 놓았으니까 틈틈이 정독하도록. 공식적으로는 100일 당직이 없어지긴 했지만, 또 말했다시피 지금 CS(흉부외과)에는 2년 차가 없기 때문에 한동안은 풀당(full 당직)이라고 생각하는 게 좋을 거야."

어느 정도 예상은 했지만, 당직표를 보는 새내기들의 표정은 어두워졌다.

"아침 7시. 월요일은 메디컬 저널 발표, 수요일에는 컨퍼런스, 금요일에는 세미나가 있어. 회진은 7시 45분부터 시작이고. 잠깐 윤태하……는 나 좀 볼까."

치프가 눈짓을 주자 인계장을 살피던 태하는 그를 따라 의국을 나왔다. 복도에 서서 그보다 머리통 하나는 작은 치프가 할 말을 기다렸다.

"형이 온다고 들었을 때 든 생각이 딱 두 가지였는데."

말을 뗄 그가 그제야 반가운 표정을 드러내며 말했다.

"정말 다행이다,랑 호칭을 뭐라고 불러야 하지, 였어요."

같이 들어온 레지던트 1년 차들은 그를 모르지만, 레지던트 3년 차 이상은 멀든 가깝든 학교에서는 선후배로, 병원에서는 전공의로서 보던 사이였다. 특히나 치프인 승현은 대학 시절 같은 동아리에서 친하게 지냈던 터라 그가 불편해하지 않을까 태하 역시 걱정했던 터였다.

"PS(성형외과) 때나 위였지 CS(흉부외과)는 네가 치프 선생님이니까 1년 차 윤태하로 편하게 불러야지."

"엄밀히 말해 형을 그냥 1년 차라고 볼 순 없죠. 과는 달랐어도 병원에서 형 실력 모르는 사람이 없는데. 이렇게 다시 만날 줄은 정말 몰랐는데, 눈물 나게 반가워요."

그가 손을 내밀자 태하가 그 손을 잡고 악수했다.

"나도 반갑다. 앞으로 따끔한 가르침 부탁한다."

"부탁은 제가 해야죠. 작년에 CS(흉부외과) 정말 힘들었어요. 신입이 한 명 들어왔었는데, 한 달도 못 버티고 뛰쳐나갔거든요. 그 뒤부터 지옥이었죠."

한 명이 이탈하면 병동, 수술실, 당직의 공백을 나머지 사람들이 나눠서 메워야 하는 병원 시스템상, 안 그래도 인원 부족에 시달리는 과에서 얼마나 힘들었을지 충분히 예상이 되고도 남았다.

"아, 그리고 김현석 과장님이 오후에 수술방으로 들어오라고 하세요."

태하가 놀라 승현을 쳐다보았다. 제아무리 더블보드라도 레지던트 1년 차를 어시스트로 부르는 법은 없었다.

"아무래도 형 찍혔나 봐요."

동정 어린 후배의 표정에 아침에 그에게 질문을 건네던 날카로운 눈빛이 떠올랐다. 다른 두 명에게 낸 문제는 인턴 시험에 나올 법한 것들이었다면 그에게 낸 EKG(심전도 검사) 분석은 전공의가 아니고서는 잘 알 수 없는 문제였기 때문이다.

"아침은 워밍업이었고, 벼르고 계시는 눈치니까 단단히 준비하고 들어가는 게 좋을 거예요."

"알았어. 고맙다."

승현이 사라지고 그들은 3년 차의 지도하에 병동을 돌며 기본 업무와 오더에 대해 배웠다. 태하야 PS(성형외과) 4년을 보내며 오더에 익숙했지만, 늘 오더를 받기만 했던 인턴에서 막 벗어난 다른 두 명은 허덕거리며 진도를 쫓아가기 바빴다.

점심을 먹고 오후에 수술방으로 들어갔다. 수술복을 입고 소독을 하고 기다리자 김현석 과장과 어시스트를 맡은 4년 차가 들어왔다. 마취과 선생이 마취를 하자 김현석 과장이 환자의 오른쪽에, 4년 차가 맞은편에 섰다.

"뭐 하고 섰어? 어시스트 안 해?"

김현석 과장이 고개를 들지도 않고 말하자 태하가 옆으로 와서 섰다. 수술은 OPCABG(무심폐기 관상 동맥 우회술)이었다.

이는 AP(협심증)로 내원한 환자의 협착된 관상 동맥에 내흉동맥을 연결해서 우회로를 뚫어 주는 수술로, 우회술은 흉부외과에서 하는 흔한 수술 중에 하나였지만, 심폐기를 사용하지 않고 쉴 새 없이 뛰는 심장에서 혈관을 박리하고 이어 붙이는 OPCABG(무심폐기 관상 동맥 우회술)는 보통 실력이 아니고서는 힘든 고난도 수술이었다.

늑골을 박리하고 수술 부위를 잘 보이게 Retraction(당겨 놓음)을 하자 힘차게 박동하는 심장이 드러났다. 보비에 살이 타는 연기와 이따금씩 피를 빨아들이는 석션 소리, 띠띠 거리는 기계음 말고는 긴장감에 휩싸인 수술실은 조용했다.

"왜 돌아왔냐?"

갑작스러운 현석의 물음에 동시에 고개를 든 4년 차와 태하가 눈이 마주쳤다.

"왜, 강남 성형외과도 별거 없었어?"

조심스럽게 혈관을 박리해서 연결하는 손길과 달리 마스크 너머로 흘러나온 목소리는 뾰족뾰족한 바늘이 잔뜩 돋쳐 있었다.

"효도해야 한다며, 홀어머니 때문에 못 오겠다던 놈이 CS(흉부외과)에는 왜 다시 왔냐니까?"

"……."

"왜 왔냐고."

꼭 대답을 들어야 직성이 풀리겠단 듯 되묻는 집요한 질문에 결국 입을 열었다.

"어머님은 작년에 돌아가셨습니다."

태하의 대답에, 잠시 멈칫했던 손에 이어 차가운 안광이 그를 향해 쏟아졌다. 태하가 시선을 물리지 않고 마주 보자 현석은 언제 그랬냐는 듯 눈을 내리고 다시 수술을 이어 갔다. 두어 시간 만에 수술을 마친 그는 꾸벅 고개를 숙이는 태하를 지나쳐 아무 말도 없이 나갔다.

수술실을 나와 병동을 돌자 어느새 시간은 저녁 7시를 훌쩍 넘어 있었다. 의국에 가니 같은 1년 차 민욱이 은박지에 싸인 길쭉한 걸 내밀었다.

"미안해요, 형. 우리 먼저 먹었어요. 김밥 한 줄 남겨 놨는데 라면이랑 같이 먹어요."

"고마워. 창재는?"

"응급실 호출요. 그런데 형 더블보드라면서요? 오전에 응급실 갔다가 거기 간호사가 형 왔냐고 물어봐서 알게 됐잖아요. PS(성형외과)였다면서요. 왜 말 안 했어요?"

태하가 물을 넣은 전기 주전자 버튼을 누르고는 컵라면 비닐을 벗겨 내며 말했다.

"뭐 대단한 거라고 말해."

"아, 왜요. 전 말로만 들었지 더블보드 처음 봤어요."

"아직 더블보드 아니야. CS(흉부외과)는 너나 나나 똑같이 처음이고."

"그래도 다르죠. 김현석 과장님 수술방에 고정으로 들어간다면서요. 오늘 아침에 과장님이 물어보신 TdP EKG(심전도 검사) 문제 알던 것도 그렇고, 여하튼 창재랑 저는 형만 믿기로 했어요."

"믿는 도끼에 발등 찍힌다."

울리는 전화벨에 민욱이 전화를 들더니 자리에 앉은 지 3분도 안 됐는데 호출이라고 투덜투덜대며 뛰쳐나갔다. 김밥을 펼치고 물을 부은 컵라면을 놓고 자리에 앉았다. 여덟 시간 만에 처음 엉덩이를 붙이고 앉는 것이었다. 성형외과 일도 쉽다 할 수 없었지만, 다시 돌아온 레지던트의 생활은 역시나 녹록치가 않았다. 나무젓가락을 뜯는데, 준비도 없이 덜컥 여자의 생각이 덮쳤다.

'그럼 내게 말해 줘요. 대체 내가 어떻게 해야 좋을지. 난 아

직도 포기하지 못했는데, 여전히 12년 전 그 자리에서 한 발짝도 못 움직이겠는데.'

젓가락을 놓고 어둑한 창밖을 바라보았다. 며칠 밤을 설쳤다. 충격에 하얗게 질린 얼굴이 떠올라 잠을 이룰 수가 없었다. 그의 몸은 그곳을 도망쳐 나왔지만, 그의 마음은 지하 주차장 그 자리에서 한 발짝도 못 움직이고 있는 채로 하루하루를 보내고 있는 것만 같았다.

끝까지 말하지 말았어야 했는데. 죄책감은 혼자로도 충분한 것을. 뒤늦은 후회가 그의 어깨를 무겁게 짓눌렀다.

가운 안의 진동 소리에 정신이 든 태하가 핸드폰을 꺼냈다. 준호에게서 온 문자였다.

[혹시 너 서은혜한테 말도 안 해 주고 뜬 거냐?]

"퇴사했어요."

점심을 먹고 돌아오는 길에 빌딩으로 들어가던 준호와 인사를 나누고 돌아서려는데, 그가 불러 세웠다. 그리고 물었다.

"태하 나간 건 아시죠?"

"퇴······사요?"

'널 밀어내고 차갑게 대하는 게 싫다면 네 앞에서 사라져 줄게.'

순간 주차장에서 그가 했던 말이 떠올랐지만, 그 난리가 난 지 일주일도 안 되었다. 자기가 한 말을 지키려고 떠났다 해도 이렇게 빨리 신변 정리를 할 수 있을 리는 만무했다. 당황한 은혜가 물었다.

"그럼 다른 성형외과로 갔다는 말씀이신가요?"

"태하가 정말 아무 말도 안 했나 봐요."

고개를 휘휘 젓는 그가 독한 새끼라고 중얼거리는 소리를 언뜻 들은 것 같았지만, 확신할 수 없었다.

"한국대병원 흉부외과 레지던트로 들어갔어요."

흉부외과? 잘 다니던 성형외과를 관두고 다시 한국대병원 레지던트로 들어갔다고?

"더블보드라고, 전문의 자격증을 두 개 따는 거예요. 원래 태하가 가고 싶어 하던 과는 성형외과가 아니라 흉부외과였거든요. 그런데 공중 보건의 끝내고 돌아와 지원한 과는 성형외과였죠. 솔직히 그 이유를 그놈 입으로 직접 들은 적은 없지만, 아마 어머님 때문이 아닐까 생각해요. 그즈음부터 어머님 몸이 많이 안 좋아지셔서 다니던 회사도 관두셨거든요."

많이 아프셨었구나…….

스물에 조카를 데려다 키웠으니 따져 보면 쉰이 되기도 전에 돌아가신 거였다. 인생 예순부터 시작이라는 요즘으로 따지면 너무나 아까운 나이였다.

빵빵, 옆의 도로에서 울리는 경적 소리에 도롯가에 선 둘은 그쪽으로 시선을 돌렸다가 다시 물렸다.

"아시는지 모르겠지만, 태하가 어머님에 대해서 워낙 각별해요. 효자였죠."

"알아요."

너무 잘 알아서 문제죠. 어머님이 아니라 실은 이모라는 것도, 그를 거둬 키워 준 정연에게 얼마나 각별한 애정과 고마움을 가지고 있는지도, 그리하여 그녀를 받아들일 수 없는 이유도…… 너무나 잘 알고 있었다.

"고민이 들었겠죠. 흉부외과는 빡세기로 유명한 데다 교수까지 되려면 레지던트 4년에 전임의까지 몇 년을 투자해야 할지도 모르는데, 시간도 시간이거니와 돈을 많이 버는 것도 아니니까요. 그런데 안타깝게도 작년에 어머님이 돌아가셨어요. 그 후로 심경의 변화가 생긴 것 같더라고요."

그녀가 아무런 말도 하지 않자 준호가 톤을 높여 말을 이었다.

"그러지 말고 전화를 해 보세요. 바빠서 못 받을 수도 있긴 한데 전화번호는 안 바뀌었어요."

바빠서가 아니라 그냥 안 받을 걸 잘 아는 그녀는 씁쓸한 표정으로 말했다.

"알겠습니다. 소식 전해 주셔서 고맙습니다."

"아닙니다. 다음에 또 봬요."

그가 병원 건물로 들어가자 은혜는 횡단보도를 건너 빌딩으로 돌아왔다. 엘리베이터 벽에 기대어 눈을 감았다.

'난 못 해. 이미 돌아가셨으니까. 나는 용서를 구할 수도, 허락을 해 달라고 빌 수도 없어. 그럴 기회 자체가 없으니까. 왜 널 원망하지 않느냐고 물었지? 왜냐하면 그때 난 이모가 행복하면 뭐든 좋다고 했지만…… 그 말은 진심이 아니었어. 너는 울면서 반대를 했고, 나는 거짓말을 했지.'

웃어야 할지 울어야 할지 알 수가 없었다.

무심결에 눈이 마주치고, 손길이 닿을 때마다 느꼈던 떨림이 혼자만의 것이 아니었음을 증명한 순간, 잔인하게도 그는 시작이 아닌 끝을 말하고 있었다. 그의 성정을 알기에 그 고백이 그녀가 무슨 말을 하든, 무슨 짓을 하든 절대로 자신에게로 오지 않겠노라는 다짐의 반증이란 걸 너무나 잘 알고 있었다.

그는 오지 않을 것이다. 그 죄책감을 안고 내게 올 수는 없을 터. 끝이야. 이젠 정말 봐주지 않을 거야⋯⋯.

딩동, 울리는 소리에 눈을 뜬 은혜가 엘리베이터에서 내렸다. 사무실에 앉자마자 노크가 울리더니 문이 열렸다. 2주 만에 보는 민혁의 모습에 지끈 이마가 울렸다. 이미 뇌가 포화 상태이다 못해 터질 지경이었기에 그와의 재회가 달갑지만은 않은 상황이었다.

"영 반가워하는 표정이 아니네? 그냥 갈까?"

눈치 빠르게 묻는 그에게 고개를 저었다.

"들어와 앉아."

민혁이 못 이기는 척 소파에 앉자 은혜도 소파로 자리를 옮겨 앉았다.

"얼굴이 왜 그래? 까칠한데."

"요 며칠 잠을 못 잤어."

"왜 못 잤는데?"

"왜 못 자긴, 모평 때문에 못 잤지. 이제 얼추 마무리됐으니까 다음 주에는 좀 쉬어야지. 여행은 잘 다녀왔어?"

"누가 나 여행 갔대?"

"네 비서가 그러던데. 여행 간 거 아니었어?"

진짜 여행을 간 게 아니라 비서가 에둘러 말한 듯싶었지만, 민혁은 그렇다 아니다 아무런 대답도 하지 않았다.

그의 기분이 여전히 다운되어 있단 걸 눈치챘으나 그것은 그녀가 어찌해 줄 수 있는 일이 아니었다. 당장은 그가 그들의 관계를 깨는 대신 친구로 돌아왔단 사실에 만족했고, 그 외의 것들은 시간이 해결해 줄 거라 믿을 수밖에 없었다.

민혁이 일어나자 은혜가 물었다.

"벌써 올라가게?"

"밀린 일거리가 산더미다."

"그래. 그럼 수고해."

일어나 다시 책상에 앉는 은혜에게 민혁이 말했다.

"쉬엄쉬엄해. 많이 피곤해 보인다."

"고마워. 그리고…… 돌아와서 기쁘다."

'친구로서'라는 말을 감춘 그녀의 얼굴을 가만히 보던 민혁이 특유의 손짓을 해 보이더니 방을 나갔다.

그녀는 핸드폰을 들었다. 연락처를 찾지 않아도 전화번호는 외우고 있었다. 하지만 백번을 건다 한들 받지 않을 것 역시 잘 알고 있었다. 의자에 몸을 기대어 앉아 하얀 천장을 올려다보았다. 마치 폭탄이 터진 후 완전히 폐허가 되어 버린 곳에 홀로 남은 기분이었다. 감추고 있던 진실의 위력이 너무 강렬한 나머지 그가 또 그녀의 인생에서 발을 빼고 나가는 걸 보고 있을 수밖에 없었다. 그가 느끼는 고통이 너무 생생해서 그 순간은 도저히 그를 붙들 수 없었다.

Rrrrr—

갑자기 울리는 전화벨에 잡념에서 깨어난 은혜는 핸드폰을 들어 발신자를 확인했다.

[서울암센터]

주말에 검사 결과를 들으러 가기로 했다는 걸 떠올리며 전화를 받았다.

— 서정호 환자분 보호자인 서은혜 씨 맞으시죠? 여기 서울암센터입니다. 검사 결과 나와서 전화 드렸는데요. 주말에 예약하셨던 거 시간 괜찮으시면 좀 더 빨리 앞당기실 수 있는지 여쭤보려고 전화 드렸어요.

'좀 더 빨리'라는 말에 불안감이 비죽 솟아났지만 고개를 저었다. 아니야. 흔한 예약 시간 변경일 뿐이라고.

"그럼 제가 아빠께 전화를 해 보고 스케줄 봐서 다시 전화를 드리면……."

— 아니요. 교수님께선 보호자만 우선 오셨으면 하세요. 가능하시면 오늘, 내일 중으로요.

순간 백지처럼 하얘진 정신을 깨워 말했다.

"그럼…… 지금 가겠습니다. 20분 정도 걸릴 거예요."

— 알겠습니다.

자리에서 일어난 은혜는 재킷을 꿰어 입었다. 가방과 핸드폰을 들고 나오며 복도에서 마주친 매니저에게 한 시간 반 후에 돌아오겠노라 말했다. 주차장에서 차를 빼는데 운전대를 잡은 손이 떨리는 걸 알아챘다. 마른침을 삼키며 블루투스를 켰다.

언니에게 전화를 걸어야 하나? 걸어서 뭐라고 말하지? 병원에서 보호자를 찾는데 왠지 아빠 검사 결과가 나쁘게 나온 것 같다고? 그런데 지금 너무 무섭다고?

블루투스를 끄며 고개를 저었다. 요 근래 들어온 소송 건으로 얼마나 바쁜지 아는데, 확실치도 않은 이야기로 괜히 언니까지 불안하게 만들 필요는 없다.

병원에 도착한 은혜는 단숨에 3층으로 올라갔다. 간호사가 진료실로 안내하자 구면의 교수가 인사를 건넸다.

"안녕하세요. 서정호님 따님 되시죠?"

"네."

이미 진단이 끝났을 게 분명한 CT와 여러 수치로 가득한 컴퓨터를 바라보는 의사는 쉬이 입을 떼지 못했다. 침묵을 견디지 못한 은혜가 물었다.

"검사 결과에 문제가 있나요?"

"암이 전이가 됐어요."

정신이 나락으로 떨어지는 것 같아 스툴 손잡이를 꽉 움켜쥐었다.

"어디……로요?"

"부신에 전이가 됐고, 폐에도 결절이 네 개 발견됐어요. 진행이 빠르네요."

"수술을 해야 하나요?"

"아니요. 방사선과 약물 치료를 할 겁니다."

"치료하면 나아지시는 거죠?"

"……."

"괜찮아지시는 거죠?"

재차 묻는 그녀에게 의사가 고개를 끄덕였다.

"아직 나이도 많지 않으시고 건강하시니까요. 하루라도 빨리 치료를 시작합시다. 회사 운영하시는 걸로 아는데, 당분간은 치료에 집중할 수 있도록 가족들이 좀 도와주세요."

"알겠습니다."

진료실을 빠져나와 병원 앞 분수대 벤치에 주저앉았다. 시원스레 치솟는 물줄기 위로 봄을 알리는 노란 산수유가 꽃망울을 터트리고 있었고, 병원복 차림의 환자들이 산책로를 따라 걸으며 봄볕을 즐기고 있었다.

6년 전 봄, 그들의 모습도 딱 저러했다. 건강 검진을 받은 서 사장에게서 간암이 발견됐다. 다행히 크기도 작았고, 전이가 되어 있지 않아 간의 60퍼센트를 절제하는 수술을 받았다. 그리고 그동안 회사 일 하랴 어린 자매를 키우랴 신경 쓰지 못했던 몸 관리를 하며 식이 조절과 운동으로 조금씩 건강을 회복했다. 예전 같은 컨디션은 아니었지만, 먹구름이 뒤덮여 있던 집안에 서서히 웃음꽃이 피어나고 있었다. 그런데 전이라니.

식은땀으로 축축한 두 손에 얼굴을 파묻었다. 어떡하지. 무섭고 눈앞은 깜깜한데 도움을 청할 데라곤 그 어디도 없었다. 한참을 그러고 있던 그녀는 길게 숨을 내쉬며 고개를 들었다.

나약한 소리 하지 마. 넌 이제 도움을 청할 어린애가 아니야. 치료받으면 괜찮아지실 거야. 진행이 빠르다곤 했지만, 의사도 더 나쁜 말을 하진 않았잖아. 이번에도 잘 버티고 일어나실 거야.

자리를 털고 일어난 은혜는 회사로 가는 동안 은주에게 전화를 걸었다. 바빠 정신이 없는 언니에게 병원에서 들은 이야기를 간략하게 설명하고는 집에서 자세히 얘기 나누자며 끊었다. 다음은 아빠 차례였다. 갑자기 들이닥친 그녀의 방문에 놀란 서 사장에게 은혜는 최대한 아무렇지 않은 표정으로 병원에서의 일을 이야기했다.

"다음 주부터 치료 시작하시기로 했으니까 이번 주 내로 회사 일은 정리하셔야 할 것 같아요."

"그게 그렇게 갑자기 정리가 되나."

어두운 낯빛으로 난감해하는 서 사장에게 은혜는 단호하게 말했다.

"하셔야 해요, 무조건. 치료 들어가시면 치료에만 집중하게 하라고 의사 선생님께서 말씀하셨어요. 지금 중요한 건 회사가 아니라 아빠 건강이에요."

"그래. 알았다."

"그럼 저 들어가 볼게요. 무리하지 마시고, 집에 일찍 들어오세요."

나가는 길에 비서에게 컨디션을 살펴 달라 거듭 부탁하고는 다시 차에 올랐다. 올리는 전화벨에 블루투스를 켰다.

— 누나 어디예요? 왜 이렇게 전화를 안 받아요?

은혜는 그제야 시간이 4시를 넘어가고 있는 걸 확인했다. 한 시간 반이면 돌아온다고 했는데, 강의 시작 직전까지 연락이 안 되니 매니저인 형식의 똥줄이 바짝 탔을 것이 분명했다.

"미안. 지금 가는 길이야. 곧 도착해."

서둘러 주차장에 차를 대고 빌딩으로 들어서자 그녀의 사무실 앞에서 서성이는 민혁이 보였다.

"어디 다녀와? 형식이가 너 연락 안 된다고 난리가 났던데."

"미안. 시간이 이렇게 된 줄도 몰랐어."

방에 들어온 은혜는 재킷을 벗고 바짝 마른 입으로 생수 한 병을 단숨에 들이켰다. 심상치 않은 기색을 눈치챈 민혁이 물었다.

"무슨 일 있어?"

이제부터 병원 치료에 맞게 그녀의 스케줄도 조정해야 하는 상황이니 숨길 일이 아니었다.

"아빠 암이 재발하셨어."

"뭐?"

"병원 다녀왔다가 아빠 회사 들렀다 하느라 전화 온 줄도 몰랐어."

오늘 강의에 쓸 자료를 챙기고 있자 매니저가 입을 옷을 들고 들어왔다.

"전화 못 받아서 미안해. 걱정 많이 했지?"

"괜찮아요. 누나 옷 갈아입고 바로 메이크업받아야 해요."

"알았어."

매니저가 나가자 민혁이 조심스레 그녀의 얼굴을 살피며 물었다.

"괜찮아?"

"그럼 괜찮지. 치료받으면 나으실 텐데. 안 나가니? 나 옷 갈아입어야 되는데."

"혹시 도움 필요하면 언제든지 말해."

"그래, 고맙다."

문이 닫히자 블라우스 단추를 풀었다. 자꾸만 엇나가는 단추를 심호흡을 몰아쉰 뒤 다 풀어내고는 옷걸이에 걸린 옷을 하나씩 입었다. 똑똑, 하고 문 너머 들리는 메이크업 담당자의 목소리에 은혜는 표정을 가다듬고 말했다.

"들어오세요."

퇴근하고 집에 돌아왔을 때는 11시가 넘은 시간이었다. 현관에서 그녀를 맞는 은주에게 물었다.

"아빠는?"

"일찍 누우셨어."

은혜를 따라 방으로 들어온 은주가 침대에 앉으며 말했다.

"오늘 회사에 휴가계 내고 왔어. 우선 한 달 냈는데, 상황 보고 여의치 않으면 더 내든가 할게."

"새로 들어온 소송 건으로 바쁘다면서 어떻게 휴가를 내?"

"사정 설명하고 선배한테 넘겼어."

별일 아니라는 듯 말했지만, 진행하고 있는 소송 건을 다른 이에게 넘기는 게 얼마나 힘들고 커리어에 금이 가는 일인지 모를 리가 없었다.

"미안해. 내가 어떻게든 시간을 뺏어야 했는데."

"아이고, 됐네요. 아빠는 언니한테 맡기고 너는 걱정 말고 학원 일 해. 제일 잘 버는 사람은 나가서 돈을 벌어야지."

장난스럽게 대답한 은주가 피곤해 보이는 은혜의 뺨을 쓸며 다정히 물었다.

"우리 막내 괜찮지?"

"당연히 괜찮지."

"이번에도 우리 이겨 낼 수 있잖아, 그치?"

"당연하지."

"좋아. 오늘 병원 왔다 갔다 하느라 피곤할 텐데 씻고 어서 자."

"응. 언니도 잘 자."

은주가 나가자 은혜는 침대 위에 몸을 뉘었다. 종일 입었던 재킷도, 이리저리 뛰어다니느라 흘린 땀도 거슬렸지만, 손 하나 까딱할 힘도 없어 한참을 누워 있었다. 주머니에 손을 넣어 핸드폰을 꺼냈다. 전화번호를 누르고 한참을 그렇게 있자 화면이 어두워지더니 깜깜해졌다.

왜.

눈꼬리를 타고 눈물이 뺨으로 흘러내렸다.

대체 왜.

손등으로 거칠게 닦아 내며 입술을 깨물었다.

이제야 그 사람도 날 원하고 있단 걸 알았는데. 그 긴 시간 벌다 받았다고 생각했는데, 왜 그 화살이 아빠에게로 향하는지.

울음이 방 밖으로 새어 나갈까 봐 베개에 얼굴을 묻었다. 단한 번도 남에게 상처 주는 말 한마디도, 나쁜 짓도 안 하고 사셨는데. 기부도 많이 하시고, 어려운 사람들도 도우며 사셨는데. 평생을 자식이라면 끔찍하게 위하며 엄마의 빈자리를 채워주려 세상 어떤 아빠보다 열심히 사셨는데, 왜!

베개를 움켜쥐며 존재하는지도 모를 누군가를 향해 원망을 토해 냈다.

왜! 대체 왜! 우리에게 이러는 거예요! 이건 너무! 너무……
불공평하잖아요.

너무 불공평……하다고요.

DNR (Do Not Resuscitate)

　중환자실 앞에서 30대 후반의 남자가 눈물을 흘리고 있었다. 그의 손에 들린 DNR 동의서는 진작 구겨지고 눈물에 젖어, 깔끔하고 구김 하나 없던 본래의 모습을 잃은 지 오래였다. 남자 앞에 서서 기다린 지 10여 분째, 민욱이 최대한 재촉하지 않는 목소리를 꾸며 말했다.

　"보호자분께서 쉬이 결정을 못 내리시는 것 이해합니다. 가능하다면 시간을 더 드리고 싶고요. 하지만 워낙 아버님 상황이 위중하신 상태라 저희로서는 응급 상황이 발생했을 때 알맞게 대처를 하기 위해서는⋯⋯."

　"알맞은 대처요?"

　벽 쪽에 돌아서 있던 남자가 뒤돌자 눈물, 콧물이 범벅인 얼굴이 드러났다.

"어떤 대처 말씀이신가요? 저희 아버지가 막다른 길에 다다랐을 때 혈액 투석도 호흡기도 심폐 소생술도 하지 않고 그냥 죽도록…… 놔두자는 게 선생님이 말씀하시는 알맞은 대처인가요?"

"안타깝지만 선택은 저희의 몫이 아닙니다. 지금으로서는 긍정적인 답을 드리기가 좀 힘든 상황이고요."

다소 기계적으로 느껴지는 답변에 남자의 얼굴이 웃는 것도, 우는 것도 아닌 광대처럼 우스꽝스레 일그러졌다.

"긍정적이라고요? 저희 가족이 원하는 건 긍정적인 답이 아니에요. 힘들지만 최선을 다해 살려 보겠다. 어렵겠지만, 한번 해 보자. 그런 대답이죠."

"물론 최선을 다하고 있습니다만……."

"최선을 다했다면 저희 아버지가 왜 눈을 못 뜨시는 거죠?"

실은 환자가 최선의 단계를 지났음을, 호흡기와 혈액 투석이 치료가 아닌 연명에 다다랐음을 인정하지 못하는 보호자는 분노의 화신이 되어 그들에게 쏟아붓기 시작했다.

"이것도 당신들 탓이 아니고 선택도 당신들 몫이 아니라면, 대체 당신들은 뭘 책임지겠다는 거냐고요!"

"보호자분, 진정하시고요."

"뭐 그렇지. 당신들이야 자기 부모도 아니고, 어차피 얼마 못 살 사람 더 붙잡고 있어 봐야 시간 낭비에 병실만 차지한다 생각하겠지. 니들이 의료인이긴 해? 자식더러 부모 치료 받지 못하게 사인하라는 니들이 진짜 의사긴 하냐고!"

남자는 구겨진 연명 치료 거부 동의서와 심폐 소생술 거부 서약서를 민욱의 얼굴 앞에 흔들었다가 바닥에 내팽개쳤다. 종이가 인중을 치고 떨어지자 민욱의 뒷덜미가 벌겋게 달아오르는 게 보였다.

아버지의 죽음을 목전에 둔 아들의 슬픔을 이해하지 못할 바는 아니지만, 환자와 보호자가 의료진에게 분노를 퍼붓는 일이 일상다반사로 벌어지는 곳이었지만, 흉부외과 1년 차들에게 지난 몇 개월은 너무나 고되고 힘든 시간이었다. 손에 익지 않은 일들과 수술, 잠시 눈을 붙일 만하면 울리는 응급 콜에 온몸이 만신창이가 되어 가고 있었다. 지난 새벽, 병동의 호출을 받지 않아 2년 차에게 호되게 깨진 민욱은 아직 멘탈을 수습하지도 못한 상황이었다.

뒤에 서 있던 태하가 민욱의 앞으로 나왔다.

"믿지 못하시겠지만, 환자분의 마음 충분히 이해합니다. 저희는 의사지, 저희가 돌보는 환자 누구라도 병실과 수술대 위에서 숨이 멎어 나가기를 원하는 불한당이 아닙니다."

남자가 일그러진 눈으로 한참 키가 큰 그를 올려다보았다.

"아버님께서는 이미 폐도 신장도 제 기능을 못 하고 있는 상황입니다. 인공호흡기를 달고, 투석으로 버틸 수 있겠지만, 심장은 아닙니다. 심정지가 온다면 심폐 소생술로 잠시 되살릴 순 있을지언정, 계속 버티는 건 신장 때문에 비대해질 대로 비대해진 심장으로는 무리입니다. 폐, 신장, 심장이 모두 연결되어 있기 때문이죠."

"하지만, 하지만 기적이란 게 있을 수 있잖습니까? 정말로 우리 아버지가 눈을 뜰 가능성이 1퍼센트도 없다는 겁니까? 제발요, 선생님."

애원하는 남자의 얼굴에 차마 그렇다고 말할 수는 없었다.

"알아요. 저도 이대로 일어나시기 힘드시단 거 안다고요. 하지만 투병하시느라 평생을 제집처럼 병원을 드나들고, 꼬박 몇 년을 병실에 누워 계셨어요. 단 하루라도, 아니 몇 시간이라도 좋아요. 좋은 데 모시고 가서 좋아하는 음식 잡수시고, 두런두런 마지막 인사도 나누고…… 그게 그렇게 많은 걸 바라는 겁니까? 전요. 전 울 아부지 이렇게 못 보내요. 보내 드릴 수가 없어요."

이 순간이 되면 모든 보호자들의 소원은 미리 짜기라도 하듯 똑같아졌다. 온전한 정신으로 마지막 인사라도 나누게 해 달라. 마지막 한 끼라도 하시고 가게 해 달라. 일상이었다면 너무나 쉬운 일들이 주렁주렁 매달린 수액 줄에 등불 같은 생명을 의지한 채 누운 이들에게는 이뤄지기 불가능한 소원이었다.

"의사 선생님도 아버지가 있으실 거 아닙니까, 네? 어떻게 내 부모가 죽어 가는데, 살리지 말라고 사인을 하란 말입니까? 내 부모라면 선생님은 그렇게 할 수 있으시겠냐고요!"

그의 부모는 그의 선택과 상관없이 세상을 떠나 버렸지만, 태하는 남자의 마음을 백번 이해했다. 그 역시도 이 서류를 받은 적이 있었고, 사인하지 못한 서류를 되돌려 주는 동안 수천 번 고민하고 수만 번 고뇌에 휩싸였던 경험이 있기 때문이었다. 이미 그는 남자가 어떤 선택을 하더라도 후회가 따를 거란 걸 알고 있었다.

"죄송합니다. 최대한 환자분을 아프지 않게, 회복되게 하는 게 저희의 일입니다. 저희의 능력을 다해 끝까지 최선의 치료를 할 테니 그건 믿으셔도 됩니다. 하지만 그게 전지전능하단 뜻은 아닙니다."

태하가 바닥에 떨어진 종이를 주워 남자에게 내밀며 말을 이었다.

"지금 아버님의 상태에서 처치가 들어갔을 때 폐렴, 요독증, 패혈증 등의 합병증이 생길 수도 있고, 심정지 시 CPR을 할 경우에 늑골 골절이나 장기 파열이 생길 수가 있습니다. 이 종이는 저희를 위해서가 아닙니다. 결국은 그 모든 걸 감당해야만 하는 환자분을 위해서가 첫 번째고."

남자가 눈물을 떨구자 종이에 새로운 눈물 얼룩이 생겼다.

"두 번째는 그걸 지켜보셔야 하는 보호자분을 위해서입니다."

태하는 그의 손을 살짝 쥐어 잡고는 말을 이었다.

"마음을 굳게 다지시고, 좀 더 생각할 시간을 드릴 테니 저희에게 답을 주시길 바랍니다."

의국에 돌아오자 민욱이 침대에 털썩 주저앉으며 말했다.

"미안해요, 형."

피곤에 전 얼굴을 벅벅 문지르는 그의 손등은 독한 소독약 때문에 까칠하게 터 있었다.

"하아……. 이런 말 하면 안 되는 거 아는데, 이젠 정말 다

지긋지긋해요. 이거 하고 있으면 전화 와서 저것도 하래요. 이것도 잘 못하고, 저것도 손에 안 익어서 쩔쩔매고 있는데 응급콜이 또 오죠. 달려가면 중환자들이 몰려와서 여기서 숨을 헐떡이고 저기서 피 흘리고 있고. 오죽하면 응급실 간호사들이 저더러 환타(환자를 탄다는 뜻의 은어)라고 놀려요. 저만 가면 중환자가 미친 듯이 몰린다고요. 위에 노티하면 왜 너는 이 정도도 혼자 처리 못 하냐고 한 소리 듣고, 보호자들은 언제 되냐고 보채고, 간호사들은 왜 아직도 이걸 안 해 놨냐고 뭐라고 하고."

"동네북이 된 거 같지?"

태하의 물음에 민욱이 한숨을 푹 내쉬었다.

"그래도 인턴 때보다는 낫겠지, 생각했어요. 그런데 정말 백만 배는 더 힘들어요. 어제는 진짜 제가 콜받은 게 기억도 안나거든요. 잠결에 곧 가겠습니다, 그렇게 말하고 다시 잠이 든거죠."

"별로 위로가 안 되겠지만, 너만 그런 건 아니야."

태하가 가운 주머니에서 환자에게서 받은 자양강장제를 건네자 민욱이 한숨을 쉬며 말했다.

"형은 안 그러잖아요. 간호사들이 그러던데, 한국대병원 레전드였다고. 5년 동안 단 한 번의 실수도 없었다고요."

"그럴 리가 있겠어. 원래 과거란 과장되기 마련이고, 나도 유명한 환타였어."

"형이요?"

믿을 수 없다는 표정을 한 민욱의 어깨를 도닥였다.

"이틀만 버티면 오프야. 조금만 견뎌."

"오프면 뭐 해요. 또 저녁 늦게나 돼야 끝날 걸. 시간 어중간하게 떠서 결국 이 지긋지긋한 감옥에서 나가지도 못한다고요."

그래도 마음이 조금 풀린 듯 투덜대는 민욱을 뒤로하고 병원 1층으로 내려왔다. 로비에 앉아 있던 준호가 그를 발견하고 손을 흔들었다.

"드디어 뵙네."

"미안. 오래 기다렸어?"

"한 40분? 대신에 커피는 네가 사라."

둘은 커피를 사 들고 병원 옥상으로 올라갔다. 5월의 장미가 만발한 하늘정원은 드문드문 산책을 나온 환자와 보호자들만 보일 뿐 늦은 오후라 그런지 한산하기 그지없었다. 두 달 만에 만난 둘은 그간 묵혀 두었던 이야기를 나누기 시작했다.

"새로 온 의사는 어때?"

"괜찮아. 아직 별로 접점이 없긴 한데 일 잘하고 싹싹하고."

"다행이네."

"환자들이 너 엄청 찾더라. 그 잘생긴 의사 선생님 어디 갔냐고. 병원 매출에 네 얼굴이 20퍼센트는 먹고 들어간다는 우스갯소리가 사실임이 입증됐잖아."

준호의 농담에 태하는 소리 없이 웃었다.

"너는 어때? 지낼 만해?"

"그렇지 뭐."

"얼굴이 반쪽인데도 절대 죽겠다는 소리는 안 하는구나."

"죽을 정도는 아니니까."

확실히 성형외과 때보다는 체력이 부침을 느꼈지만, 아이러니하게도 지옥 같은 이곳에서 그는 안도를 느꼈다. 몸이 부서질 것처럼 힘들었지만 차라리 좋았다. 육신의 고통은 잠시나마 정신의 고통을 잊게 해 주었다.

"내심 너 뛰쳐나오는 거 한번 보고 싶었는데, 김현석 과장님이 생각보다 많이 안 갈구나 보다."

현석은 여전히 태하를 수술 어시스트로 세우기는 하지만 정작 있으면 없는 사람인 듯 무시했다. 첫날과 달리 말을 거는 일도 없었고, 아는 체도 하지 않았다. 그를 어시스트로 붙여 놓은 것조차 잊으셨나 싶다가도 응급실 호출로 수술실에 들어가지 못하면 즉각 불호령이 떨어지는 걸 봐서는 잊어버린 건 아닌 게 분명했다.

"그 여자는 병원으로 찾아왔어?"

"아니. 찾아올 일 없을 거야."

"내기할래? 오는지 안 오는지."

태하가 쳐다보자 '내기는 못하겠지?'라는 표정으로 준호가 웃었다.

"6년 전이었나? 우연히 여기 로비에서 마주쳐서 인사를 하고 돌아서는데, 옷소매를 붙들고 네 연락처를 묻는 거야. 네가 아버지 병원비를 대신 내서 돌려줘야 한다는데, 나로서는 네 의중을 알 수가 없으니까 바로 알려 주기가 그랬지. 그래서 너한테 연락하라고 전할 테니 핸드폰 번호를 달라니까 네가 전화 안 할 거래, 100퍼센트. 그러니 네 전화번호든 주소든 자기한테 달래. 뭐 돈 떼먹고 도망한 빚쟁이 독촉하듯 너무 당당한 거야."

마치 그때를 떠올리듯 준호는 어이없단 웃음을 흘렸다.

상황이 어쩌든, 상대가 누구든, 늘 원하는 바를 쟁취하는 데 망설임이 없는 그녀가 얼마나 닦달했을지 보지 않아도 눈으로 그려지듯 상상이 되었다.

"네가 처음 캠퍼스에 데리고 왔을 때부터 굉장히 인상이 깊긴 했지. 영리하고, 자존심도 강하고, 쉽게 길들일 수 없는 여자애라고 느꼈으니까. 희한하게도 너랑 전혀 다른데 묘하게 어울린다고는 생각했어."

플라스틱 커피 잔에서 입을 떼고는 손으로 화단을 가리켰다.

"마치 저 장미와 어린 왕자 같았달까."

고개를 돌려 산책로를 수놓은 붉은 꽃들을 보았다. 날카로운 가시를 감춘 저 어여쁜 장미도 세상의 수많은 장미와 다를 바가 없다고. 아름답지만 그저 그 자리에서 피어 있을 뿐, 그에게는 어떤 의미도 없는 꽃 한 송이라고 생각했다. 그리고 돌아서 갔는데 뒤늦게야 깨달았다.

그 장미가 그에게 세상 하나뿐인 장미였단 걸.

"그래서 말도 없이 거제도 주소를 알려 준 거야?"

"처음부터 그럴 생각은 아니었어. 어차피 네가 4주간 훈련소에 있을 동안은 연락할 방법이 없으니 다시 한번 날 찾아오라고 했지. 그런데 안 찾아오더라. 바쁜가 보다, 하고 잊고 있었는데 두 달 지나서 찾아왔어. 바쁘셨나 봐요, 안 오실 줄 알았어요, 하는데 여자가 그러더라. 아버지가 수술을 받으셨다고. 네 덕분에 늦지 않게 발견하셨다고."

"……!"

태하의 표정에 준호가 그럴 줄 알았다는 표정으로 고개를 주억거렸다.

"왠지 그 얘기 안 했을 것 같더라."

"무슨 수술을 받으셨는데?"

"그것까진 안 물어봤어. 그러면서 연락처 말고 주소를 알려 달라고 하는데, 네 덕분에 아버지 병 고쳤다는데 안 알려 줄 수가 있어야지."

하지만 거제도로 찾아온 그녀는 서 사장님이 수술을 받은 것에 대해서는 일언반구도 하지 않았다. 안 한 것일까, 못 한 것일까. 어디가 아프셨던 것일까.

"궁금하면 직접 만나서 물어보든가."

컴컴한 지하 주차장에 서 있던 여자를 떠올린 그는 고개를 저었다. 안 된다. 절대 다시 그녀를 만날 수는 없다.

하지만 병이 꽤 위중했던 거라면? 아직도 서 사장님의 병이 현재 진행 중이라면? 여전히 아프신 거라면? 그렇대도 이제 와 너무 늦은 일이었지만, 아프셨단 걸 알고서도 모른 척할 수는 없었다.

"세상에 모르는 거 없이 다 아는데, 남들 다 아는 걸 혼자 모르는 헛똑똑이 윤태하 선생. 내가 요즘 너 보며 위로를 받잖냐."

"무슨 소리야?"

"성북동으로 처음 전학 와서 너 만나고 멘탈이 나갔었지. 세상 무심한 얼굴로 영어도 백 점, 수학도 백 점. 뭐 저런 게 있나, 인간은 맞나. 왜 하필 저런 애랑 같은 학년, 같은 반이 되었을까. 그런데 세상 참 공평하지. 윤태하도 사랑 앞에서는 어쩔 수 없구나."

진심으로 즐거운 듯 웃는 준호를 째려보자 그가 물었다.

"네 마음대로 안 되지? 못 잊겠잖아? 안 놓아지잖아?"

"놓고 왔어."

최악의 방법으로. 그에게 내민 손을 뿌리치고 비겁하게 도망쳐서. 그래 놓고 뒤늦게 걱정이 되었다. 너무 아프게 한 건 아닐까. 너무 상처를 준 건 아닐까. 혹시나 아직도 괴로워하고 있진 않을까.

"마음을 안 놓았잖아."

저 모르게 독심술이라도 배운 걸까. 태하가 쳐다보자 준호가 안타깝다는 표정으로 한숨을 내쉬었다.

"너 못 놓아. 왜 줄 알아? 네게 그 여자는 너무 특별했거든. b612 소행성에 홀로 사는 어린 왕자 같은 네가 그 까탈스럽고 쉽게 길들여지지 않는 장미를 돌봐 주고, 마음 써 주고, 보살펴 주었으니까. 십몇 년 동안 단 한 번도 네가 다른 사람한테 그러는 걸 본 적이 없어."

준호가 빈 음료수 잔을 농구공처럼 날리자 항아리 모양의 쓰레기통 안으로 쏙 들어갔다.

"여우가 말하지. 네가 길들인 건 네가 영원히 책임져야 하는 거라고."

"……."

"그만 가마. 수고."

준호가 사라지고 태하는 노을이 지기 시작하는 하늘을 올려다보았다.

며칠 후 당직을 마친 뒤 오랜만에 말쑥하게 옷을 차려입고 외출 준비를 하자 창재와 민욱이 놀리듯 질문을 퍼부어 댔다.

"오오. 형, 사실대로 말해 봐요. 애인 있는 거 맞죠? 이렇게 신경 써서 차려입고 나가는 거 보니 여자친구 만나러 가는 거 맞죠?"

그가 무응답으로 대처하자 그들은 고삐 풀린 상상의 나래를 훨훨 펼치기 시작했다.

"솔직히 저 얼굴에 여자가 없다는 게 말이 안 된다니까. 분명 있어."

"수술실 김 간호사님 실망하시겠네. 형 좋아하는 거 엄청 티 나던데."

책상 아래에서 쇼핑백을 꺼내 든 태하가 말했다.

"다녀올게."

"오늘 안 돌아오는 거죠? 어디 좋은 데 가는 거예요?"

"서너 시간이면 돌아올 거다."

병원 앞에서 버스를 탄 태하는 한남동에서 내렸다. 약속한 카페에 들어가 앉자마자 문이 열리더니 어린 여자아이의 손을 잡은 여자가 들어왔다. 태하가 자리에서 일어나자 여자가 그를 발견하고 웃으며 한달음에 다가왔다.

"이게 몇 년 만이야. 진짜 오랜만이다."

그가 손을 내밀자 은주가 그 손을 잡아끌고는 어깨를 안았다. 어렸을 적 스스럼없이 그를 남동생처럼 대하던 그녀가 떠올라 웃으며 물었다.

"잘 지내셨어요?"

"그래그래. 아 참, 여기는 내 딸 송지원. 지원아. 엄마가 말했지? 할아버지랑 이모랑도 잘 아는 아저씨야. 지원이는 태하 삼촌이라고 부르자."

고개를 한껏 뒤로 젖히고 올려다보는 여자애의 시선에 태하는 얼른 무릎을 굽히고 앉았다.

"안녕."

동그란 검은 눈동자는 유리알처럼 반들대고 뽀얀 얼굴은 도자기처럼 하얬다. 겹쳐 보이는 낯익은 얼굴에 눈길을 거두지 못하자 그의 속마음을 읽은 듯 은주가 웃으며 물었다.

"은혜 닮았지?"

"……네."

"희한하게 엄마, 아빠도 아니고 이모를 닮았더라고."

그의 시선이 부담스러운지 여자애가 엄마 뒤로 숨었다.

"미안. 낯가림이 좀 있어."

"괜찮아요. 간호사들이 요 나이일 때 여자아이들이 좋아할 거라고 추천해 줬는데, 마음에 들는지 모르겠어요."

태하가 의자에 놓인 쇼핑백에서 선물 상자를 꺼내 내밀었다.

"뭘 이런 걸 다. 지원아, 삼촌이 주시는 선물이니까 고맙습니다, 하고 받아야지."

"고맙습니다."

들릴 듯 말 듯 조그만 목소리로 중얼거리는 여자애와 은주가 함께 포장을 풀자 분홍색의 장난감 디지털 카메라가 나왔다.

"지원아. 얼마 전에 TV에서 나온 거 보고 엄마한테 사 달라고 했던 그거잖아."

은주의 말에 여자아이가 들뜬 표정으로 카메라를 만지기 시작했다.

"마침 지원이가 가지고 싶어 했던 건데, 고마워."

"마음에 든다니 다행이에요."

차를 시킨 둘은 그제야 10여 년 만의 이야기보따리를 풀기 시작했다.

"그러니까 내가 법학과 4학년에 마지막으로 봤으니까 12년 만인가? 예전에 아빠가 욕실에서 넘어지셔서 응급실에서 너 만났다는 이야기는 들었어. 그때 난 신혼여행 가 있어서 못 만났잖아. 아, 맞다. 너는 결혼했니?"

"아니요."

"좋은 사람은?"

"없어요."

"어떻게 평생 한 번도 여자 있는 걸 못 본 것 같다. 세상 여자들이 모두 눈이 삔 게 아니라면 네 눈이 많이 높다는 건가?"

짓궂은 질문에 태하가 희미하게 웃으며 고개를 저었다.

"여자를 만날 시간이 없었어요."

"그래. 의대 공부에다 대학병원까지, 바쁘긴 하지."

그러고는 옆 테이블에 앉아 아이스크림을 먹는 아이를 보며 조심스레 말을 꺼냈다.

"실은 난 몇 년 전에 애 아빠랑 이혼했어. 지원이는 내가 키우고 있고."

"얼마 전에 은혜를 만났다가 들었어요."

"은혜를 만났다고? 어디서?"

금시초문인 듯 놀란 표정에 은혜가 그의 이야기를 집에 전하지 않았다는 걸 알게 되었다.

"예전에 일하던 성형외과가 강남 쪽인데, 거기서 마주쳤어요."

"정말? 둘 다 많이 놀랐겠다."

힘든 이야기를 꺼내려는 듯 한참을 뜸을 들인 은주가 어렵사리 입을 뗐다.

"실은 태하네도 그랬겠지만, 그 일 있고 나서 많이 힘들었어."

조심스레 꺼낸 말에 둘의 표정이 동시에 무거워졌다.

"두 손 들어 반기진 않았어도 간간이 아빠 재혼 이야기 나올 때면 불만을 표한 적이 없었는데, 은혜의 반응이 너무 의외였지. 너무 격렬하게 반대를 해서 많이 놀랐어. 그 뒤로는 아빠가 재혼의 '재' 자도 안 꺼내셨지. 한 비서님이 처음이자 마지막이었어."

"……."

"두 분이서 오래 같이 일하시고, 힘들고 어려운 거 다 지켜보면서 차곡차곡 감정 키워 오셨을 텐데……. 그렇게 돼서 솔직히 안타까웠어. 한 비서님은 잘 지내시지?"

"작년에 돌아가셨어요."

놀라고 황망한 시선이 옆얼굴로 느껴졌다.

"어떻게…… 연세도 많지 않으신데."

그가 더 이상 자세한 설명을 않자 은주는 더 캐묻지 않고 고개를 끄덕였다.

"태하, 네가 많이 힘들었겠다."

"이젠 괜찮아요. 실은 며칠 전에야 사장님 얘길 건너 건너 전해 듣게 됐어요. 머리 다치셔서 응급실 다녀간 후에 수술을 받으셨다고."

그의 말에 은주의 낯빛이 급격하게 어두워졌다.

"어디가 아프셨었는지, 이제는 괜찮으신지 걱정돼서 회사로 전화를 했는데 누나한테 연락이 갈 줄은 몰랐어요."

"아빠가 요즘 또 몸이 안 좋으셔서 일을 쉬고 계시거든. 그래서 회사 업무를 내가 보고 있어."

왜인지 안 좋은 예감이 스멀스멀 올라와 그의 목덜미를 움켜쥐었다.

"어디가 안 좋으신데요?"

"그때 머리 찢어지고 나서 건강 검진을 받으셨어. 네가 꼭 받아야 한다고 아빠한테 말씀드렸다며. 늘 바쁘다고 미루셨는데 선뜻 하시겠다기에 예약을 잡아 드렸지. 간에서 암이 발견됐어."

"……!"

"다행히 진행이 많이 되지 않은 상태여서 절제술을 받고 괜찮아지셨는데, 얼마 전에 재발했어."

간암은 다른 장기보다 재발 확률이 높아 절제술 후 5년 이내 재발 확률이 65퍼센트나 되고, 뼈나 폐로 전이되기가 쉬웠다. 사태의 심각성을 깨달은 태하가 물었다.

"지금 상태가 어떠신데요?"

"부신과 폐에 전이가 되어서 방사선이랑 약물 치료를 받고 계셔."

"의사는 뭐라고 하던가요?"

"진행이 멈추긴 했는데, 좀 더 두고 봐야 한다고."

애써 어두워진 낯빛을 숨기며 고개를 끄덕였다. 크게 긍정적으로 들리지 않는 대답에 내포된 의미를 의사인 그가 모를 수는 없었다. 당장에 방사선과 독한 약물로 멈춰 놨을 뿐이지만, 제 영역을 넓히려는 암 세포의 힘을 막을 수 있을지 없을지 확신이 안 드는 상황이란 걸.

무거워진 분위기를 띄우듯 은주가 밝은 목소리로 말했다.

"그래도 태하, 네 덕분에 빨리 발견했어. 네가 건강 검진 받으라고 말씀드리지 않았다면 더 나쁜 상황이 벌어졌을 테니까. 그때 고맙단 인사도 못 했는데 이렇게라도 만나서 다행이다. 정말로 고마워."

"아니에요."

"정말 너랑 우리 집이 인연이 깊긴 깊나 보다. 그때 우리가 가족이 되었다면 좋았을 텐데."

그가 아무 대답도 하지 않자 은주는 내가 쓸데없는 소리를 했다며 머쓱한 웃음을 흘렸다.

"오랜만에 만나서 이야기 좀 더 나누고 싶은데, 아빠 혼자 계셔서 그만 들어가 봐야 할 것 같아. 아빠 몸이 좀 나아지시면 우리 한번 다 같이 보자."

"네. 혹시라도 도움이 필요하시거나 무슨 일이 생기면 전화 주세요."

"그래. 고맙다."

작별 인사를 건네고 가게를 나서는 두 모녀의 모습이 길 너머로 사라지자 태하는 다시 자리에 앉았다. 창밖 오후의 햇살이 쏟아지는 길거리로 한가하게 사람들이 오갔다. 이렇게 평화롭고 소소한 일상 속 어딘가에도 죽음이 도사리고 있단 걸, 생각보다 멀지 않은 곳에 있단 걸 그는 잘 알고 있었다.

그 시작은 엄마였다. 어느 날 아침 일을 나간 엄마가 영원히 돌아오지 않는다는 것은 죽음에 대한 인지조차 없던 어린애에 겐 너무나 당황스럽고 가혹한 일이었다.

두 번째로 맞은 죽음은 이모였다. 의사로서 수많은 죽음들을 보아 왔으면서도 이모의 죽음을 받아들이기는 너무나 힘들었다. 아무런 소용이 없단 걸 알면서도 그것에 대항하기 위해 온갖 치료법과 약을 동원했다. 그녀에게 지은 죄책감만큼 더 절실히 매달렸다. 하지만 죽음을 늦추는 건 너무나 고통스러운 과정이었다. 제아무리 강한 마약성 진통제를 써도 통증은 사라지지 않았고, 바스러진 육체는 다시 일어나지 못했다. 멈춘 심장을 CPR로 되살리기를 몇 번 만에, 그녀는 힘겹게 죽음에서 평안을 찾을 수가 있었다.

태하는 식은 찻물이 담긴 찻잔을 내려다보았다. 주차장에서 일이 있은 후로 그녀가 그를 찾아오지 않은 이유를 알게 되었다. 그를 찾아올 여유가 없었을 거란 걸, 지난 두 달이 굉장히 힘들고 버거운 시간이었을 것이란 걸.

그녀는 오지 않을 것이다. 원하는 것을 쟁취하는 데 망설임이 없지만, 그녀의 뿌리는 가족에게 단단히 내려 있었다. 가족에 대한 사랑이 강하기에 결국은 단념할 것이다. 그처럼.

찻잔을 비우고 카페를 나온 태하는 버스 정류장이 있는 내리막길 아래로 향했다. 내로라하는 부촌답게 비싼 외제차들이 그의 앞을 지나쳐 갔다. 저만치에서 오는 버스를 본 순간, 그가 내려온 길로 들어서는 익숙한 빨간 스포츠카가 보였다.

마치 영화처럼 여자와 눈이 마주쳤다. 창문 사이로 보이는 은혜의 깜짝 놀란 얼굴이 생생했다. 뒤돌아서야 한다는 걸 알면서도 발이 땅에 붙박인 듯 움직일 수가 없었다. 하얀 얼굴에 선연한 지치고 힘든 기색에 미안함과 죄책감, 안쓰러움이 뒤섞여 몰려왔다.

빵빵 하고 울리는 경적 소리에 고개를 돌리자, 어느새 그녀의 뒤로 차가 두 대 이어 서 있는 것이 보였다. 태하는 은혜가 차에서 내리려는 걸 알아차렸다. 차가 부산까지 줄 이어 서 있대도 그러고도 남을 성격이었다.

하지 마.

그의 눈빛에 여자가 고집스럽게 고개를 저었다.

싫어요.

운전대를 잡은 손이 문손잡이에 얹히는 듯 내려갔다.

내리지 마. 이미 난 DNR에 사인했어. 되살리지 마. 더 이상 너 때문에 심장이 뛰지 않을 거야. 그러니 너도 나 때문에 멈춰 서지 마. 그냥 그대로…… 가.

그리고 그는 앞에 활짝 열린 버스의 문안으로 몸을 들여 넣었다. 빈 의자에 앉자 차가 서서히 도로를 달리기 시작했다. 진동에 몸을 맡긴 태하는 안타까운 표정을 한 여자의 얼굴을 지우려 눈을 감았다.

"이모!"

현관문을 열자마다 다다다 뛰어나온 지원이 은혜의 치마폭에 안기는 순간, 주방에서 식사 준비를 하던 은주가 고개를 내밀었다.

"왔어?"

"응. 아빠, 저 왔어요."

"아빠 요 앞에 잠깐 산책 가셨어."

"이모. 내가 사진 찍어 줄까?"

지원이 분홍색 카메라를 들이대자 은혜는 브이 포즈를 취하며 물었다.

"못 보던 장난감인데, 또 새로 산 거야?"

"아니야. 삼촌이 사 줬어."

"삼촌? 누구 삼촌?"

"키 크고 잘생긴 삼촌."

지원이 카메라를 보여 주자 액정 안에서 태하를 발견한 은혜의 눈동자가 커다래졌다.

"지원이……, 이 삼촌 알아?"

"응. 아까 엄마랑 만났어."

은주가 앞치마에 물 묻은 손을 닦으며 주방에서 나왔다.

"예전에 아빠 간암 처음 발견하고 수술받은 걸 얼마 전에야 알게 됐나 보더라고. 건강이 어떠신지 걱정돼서 회사로 연락했다기에, 잠깐 요 아래 카페에서 만났어. 10년 넘어 만났는데도 여전히 멋지더라."

잘못 본 건가 싶었다. 동네 길가에 서 있던 그와 눈이 마주쳤을 때 비슷한 이를 착각한 거라 생각했다. 절대 그가 이곳에 있을 리 없으니까. 그가 맞다는 걸 확신하고 내리려는 찰나에 뒤이어 들어온 차가 경적을 울려 댔다. 망설이던 차에 그가 버스에 올랐고, 그를 태운 버스가 사라지는 걸 닭 쫓던 개처럼 쳐다볼 수밖에 없었다. 그런데 그가 언니와 만났었다니.

"왜 나한테 얘기 안 했어?"

"말하기 좀 그래서. 솔직히 우리 사이가 좀 애매하잖아. 그런데 일전에 너랑도 만났었다면서."

"아, 응."

"몸 나아지면 같이 한번 보자고는 했는데, 당분간은 아빠께 말씀드리진 말자. 우선은 건강 회복하시는 게 먼저니까. 밥 먹게 손 씻고 와."

손을 씻고 나오자 서 사장이 막 현관으로 들어오고 있었다.

"은혜 왔냐?"

"네. 산책은 잘 다녀오셨어요?"

"응. 조금 있으면 반팔 입어야 되겠더라. 한낮은 여름 같아."

수건으로 땀을 훔치는 남자의 얼굴은 3개월 전과 비교하면 눈에 띄게 앙상하고 까칠해져 있었다. 넷은 점심이 차려진 식탁에 둘러앉았다.

"입맛이 없더라도 그건 남기지 말고 다 드셔야 해요."

은주가 밥공기의 절반밖에 차 있지 않은 밥을 가리키자 서 사장이 고개를 끄덕였다.

"그래그래. 그나저나 은혜는 바쁜데 뭐 하느라 힘들게 집에 와서 밥을 먹겠다고 고집을 피우냐?"

"힘들긴 뭐가 힘들어요. 요즘 사 먹는 밥 질려서 집밥 먹고 싶어서 그런 거예요."

"그래. 집밥이 몸에 좋긴 하지. 저번에 봤던 그 친구는 잘 지내냐?"

"어느 친구요? 민혁이요?"

"응. 인상도 좋고, 성격도 서글서글하니 좋더라."

별다른 대꾸가 없는 막내딸의 눈치를 살피던 서 사장이 말했다.

"그때 말은 안 했다만, 널 꽤 좋아하는 눈치던데."

오물오물 씹던 조그마한 입이 느슨하게 멈춰졌다. 손을 뻗어 쌉싸름한 산나물을 집으며 여상한 투로 말했다.

"아빠한테 말을 안 해 그렇지, 걔 말고도 나 좋다는 남자 많아요. 미국까지 줄을 섰다고요."

"인석, 너는 왜 마음에 없냐?"

"친구예요, 친구. 그리고 아빠 나으실 때까지는 연애도 뭐도 생각 없어요."

"예끼! 아빠 나을 걸 바라면 더더욱이나 해야지. 그래야 너 결혼해서 손주 볼 생각에 더 힘을 내지."

"그런 거에…… 관심 없으셨잖아요?"

은혜의 말에 서 사장은 그 어느 때보다 진지한 얼굴이었다.

"나이 찬 자식 둔 부모치고 결혼에 관심 없는 이가 세상 어디에 있든? 결혼이란 게 부모가 하래서 하는 것도 아니고, 자식이 한다면 말릴 수 있는 것도 아닌 걸 아니까 내버려 둔 거지."

"아빠는 내가 결혼했으면 좋겠어요?"

"솔직히 그래."

서 사장이 고개를 끄덕이자 은혜도, 은주도 놀란 표정이 되었다.

"어련히 야무진 네가 때가 되면 잘 찾아 하겠냐마는 내가 몸이 좀 아프고 나니까 마음이 조급해지더라. 아빠가 건강할 때 우리 막내딸이 좋은 남자 만나서 결혼하는 거 봤으면 싶고, 우리 지원이처럼 예쁜 손주 하나 더 생겼으면 싶고."

은혜의 무거운 눈빛에 서 사장이 웃으며 말했다.

"다 나이가 들면 그리 되더라. 그만하고 먹자. 국 식는다."

최대 다수의 최대 행복

봄을 지나 계절은 여름으로 들어섰다. 뉴스에서는 전력 사용량이 고공 행진을 한다는 둥 몇십 년 만에 폭염이라는 둥 연일 떠들어 댔지만, 병원 안에 갇혀 좀비처럼 휘적거리고 다니는 전공의들에겐 계절의 변화를 깨달을 여유조차 없었다. 일사병이나 물놀이 사고로 오는 환자들의 비율이 늘어났다는 것만 느낄 뿐, 정작 햇빛을 볼 시간도, 여름휴가를 떠날 여유도 없는 그들에게는 남의 나라 이야기였다.

수술실을 나오는데 간호사 한 명이 선생님, 하며 뒤따라 나왔다.

"선생님, 이번 주 토요일에 오프시죠?"

태하는 그와 똑같은 수술복 차림의 동그란 얼굴을 내려다보았다.

"네."

"그럼 혹시 괜찮으시면 저랑 영화 한 편 보시지 않을래요?"

"죄송합니다. 토요일에는 집에 갈 예정이어서요."

고개를 꾸벅 숙이는 그를 여자가 다시 붙들었다.

"본가 말이세요? 가족 아무도 없으시다고 들었는데."

"아무도 없습니다. 하지만 빈집이라도 한 번씩 들러서 살펴 봐야 하니까요."

간호사가 급한 나머지, 돌아서는 그의 팔을 잡고 물었다.

"선생님, 혹시 저…… 마음에 안 드세요? 제가 선생님께 관심 있는 거 아시잖아요?"

태하가 팔꿈치를 물리며 마스크를 벗자 그의 표정 없는 얼굴에 여자가 머쓱한 듯 손을 떼며 말을 이었다.

"매번 눈치를 드려도 답이 없으셔서요. 애인 없으신 거 맞으시죠? 혹시 병원 내에서는 연애 안 한다는 규칙 있으신 거 아니라면 저랑 한번 진지하게 만나 보는 건 어떠신지……."

"김 간호사님."

말허리를 잘라 내는 그의 목소리가 365일 18도로 유지되는 수술실보다 더 서늘하게 느껴져 여자는 저도 모르게 꼴깍 침을 삼켰다.

"네?"

"제게 김 간호사님은 좋은 동료고, 여러모로 신경 써 주셔서 감사하단 마음을 가지고 있습니다. 하지만 그 이상의 감정은 없습니다. 병원 안에서도 밖에서도 연애도 결혼도 할 생각도 없고요. 죄송합니다."

"……."

"제 대답이 질문에 대해 답이 됐으면 가 봐도 될까요?"

여자가 황당한 얼굴을 끄덕이자 태하는 뒤돌아 의국으로 왔다. 그날 점심이 되자 한국대병원에 소문이 자자하게 퍼졌다.

"철옹성이다, 난공불락의 요새다, 난리도 아니라니까요. 그런데 형 PS(성형외과) 때도 그랬다면서요."

"그런데 이번에는 완전히 독신주의 선언했다던데. 결혼 안할 거라고. 형 일부러 그런 거죠? 보면 환자들도 중매 서신다는 분들 굉장히 많잖아요. 얼마 전 회식 때는 교수님이 자기 조카 소개시켜 주겠다고 그러셨고. 진심으로 그런 말 한 건 아니죠? 이런 얘기는 좀 뭐하긴 한데, 항간에는 형이…… 남자를 좋아한다는 소문도 돌고 있어요."

"아이, 그건 너무 갔다."

민욱의 말에 황당한 낯으로 웃던 창재가 잠시 뒤에 나직이 물었다.

"형, 아니죠?"

"말도 안 되는 소리 말고 빨리 밥이나 먹고 와."

태하가 식판을 들고 일어나자 저편에서 그를 보며 수군대던 간호사들이 얼른 시선을 돌렸다. 아침부터 벌어진 촌극에 대해 생각할 겨를도 없이 식당을 나오자마자 응급 콜이 들어왔다. 응급실에 가 보니 앳된 얼굴의 10대 여학생이 앉아 있었다. 흉통과 호흡 곤란으로 내원한 기흉 환자였다. 청진기로 흉음을 확인하는 그에게, 여학생을 데려온 듯한 남학생이 물었다.

"독서실에서 나오는데, 숨이 안 쉬어진다고 해서 데리고 왔어요. 어디가 아픈 거예요?"

X-ray를 확인한 태하가 말했다.

"기흉이라고, 폐 바깥쪽으로 공기가 차서 폐를 누르는 거야. 그래서 숨이 차고 가슴이 아픈 증상이 생기는 거지. 부모님께 연락은 드렸니?"

"네. 지금 오시는 중이세요."

"이런 증상이 이번이 처음이니? 계단을 오르기 힘들다거나, 갈비뼈 아래쪽이 뻐근하다거나 그런 적 없었어?"

"몇 달 전부터 갈비뼈 쪽이 계속 아파서 담이 온 줄 알았어요. 보약 먹고 괜찮아진 줄 알았는데, 또 며칠 아프다가 말고 해서."

여학생의 말에 차트를 덮으려던 태하가 다시 펼치며 물었다.

"아프다가 괜찮아졌다가 다시 아프다가 했다고? 보약 먹는 거 말고 병원에서 다른 치료 받은 건 없니?"

"없어요."

"혹시 지금 생리 중이니?"

최대한 감정을 싣지 않은 사무적인 목소리로 물었음에도 여학생의 얼굴은 불타듯 새빨갛게 달아올랐다.

"……네."

남학생이 불편한 표정으로 물었다.

"그런 건 왜 물으시는 거예요? 숨 안 쉬어지는 거랑 그거랑 무슨 상관이라고…….”

그러거나 말거나 태하는 차트에 기입하며 물었다.

“혹시 전에 아팠을 때도 생리 중이었니?”

“그랬던 것 같아요. 그때 생리통이 심해서 진통제랑 담 저린 약이랑 같이 먹었거든요. 그런데 그게 무슨 상관이 있어요?”

월경성 기흉은 자궁 내막이 자궁 외의 다른 기관에 존재하는 자궁 내막증이 원인으로, 자궁 내막 조직이 폐에 달라붙어 있다가 생리 기간이 되면 탈락이 되어 폐에 구멍을 내 기흉을 일으키는 것이었다. 태하는 자세한 설명은 부모님 동의하에 검사를 더 받아 보고 말해 주겠노라 하고 뒤돌아섰다. 데스크까지 따라온 남학생이 물었다.

“혹시 많이 안 좋은 건가요? 그래서 말씀 안 해 주시는 거예요?”

“그런 게 아니라 정확히 진단이 나와야 설명해 줄 수 있기 때문이야. 진단을 하려면 검사를 해야 하고, 그러려면 부모님이 오셔야지.”

남학생이 포기하지 않고 또 물었다.

“뭐 수술받고 그래야 해요?”

“심각한 상황이 아니라면 약부터 시작할 거야. 남자친구니?”

남학생이 귀까지 빨개진 얼굴을 휘저었다.

“아니요. 그냥…… 친군데요.”

그가 빤히 쳐다보니 남학생이 여전히 붉은 얼굴로 여학생한테 가서 뭐라고 말을 건넸다. 아파서 누운 여학생과 어쩔 줄 모르고 선 남학생의 모습에 10여 년 전 그들의 모습이 겹쳐 보였다.

주사를 맞느라 저린 어깨를 주물러 주던 남자와 여자애도 저런 모습이었을까. 어떤 일이 벌어질 줄 몰랐던 그때의 그들은 저들처럼 풋풋하고 예뻤을까.

몇 분 지나지 않아 여학생의 부모가 도착했고, 검사 후 약을 처방해 주고는 응급실을 나가려던 참이었다. 입구에 앉아 있던 낯익은 여자가 그를 부른 것은.

"태하야."

"누나."

놀라 대기 의자에 앉은 은주에게 여긴 무슨 일이냐고 물을 참이었는데, 옆에 앉은 아이가 보였다. 이마를 누르고 있는 수건은 붉은 피로 얼룩져 있었다.

"어디 다친 거예요?"

"유치원에서 친구랑 놀다가 블록에 찍혀서 이마가 조금 찢어졌어. 너한테 연락할까 하다가 크게 다친 건 아니어서 말았는데, 어떻게 이렇게 딱 만나니."

"송지원 환자분."

간호사가 이름을 호명하자 태하는 둘을 데리고 안으로 들어갔다. X-ray 검사 결과 다른 이상 소견을 안 보이고, 2센티미터 정도 찢어진 상처만 봉합하기로 했다.

"지인이시라니 잘됐네. 시간 괜찮으시면 윤 선생님이 예쁘게 꿰매 주세요."

담당 의사가 그에게 차트를 건네주고 나가자 태하는 몸을 숙여 진찰대에 앉은 아이의 눈을 마주 보았다. 우느라 발개진 눈동자가 꼭 아기 토끼 같았다.

"안녕. 우리 저번에 한 번 봤지?"

자꾸만 엄마 뒤로 숨으려는 아이와 눈을 맞추며 물었다.

"지원이, 혹시 뛰다가 넘어져서 무릎이 깨져 본 적 있니?"

"……네."

"그러면 종이나 날카로운 것에 베여 피가 난 적은?"

"있어요. 엄마가 밴드 붙여 주셨어요."

"그렇구나. 이 이마의 상처는 조금 깊어서 엄마 대신 삼촌이 치료를 해 줘야 할 것 같은데, 괜찮을까?"

"많이 아파요?"

벌써부터 울려는 아이에게 차분한 목소리로 물었다.

"조금 아플 수도 있을 것 같아서, 아프지 않게 하는 약을 바르고 할 거야. 혹시 숫자 셀 줄 아니?"

"……네."

"몇까지 셀 수 있어?"

"20까지요."

"많이 셀 줄 아는구나. 그럼 1부터 20까지 숫자를 다섯 번만 세 줄래? 정말 조그만 상처여서 금방 끝나거든. 그런데 지원이가 무서워서 울거나 움직이면 삼촌이 예쁘게 치료를 해 줄 수가 없어. 어때? 삼촌 믿고 눈 딱 감고 한번 해 볼까?"

한참을 망설이던 아이가 고개를 끄덕이며 중얼거렸다.

"네."

"좋아."

마취를 할 때 조금 울긴 했지만, 생각보다 협조적이어서 금세 상처를 꿰맬 수 있었다. 처치를 다 끝내고 아이가 새끼 코알라처럼 엄마에게 안기자 은주가 걱정스레 반창고를 붙인 이마를 살폈다.

"혹시 흉이 남을까?"

"아주 살짝은 남겠지만, 흉터가 크진 않고 머리카락 인접 부위라 앞머리를 내리면 티가 나지 않을 거예요."

"고맙다, 태하야. 바쁜데 내가 시간 뺏은 건 아닌가 모르겠네."

"괜찮아요. 차 가져오셨어요?"

"응."

"그러면 아이 데리고 로비 앞에 서 있을 테니까 차 빼 오세요."

은주가 차를 빼러 가자 태하는 아이의 손을 잡고 로비로 향했다. 아이가 주스 가게 앞에 멈추자 태하가 물었다.

"목마르니?"

"네."

놀라서 오는 동안 울고불고했을 테니 목이 마르기도 할 테지.

"뭐 마실래? 어떤 과일 좋아하니?"

"딸기요."

태하는 딸기 주스를 사 들고 로비에 멈춰 섰다.

"나는 지원이 만나서 좋았지만, 다음에는 병원에서 만나지는 말자. 알았지?"

쪼옥, 분홍색 주스를 빨대로 들이마신 아이가 고개를 끄덕이고는 물었다.

"소독받으러 오면 또 만나요?"

"나는 없을 것 같아. 대신에 다른 선생님이 안 아프게 소독해 주실 거니까 걱정하지 마. 혹시 할아버지는 몸이 어떠시니?"

"모르겠어요. 병원에 다니시느라 회사는 안 나가세요. 엄마가 할아버지 힘드시니까 시끄럽게 떠들면 안 된댔어요."

"이모는…… 어때?"

"이모는 바빠요. 너무 살이 많이 빠져서 엄마가 걱정이라고 했어요."

거기서 더 빠질 살이 어딨다고. 간병에서 환자의 건강만큼이나 중요한 게 보호자의 컨디션인 것을. 하지만 서 사장님 댁 상황을 고려하면 그녀 자신에게 신경 쓸 여력이 없을 것이었다.

그의 목에 걸린 청진기가 신기한지 아이가 만지작거리자 태하는 여자아이의 조그마한 귀에 꽂고 그의 가슴에 대어 소리를 듣게 해 줬다.

"이상한 소리가 들려요."

놀라 휘둥그레진 눈동자가 데구르르 굴러 나올 것만 같았다.

"가슴 안에 있는 심장이 뛰는 소리야."

"너무 커요."

"그래야 온몸에 피를 내보낼 수 있으니까."

"늘푸른반 선생님이 그러는데, 좋아하는 사람을 만나면 가슴이 빠르게 뛴대요."

비밀 이야기를 하듯 소곤대는 말에 그는 고개를 끄덕였다.

"맞아. 좋아하는 사람을 만나면 더 빠르게 뛰어. 달리기하고 났을 때처럼."

"하지만 그럼 너무 아플 것 같아요."

걱정이 되는지 찡그린 아이의 얼굴에 태하가 씁쓸하게 웃으며 말했다.

"비밀인데, 정말로 좋아하면 만나지 않아도 아프단다."

"안 만나는데 왜 아픈데요?"

"보고 싶어서."

그의 말에 혼란스러운 듯 아이는 고개를 갸웃거렸다. 아프면 안 보면 될 것 같은데, 안 보면 보고 싶어서 아프다니. 여섯 살짜리 어린애가 이해하기에는 너무나 난해한 어른들의 세상이었다.

"그럼 저는 아픈 건 싫으니까 안 좋아할래요."

굳은 결심이라도 하듯 주먹을 움켜쥐는 아이의 머리를 가만 쓸었다. 그래. 그러면 참 좋을 텐데. 아프니까 안 아프게 그만두면, 괴로우니까 안 괴롭게 그만 잊으면 되는데. 바보처럼 왜 그게 안 될까.

"아, 맞다. 카메라 고장 났어요. 이모가 고쳐 준다고 가져갔는데, 못 고쳤어요."

"그래?"

"근데 이모가 삼촌 사진을 보고 있었어요. 내가 왜 보냐니까 이모가 나를 안고 갑자기 울었어요. 우는 거 아니라는데 눈물이 막 흘렀어요. 이모가 왜 그런지 모르겠어요. 삼촌은 아세요?"

말간 아이의 눈을 마주 볼 수 없어 시선을 올린 그는 동그란 이마에 붙인 반창고 너머로 한숨을 내쉬었다.

"글쎄. 이모도…… 아팠나 보다."

"그러면 삼촌이 이모도 안 아프게 치료해 주면 되잖아요."

갈비뼈 사이가 지근거리는 걸 참고 일어나 말했다.

"삼촌은…… 힘들 것 같아. 지원이가 대신 이모한테 밥도 잘 챙겨 먹고 울지 말라고 말해 줄래?"

"네."

그 순간 로비 앞에 하얀색 차가 멈추었다. 태하는 뒷좌석 문을 열고 아이를 안았다. 목덜미를 휘감는 아이를 카시트에 앉혀 벨트를 매 줬다.

"오늘 진짜 고마웠어. 다음에 꼭 저녁 대접할게."

"괜찮으니까 신경 안 쓰셔도 돼요. 누나……."

"응?"

"힘드시겠지만, 누나도 은혜도 몸 상하지 않게 신경 쓰면서 간병하세요."

은주가 창문 너머로 웃으며 고개를 끄덕였다.

"그럴게, 고맙다. 연락 또 할게."

"나 올해까지만 하고 그만둬야 할 것 같아."

그녀의 말에 운전대를 잡은 민혁이 쳐다보는 것이 느껴졌다. 오랜만에 기절을 했다. 열다섯 살인가, 체육 수업 중에 강당에

서 기절을 한 이후로 두 번째였다. 학원 근처 병원에서 수액을 맞고 정신이 들고서야 눈앞이 핑 돌며 쓰러진 게 떠올랐다. 그 다음 든 생각은 남자의 말이 맞았구나였다. 장난으로 병원에 찾아오지 말고 검사나 다시 받아 보라던 그의 말대로 빈혈 수 치는 나빠져 있었다. 10대 이후 수치가 안정되어서 더 이상 병 원도 다니지 않았는데, 요 근래 잠도 제대로 못 자고 병원이다 학원이다 뛰어다니느라 무리를 한 게 화근인 듯싶었다.

"많이 힘들어?"

"내가 문제가 아니라, 아무래도 장기전이 될 것 같아서."

2개월 휴지기를 가지고 다시 항암 치료를 받으신 지 일주일 만에 복수가 차 급히 입원을 하셨다. 그간 힘든 수술과 치료에 도 굳건히 버티어 주었던 몸이었는데, 갑작스러운 부작용에 모 두 놀라고 당황하지 않을 수가 없었다. 하지만 의사는 이런 일 이, 혹은 더 심한 일도 일어날 수 있다고 경고했다. 한 달 휴가 계 후 결국 퇴사를 한 은주가 아빠의 병 수발을 하고 있었지만, 어린 지원이도 있고, 회사도 언제까지나 아빠의 자리를 공석으 로 남겨 둘 수는 없는 노릇이었다.

"후회하지 않겠어?"

"안 해. 말했잖아. 회사에 들어가야 할 때가 되면 미련 없이 관둘 거라고. 지금이 그때인 것 같아. 그동안 내가 하고 싶은 대로 살았으니까 이젠 가족을 위해서도 살아 봐야지."

"알았다. 그럼 다니는 동안만이라도 몸 생각해서 좀 살살해. 어차피 끝이라면 그렇게 열심히 할 필요도 없잖아."

"너 그런 마인드로 사업하면 곧 안 망하겠니?"

"쫌. 똥고집 피우지 말고 힘들면 좀 기대라고. 도와 달라고 말도 좀 하고."

수액을 절반도 맞지 않았는데 수업을 빼먹을 순 없다며 주사 침을 뽑고 강의실로 들어갔다. 또 쓰러지지나 않을까 걱정되어 수업을 하는 동안 불안불안하게 그 모습을 지켜보았다. 결국 퇴근 후 택시 타고 집에 가겠다며 고집을 피우는 은혜를 억지로 보조석에 앉히고 운전대를 잡았다. 일에 대해서는 질릴 정도의 완벽주의에 누군가에게 아쉬운 소리 못 하는 성격을 익히 알지만, 오늘은 정말 머리를 콩 쥐어박고 싶을 정도였다.

"세상 혼자 사는 것도 아닌데 힘들면 힘들다, 도와 달라 그 말이 그렇게 힘드냐? 대체 넌 왜 그렇게 고집이 세냐?"

"지금 아픈 사람한테 신경질 부리는 거야?"

"신경질 부리는 게 아니고. 내가 너 좋다고는 했지만, 그 전에 십년지기 친구니까. 이럴 때는 딴마음 안 먹을 테니까 힘들면 도와 달라고 말을 하라고."

"그렇게 마음먹으면 딴마음이 안 먹어져?"

"뭐?"

예상치 못한 질문에 민혁의 얼굴에 당황한 기색이 역력했다.

"마음먹은 대로 되냐고."

"힘들지만 마인드 컨트롤 하는 거지. 참아야지, 하지 말아야지하고."

"대단하다."

"뭐야……. 지금 나 비꼬는 거야?"

병 주고 또 병 주냐는 표정으로 묻자 은혜가 희미하게 웃으며 고개를 저었다.

멈춰야지. 그럴 때가 아니니까. 안 되니까. 그렇게 마음먹은 대로 생각과 감정이 딱 멈춰질 수 있다면 얼마나 좋을까. 나는 지옥 같은 매일을 보내면서도 그게 안 돼서. 더 이상 이기적이고 못된 딸은 안 된다고, 지금 그럴 때가 아니라고 흔들리는 내 자신을 다잡지만, 지금이라도 당장 그 남자에게 달려가고 싶어 견딜 수가 없는데.

"데려다줘서 고마워. 조심히 들어가고 내일 보자."

민혁을 보내고 집으로 들어온 은혜는 집 안을 감싼 번잡스럽고 다급한 기운에 무슨 일이 벌어졌다는 걸 알아챘다.

"언니, 무슨 일이야?"

"아빠가 열이 나셔. 또 복수가 찬 것 같아. 마침 너한테 전화 걸려던 참이었는데."

"어차피 지원이 때문에 언니는 못 움직이니까 내가 아빠 모시고 갈게. 병원 가서 상태 보고 전화 줄게."

은혜는 서 사장을 모시고 서둘러 응급실로 향했다. 예상했던 대로 복수가 차 있어, 복수 천자를 받고 병실로 옮겨졌다. 서 사장의 열이 떨어지고 잠이 든 걸 확인한 뒤 소파에 누워 눈을 붙였다.

"은혜야."

착 내려앉은 목소리에 쪽잠에서 깬 은혜가 베드로 다가갔다.

아직 해가 뜨기 전인지 병실은 어둠에 잠겨 있었다. 이제는 익숙하게 모니터와 수액을 확인하며 물었다.

"정신이 좀 드세요? 아픈 건 좀 어떠세요?"

"괜찮다. 지금 몇 시쯤 됐니?"

"아직 4시예요. 좀 더 주무세요."

"미안하다. 너도 피곤하고 힘들 텐데."

"젊은 나이에 힘들긴 뭐가 힘들어요. 그런 말씀 마세요."

이불을 걷어 복부에 연결된 튜브에서 복수가 흘러나오는 걸 확인했다. 그 누런 액이 병에 찰수록 서 사장의 몸에서 생명의 기운이 빠져나가고 있음을 느꼈다.

아니야. 아직은 아니야. 오래오래 우리 곁에 있으실 거야.

악운을 막아 내듯 이불을 서 사장의 목까지 꼭꼭 여미며 부러 밝은 목소리로 말했다.

"어서 주무세요, 종일 아파서 힘드셨다면서요."

"그래. 세월 참 빠르다. 언제까지나 떼 부리는 애일 줄 알았는데, 우리 막내 언제 이렇게 컸냐?"

뺨을 더듬는 다정한 손길에 바싹 힘이 들어갔던 얼굴이 흐트러졌다.

'하시려면 하세요. 딸 하나 없는 셈 치고 한 비서님이랑 오순도순 행복하게 사시라고요. 저는 미국 가서 살 테니까. 어차피 여태도 그렇게 살았잖아요? 제가 있든 없든 아빠는 아무 상관도 없잖아요? 그러니까 두 분이서 사시라고요!'

"나 그때 정말…… 못된 청개구리였지?"

아빠가 하고 싶다고 했을 때 그래요, 좋아요 했어야 했는데. 아빠 행복하게 사세요, 그 대신 그러면 나는 아빠 딸 안 하겠다, 집 나가겠다, 청개구리처럼. 비 오면 냇가에 앉아 우는 청개구리처럼. 이렇게…… 후회할 줄 모르고.

"청개구린데 예쁜 청개구리였지. 세월이 이렇게 쏜살같이 흐를 줄 알았으면 아빠가 일 좀 줄이고 우리 딸이랑 시간을 많이 보냈어야 했는데. 힘들더라도 미국에 보내지 말고 내 옆에 끼고 키웠어야 했는데. 이제 생각해 보면 그게 가장 후회가 되고 마음에 걸린다."

손쓸 새도 없이 눈물이 뺨 아래로 흘러내렸다. 어둠에 숨어 눈물을 훔친 은혜가 더듬더듬 말했다.

"아빠가 뭐, 아빠처럼 좋은 아빠가 세상에 어딨다고. 나는 다음에 태어나도 아빠 딸 할 건데."

"정말로?"

서 사장이 링거가 연결된 손을 올려 눈물을 닦아 주며 물었다.

"그런데 너 얼굴이 왜 이렇게 까칠하냐? 아픈 애처럼. 요즘 너무 무리하는 거 아니냐?"

"생살에 구멍 뚫고 누워 있는 건 아빤데, 지금 내 걱정을 왜 해요, 왜!"

또 성질대로 질러 놓고는 또 후회하며 속삭였다.

"죄송해요. 잘못했어요."

"네가 무슨 잘못을 했다고. 아픈 아빠가 미안하지."

"아니야. 다 내 잘못인데, 그런데 그 벌을 왜…… 아빠가 받는지 모르겠어. 아빠가 무슨 잘못을 했는데, 잘못은 내가 다 했는데. 미안해, 아빠. 나 진짜…… 그 일에 대해 단 한 번도 후회하지 않았어. 얼마 전까지도 또다시 그런 상황이 된대도 똑같은 선택을 할 거라 장담했었어. 아빠 딸이 그렇게 이기적이고 뻔뻔했다고요. 아빠 나한테 다 해 줬는데. 단 한 번의 행복도 나 때문에 포기했는데. 정말로…… 시간을 되돌린다면, 그럴 수만 있다면 그땐…… 아빠가 하자는 대로 다 할 건데. 평생 괴로워도 아빠만 행복하고 건강하면 다 할 수 있는데……. 그렇게 못 해서 너무 죄송해요. 제가 잘못했어요."

"울지 마라. 대체 무슨 잘못을 했다고 그래. 아빠는 우리 두 딸들 덕분에 평생 행복했다. 한순간도 그렇지 않은 적이 없었어. 너희들만 행복하면 아빠는 더 바랄 게 없다. 그러니까 우리 행복하게 살자."

은혜는 서 사장의 가슴에 안겨 세차게 고개를 끄덕였다.

"그래요. 우리 행복해요."

"지원이, 양말 신고 옷 입었니?"

벽시계를 확인한 은주는 식판과 수저통을 유치원 가방에 넣으며 소리쳤다.

"송지원! 곧 유치원 버스 온다니까. 옷 입었어?"

"엄마, 이거 좀 봐. 잘생긴 삼촌이랑 이모 맞지?"

은주는 아이가 내민 사진을 들어 보았다. 사진 안에는 은혜와 태하가 있었다. 옛날 사진 같은데? 예전에 과외 했을 때 찍은 사진인가?

"이거 어디서 났어?"

"이모 방에서."

"이모 물건 만지면 이모한테 혼나. 정말 시간 다 됐으니까 얼른 옷 입고 있어."

은혜의 방으로 들어간 은주는 깔끔하게 정리된 책상의 열린 서랍과 펼쳐진 다이어리를 발견했다. 사진을 다이어리에 꽂아 두려던 찰나, 빼곡하게 종이를 채운 글이 눈에 들어왔다. 다이어리를 들자 그것이 일기라는 걸 알아차렸다.

"옛날 건가?"

닫으려다 호기심에 몇 줄 읽기 시작하자 금세 한 페이지가 끝나 버렸다. 무엇에 이끌리듯 다음 장을 넘겼다. 다음 장을 읽고 그 다음 장을 또 읽었다. 유치원 버스 시간이 임박했다는 걸 잊고 일기장을 다 읽은 은주가 침대에 앉았다. 이게 무슨…….

"엄마!"

다다다다 복도를 뛰어오는 소리에 이어 지원이 핸드폰을 들고 방 안으로 들어왔다.

"엄마, 선생님 전화!"

놀란 은주는 가까스로 출발 직전의 유치원 버스에 지원을 태우고는 병원으로 향했다. 습관적으로 운전을 하면서도 머릿속은 생각의 바다에서 허우적대고 있었다.

어떻게 한 번도 눈치채지 못했을까? 아무 이유도 없이 울며불며 싫다고 했을 때 한번 의심했을 법도 한데. 왜 나는 그저 아버지의 재혼을 받아들이기엔 네가 아직 어리구나, 라고만 생각했을까. 다른 사람한테는 까탈스럽고 예민하게 구는 네가 유독 태하를 대하는 태도가 다르다는 걸 왜 나는 눈치채지 못했던 걸까. 너를 챙겨 주고 보살펴 주는 태하를 보며 왜 난 둘이 남매가 되어도 좋겠구나, 라고만 생각했던 걸까. 대체 이 뒤엉킨 인연은 어디서부터 시작된 걸까.

추억일 거라고, 그녀도 겪어 보았던 첫사랑의 추억이라고 웃어넘기고 싶은데, 그럴 수 없는 건 일기장의 마지막 장이 올해 초에서 멈춰 있었기 때문이었다.

첫사랑, 그리고 끝나지 않은 마음.

은혜의 마음은 긴 시간을 지나 현재까지도 변함없이 태하에게 향해 있었다. 어떻게 그렇게 오랫동안 그게 가능할 수 있었는지.

Rrrrrr—

갑작스레 울리는 벨소리에 멍한 정신을 깨워 핸드폰을 보니 민혁이었다.

"안녕하세요, 민혁 씨. 아침부터 무슨 일이세요?"

— 어제 전화를 드릴까 하다가 너무 늦은 시간이라 못 했어요. 사실 어제 은혜가 강의 준비하다가 쓰러졌거든요.

"쓰러져요?"

놀란 목소리가 병원 복도를 타고 번지자 은주는 얼른 비상구 계단으로 향했다.

— 빈혈이라고 수액 맞고 괜찮아졌는데, 아무래도 몇 달 동

안 학원이다 병원이다 뛰어다니느라 그런 것 같아요. 아버님 때문에 정신없으신 거 아는데, 그래도 알고 계셔야 할 것 같아서 전화 드렸어요.

어제 저녁 퇴근하자마자 다시 서 사장을 모시고 가던 은혜의 모습이 떠올라 눈을 질끈 감았다.

"네네. 고마워요, 민혁 씨."

— 학원 일도 올해까지만 하기로 했습니다.

"은혜가 그러겠다고 하던가요?"

— 네. 아버님 치료에 전념할 생각인 것 같았어요. 관둘 때까지만 조금 신경 써 주시길 부탁드리려고 전화 드렸어요.

남자의 목소리에 담긴 걱정과 애정에 은주는 한숨을 삼켰다. 하필 사랑의 화살표는 왜 이렇게 꼬였을까.

"알았어요. 전화 줘서 고마워요."

병실로 들어가자 베드 앞에 앉아 있던 은혜가 고개를 돌려 그녀를 보았다.

"언니 왔어?"

"응."

어제는 경황이 없어 보지 못했던 동생의 얼굴을 살피는데 서 사장이 물었다.

"은주 왔니?"

"네. 일어나지 마시고 누워 계세요."

"알았다. 지원이는 유치원 가고?"

"네. 보내고 왔어요. 넌 어서 집에 가서 밥 먹고 옷 갈아입고 출근해야지."

"알았어. 아빠, 오후에 짬 나면 들를게요."

"바쁜데 그러지 마라."

"아빠가 뭐래도 올 거라는 거 아시잖아요. 푹 쉬고 계세요."

병실을 나서는 은혜를 따라나선 은주가 엘리베이터 앞에 멈춰서 물었다.

"너 어제 쓰러졌었다면서. 왜 말 안 했어? 그런 줄 알았으면 내가 아빠 모시고 왔잖아."

"민혁이가 전화했어? 걔는 왜 쓸데없는 짓을 하고 그래. 괜찮아. 수액 맞고 괜찮아졌어."

괜찮긴 뭐가 괜찮아. 너는 속이 썩어 문드러지는데, 그것도 모르고 아직 철이 덜 들었구나, 너를 원망했어. 네가 왜 그랬는지 물어볼 생각조차 하지 않았고, 일기장을 보지 않았다면 네가 태하를 마음에 품어 온 걸 평생 모르고 지나쳤을 거야. 이제 와 그걸 알았다고 해도…… 아무것도 도와줄 수 없지만.

"언니가 진짜 우리 막내한테 너무 무관심했다. 미안해."

"무슨 소리야. 내가 컨디션 조절을 못 해서 그런 걸. 걱정하지 마. 다시 철분제 잘 챙겨 먹을 거니까."

"그래. 그리고 오늘부터 24시간 전담 간병인 쓸 거야."

은주의 갑작스러운 말에 은혜는 놀란 표정이었다.

"낮 동안은 내가 있을 수 있지만, 지원이 때문에 자리 비워야 하는데 그때마다 네가 일하다가 뛰어올 수는 없어. 밤마다 네가 여기서 잠 설치며 지킬 수도 없고."

"그래도……"

"그렇다고 우리가 아빠를 신경 안 쓴다는 게 아니야. 좀 더 효율적으로 하자는 것뿐이지. 의사 선생님도 그러셨잖아. 힘들고 긴 싸움이 될지 모른다고. 너 학원 일 올해까지만 하고 관두기로 했다며. 그동안은 너도 몸 생각하면서 일해야지."

"알았어."

"철분약 처방받아 왔지? 끼니때마다 약 잘 챙겨 먹어."

"응."

은혜를 배웅하고 병실로 돌아온 은주는 서 사장에게 은혜가 쓰러졌다는 이야기 대신 빈혈이 온 것 같다고 에둘러 말하며 간병인 이야기를 꺼냈다.

"그래. 잘했다. 그러니까 내가 진작 쓰자고 했잖니. 나 하나 때문에 너희 둘이 발 동동거리며 뛰어다니는 거 보기 힘들었어. 그나저나 은혜 몸이 걱정이다. 성격이야 강단 있지, 몸이 워낙 약한 애라. 예전에도 아파서 태하가 응급실에 데려가고 그랬잖니."

은주가 묘한 표정으로 물었다.

"아직도 태하…… 생각나세요?"

"그럼. 희한하게도 요즘 더 자주 생각이 난다. 한번 만나 보고 싶긴 한데 내가 몸이 이러니."

"실은 얼마 전에 제가 만났었어요."

놀란 서 사장이 물었다.

"그래?"

"아빠 암 수술 받은 걸 얼마 전에야 알게 됐나 보더라고요. 그래서 아빠 몸 좀 좋아지시면 한번 보자고 했었어요."

"그래? 아직도 한국대병원에 있대?"

"네. 흉부외과래요."

"결혼은?"

"아직요."

잠시 망설이던 은주가 물었다.

"아빠, 예전부터 입버릇처럼 태하 아들 삼고 싶다고 하셨잖아요. 그거 한 비서님…… 때문에 그러셨던 거예요?"

"너 아홉 살 때니까 태하 일곱 살 때 처음 봤나 보다. 한 비서가 데리고 왔는데, 왜인지 모르게 짠하고 정이 가고 아들 삼고 싶더라. 생전 그런 생각을 한 적도 없는데 그 녀석을 보고 나서 내가 아들 욕심이 있었구나, 알았지. 혹시 아냐, 전생에 내 아들이었을지도."

"아들 말고 사위…… 삼고 싶은 마음은 없으셨어요?"

"응?"

서 사장이 올려다보자 은주가 당황한 얼굴을 내저었다.

"아유, 참. 내가 무슨 소리를. 간병인 아주머니 도착하셨나 봐요."

서 사장은 그의 시선을 피하듯 서둘러 전화를 받으러 일어나는 은주의 뒷모습을 바라보았다.

수업 준비를 마친 은혜는 매니저 형식에게 방문할 손님에 대해 언질을 주고는 강의에 들어갔다. 수업이 끝나고 돌아오자 소파에 앉아 기다리고 있던 30대 중반의 여자가 일어나 인사를 건넸다.

"늦어서 죄송합니다. 오래 기다리셨나요?"

은혜의 물음에 여자는 미소를 띤 얼굴을 내저었다.

"아닙니다. 5분 정도밖에 안 기다렸어요. 또 강의 들어가셔야 하죠?"

"네. 15분 정도밖에 시간이 안 될 것 같아요."

"그러면 아까운 시간 뺏지 않아야겠네요. 저번에 말씀해 주신 대로 경영 쪽 아닌 전문 직종 종사자, 그리고 형제 중에 장남 아니신 분, 또 특별히 강조하셨던 부모님들이 좋아하실 사위 상으로 세 분 추려 봤어요."

커플 매니저가 파일 세 개를 테이블에 펼치자 은혜가 맨 첫 번째 것부터 들어 보았다.

"나이는 서른네 살, 서울중앙지검 검사시고요. 부친, 큰아버님, 형님 모두 판사, 변호사로 법조계에 종사하고 계십니다. 사진 보시면 아시겠지만, 상당히 훈남이시죠. 키도 크시고요. 반듯하니 어르신들이 좋아할 스타일이세요."

처음 그녀가 제시한 조항에 당황한 게 사실이었다. 키가 몇 이상이어야 한다거나 연봉이 얼마 이상, 직업이 어떤 쪽이면 좋겠다는 의뢰는 많이 들어 봤어도 '부모님들이 좋아할 사위 상의 남자'라니, 그런 의뢰는 매니저 인생 10년 만에 처음이었다. 왜인지 이유를 물었고, 말기 암 투병 중인 아버지를 위해

결혼을 서두른다는 이유에 상당히 딱하다는 기분이 들었다. 억대 연봉 입시 학원 강사의 커리어 역시 곧 그만둘 계획이란 말에 더욱 그러했다. 물론 고스펙에, 칼 한 군데도 안 댄 본판 미인에, 탄탄한 중소기업을 운영하는 집안이니 상대를 고르는 건 어려운 일은 아니었다.

"그리고 가운데 분은 외국계 기업의 연구원으로 계세요. 나이는 서른두 살이시고 아버님께서 운수업을 하고 계십니다만 누나와 매부가 물려받아 일을 하고 있는 상황이라 나중에라도 경영 쪽으로 참여하진 않으실 것 같아요. 1남 1녀 중 막내라 부담도 없으시고요. 그리고 마지막 분은 압구정동에 있는 성형외과 원장님이신데……."

"죄송해요. 이분은 빼 주세요."

그녀가 파일을 옆으로 놓자 매니저가 당황해서 물었다.

"왜, 뭐가 마음에 안 드세요?"

"의사는 제외해 주세요. 미리 말씀 못 드려서 죄송해요. 우선 이 두 분이랑 만남 주선해 주시죠."

"그럼 두 분 중에 누가 더 마음에 드시는지……."

"두 분 중 먼저 시간 되시는 분부터 만나 보고 싶어요. 이번 주도 좋으니 최대한 빨리 약속 잡아 주세요."

그러니까 둘 다 마음에 들진 않는다는 소리군. 다년간의 경험으로 그녀의 커플 메이킹이 쉽지 않을 거란 불안한 예감이 스쳤지만, 직업적인 미소로 답했다.

"알겠습니다. 최대한 노력해 보겠습니다."

곧 두 사람과 약속을 잡았고, 매니저의 예감은 적중했다. 남자는 둘 다 관심을 보였지만, 그녀는 단칼에 자르고 다른 상대와의 만남을 주선해 주길 바랐다. 그렇게 일주일에 두 명씩 커플 만남을 주선하기를 한 달여, 모든 만남이 실패로 돌아가자 10년 차 커플 매니저 인생에 위기가 왔다는 걸 깨달았다.

김이 모락모락 올라오는 찻잔을 놓은 비서는 창가에 선 민혁을 흘끔 쳐다보았다. 결제할 서류철을 놓고 나갔을 때와 똑같은 자세였고, 서류 역시 그대로 쌓여 있는 걸로 보아 일한 흔적은 보이지 않았다. 점심부터 지금까지 계속 저 상태로 창문 밖만 보고 있었던 걸까.

"아직도 서은혜 선생 안 들어왔답니까?"

뒤돌아 나가려던 여자가 민혁의 등에 대고 말했다.

"아, 네. 도착하면 연락 주신다고 했는데 아직도 연락이 없는 걸 보니……."

아직도 선을 보고 있는 중이 아닐까요, 라는 뒷말은 민혁의 딱딱하게 굳은 뒷모습에 도로 입안으로 집어넣었다.

"오면 바로 올라오시라 다시 전달하겠습니다."

자타공인 영어 입시 전문 강사 중에 최고라 불리는 여자. SKY대학생들이 뽑은 가장 도움이 되었던 입시 강사 1위. 얼굴로 수강생 모으냐는 비아냥거림에 화끈하게 실력으로 응대해 주는 여자. 얼굴, 머리, 집안 모두 가졌지만 일에서만큼은 그 누구보다 악바리처럼 최선을 다해 달려드는 완벽주의자. 그런 그녀가 또 하나 가진 것이 있었으니, 그것은 바로 탑에듀 학원의 사주인 황민혁이란 건 학원 내에서는 비밀도 아니었다.

비서가 의자에 엉덩이를 붙이자마자 전화가 울렸다.

"왔어요? 그러면 바로 15층으로 올라오시라고 전해 주세요."

5분도 안 돼 올라온 은혜가 방으로 들어왔다.

"무슨 일인데 이렇게 급하게 찾아?"

"선은 잘 보고 왔냐?"

"오가며 만나는 사람마다 물어보던데, 언제부터 내 사생활이 학원 내 심심풀이 땅콩이 됐지? 다들 신경 좀 꺼 줬으면 좋겠는데."

보통 때였다면 더 날 서고 불쾌한 표정이었을 얼굴은 지치고 피곤해 보였다. 복수가 차 입원한 서 사장이 늑막염까지 겹쳐 입원한 지 3주가 되어 가고 있었다. 저 꼴로 선본다고 없는 시간을 쪼개 호텔 커피숍을 드나드는 속마음은 어떨까 싶다가도 바로 다음 순간에 울컥 치밀어 오르는 화를 이젠 더 이상 막을 길이 없었다.

"그래서 이번 남자는 마음에 들어?"

삐딱한 물음에 은혜의 얼굴이 굳어졌다.

"너까지 왜 그래? 그거 물어보려고 올라오라고 한 거면 갈게."

그녀가 일어나자 민혁이 손을 뻗어 붙잡았다.

"너 언제까지 그럴 건데?"

"뭘."

"네 마음 알아. 아는데, 이런 식으로 될 일이 아니라는 거 잘 알잖아?”

안다. 이런 식으로 아무것도 해결되지 않는다는 걸. 예전의 그녀였다면 절대 하지 않았을 선택이란 것도. 단 한 번도 이런 자학적 선택을 하는 이들을 공감조차 해 본 적 없던 그녀였으니까. 모든 선택에는 다른 누구도 아닌 '내'가 제일 중요했으니까. 하지만 빠르게 병세가 악화되는 서 사장을 보며 생각이 달라졌다.

“그러면? 이런 식으로 될 일이 아니면 그냥 손 놓고 앉아서 우리 아빠 죽는 거 지켜보고 있어? 눈물만 찔찔 흘리며 아무것도 안 하면서?”

그때 두 분의 결혼을 막지 않았더라면 어땠을까. 그를 좋아하지 않았다면, 그래서 두 분이 결혼을 했더라면 이렇게까지 되진 않았을까. 열이 오르고 복수가 차고 담즙까지 토해 내는 서 사장을 병원으로 모시고 가며 너무나 뒤늦게도 그녀가 산산조각 내 버린 그들의 미래를 생각했다. 그 시절의 자신이 얼마나 이기적이고 못되었는지. 그녀가 한 짓이 어떤 결과로 되돌아왔는지 지켜봐야 하는 매일매일이 지옥이었다. 무언가라도 하지 않으면 미쳐 버릴 것만 같았다.

“1년이 남았는지, 2년이 남았는지 아무도 몰라. 가시는 길까지 우리 걱정하고, 슬퍼하게 해 드리기 싫어. 평생을 그렇게 사셨어, 우리 걱정하며 우리를 위해서. 언니도 이혼해서 혼자 지원이 키우고 있고, 할 수 있다면 나라도 아빠 마음 편하게 해 드릴 거야.”

"그래서 연애하던 남자도 아니고 선보고 몇 번 만난 남자랑 결혼하겠다고?"

"알아. 내가 그 정도로 효녀 아니란 거. 너 그 말 하고 싶은 거잖아?"

"야!"

"네가 보기에 이러는 내가 이해가 안 가겠지."

그녀 말대로 솔직히 이해가 가지 않았다. 그가 아는 서은혜라면 여명이 얼마 남지 않은 아버지를 좋은 곳으로 모시고 가서 남은 시간을 같이 보낸다고 할 테지, 갑자기 선을 보고 결혼을 하겠다는 말도 안 되는 생각을 할 리가 없었다.

"너 효녀야. 말은 그렇게 해도 세상에 너만큼 하는 딸 드물어."

"아니. 난 언니랑 달리 가지고 싶은 거, 싫은 거, 좋은 거 참아 본 적 없이 늘 내 뜻대로 안 되면 떼 부리고 울고 그랬어. 실컷 아빠 속 썩여 놓고선 이제 와 아프시다고 갱생해서 인당수에 몸 던지는 심청이 된 거 아니야."

"심청이가 아니면 이게 뭐 하는 건데?"

답답해하는 민혁에게 은혜는 마치 학원 강의에 대해 논하듯 무감정한 얼굴로 말했다.

"올해까지 일 정리하고 나면 내가 회사 일을, 언니가 법무 쪽을 볼 거야. 아빠가 평생 피땀 흘려 일궈 놓은 회사, 홀랑 말아먹을 순 없으니까. 그래서 선볼 남자는 적당한 집안에 경영은 참여 안 하는 전문직 종사자로, 시댁이나 아이에 대한 압박은 덜할 차남이나 막내로 만나고 있어."

엄청 놀란 민혁의 표정에 은혜가 되물었다.

"너 진짜 내가 막 돌아서 아무나 만나 결혼하려는 줄 알았어?"

손을 들어 황당한 얼굴을 쓸었다. 이건 아버지 때문에 선봐서 결혼한다는 것보다 백만 배는 뒤통수를 때리는 충격이었다.

"너도 살 만한 집안 아들이니 잘 알 거 아냐. 좀 있다 하는 사람들 절대 그냥 연애해서 결혼하지 않는다는 거. 우리 집이 그렇게 로얄 패밀리는 아니지만, 나도 적당히 조건 맞는 남자 만나서 결혼하려는 거야."

적당히 조건 맞는 남자라고? 민혁은 제 앞에 앉은 여자가 진짜 그가 알던 서은혜가 맞나 싶은 눈길로 쳐다보았다.

"너 혹시 나 몰래 연애하다가 차였니? 어떤 놈한테 크게 데었어?"

그녀가 침묵으로 답하자 민혁이 헛웃음을 흘리며 물었다.

"그럼 대체 왜 이러는 거야?"

"환상이 없어져서 그래. 애초에 환상이 없었을 수도 있고. 우리 언니 봐. 불같이 연애하고 결혼했어. 좋아서 죽고 못 살았는데도 그렇게 되잖아. 그딴 연애결혼 목숨 걸고 하고 싶은 마음 없어. 시간도 없고."

대체 너 언제부터 이렇게 된 거니? 무엇 때문에 이렇게 된 거냐고 어깨를 흔들며 정신 차리라고 소리치고 싶었다.

"너 진심이야? 이게 진짜 최선이라고? 네가 나한테 말했던 최선의 선택이 이거야?"

"아니. 지금 내게 최선은 없어. 최악과 차악 중에 하나만 있을 뿐이야. 그리고 내게 최악은…… 우리 아빠한테 못된 딸로 남아 평생을 후회하는 거야."

자리에서 일어서던 은혜는 민혁의 말에 얼음이 되어 멈추었다.

"그럼 그 결혼 나랑 하자."

"……!"

"왜? 난 네 조건이 안 맞아서 안 돼? 전문직이 아닌 경영 쪽인데다 삼대독자라 이미 조건에서 까였어? 괜찮아. 우리 집 5대는 놀고먹고 살 정도로 돈 많아서 너희 회사 노릴 일 없고, 아이는 원하지 않으면 안 낳아도 상관없어."

그를 내려다보는 경멸 섞인 시선에도 민혁은 그 안에 있는 말들을 몽땅 내질러 놓았다.

"네 조건에 맞는 남자가 실은 바람둥이면? 변태면? 도박 좋아하고 주정 있는 놈이면? 그런 것도 결혼정보회사에서 걸러 준대? 나 지난 2년간은 만난 여자도 없었고, 바람둥이 아니고, 변태도 아니야. 도박도 안 하고 술버릇도 없어. 이만하면 그리 나쁘지 않은 조건이잖아. 네 차악의 선택지 중에서."

대답 대신 방을 나가자 은혜를 뒤따라 나선 민혁이 닫히려는 엘리베이터 문을 잡았다.

"내려."

"조건 본다며? 연애결혼에 목숨 안 건다며? 너 나 안 좋아하잖아. 남자로 생각 안 하잖아. 그러면 나랑은 안 될 게 뭐야?"

"내리라고."

"생판 모르는 남자랑 할 수도 있다면서. 막 나가기로 했으면서 왜 나랑은 못 해? 그렇게 막 나가지는 못하겠어? 그런 척하고 있을 뿐, 정말로 그럴 용기가 있긴 한 거야?"

삐이이—

엘리베이터의 경고음이 울리고 뒤에 선 비서가 이러지도 저러지도 못하는 표정으로 쳐다보고 있자 결국 엘리베이터를 나온 그녀가 비상구 계단 아래로 내려갔다. 하지만 금세 따라잡은 민혁이 어깨를 붙잡았다.

"하지 마, 황민혁."

가녀린 어깨를 털어 내며 젖은 목소리로 말했다.

"너까지 그러지 말라고."

등을 보이고 있어 얼굴이 보이지 않았지만, 울고 있단 걸 알아차렸다.

"그러면…… 내가 어떻게 해야 해? 알면 네가 말해 줘 봐. 나 멍청해졌는지…… 이거 말고는 다른 답을 못 찾겠으니까. 그냥 다 때려치우고 도망가고 싶은 걸 참고…… 견디고 있는데 너까지 이러면 나 어쩌라고."

민혁이 두 손을 허공에 떨치며 물었다.

"진짜 미치겠다! 그러면 나는, 나는 어쩌라고? 나는 네가 생판 모르는 선본 남자랑 결혼하는 걸 병신처럼 지켜보라고? 넌 언제까지 나한테 이렇게 잔인할래?"

웅웅대는 그의 외침이 각진 벽과 모서리에 튕겨 메아리가 되어 돌아올 동안 은혜는 말이 없었다.

"미안해, 민혁아. 정말로 미안한데, 나 너까지 신경 쓸 겨를이 없어. 네가 아파도 내가 해 줄 수 있는 일이 없어."

"……."

"그러니까 그만 신경 꺼."

계단을 내려간 그녀가 묵직한 비상구 철문 너머로 사라지자 민혁은 계단에 앉았다. 센서 등이 꺼지고 어둠 속에 잠식될수록 냄비 뚜껑처럼 뜨겁던 머리는 서서히 식어 갔다. 그녀의 고집을 익히 아는 그로서는 지금 서은혜가 허튼짓을 하는 게 아니라는 걸 알고 있었다. 끝까지 갈 용기가 있냐고 물었지만, 그렇다고 중간에 멈춰 주저앉을 성격도 아니었다.

'네가 날 잡으면 넌 친구를 잃고, 나는 좋은 파트너를 잃게 돼. 선택은 네 몫이야.'

그 순간 그 말이 떠오른 건 운명이었을까. 아니, 도발하듯 결혼하자고 했을 때, 그는 이미 알고 있었다. 이게 마지막 기회라는 걸. 그녀는 이제 곧 학원을 관둘 것이고, 다른 남자의 여인이 될지도 모른다. 지금이 아니라면 영원히 그녀를 잃을 것이다. 아이러니하게도 인생에서 가장 최악의 상황을 겪고 있는 그녀로 인해 그에게는 생각지도 못한 기회가 찾아온 것이었다. 기민한 사업가적 본능은 재빠르게 득과 실, 승과 패를 따졌다. 10년간의 우정을 저당 잡아야 하는 위험한 상황이나 다른 여지는 없었다. 그리고 남은 건, 망설이지 말고 패를 던지는 것뿐.

주차장으로 내려온 민혁은 차에 올라 병원으로 향했다. 병실문을 열고 들어가자 은주와 서 사장이 그를 쳐다보았다.

"민혁 씨. 여긴 갑자기 무슨 일로……."

고개를 꾸벅 숙인 그가 말했다.

"긴히 드릴 말씀이 있어서 왔습니다."

Fake Happiness

"그래서…… 길게는 3개월 정도 남았다고 보시면 됩니다. 병원에 더 계시는 건 의미가 없는 상황이라, 집으로 모시고 가서 가족들과 함께 시간을 보내게 하시는 게 좋을 것 같습니다. 그동안 못 하셨던 거, 하고 싶은 거 다 해 드리세요."

어느 정도 예상을 했었다. 새로 들어간 신약도 효과가 없네요, 진행이 빨라요, 골전이가 시작되었습니다……. 입원과 퇴원을 반복하며 응급실과 중환자실에서 만나는 의사의 낯빛은 점점 어두워졌다. 며칠 전 아빠의 생신을 맞으며 문득 내년 생신까지 보내실 수 있을까 생각했던 걸 비웃듯 의사는 올해도 넘기기 쉽지 않을 거라 말하고 있었다.

"알겠습니다. 그동안 감사했습니다."

눈물을 훔치는 은주의 팔을 잡아 일으켜 진료실을 나왔다.

대기실 의자에 앉아 창밖의 노랗고 붉은 은행나무와 단풍나무를 보았다. 1년 365일 창백한 흰빛인 병원 안과 달리 병원 밖은 찬란한 빛으로 가득한 가을의 절정으로 치닫고 있었다.

"그만 울고 언니는 먼저 들어가. 지원이 유치원에서 돌아올 시간이잖아. 내가 아빠 모시고 가면서…… 말씀드릴 테니까."

은주를 먼저 보낸 은혜는 병실로 돌아갔다. 퇴원 조치를 모두 끝낸 서 사장은 이미 옷을 갈아입고 있었다.

"집에 가자."

"날이 추워요. 아빠 거 챙겨 오는 거 깜빡했어요. 제 거라도 하고 가세요."

가방에서 꺼낸 체크무늬 머플러를 서 사장 목에 두르며 물었다.

"단풍이 절정이던데, 구경할 겸 남산 쪽 지나서 집으로 갈까요?"

"좋지."

남산으로 차를 향했다. 평일 오전이라 그런지 한산한 길 양쪽에는 불타는 듯한 단풍과 샛노란 은행이 줄지어 서 있어 차가 지날 때마다 바닥에 떨어진 낙엽이 구름처럼 일어났다.

"예쁘다. 예전에는 사람들이 낙엽 보러 이 산 저 산 찾아가는 걸 이해 못 했는데, 언젠가부터는 이해가 가더라. 나이가 들었다는 증거지."

은혜는 미러로 창문 밖을 바라보는 서 서장을 보았다.

"이제 곧 겨울이구나."

헐벗은 나무처럼 까슬하고 건조한 목소리에 아득해지는 기분을 떨치려고 부러 밝은 목소리로 말했다.

"겨울 금방이에요. 곧 또 봄이 오잖아요."

"그렇지. 약혼식 준비는 잘 되어 가고 있냐?"

"네. 어차피 민혁이가 다 하고 있어서 제가 하는 건 아무것도 없어요."

병원을 찾은 민혁이 은혜와 결혼하고 싶다 청했을 때, 서 사장과 은주의 충격은 이루 말할 수가 없었다. 그녀가 선을 보고 있단 것도 몰랐던 서 사장과 은주에게 갑자기 그까지 청혼을 하고 나섰으니 그 충격이 이루 말할 수 없던 건 당연지사였다.

절대 그와 결혼할 일은 없을 거라는 은혜의 선언과 달리 민혁은 하루도 빠짐없이 병실로 찾아와 설득했다. 하지만 서 사장은 자신 때문에 하는 결혼이라면 민혁도, 그 누구와도 허락할 수 없다며 단호하게 고개를 저었다. 언니 은주도 마찬가지였다.

놀랍게도 이 싸움에서 가장 먼저 백기를 든 건 은혜였다. 실낱같은 희망을 걸고 있었던 신약이 효과가 나기는커녕 후유증으로 서 사장이 피를 토하며 입원한 날, 은혜는 그의 제안을 받아들였다. 서 사장과 은주의 만류에도 은혜는 고집을 꺾지 않았고, 결혼 전에 약혼부터 하는 걸로 절충하게 되어 12월 말에 약혼식을 올리기로 약속한 상황이었다.

"아빠가 도와줄 건 없고?"

"아빠 하실 일이야 아프지 마시고 제 손 꼭 잡고 참석해 주시는 거죠."

집에 도착한 은혜가 트렁크에서 묵직한 가방을 꺼내 들며 물었다.

"우리 돌아오는 주말에 제주도 가는 건 어때요? 3년 전에 유채꽃 구경하러 가고는 한 번도 못 갔잖아요."

"나야 좋지만 넌 수능 전이라 바쁠 텐데 괜찮겠냐?"

"괜찮아요. 아빠 퇴원하면 가려고 시간 다 빼 놨어요."

"그럼 그러자. 아빠가 내년 유채꽃 필 때까지는 못 기다릴 것 같으니, 힘들더라도 네가 좀 봐줘라."

"......!"

은혜의 흔들리는 눈빛에 서 사장이 등허리를 도닥이며 웃었다.

"우리 남은 시간 동안 즐겁게 보내자."

현관으로 들어가자 늦은 점심 준비 중인지 고소한 냄새가 풍겨 왔다. 주방에서 나온 은주가 은혜의 손에 들린 가방을 받아 들자 서둘러 말했다.

"미안....... 나 오늘 준비할 게 많아서...... 점심은 같이 못 먹을 것 같아. 아빠랑 언니 맛있게 드세요."

은혜가 도망치듯 나가 버리자 은주가 당황한 얼굴로 말했다.

"은혜가 많이 바쁜가 보네요."

"그런가 보다."

서 사장이 지친 얼굴로 거실에 들어서자 은주가 소파로 이끌었다.

"조금만 앉아 쉬고 계세요. 점심 준비 거의 다 되어 가요."

"은주야."

"네."

"너 태하 연락처 알지?"

"태하는…… 갑자기 왜요?"

당황한 은주가 서 사장의 얼굴을 살폈지만 해쓱하고 마른 얼굴에서 아무것도 읽을 수 없었다.

수술방을 나온 그는 병동으로 뛰었다. 입원실로 들어가자 베드 옆에 선 보호자들 사이로, 흉부외과로 온 지 일주일밖에 안 된 인턴이 하얗게 질린 얼굴로 더듬더듬 말했다.

"3분 전 에피네프린 1밀리리터 투여……."

말을 끝내기가 무섭게 모니터의 그래프가 아래로 곤두박질치더니 평행선을 그렸다. 가드를 내리고 얼른 CPR을 시작했다. 이미 지난 몇 주간의 반복된 CPR로 갈비뼈가 부러져 있었지만, 지금으로서는 그것을 신경 쓸 상황이 아니었다.

"AED(제세동기)."

간호사가 준비된 것을 넘기자 앙상하게 마른 가슴에 전기 충격을 가했다. 다시 CPR을 했지만, 모니터의 그래프는 아무런 변화도 없었다.

"200줄."

"200줄."

"샷."

펄떡, 환자의 몸이 힘없이 튀어 오르자 맞은편에 선 아들의 얼굴이 일그러졌다. 익숙한 얼굴의 그는 몇 달 전 민욱에게 DNR 동의서를 집어던졌던 보호자였다. 결국 동의서에 사인을 하지 않았고, 이후 심정지가 올 때마다 CPR로 겨우겨우 멈춘 심장을 되살려 놓고 있는 상황이었다.

그래프가 멈춘 지 10분이 넘어가자 땀이 흐르다 못해 뚝뚝 시트 위로 떨어져 내렸다. 환자의 생체 신호를 알려 주는 기계음들은 소멸되고, 힘을 실은 손바닥에 퍽퍽한 몸이 매트리스에 짓눌리는 소리와 그의 거친 호흡만이 병실에 가득했다.

다시 한 번만. 되살린다고 해서 아무것도 변하지 않을 걸 알지만, 다시 한 번만.

손바닥에 모든 기운을 실어 마사지를 하던 태하는 결국 CPR을 멈추고 손을 뗐다. 고개를 들자 아들과 눈이 마주쳤다. 슬픔과 절망, 그리고 희미한 안도가 어린 눈동자에 눈물이 차오르기 시작했다. 신물처럼 몰려오는 쓰디쓴 허탈감을 안고 환자를 내려다보았다. 길고 힘겨운 싸움을 마친 환자의 얼굴은 병실에 있는 이들 중에 가장 평안해 보였다. 손목시계를 확인한 그가 사망 선고를 했다.

"2018년 10월 22일 오전 11시 12분 김기환님 운명하셨습니다."

죽은 아버지를 안고 울음을 토해 내는 가족들을 뒤로하고 태하는 멍하니 선 인턴을 데리고 병실을 빠져나왔다. 조금 더 빨리 달려왔다면 살릴 수 있었을까, 다시 심장이 뛰었을까. 이 순간이 되면 늘 반복되는 자책이 땀에 젖은 수술복처럼 그를 휘

감았다. 달라지는 건 없었을 것이다. 그렇게 생각하지 않으면 이 순간을 견뎌 낼 수 없다는 걸 알고 있었다.

"선생님."

뒤돌아보자 땀범벅인 그에게 인턴이 물었다.

"선생님은 이게 좋으세요?"

좋냐고? 지금 이 상황이?

그의 표정을 읽은 인턴이 고개를 세게 내저었다.

"그러니까 제 말은, 어떻게 이런 걸…… 감당하실 수가 있으시냐고요."

"……."

"전 언제나 흉부외과의가 되는 꿈을 꿨어요. 피가 튀고 고통에 몸부림치는 환자들의 생명을 구하는 그런 꿈을요. 그런데 실상은 그렇지가 않았어요. 제게 외과는 안 맞는 것 같아요. 다들 시간이 지나면 괜찮아진다는데 저는 그럴 것 같지가 않아요. 죽음을 마주하는 게 너무 힘들어요."

인턴의 괴로움을 이해했다. 그도 지나쳐 온 길이었다. 아마 다른 레지던트들은 그를 위해 선의의 거짓말을 했을 것이다. 시간이 지나면 괜찮아질 거라고.

"절대 괜찮아지지 않을 거야."

절망한 표정에 위로를 건넸다.

"무뎌지긴 하겠지만. 하지만 바꿔 생각하면, 괜찮아지는 순간 우리는 이렇게 힘들여 싸우지 않게 될 테니까. 외과가 안 맞으면 다른 과로 가면 돼. 생명을 구하고 병을 고칠 과는 많아.

하지만 어디든 끝은 결국 이곳과 맞닿아 있어. 노력해야지. 네가 정말 의사가 되고 싶다면."

의국으로 돌아온 태하는 땀에 전 수술복을 벗고 차디찬 물로 얼굴을 씻었다. 지치고 피곤한 몸은 어느 때보다 무거웠지만, 마음만큼은 아니었다. 아마 의사로서 방전이 심한 순간을 꼽으라면 당연히 이 순간일 것이다. 여러 과 중에 가장 죽음과 가까운 흉부외과지만, 땀을 뻘뻘 흘리며 숨이 턱까지 차도록 CPR을 시행하고도 환자를 살리지 못했을 때 몰려오는 허탈함은 좀처럼 떨쳐 내기가 힘들었다.

가운 안에서 울리는 진동 소리에 주머니에 손을 넣었다. 문자를 확인한 그의 눈동자가 흔들렸다.

한남동의 고급 빌라 단지 앞에 차를 멈춘 태하는 시계를 보았다. 약속한 시간보다 한참 남은 걸 확인하고는 얼마 전에 온 문자를 떠올렸다.

[태하야. 은주 누나야. 아빠가 저녁 한번 같이 먹자 하시는데, 바쁘겠지만 시간 좀 내 줄 수 있을까?]

은혜가 생각나지 않은 건 아니었다. 그녀와의 관계를 생각한다면 서 사장님과 거리를 두는 게 옳다는 걸 알고 있었다. 그럼에도 은주의 제안을 받아들일 수밖에 없었다. 애초에 그에게 서 사장님이란 선택의 여지가 없는 분이었다. 무엇보다 그의 건강이 걱정되었다. 몸은 어떠시냐는 질문에 얼마 전 신약을 썼는데 썩 좋진 않았어, 하며 말끝을 흐리던 은주의 말이 내내 체중처럼 걸려 있었다. 고마운 은인이자 그에게 부정을 느끼게 해 준 아버지 같은 분이셨다. 되도록 오래 사시길, 건강하시길 간절히 바랐다. 그것은 은혜 때문이기도 했다.

굳게 닫힌 문을 다시 보았다. 평일이고 시간이 시간이니만큼 그녀는 집에 없을 것이다. 그걸 알면서도 가슴이 뛰었다. 잊어야 한다고 해서 잊히는 것도, 안 된다고 생각해도 그 마음이 단칼에 베어지는 게 아니라는 걸 잘 알고 있었다. 12년을 해도 불가능한 일이었고, 22년을 한대도 가능할지 자신 없었다. 봄, 여름, 가을이 지날 동안 어떻게 지냈는지, 아버지의 병환에 덩달아 몸이 상하진 않았을지 걱정이 되었다. 절대 만나지 말자 해 놓고서는, 괜찮은지 먼발치에서나마 얼굴만이라도 보고 싶은 마음을 떨쳐 낼 수가 없었다.

덜컹, 하는 소리에 정신을 차리니 열린 문 너머로 은주와 서 사장의 모습이 보였다. 얼른 차에서 내려 다가가자 서 사장이 팔을 벌려 그를 안았다.

"아이고. 이게 몇 년 만이냐."

"그동안 안녕하셨어요?"

"그래그래."

그의 어깨를 끌어안는 서 사장 뒤로 은주가 말했다.

"바쁠 텐데 시간 내 줘서 고마워. 저번에 지원이 응급실 일도 보답을 못 해서 오늘은 꼭 누나가 대접하고 싶었는데, 아빠가 너랑 둘이만 보내고 싶다 고집을 피우시네."

"병원 일은 신경 안 쓰셔도 돼요."

"그래. 나랑은 다음에 보고 오늘은 우리 아빠 잘 부탁할게. 태하 만났다고 너무 무리하지 마세요, 아빠."

"알았다."

"약 잊지 말고 꼭 챙겨 드시고요."

"알았대도."

은주가 서 사장에게 거듭 당부하는 동안 엄마의 치맛자락을 잡고 있는 지원을 발견한 태하가 무릎을 굽혀 아이를 보았다.

"여름에 보고 이제야 보네. 상처는 다 나았니?"

그의 물음에 아이가 스스로 앞머리를 넘겨 이마를 보여 주었다. 태하가 보송한 아이의 머리를 쓰다듬으며 물었다.

"다른 카메라 사 왔는데, 가지고 놀래?"

"네."

그가 트렁크에서 꺼내 온 상자를 건네자 아이가 해사하게 웃었다. 누군가를 떠올리게 하는 그 미소에 얼른 무릎을 펴고 물러섰다. 뒤늦게 상자를 발견한 은주가 말했다.

"뭘 또 이런 걸 사 왔어."

"저번 거 망가졌다고 해서요."

"자꾸 너한테 받기만 하면 내가 너무 미안하잖아."

"어렸을 때 사무실에서 만나면 누나가 책도 읽어 주고, 맛있는 것도 많이 사 줬잖아요."

"그게 언제 적인데. 어쨌거나 우리 지원이 좋겠다. 이렇게 잘생기고 멋진 삼촌이 생겨서."

"응, 좋아."

대답을 하고 조금 부끄러웠는지 지원이 그녀의 허벅지 뒤에 숨자 은주가 묘한 얼굴로 태하를 보았다.

"가족 중에 남자가 없어서 지원이가 남자 어른한테는 낯을 많이 가리는데, 희한하게도 태하 너한테는 안 그러네."

"다 애들도 저 예뻐하는 사람은 알아보는 거지. 우리 갈 테니 어서 들어가라."

서 사장이 차에 오르자 은주가 걱정스러운 얼굴로 말했다.

"너무 무리하시면 안 돼요. 아셨죠? 태하야, 혹시 무슨 일 있으면 꼭 전화 줘."

"네."

한남동을 빠져나오며 태하가 물었다.

"어디로 갈까요? 아직 점심은 좀 이른 시간이긴 한데."

"거기로 가자. 무주 덕유산으로."

"덕……유산요?"

"거기에 있을 거 아니냐, 한 비서."

무엇을 말하는지 알아챈 태하가 물었다.

"길이 먼데 괜찮으시겠어요?"

"괜찮다. 쉬엄쉬엄 구경하며 가면 되지."

시내를 빠져나와 고속도로로 들어섰다. 평일이라 한산한 도로를 달리며 틈틈이 서 사장을 살폈다. 염색을 한 지가 좀 된 듯 하얀 머리와 검은 머리가 뒤섞인 반백에 홀쭉한 뺨은 암 투병의 기색이 완연했다.

"요즘 몸은 어떠세요?"

"좋아. 오히려 약물 치료 할 때는 정말 힘들었는데 요즘은 몸도 가볍고 좋다. 너는 어떠냐? 성형외과 관두고 흉부외과 레지던트로 다시 들어갔다면서? 안 힘들어?"

"그리 힘들진 않습니다."

"그간 어떻게 지냈어? 한 비서는…… 언제부터 몸이 안 좋아서 그리된 건지."

말을 멈춘 서 사장이 창밖을 내다보았다. 끝도 없이 이어진 도로 끄트머리에 시선을 둔 그의 목소리가 축축하게 젖어 있었다.

"갈 때 많이 힘들어 했어?"

"저 레지던트 들어갈 때부터 안 좋으셨다가 2년 전부터 급격하게 나빠지셨어요. 그땐 거의 병원에 계셨었죠."

"손목이 한 줌도 안 되는 사람인데. 그렇게 여린 사람이 어디 아플 데가 있다고."

늘 그랬다. 서 사장은 정연을 씩씩하지만 여린 사람이라고 했고, 정연은 서 사장을 고맙고 든든한 분이라 했다. 만약 그때 모두가 함께였다면 어떻게 되었을까. 이렇게 슬프고 처참한 결과는 아니었을까? 행복하셨을까? 그 사이에…… 우리는 어떤 모습으로 남아 있을까.

부슬부슬 비가 내리기 시작하자 그의 머릿속처럼 유리창 너머의 풍경도 뿌옇게 흐려졌다. 산길이 걱정되었지만 덕유산에 도착하자 다행히 비는 멈춰 있었다. 차에서 내린 태하가 뒷좌석에 놓여 있던 목도리를 꺼내 왔다.

"산이라 공기가 차요. 제가 했던 건데 두르고 가세요."

찬바람이 들까 봐 길게 푼 목도리를 겹겹이 두르고 재킷의 단추를 꼼꼼히 여몄다. 마치 어린아이처럼 태하가 하는 양을 가만히 서서 보던 서 사장이 탄식처럼 중얼거렸다.

"그랬구나."

"네?"

그의 어깨 너머로 굽이굽이 펼쳐진 산을 올려다보는 그의 눈동자에 회환이 어렸다.

"너희 둘이 같았는데, 내가 그걸 못 봤구나."

"무슨 말씀이세요?"

고개를 돌려 옷깃으로 눈가를 훔친 서 사장이 밝은 목소리로 말했다.

"아무것도 아니다. 서둘러 올라가야지, 이러다 해 다 져서 내려오겠다."

둘은 천천히 산을 오르기 시작했다. 서 사장의 몸 상태를 고려해, 가다가 멈추고 가다가 멈추기를 반복했다.

"이 산은 여전하구나. 예전에 한 번 한 비서랑 같이 온 적이 있었거든."

겨울을 준비하는 산은 차분하고 쓸쓸했다. 비 온 뒤라 스산한 기온에 입김이 하얗게 부서지고, 그들의 느린 발걸음 아래로 젖은 낙엽 쌓인 흙길이 소리 없이 짓이겨졌다.

"네 친어머님 기일인가 그랬을 거다. 어머니 생각은 나니?"

"희미하게요."

"그래. 온전히 분명하게 나기는 힘들 나이지. 은혜도 여섯 살에 그렇게 됐는데, 지 엄마에 대한 기억이 거의 없어."

"저는 돌아가신 어머니가 못 주신 정, 이모가 다 주셨어요. 은혜도 사장님께 그 이상의 사랑을 받고 자랐을 거예요."

"그랬다고 생각했는데 이제 와 생각해 보면 진짜 그랬는진 모르겠다."

계곡물 소리가 졸졸 흐르는 고즈넉한 돌다리에 이르자 서 사장이 물었다.

"이 다리를 피안교라고 한다며?"

"네. 불가에서는 이 다리를 생사번뇌로 가득한 속세를 떠나 열반의 세계로 가는 다리라고 한대요."

"어떻게 그렇게 잘 아냐?"

"예전에 이모 따라오면 큰스님께서 이런저런 얘길 많이 해 주셨어요."

한참 식사 준비 중인 할머니께 인사를 드리고 둘은 봉안당으로 갔다. 절을 마치고 앉아 한숨을 돌렸다. 비 온 뒤 하늘은 말 갰고, 한 번씩 부는 바람에 녹슨 물고기 풍경이 조용한 산사의 정적을 깨며 울렸다.

"왜 한 비서가 여길 좋아했는지 알겠다. 참 좋구나. 좋은 데 모셨어. 나는 양평 쪽에 선산이 있어서 그쪽으로 갈 것 같다. 멀지 않으니 생각나면 한 번씩 찾아와라."

"……왜 그런 말씀을 하세요."

"왜 그러긴 녀석아. 미리 준비를 해 두는 거지."

"아직은 아니세요. 분명히 이 고비도 잘 버티실 수 있어요."

그의 말에 서 사장이 웃었다. 그 웃음이 너무 아득해 보여 무릎 위에 얹은 손을 붙잡았다. 서 사장이 그 손 위에 다른 손을 겹쳐 도닥였다. 서늘한 산바람에도 그 손은 유달리 따뜻했다. 마치 옛날 처음 만난 소년에게 손 내밀어 잡아 주셨던 날처럼.

서 사장이 물었다.

"혹시 할머니께 잘 부탁드리면 남은 절밥이라도 얻어먹을 수 있는 거냐?"

"주실 거예요. 같이 내려가세요."

절밥을 먹은 둘은 할머니의 배웅을 받으며 산을 내려와 서울로 향했다. 산을 오르느라 곤했는지 내내 잠들어 있던 서 사장이 톨게이트를 지나자 눈을 떴다.

"피곤하시죠? 서울 거의 다 왔어요. 집까지 30분이면……."

"아니. 집 가기 전에 태하, 너 나랑 오랜만에 등 밀러 가자. 집 근처에 괜찮은 목욕탕이 하나 있어."

한남동에 도착해 서 사장이 이끄는 대로 간 곳은 '수정탕'이라는 낡은 간판의 건물이었다.

"어때? 예전에 나랑 같이 가던 목욕탕이랑 비슷하지?"

서 사장의 말대로 현관 앞에 놓여 있는 '목욕합니다.'라고 쓰인 나무 팻말과 알루미늄 샤시로 된 현관문은 마치 타임 슬립이라도 한 듯 고급 주택 단지 사이에서 독보적인 존재감을 드러내고 있었다.

"아이고. 오랜만에 오시네요."

나이 지긋한 주인장의 반김에 서 사장이 지갑에서 꺼낸 지폐를 건넸다.

　"네."

　"아들이신가 봐. 아버지를 많이 닮았네."

　노인의 말에 서 사장이 고개를 돌려 태하를 보았다. 그리고 어깨를 끌어 옆으로 당겨 세우며 웃었다.

　"네. 아들입니다. 잘생겼죠?"

　"그러게. 연예인처럼 자알생겼네."

　"그런 소리 자주 들어요."

　안으로 들어간 둘은 옷을 벗고 김이 모락모락 올라오는 욕탕 안으로 들어갔다.

　"아이고, 시원하다. 병원 다니고는 한 번도 못 왔는데 좋다."

　"오늘 일정도 힘드셨는데, 너무 뜨거운 데 오래 앉아 계시면 안 돼요."

　"알았다. 그런데 오늘 우리 아들 만나서 그런지 하나도 안 힘들다. 아픈 데도 없고 너무 좋아. 언제 한번 낚시도 가야 하는데. 날 따뜻해지면 꼭 같이 낚시 가자."

　"네."

　태하는 괜찮다고 만류하는 서 사장을 이끌고 나와 등을 밀기 시작했다. 아이고, 좋다를 연발했지만, 때 하나 나오지 않는 가죽만 남은 몸은 그가 병실에서 보아 왔던 수많은 환자들과 다르지 않았다. 병마와 싸우려고 여기저기 뚫고 꿰맨 흔적은 그가 어떤 시간을 보냈는지 짐작케 했다.

"흉하냐?"

그제야 제 손길이 멈춰 있는 걸 깨달은 태하가 다시 손을 움직이며 말했다.

"아니요."

"그러게 피안교를 건너는 게 쉽지가 않더라. 속세의 인연을 끊는다는 게 그렇게 고되고 힘든가 봐."

모든 것을 내려놓은, 아무것도 담겨 있지 않은 목소리는 고통받는 육신과 달리 평화로웠다.

"자, 너도 뒤돌아봐라."

"저는 괜찮습니다."

"뒤돌아보라니까."

서 사장의 성화에 마지못해 뒤돌아 앉자 물 한 바가지를 부은 서 사장이 때수건을 낀 손을 위아래로 문지르기 시작했다.

"몸 좋다. 어째 너는 대학 때보다 등이 더 넓어진 것 같다."

"무리하지 마시고 살살 하세요."

"그래그래. 만나는 여자친구는 있냐?"

"없습니다."

"남자 나이 서른 중반이면 짝 찾아야지."

"결혼 생각 없습니다."

등을 미는 때수건처럼 까슬한 목소리에 서 사장이 다정하게 물었다.

"왜 없어?"

"혼자 사는 게 맞는 것 같아서요."

"절 좋아한다고 중처럼 살면 안 되지. 나는 말이다, 태하 네가 진짜 내 아들 같았다."

"……."

"한 비서에게 좋은 감정이 있어서도 그랬지만, 그냥 처음 만난 순간부터 아들 같아서 용돈도 주고 싶고, 목욕탕도 같이 오고 싶고, 잘해 주고 싶었는데, 그게…… 되레 널 힘들게 한 건 아닌지 모르겠다."

순간 울컥하는 마음에 고개를 숙여 물에 젖은 낡은 타일 바닥을 내려다보았다.

"힘들지…… 않았습니다. 늘 고맙고 감사했어요."

"그래그래. 그러니까 우리 아들, 꼭 좋은 짝 만나서 결혼하는 거 봐야지."

그럴 수 없으실 거예요. 그러면 누군가가 너무 마음 아파할 테니까. 아시잖아요. 얼마나 고집 세고 제 뜻대로인 줄. 그러니 이번에는 사장님이 양보하세요.

"그만 나가세요. 무주까지 다녀오셨는데, 더는 컨디션에 무리예요."

태하의 성화에 못 이겨 목욕탕에서 나온 둘은 서 사장의 단골집이라는 순댓국밥집으로 갔다. 저녁 시간을 넘긴 탓인지 한적한 식당 구석에 자리를 잡고 앉자 서 사장이 메뉴판을 보며 물었다.

"술 한잔해야 하는데, 병원에 들어가야 하니 안 되겠지?"

"저도 그렇지만, 사장님은 절대 술은 안 되시죠."

"그래."

아쉬워하는 서 사장에게 바글바글 끓는 뚝배기에 양념장과 파를 넣어 권했다. 느릿느릿하게 그릇을 비우던 서 사장이 입을 뗐다.

"한 비서가 그때 그랬다. 안 되겠다고."

"언제 말씀이세요?"

"내가 아껴 줄 테니 같이 살자 했을 때."

"이모가…… 싫다고 하셨다고요?"

한 번도 들은 적 없던 이야기다. 그때 정연은 자식이 말리는 결혼을 하는 부모는 없다고 말했다. 바로 사직서를 냈고, 은혜가 한국을 떠나 미국으로 돌아갔으므로 당연히 그 이유가 그녀 때문이라고만 생각했다.

"그때 은혜도 울며불며 안 된다고 했을 땐데, 웬일인지 한 비서가 먼저 그러더라. 도저히 안 되겠다고."

"왜……."

"나도 그 이유를 물었다. 왜 그러냐고. 적어도 나 혼자만의 감정은 아니라고 믿었으니까. 그랬더니 너 때문에 못 하겠다고 하더라."

돌처럼 굳은 얼굴에 서 사장은 나직한 목소리로 "그래, 자식 이기는 부모는 없는 법이지." 했다. 그리고 밥수저를 놓고 일어나며 말했다.

"다다음 주 토요일에 은혜 약혼식 한다."

귀로 들어온 말이 뇌의 사고 회로에 접속되지 못한 상황에서 태하는 눈을 깜박이며 계속 되뇌었다.

은혜, 약혼식, 토요일…….

"축하해 주러 올 수 있겠냐?"

"……."

"축하해 줄 수 있겠느냐고."

자꾸만 멍해지는 정신을 재촉하는 물음에 달그락, 수저를 놓은 태하가 힘겹게 입을 열었다.

"시간이…… 안 될 것 같습니다. 죄송합니다. 은혜한테 축하한다고…… 전해 주세요."

서 사장이 숨을 내쉬었다. 마치 폐부 깊은 곳에서 억지로 끌려 나온 한숨 소리처럼 들렸다.

"……그래, 알았다. 나 먼저 가마. 천천히 먹고 일어나라."

"네."

서 사장이 나가자 자리에 다시 앉았다. 드글드글 끓던 국밥이 차갑게 식고, 일일 드라마가 끝나고 뉴스가 시작되도록 그는 그렇게 앉아 있었다.

"약혼식 드레스는 웨딩드레스보다 심플한 디자인이 많아요. 장식이나 레이스도 과하지 않고, 색도 화이트보다는 핑크나 베이지 계열을 많이 선호하시고요."

"네."

"가슴 라인도 이렇게 파인 것보다는 살짝만 어깨를 드러낸다거나 차이나 칼라의 볼레로를 입어 포인트를 주는 것도 요즘 인기가 좋아요."

미끼를 던지듯 드레스를 몇 개 꺼내 들었지만, 예비 약혼녀
는 남의 일인 듯 무심한 눈길로 볼 뿐이었다. 결국 샵 매니저가
물었다.

"신부님은 어떤 디자인이 마음에 드세요?"

"모르겠어요. 그냥 많이 입는 디자인으로 골라 주세요."

"그럼 제일 인기 좋은 드레스로 세 벌 골라 드릴 테니 입으시
고 선택해 보세요."

머메이드 라인의 상아색 드레스를 입고 나오자 민혁이 고개
를 들었다. 입에 머금고 있던 차를 삼키려다 사레가 들려 콜록
대자 매니저가 다 안다는 표정으로 호호호 웃었다.

"너무 예쁘시죠? 몸 선이 예뻐서 드레스 고르기가 쉽지가
않겠어요."

"네. 진짜로…… 예쁘네요."

"그럼 이걸로 할게요."

뒤돌아선 은혜가 탈의실로 향하자 매니저가 놀라 물었다.

"두 벌 더 안 입어 보시고 이걸로 결정하신다고요?"

"네."

"그러지 말고 입어 보시죠. 다른 드레스도 예쁜데."

"괜찮아요. 이걸로 할게요."

샵에 들어온 지 15분 만에 피팅을 끝낸 은혜는 민혁의 차에
올랐다. 창문을 열자 빌딩가의 차가운 바람이 따뜻한 차 안으
로 밀고 들어왔다. 흘끔 그녀를 본 민혁이 물었다.

"안 추워?"

"머리가 좀 무거워서."

"약 사다 줄까?"

"그 정돈 아니고."

"내일 아버지 어머니 서울 오셔."

은혜가 바로 앉으며 창문을 닫았다.

"몇 시에? 공항에 모시러 갈 때 같이 가야 되는 거 아니야?"

"너 강의 시간에 도착하셔. 본가에서 시차 적응 좀 하시고 나서 모레쯤 저녁이나 같이 먹자. 어머니가 식 전에 아버님 한번 뵀으면 하시는데, 몸 괜찮으실까?"

"요즘 컨디션 나쁘지 않으시니까 괜찮으실 거야. 약속 잡아서 얘기해 줘."

"그래."

이야기가 끊기자 다시 차 안으로 침묵이 내려앉았다.

"그거 알아?"

"뭐?"

"우리 요즘 약혼 이야기 외에는 다른 말은 거의 안 하는 거."

약혼을 결정한 이후 둘 사이에 가장 빠르게 사라진 건 대화였다. 굳이 이유를 따지자면, 막바지 강의와 아버지 때문에 정신없이 바빠 여유롭게 이야기를 나눌 틈도 없었지만 더 이상 민혁이 그녀에게 편안한 상대가 아니기 때문이었다.

"어쩔 수 없지."

선택의 기로에서 이쪽을 선택했으니까. 더 이상 농담 따 먹기나 쓸데없는 입씨름할 친구 사이 아니니까. 그게 네가 선택한 거 아니냐는 반문 같아 민혁은 씁쓸해졌다.

억지로 밀어붙인 약혼이었다. 솔직히 신약 후유증으로 서 사장의 건강이 악화되지 않았더라면, 그래서 은혜의 멘탈이 바스러지지 않았다면 이 약혼은 가능하지 않았을 것이다. 완전히 내려놓고 주저앉은 은혜와 달리 서 사장과 은주는 끝까지 완고했기 때문이었다. 약혼이란 조건을 내건 이유가 결혼을 진지하게 고려해 볼 시간을 번 것임을 그가 모를 리 없었다. 그래도 상관없었다. 중요한 건 은혜였다.

"그래서 후회……해?"

"아니."

"정말로?"

"아직 후회할 일 벌어지지 않았잖아."

"그럼 약혼식 이후부터 후회하겠단 얘기야?"

"글쎄."

농 같은 물음에 뜨뜻미지근한 대답이 돌아왔다. 비스듬히 기울어진 고개 너머의 시선이 창밖 어딘가로 향했다.

그거 알아? 어느 순간부터 나는 너의 옆얼굴만 보고 있어. 너는 더 이상 나를 보지 않지. 전에도 날 보고 있진 않았지만, 적어도 내게 웃어 주었는데. 지금은 다른 곳을 향해 있어. 그곳이…… 어딜까.

"너야말로 후회하는 거 아니야?"

후회하나? 그렇다고 말하면 넌 저 창문을 열고 날아가 버릴까. 뒤돌아보지도 않고 훌훌 날아 어딘가로 가 버릴까. 깊게 숨을 들이마시자 라벤더 방향제 향이 섞인 뜨거운 히터 공기가 메마른 가슴을 채웠다. 머리가 쨍할 정도로 차가운 공기와 담배가 간절해졌다.

"아니."

친구를 잃었지만 결국 너를 가졌으니까. 너는 나를 보고 있지 않지만, 내 옆에 앉아 있으니까. 그러니까 후회 따윈 하지 않아.

"빨리 약혼식 날 됐으면 좋겠다."

"……."

"서은혜는 황민혁 거다, 온 세상에 공표하게."

왜인지 네 손을 놓칠 것만 같은 불안한 이 예감에 초조하지 않도록.

은혜는 그 말에 대답 대신 벨트를 풀며 작별 인사를 건넸다.

"조심히 들어가."

"잠깐만."

집 앞에 차를 세운 민혁이 슈트 안에서 무언가를 꺼내 건네자 은혜가 물었다.

"이게 뭐야?"

"반지."

"약혼식 반지 맞췄잖아."

"이건 그냥 주고 싶어서 산 거야. 근사하게 분위기 잡고 주고 싶었는데, 아무래도 약혼식 치를 때까지 못 줄 것 같아서."

상자에서 꺼낸 반지를 약지에 끼우자 은혜가 물끄러미 손가락을 내려다보았다. 커다란 다이아몬드가 어둠 속에서도 제 빛을 뽐내며 빛났다.

"예쁘네."

"실은 이거 족쇄야. 너 도망 못 치게 하려는."

부담스러울 정도로 묵직한 반지가 끼워진 손을 쥐었다 폈다 하며 은혜는 무심한 목소리로 말했다.

"비싼 족쇄네."

하지만 이런 건 필요하지 않았는데. 난 도망가지 않을 테니까. 이미 내 자신과 약속을 했으니까. 이 약혼은 그 증표였다. 절대 자신이 내린 결정에서 도망치지 않겠다는 증표. 그러니 이런 예쁘지만 무의미한 것은 거추장스럽기만 할 뿐이었다.

"고마운데, 다음부터는 이런 거 안 줘도 돼."

차 문에 손을 뻗는 찰나, 민혁이 어깨를 붙잡았다.

"잠깐만."

손아귀에 힘이 들어가자 의지와 달리 굳어진 몸은 본능적으로 그에게서 도망치려 뒤로 물러섰다. 그녀가 보내는 사인을 이해한 민혁이 우울한 목소리로 말했다.

"알아. 네 마음 아직 안 열렸단 거."

부정도 긍정도 없는 침묵. 그 침묵을 밀어내려 그는 목소리를 높였다.

"하지만 분명 우리는 잘 살 거야, 행복할 거고. 내가 그렇게 만들 테니까."

시선이 내려와 입술에 머물자 새카만 눈동자가 불안하게 흔들렸다. 그가 고개를 숙이자 은혜가 뒤로 몸을 물렸다.

"하지 마."

하지만 민혁은 멈추는 대신 팔을 올려 그녀를 가두었다. 은혜는 손을 올려 제 입술을 가리며 말했다.

"싫어. 하지 마."

독하게 쏘아보는 눈빛 안에 어린 물기를 눈치채지 못했다면 좋았을걸. 그렇지 않았다면 뺨 한 대 올려 맞더라도 멈추지 않을 텐데. 몸을 뺀 민혁이 그녀를 잡아 일으키자 은혜가 손을 뿌리치고 문을 열고 나갔다. 빠른 걸음으로 빌라 안으로 사라지는 여자의 뒷모습을 보던 민혁은 뜨끔한 통증을 느끼고 손을 들어 보았다. 반지에 긁혔는지 손바닥을 가로지르는 실선을 따라 피가 배어나고 있었다. 주먹을 움켜쥐었다.

놓지 않아. 설사 네가 나를 아프게 한대도.

그녀가 사라진 빌라에서 시선을 돌린 그는 차를 출발시켰다.

마지막

첫 한파주의보가 내려졌다. 매서운 바람과 함께 기온이 급강하하자 흉부외과는 비상이 걸렸다. 가을에서 겨울로 넘어가는 길목에 심근 경색 환자가 급증했기 때문이었다. 기온이 급작스레 낮아져 혈관이 수축되면 안 그래도 좁아져 있던 관상 동맥이 막히면서 찌르는 듯한 가슴의 통증을 느끼게 되는데, 이때 빠른 응급 처치를 하지 않으면 사망에 이를 수 있다. 그렇기에 흉부외과의들은 이즈음이 되면 긴장의 끈을 놓을 수가 없었다. 어제 새벽만 해도 협심증과 심근 경색 환자가 응급실로 몰려와 모두 잠을 설친 터였다.

"아침에 일어났더니 눈이 이렇게 됐더라고요. 간호사들이 다 호러 영화 찍냐고 그러고, 환자들은 어디서 맞고 왔냐고 그러고."

실핏줄이 터져 붉어진 민욱의 흰자위를 살핀 태하가 말했다.

"잠깐 짬 내서 안과 다녀와. 안약 넣으면 좀 나을 거야."

"형은 괜찮아요? 제 눈보다 형이 더 안 좋아 보여요. 어제 새벽에 응급 수술도 들어갔었죠?"

"난 괜찮아."

"괜찮기는요. 수건에 또 코피 묻어 있던데. 진짜 그러다 형 쓰러져요. 우리는 골골대는데, 형은 겉보기에 괜찮아 보이니까 다들 형한테 일을 맡기잖아요. 다른 과에서 말하길 공식적으로 CS(흉부외과)는 R1(레지던트 1년 차)이 세 명이지만 비공식적으론 R1(레지던트 1년 차) 두 명에 R2(레지던트 2년 차) 한 명이라고. 형이 그 공석을 메웠다고요."

"누구든 메우면 다행인 거지."

"형 흉부외과에 안 왔으면 우리 둘 어떻게 보냈을지 상상도 못 하겠어요."

"잘 보냈을 거야."

"민욱이랑 저 중에 한 명은 못 견디고 뛰쳐나갔을걸요. 오늘 오프는 무조건 집에 가서 푹 쉬어요."

"그래. 고맙다."

의국으로 돌아온 태하는 서랍을 뒤져 진통제를 꺼냈다. 두통이 시작된 지 일주일째, 아침 컨퍼런스 때부터 묵직하던 관자놀이가 오후부터는 도끼로 패는 듯 울렸다. 알약을 입안에 털어 넣고 머리가 흔들리지 않게 느릿느릿 옷을 갈아입기 시작했다.

'다다음 주 토요일에 은혜 약혼식 한다.'

그날 이후 시간이 어떻게 지났는지 알 수가 없었다. 알람이나 응급 콜에 눈을 뜨고 병동, 수술실, 응급실을 뛰어다니며 한시도 쉬지 않고 일을 했다. 낡은 침대에 몸을 누이면 0.1초도 되지 않아 잠이 들었고 눈을 뜨면 또 응급 콜이었다. 다른 생각을 할 여지를 두지 않으려 부러 몸이 부서져라 움직였지만 곧 소용없다는 걸 인정할 수밖에 없었다. 극한의 피로와 극악한 두통 속에서도 그 생각에서 전혀 벗어날 수가 없었으니까.

전화벨이 울려 핸드폰을 들었다. 준호였다.

— 오늘 오프지? 옥상에서 기다리고 있으니까 나와.

그의 대답도 듣지 않고 뚝 끊겨 버린 전화에 황당했지만, 옥상 정원으로 올라갔다. 추운 날씨와 늦은 시간 탓에 아무도 없는 정원 벤치에 준호가 앉아 있었다.

"무슨 일이야? 갑자기 연락도 없이."

코앞까지 다가온 준호가 그의 낯을 살피더니 말했다.

"얼굴 보니 소식 들은 모양이네."

"무슨 소식?"

"서은혜랑 탑에듀 아들이랑 약혼한다는 소식."

누구한테 들었을까. 하기야 누구한테 들은들 상관없는 일이지만, 준호는 친절히 소문의 출처를 알려 줬다.

"탑에듀 부대표가 친구라면서 정근 선배가 말해 줬어. 너 그냥 보고만 있을 거야?"

질문에 쓴웃음이 났다.

안 보고 있으면? 로미오와 줄리엣이라도 되는 양 사랑의 도피라도 하라고? 약혼식장에 들이닥쳐 깽판이라도 치라고? 그에게 그럴 힘도 자격도 없단 걸 준호까지 이해시키기에는 너무, 머리가 아팠다.

"그게 용건이면 가라."

"고집 피울 때 피워. 진짜 오지랖 같아서 안 이러고 싶은데, 이렇게 죽을상을 하곤 그냥 있겠다고? 너 이렇게 놓치면 후회할 거란 거 알잖아. 대체 뭐 때문에 이러는 건데? 집안 차이 때문에? 어머니가 다니던 회사 사장님 딸이어서? 요즘 세상에 서로 좋아하면 그게 뭐가 문제가 되냐?"

"진짜 오지랖이다. 그만해."

"윤태하."

준호가 뒤도는 그의 어깨를 잡아 세우자 우지끈 천둥이 내려치듯 머리가 울렸다.

"그만……. 나 좀 내버려 두라고."

나도 아파. 힘들어. 그 말을 할 줄 몰라서 참고 있는 게 아니야. 참고 견디는 거 말고는 할 수 있는 게 없으니까 참는 거야. 매일을 악으로 버티고 있는 내가 뭘 더 어쩌라고!

지독한 두통에 뇌 회로 어딘가 고장이라도 난 걸까. 입에서 절로 말이 튀어나왔다.

"우리 엄마, 나 여섯 살에 돌아가셨어. 아버지는 누군지도 모르고, 동자승이 될 뻔한 날 이모가 데려다 키웠어. 네가 아는 우리 엄마는 실은 이모라고."

준호의 놀란 얼굴에 한 번도 말하지 않았던 이야기를 차례로 쏟아 냈다.

"사장님은 나를 아들처럼 아끼며 도와주셨고. 내게 이모와 사장님은 평생을 다해도 갚지 못할 빚을 진, 은인이셨어. 그런데 그 아이 과외를 시작한 지 얼마 안 돼 이모와 사장님의 혼담이 오갔어. 진심으로 두 분 행복하시게 빌어 드려야 했는데…… 반대를 했어. 그 뒤로 이모는 내내 고생만 하다 돌아가셨고, 사장님은 지금 암 말기야."

"……."

"네가 예전에 그랬지. 달려오는 트롤리 앞에 한 명과 여러 명이 서 있다면 다수를 구하는 게 맞다고. 그럼 지금 내가 여기서 뭘 할 수 있는지 말해 봐."

아무 답도 하지 못하는 준호에게 태하가 물었다.

"놓치면 후회할 거라고? 그래, 후회하겠지. 그렇대도 어쩔 수 없어. 왜냐하면 나는 행복할 자격이…… 없거든. 적어도 서은혜랑은 절대로 안 돼. 그러니까 그냥 내버려 둬."

"그러면 그 여자는 트롤리에 치어 죽게 내버려 둬?"

"……!"

"그 여자도 죽고 너도 죽고. 그게 네가 원하는 트롤리의 결말이야?"

준호의 등 너머로 앙상한 가지에 철 지난 트리용 전구를 늘어뜨린 장미 관목이 보였다. 그 여름에 보았던 장미꽃은 시들어 죽었을까. 욕지기가 나올 것 같은 메스꺼움을 꿀꺽, 목구멍 너머로 겨우 삼키며 말했다.

"그 여잔 안 죽어."

안 죽을 거야. 강하니까. 나보다 백만 배는 나은 그 남자가 잘…… 지켜 줄 테니까.

"그럼 넌 죽고?"

"……."

"너 이거 마지막 기회란 건 알지?"

마지막 기회란, 없다고. 내게 기회란 처음부터 없었으니까.

"대단하다, 윤태하. 정말 너란 놈은……."

끝내 말을 잇지 못하는 준호는 안타까움 섞인 한숨을 푹 내뱉고는 고개를 내저었다.

"알았다. 마음대로 해라. 네 마음이 그렇다면 어쩔 수 없는 거지."

준호가 가자 태하 홀로 남겨졌다. 푸르스름한 칼날 같은 어둠이 붉은색과 주황색 물감을 섞어 풀어놓은 듯한 노을을 천천히 밀어냈다. 시간이 가고 있다. 더 이상은 견딜 수 없다는 생각을 하고 있는 이 순간에도 째깍째깍 1분 1초의 시간이 흘러가고 있었다. 그냥 가만히, 시간에 맡긴 채 죽은 듯, 아무것도 하지 않고 있으면 되는 것이었다.

옥상을 내려온 그는 병원 앞에서 택시를 잡아탔다.

"어디로 모실까요?"

"양평동으로 가 주십시오."

머리를 시트에 기대고 눈을 감자 사납게 내리치던 천둥이 서서히 사그라지고 암전 속에 홀로 남겨졌다. 이따금씩 차가 들썩일 때면 미간을 찌푸리기를 몇 번. 뜨거운 히터 기운에 휘감긴 몸이 늪에 빠진 듯 가라앉기 시작했다. 정신을 차릴 수가 없는 혼몽한 상태에서 점점 라디오 소리도 멀어졌다.

"……님. 손님?"

정신을 차린 태하가 앞을 보자 기사가 물었다.

"끙끙거리시기에, 어디 아프세요?"

"아니요. 괜찮습니다."

하지만 말과 달리 등줄기로 눅진하게 젖은 땀이 느껴졌다.

"앞에 추돌 사고가 나서 막히는데 한남동 쪽으로 돌아가는 게 나을 것 같아 괜찮으시겠냐 물었어요."

"한남……동요?"

"네."

"그렇게 하십시오."

강변북로를 빠져나온 택시는 다시 도심가로 들어섰다. 어둠이 내린 서울 거리를 요리조리 누볐다. 그러자 낯선 도로와 낯선 건물 속에 희한하게도 눈에 익은 거리가 펼쳐졌다. 신호를 받고 멈춰 선 곳은 놀랍게도 예전에 은혜와 마주쳤던 한남동의 버스 정류장이었다. 순간 운명을 믿냐던 여자의 말이 떠오른 건 무슨 조화였을까. 신호가 바뀌고 차는 버스 정류장을 지나쳐 달리기 시작했다.

"기사님."

"네?"

유리창 너머로 멀어지는 그곳을 보는 동안 백미러로 저를 보는 기사의 시선이 느껴졌다. 태하는 벨트 버튼을 풀며 말했다.

"죄송한데 저 여기서 내리겠습니다."

차에서 내려 길게 숨을 내쉬자 폐부에 가득 차 있던 온기는 금세 차가운 입김이 되어 사라졌다.

'마지막'이란 말의 힘은 강했다. 한 마디밖에 되지 않는 그 말은 이성을 이기고 그를 차에서 내리게 했다. 비 얼룩과 새똥이 내려앉은 유리 천장과 사람 네다섯 명이 앉으면 찰 길지 않은 갈색 벤치와 광고 간판. 서울 어디에서나 흔히 볼 수 있는 평범한 버스 정류장이었다. 그들이 헤어졌던 그곳은.

운명을 믿지 않았다. 그것을 믿는다면 아버지도 어머니도 이모까지도 잃을 수밖에 없었던 건 이미 정해진 수순이고, 종종 할머니가 눈물 찍으며 말하신 대로 박복하고 고독한 팔자가 이미 주어진 그의 운명이라는 걸 인정해야만 했다. 모든 것이 예정되어 있어 그들이 어떤 노력을 하고, 발버둥치며 벗어나려 해도 결국 이뤄질 수 없는 것 역시 운명이었던 것처럼.

여자는 아마도 그와 자신이 운명이라고 믿었을지 모른다. 하지만 그것은 온전히 그녀의 노력 덕분이었다. 여자는 기꺼이 늘 먼저 다가왔고, 그를 찾아왔고, 그의 손을 붙잡았다. 그녀가 등을 돌린 순간에 모든 것이 끝이 났다.

우두커니 선 그의 앞으로 쉴 새 없이 버스들이 지나쳤다. 무엇을 확인하려고 멈춰 선 걸까. 내가 놓친 것과, 애초에 내가 가질 수 없는 것과, 그럼에도 불구하고 한편에서는 놓아지지가 않는 마음을? 바보 같은 짓이야, 정말 멍청한 짓이었다 욕하며 욱신대는 머리를 부여잡고 발걸음을 옮겼다. 10미터 앞에 있다는 표지판과 달리 택시 정류장은 10리나 되는 것처럼 멀게 느껴지고 발걸음은 철추라도 매달아 놓은 듯 무거웠다. 목이 따끔거리고 몸이 으슬으슬 떨리는 것이 감기까지 제대로 온 듯했다. 겨우 택시 정류장에 도착해 손을 올리려는 순간 저만치에서 빨간 차가 달려오는 것이 보였다.

"……!"

아니야. 아닐 거야. 잘못 본 거야.

하지만 붉은색 스포츠카의 낯익은 번호판에 얼음이 된 듯 그대로 굳어졌다. 속도를 줄인 차가 그를 지나쳐 몇 미터 앞에서 멈췄다. 곧 차 문이 열리고 여자가 나오자 심장이 바닥으로 내려앉았다. 봄날 버스 정류장에서 우연히 보았을 때보다 길어진 머리는 어깨 아래에서 나풀댔고, 살이 빠져 안 그래도 작은 얼굴은 더 갸름해져 있었다. 어둠을 가르는 라이트 불빛을 등지고 선 여자가 몇 발짝 남기고 멈춰 섰다.

"여긴…… 무슨 일이에요?"

그 물음을 들은 순간 깨달았다. '죽을 만큼'이라는 감정의 깊이와 밀도란 이런 거란 걸. 죽을 만큼 그리웠고 온몸이 부서지는 것처럼 아팠다. 간사하게도 그가 부인하고 비웃었던 운명이 정말로 있기를 간절히 바랄 정도로.

"아빠 만나러 왔어요?"

"아니. 근처 지나는 길이었어."

"이 근처를요?"

그의 차를 찾는 듯 그녀가 주위를 둘러보았다. 하지만 이내 상관없단 듯 그를 보자, 숨을 크게 들이마셨다 내뱉은 태하가 입을 뗐다.

"약혼…… 한다고 들었어."

"네."

메마른 목소리가 심장을 긋고, 그가 던졌던 부메랑이 되돌아와 아프게 때리는 걸 느꼈다. 아프다니, 먼저 손 놓은 건 나면서 무슨 자격으로. 자책하는 그에게 은혜가 물었다.

"혹시 그것 때문에 온 거예요?"

"물어보고 싶었어."

"……뭘요?"

"혹시 그 약혼, 사장님 때문에 결정한 건지."

"……."

긍정도 부정도 없는 반응에 확신했다. 그녀가 지금 하려는 일을. 이모의 발병 이후 진로를 변경했던 그의 과거와 조금도 다르지 않은 그녀의 현재를. 놀랍도록 여자는 그의 전철을 똑같이 밟고 있었다.

"그런 거라면, 다시 한번 숙고하라고 말하고 싶어."

"숙고를…… 하라고요?"

어이없단 듯 고개를 옆으로 돌렸다 다시 그를 본 은혜의 입술 사이로 입김이 하얗게 번지며 뿜어져 나왔다.

"이제 와서 숙고를 하라니, 내일 모레가 약혼식인 건 알고 있어요?"

"알고 있어."

은혜가 쓰게 웃었다.

"의외네요. 기억도 못 하고 신경도 안 쓸 줄 알았는데."

그랬으면 얼마나 좋을까. 그 이야기를 들은 후 내가 어떤 시간을 보냈는지 넌 모르겠지. 텅 빈 수술방에서, 병동으로 가는 복도에서, 어둠에 휩싸인 비상구 계단에 서서 무슨 생각을 했는지. 하다하다 그 생각에 짓눌려 머리가 깨질 듯이 아프기 시작했고 정신을 차려 보니 나도 모르게 여기 서 있었다는 것도.

"공중 보건의를 마칠 즈음 이모가 발병하셨어. 나는 흉부외과 대신에 성형외과를 택했지. 내가 성형외과의가 되는 4년 동안 투병을 하셨고 신약, 치료법, 된다는 건 다 시도했지만 결과적으로는 아무 효과도 없었어. 내내 너무 고통스러워하다 돌아가셨고, 나는 흉부외과로 되돌아왔어."

"……."

"늦은 거란 없어. 너는 나처럼 그러지 않기를 바라."

"만약……."

슬픈 미소를 띤 여자가 말을 이었다.

"만약에 그때로 다시 돌아간다면 어차피 아무것도 바뀌지 않을 테니까, 결국은 그렇게 될 테니까 흉부외과로 갔을까요? 어차피 신약 따위 듣지 않을 테니까 시도조차 하지 않았을까요?"

"……."

"결국…… 후회할 테니까, 우리…… 좋아하지 말았을까요?"

저 아래서부터 잔뜩 뒤엉킨 감정의 덩어리들이 퉁퉁 부은 목

젖을 치고 울컥울컥 솟았다. 단 한 번도 제 인생을 원망해 본 적
없었다. 세상에 나왔을 때부터 존재조차 없던 아버지와 너무 빨
리 그의 곁을 떠난 어머니. 고아였지만, 따뜻한 사랑을 준 정연
이 있었기에 단 한 번도 스스로의 존재 가치를 부정한 적은 없
었다. 그에게 주어진 것에 만족하고 늘 감사하는 마음으로 세상
을 살려고 노력했다.

하지만 이 순간 그 굳건한 장벽을 파괴하고 무너뜨리고 부수
고 싶은 충동을 참을 수가 없었다. 터질 것 같은 가슴을 크게 들
썩여 숨을 몰아쉬고 내쉬었다. 하지만 제아무리 숨을 쉬어도 그
를 옥죄는 고통스러움은 사라지지 않았다.

"거봐요. 당신도 알잖아요. 시간을 되돌린대도 아무것도 바
뀌지 않을 거란 거."

그녀가 등을 돌리자 가슴이 소리쳤다.

나도 그만…… 포기하고, 그만 아프고, 그만…… 외롭고 싶어.

다 버려도 되니까, 너 하나만 욕심내고 싶어.

손을 뻗어 여자를 붙잡았다.

"아니. 시간을 되돌린다면 바꿀 거야. 시간을 되돌려서라도.
나락에 떨어지더라도. 할 수만 있다면, 모두 잃는대도…… 널
잡을 거야."

바람에 휘날리는 머리카락 사이로 놀란 기색이 역력한 눈동
자가 그를 올려다보았다.

"가진 게 없어 욕심부리는 법도 몰랐어. 넌 밝고 환한 햇살
같은데, 그런 네게 내가 줄 수 있는 게 아무것도 없는 것 같아

서……. 겁쟁이라서, 모든 걸 잃어버릴까 봐 무서워서 네게 손 내밀 수가 없었어."

"……!"

"아무 생각도 안 났고 아무것도 할 수가 없었어. 바보처럼 이 제야 깨달아서, 너 홀로 모든 걸 감당하게 돼서, 아프고 외롭게 해서 미안하다."

품 안에 그녀를 안는 순간 깨달았다. 그동안 꾹꾹 눌러놓은 마음이 터져 나온 이 순간부터 더는 숨길 수가 없다는 것을. 다시는 돌아갈 수 없을 것이다. 아무것도 아닌 듯 자신을 속이고 살아갈 수도, 그녀를 원하는 이 마음을 접어 제 안에 눌러놓을 수 없을 테니까. 모든 것을 잃고 버려야 한대도 절대로 그녀를 놓을 수 없으니까.

"욕해도 좋고, 원망하고 미워해도 좋아. 뭐든 좋으니까 나랑 같이 가자. 나랑 있자."

왜 이제야 그녀에게 이 마음을 알렸을까. 그녀가 상처 받고 눈물 흘리고 괴로워하는 것을 알았으면서 왜 이제야 뒤돌아봤을까. 몸이 덜덜 떨릴 정도로 두려웠다. 그녀를 향한 자신의 감정이 이토록 커져 있었다는 것이, 그리고 이제 그것을 제어할 장치가 아무것도 남지 않았다는 것이. 그녀를 잃게 될까 봐 너무나 두려웠다.

그의 품에서 빠져나온 여자가 그를 보았다. 울 듯 웃는 듯 벌어진 입술 사이로 참았던 숨을 몰아쉬자 벌어진 블라우스 사이로 빗장뼈가 도드라져 올랐다.

"아니요."

"……!"

"싫어요."

"……."

"내가…… 얼마나 오랫동안…… 그 말을 기다렸는지 모르죠? 얼마나 오랫동안 기다렸냐면, 우리가 처음 만났던 그 봄 이후 무려 열두 번의 봄 동안이에요. 지쳤다는 말로 그걸 다 표현할 수는 없어요. 난 그 많은 시간들을 보내고 이제야 인정한 거예요. 당신과 나는 안 된다는 걸. 우리는 어차피 안 될 사이라는 걸."

눈물이, 웃음이 동시에 터져 나온 여자는 처연한 얼굴로 물었다.

"그런데 이제 와서…… 같이 가자고요?"

"내가 잘못……."

여자가 세차게 고개를 내젓자 투두둑, 그의 손에 뜨거운 눈물이 떨어져 내렸다. 그 눈물이 너무 아파 가슴이 지근, 아렸다.

"아니요. 당신은 아무 잘못도 없어요. 늘 떼쓰고 매달린 건 내 쪽이었으니까. 당신에게 난…… 딱 그만큼의 마음이었던 것뿐이죠."

아니야. 넌 몰라. 내가 너를 얼마나 간절히 원했는지, 바라 왔는지. 열두 번의 봄이 지나는 동안 죽지 않는 싹처럼 돋아나는 마음을 밟고 또 밟으면서도 매 순간 얼마나 너를 꿈꾸고, 그 꿈을 부수고 다시 꿈을 꾸고 부쉈는지. 그 진심조차도 전할 수가 없었단 걸 넌 몰라.

"늦은 거란 없댔죠? 틀렸어요. 너무 늦었어요. 돌이키기엔 너무 멀리 왔다고요. 난 더 이상 죄책감에 시달리는 사랑 따윈 하지 않을 거예요. 도망치는 사랑도 싫고, 환영받지 못할 힘든 사랑도 싫어요. 이젠 나도 나만 바라보고 날 기다려 주는 사람에게 편하게 기대어 행복해지고 싶어요. 그러니까 이젠…… 이 손 내가 놓을 거예요."

그녀가 천천히 손을 물리자 빈 손가락 사이로 스산한 바람이 스쳐 갔다. 찰나에 머물렀던 여자의 온기가 빠져나가는 느낌이 선연했다.

"은혜야."

"그렇게, 부르지 마요. 서로 그렇게 부를 사이 아니잖아요."

그녀가 뒤로 물러서자 또각, 하며 날카로운 힐 소리가 둘 사이를 갈랐다.

"우리 다시…… 만나지 말아요."

마지막 인사를 건넨 그녀가 다시 차에 올랐다. 헤드라이트가 차갑게 굳은 얼굴을 때리고 도로 너머로 사라지자 어둠이 내려앉은 거리에는 그뿐이었다. 가슴이 타들어 갈 듯 고통스러워 밭은 숨을 내쉬었다. 제발, 가서 그녀를 잡으라고. 무릎 꿇고 돌아오라 애원하라고. 너 없이는 안 되니까. 못 살 것 같으니까, 제발. 악을 쓰는 가슴의 외침에 눈을 감았다.

무슨 염치로 말기 암 아버지 때문에 약혼을 한다는 여자에게 다 버리고 내게 오라고 애원할까. 입버릇처럼 그 없는 행복을 찾으라고 했으면서, 이제 와 지쳐 힘든 사랑은 안 하겠다는 여자에게 제발 돌아오라 붙잡을 수 있을까. 우리가 함께 있으면 영원히 죄책감의 굴레에서 벗어나지 못할 걸 알면서도 무슨 자격으로 비겁하게 그녀를 붙잡아 지옥으로 끌고 갈 수 있을까. 그 밝고 환한 햇살 같은 여자를. 그렇게 예쁘고 고운 여자를.

굳은 듯 서 있었다. 숨이 온기 한 조각 없이 차디차지도록, 손끝이 얼음처럼 꽁꽁 얼도록 그 자리에 그렇게. 한참 후 택시에 올랐을 때는 따뜻한 히터 기운에도 위아래 이가 딱딱딱 부딪힐 정도의 오한이 몰려왔다.

'늘 그렇게 경계를 두고 사냐고요? 그렇게 살면 피곤하지 않아요? 아니, 외롭지 않아요?'

등꽃 향기를 풍기던 여자애한테 실은 말하고 싶었다.

많이 외롭다고. 말하지 않았지만 많이 외로웠다고. 그런데 네가 옆에 있을 때는 왜인지 자꾸만 웃음이 나고 가슴이 뛰었다고. 남들처럼 그렇게 사는 것 같은 기분이 들었다고.

어쩌면…… 그때 조금만 용기 내어 그 말을 했더라면 지금 우린 달라졌을까.

어떻게 집까지 올라온 건지도 몰랐다. 현관문을 열자마자 그대로 쓰러졌다.

'깨질 것 같아요. 산산조각 나는 것처럼 너무, 너무 아파요.'

그 여름 플랫폼에 서서 울던 여자애도 이렇게 아팠구나. 내가 너를 이렇게 아프게 했구나.

멀어지는 정신에 핸드폰 벨소리, 쿵쿵 문 두드리는 소리가 들리는 듯했지만 손 하나 까딱할 수가 없었다. 마치 바위에 짓눌리듯 헐떡이며 엎드려 있을 뿐이었다.

얼마나 시간이 흘렀을까. 누군가가 그를 들어 올리는 느낌이 들었다. 누구…… 준호인가? 귓전에 울리는 익숙한 목소리가 말했다.

"윤태하, 이 미친놈아."

"눈이 오면 좋겠네요."

크림색 새틴 소파에 앉은 드레스 차림의 여자를 찍은 사진사가 통유리 창문 너머 잔뜩 흐려진 하늘로 시선을 돌렸다.

"사진도 사진이지만, 예식 날에 눈이 오면 잘 산단 말이 있거든요."

여자가 아무 대꾸도 않자 머쓱해진 사진사는 다시 카메라를 들었다. 뷰파인더에 잡힌 여자는 청초하고 우아했다. 느슨하게 틀어 올린 머리에, 포인트를 준 풍성한 장미꽃 헤어 장식에, 가늘고 섬세한 라인을 돋보이게 하는 심플한 디자인의 드레스까지 완벽했지만, 아이러니하게도 가장 아름다운 건 웃음기 한 조각 없는 여자의 얼굴이었다.

예뻐.

셔터를 눌렀다.

하지만 인생에서 가장 행복할 이 순간에 어울리는 얼굴은 아니지.

그 순간 문이 열리더니 여자와 아이 한 명이 들어왔다.

"이모."

하얀 원피스 차림의 소녀가 종종걸음으로 달려오자 여자는 처음으로 미소 비슷한 걸 띠며 아이를 품에 안았다.

"엄마, 이모 천사 같아."

지원의 말에 은주가 희미하게 웃으며 고개를 끄덕였다.

"그래, 진짜 천사 같다. 우리 막내, 기분 어때?"

"좋아."

관심을 보이는 아이에게 부케를 주자 엄마가 작은 목소리로 "망가뜨리면 안 돼."라고 당부했다. 하지만 정작 약혼녀는 부케 따위는 어찌 되든 관심이 없어 보였다.

"아빠는?"

"고모랑 같이 오실 거야."

"컨디션은 괜찮으셔?"

"응."

사진사는 부케를 든 소녀와 나란히 앉은 자매가 이야기를 나누는 모습을 연신 렌즈에 담았다. 둘 다 미인이라 공들여 찍지 않아도 그럴듯한 사진이 나왔다. 다만 잔칫집에 웃음이 없단 게 흠이었다. 어느 순간 말수는 줄기 시작하더니 대기실 안에 절간 같은 침묵만이 흘렀다. 바깥에서 들리는 바쁜 발소리와 웃음소리와는 너무나 동떨어진 분위기였다. 눈치를 보던 사진사가 잠시 화장실 좀 다녀오겠노라 하고 방을 나서자 은주가 입을 뗐다.

"어때? 무슨 생각 들어?"

"글쎄. 드레스가 너무 조여서 숨을 못 쉬겠단 생각? 빨리 끝나고 집에 갔으면 좋겠단 생각?"

우스개 농담을 하며 은혜는 웃었지만, 은주는 웃지 않았다. 며칠 전부터 부쩍 밥도 못 먹고 잠도 설치는 기색이 역력하더니 화장으로도 가려지지 않은 다크서클이 눈에 거슬릴 정도였다.

싫은 거 힘든 거 참아 본 적 없던 동생이 언제부터 변했을까. 시간을 거슬러 따져 보면 딱 그때부터였다. 반듯하고 조용한 그 아이를 만난 후.

"나는 있잖아, 결혼식 때 여기 앉아 그런 생각을 했다. 과연 내가 잘 살 수 있을까? 과연 내가 옳은 선택을 한 걸까?"

"언니가?"

은혜가 믿을 수 없단 듯 쳐다보았다. 3년 연애의 종지부를 찍고 사랑하는 사람과 결혼이라는 결승점을 통과한 언니의 얼굴이 너무나 행복해 보여서, 별처럼 달처럼 빛나서 그런 생각을 하고 있을 거라곤 전혀 생각지도 못했었다.

"왜냐하면 난 저울의 추가 기울어졌다는 걸 알고 있었거든. 그 사람의 마음이 멀어지고 있는 걸 말이야."

"……!"

"그 사람은 좀 더 신중히 생각해 보자고 했는데, 난 붙잡았지. 놓을 수가 없었으니까. 내 사랑이, 연애가 실패로 끝났다는 걸 인정할 수 없었으니까."

한 번도 부모 속 썩인 적이 없던, 엄마의 빈자리를 메우며 집안의 장녀 역할을 톡톡히 하던 착한 딸이었다. 늘 상위권의 성적에, 번듯한 변호사란 직업에, 벤처기업 사장인 남편과 예쁜 딸까지. 모든 것이 완벽해 보였던 언니의 고백은 은혜에게 너무나 큰 충격으로 다가왔다.

"왜…… 그동안 말하지 않았어?"

"창피해서."

"뭐가 창피해? 가족인데."

은혜의 말에 은주가 웃으며 고개를 끄덕였다.

"그러게 말이야. 그런데 그때는 창피했어. 내 무덤 내가 판 격이었으니까. 그래서 이혼할 때 그 사람이 많이 원망스럽진 않았어. 애초에 단추를 잘못 끼운 내 잘못도 있으니까."

"미안. 난 언니가 그런 줄 몰랐어."

"말하지 않았잖아. 말하지 않으면 가족이라도 모르는 거니까. 내가 네 마음 다 몰랐던 것처럼."

그리고 계속 모른 채로 있었다면 너도 나처럼 후회하게 되겠지. 손을 뻗어 레이스 장갑이 끼워진 손을 잡으며 말했다.

"난 말이야, 은혜야. 네가 정말로 행복했으면 좋겠어. 예전의 넌 무엇보다도 네가 우선이었는데, 언제부턴가 그렇지 않은 것 같아. 그러지 마. 네 인생이잖아. 설사 가족이라도 널 희생하지 말았으면 해. 그 순간 잠깐 괜찮을 수 있지만, 결국 네가 행복하지 않으면 우리도 행복해질 수가 없거든."

행복.

깊게 숨을 들이마시자 진주 자수가 수놓인 드레스 앞섶이 가슴을 아프게 짓눌렀다. 문득 나만 바라보고 기다려 주는 사람에게 기대어 행복해지고 싶다고 말했을 때 산산이 부서지던 남자의 눈빛이 떠올라 입술을 깨물었다.

내 입으로 그랬잖아. 당신 때문에 불행하다고. 그래서 싫다고. 마음에도 없는 말로 가슴에 대못 박고 왔으면서, 왜. 끝났어. 이제 와 후회해도 아무것도 되돌릴 수 없다고.

시큰거리는 눈을 깜빡이고는 겨우겨우 입꼬리를 올려 웃었다.

"걱정하지 마. 행복할 거니까."

"정말로?"

"당근이지. 나도 행복하고 우리 모두 행복할 거야."

"……바보."

"내가 왜 바본데? 내가 언니보다 머리는 더 좋거든?"

입술을 삐죽이는 모습에 맨날 토닥토닥 싸우던 어린 시절이 떠올랐다. 나는 널 한없이 어리다고 생각했고, 보살펴 줘야 하는 동생이라고 생각했어. 실은 너에게 의지하는 건 나였고, 가족의 행복을 위해 희생하는 건 너였는데.

"머리가 좋은데 이런 바보짓을 하니? 이게 어디가 행복한 얼굴이야? 어느 신부가 약혼식 한 시간 앞두고 이런 얼굴을 하고 있어?"

해쓱한 뺨을 도닥인 은주가 말을 이었다.

"은혜야, 오늘 아빠 안 오실 거야."

"뭐?"

"그리고 난 가서 아빠가 갑자기 많이 아프셔서 못 오시게 됐다고, 약혼식을 미뤄야겠다고 말할 거고."

너무나 충격적인 고백에 공들여 올린 속눈썹이 빠르게 팔랑
거렸다.

　　"대체 언니 무슨…… 소리 하는 거야? 약혼식을 미루다니……."

　　"네 마음 다 알아. 하지만 여기서 멈춰."

　　은주가 손을 올려 그녀의 뺨을 닦자 그제야 자신이 울고 있
단 걸 알았다. 멈춰야 하는데. 화장이 다 망가질 텐데. 하지만
수도꼭지를 튼 것처럼 쉴 새 없이 눈물이 흘렀다.

　　하, 하고 가쁜 숨을 토해 내며 고개를 저었다.

　　"그렇게 못 해."

　　"아니. 할 수 있어."

　　"나, 나 약혼해야 한다니까."

　　아이처럼 우는 그녀에게 은주가 답답한 얼굴로 물었다.

　　"누굴 위해서? 아빠를 위해서? 우리를 위해서? 우리가 정말
이런 걸 원한다고 생각하는 거야? 네가 이런 얼굴로 약혼식장
들어가는 거 우린 원치 않아. 그러니까 그만하고 네 마음 향하
는 대로 가."

　　"나…… 갈 데 없어."

　　거기 못 가. 언니는 거기가 어딘 줄도 모르잖아. 알면 나……
미워할걸.

　　그런 그녀의 손을 꼭 쥔 은주가 말했다.

　　"가. 어서. 네가 무슨 선택을 하든 우린 늘 네 편이야."

　　"기사 1면에 날 뻔했다면서?"

날이 잔뜩 흐렸다. 밤부터 눈이 내린다던 일기 예보와 달리 당장 함박눈이 펑펑 쏟아진대도 이상하지 않을 정도로 먹구름이 드리워진 오후, 수술방에서 만난 김현석 과장이 물었다.

다음 날 태하가 출근을 하지 않자 의국이 발칵 뒤집혔다. 요 며칠 빡세게 굴렸더니 도망간 거 아니냐, 절대 그럴 사람은 아니다, 무슨 일이 있는 게 분명하다는 둥. 치프가 결국 수소문해서 전화를 한 곳이 준호였다. 준호가 태하를 발견했을 당시 그는 고열에 정신을 잃고 현관에 쓰러져 있었다. 하필이면 얼마 전 모 대학병원에서 레지던트 1년 차가 과로사한 일이 있던 터라 깜짝 놀란 병원에서는 쉬쉬 덮으려 안달을 냈다. 덕분에 팔자에도 없는 1인실에 편히 누워 종일 쉴 수 있었다.

"이제 괜찮습니다."

하지만 마스크로도 숨겨지지 않는 까칠한 얼굴에 현석이 쯧쯧 혀를 찼다.

"허우대만 멀쩡했지 보기 좋은 헛껍데기였구만."

"죄송합니다."

"밥은 먹고 다니냐?"

갑작스러운 질문에 태하가 당황한 얼굴로 대답했다.

"네, 먹었습니다."

"몸조리 잘 하고 오늘은 의국 들어가서 쉬어."

예상치 못한 다정한 축객령에 수술방을 나온 태하는 병동으로 갔다. 하지만 그곳 간호사들 역시 난색을 표하며 고개를 저었다.

"이번 주까진 윤 선생님 쉬시게 하라고 지시 내려왔어요. 다행히 환자도 많지 않으니까 가서 좀 쉬세요. 급한 일 있으면 호출 드릴게요."

"알겠습니다."

스테이션을 나와 코너를 도는데, 간호사들의 소곤대는 목소리가 들렸다.

"혼자 산다고 듣긴 했는데, 가족이 하나도 없을 줄은 몰랐어요. 어떻게 정신을 잃고 누워 있는데 아무도 면회를 안 와."

"그러게 치프샘이 인적 사항에 가족 연락처가 하나도 없어서 발을 동동 구르고 계시던데. 수간호사님이 말씀해 주셨는데, 어머님 한 분 계셨는데 몇 년 전에 돌아가셨다고 하더라고요."

"진짜요? 에휴, 너무 불쌍하다. 얼굴에 스펙에 다 가진 분이신 줄 알았는데."

"세상은 공평하다잖아."

이야기는 곧 결혼을 올리는 소아과 의사 커플로 넘어갔고, 태하는 발걸음을 옮겼다. 의국에 도착해 책을 펼치는 찰나 전화가 울렸다. 준호였다.

— 몸은 좀 어때?

"괜찮아."

— 어제는 내가 당직이라 못 갔는데, 오늘은 일 끝나고 문병 가마.

"안 와도 돼. 나 일어났어."

— 뭐?

정신이 있냐는 둥, 병원에서 그리 하랬냐는 둥 쏟아지는 잔소리에 귓전에서 핸드폰을 떼어 냈지만, 흥분한 목소리는 스피커폰처럼 의국에 가득 울려 퍼졌다.

— 듣자 하니 일주일 동안 20시간도 못 자고 당직에 응급 수술까지 들어갔었다며. 적당히 부려 먹어야지, 애를 골로 보내려고 그러나. 너도 늘 오는 기회도 아닌데 핑계 삼아 자리보전하고 누워야지 왜 벌써 일어나?

"하루 누워 있었으면 됐지. 걱정 마. 병동이랑 수술방에서 다 쫓겨나고 의국에 앉아 있으니까. 어쨌든 여러모로 신경 쓰게 해서 너한테 미안하다."

— 미안하면 다음에 술 한잔 사든가.

"술 살게."

— 제발 몸 살펴 가면서 일해. 주말에 들를게.

"그래. 고맙다."

— 태하야, 오늘……. 아니다, 들어가라.

끊어진 전화를 물끄러미 보다 책상에 놓았다. 준호가 하지 못한 말이 무엇인지 알고 있었다. 오늘이 그녀의…… 약혼식 날이라는 걸. 저를 휘감는 고통스러운 상실감을 무심한 가면 아래로 숨기며 울리는 콜폰을 받았다.

ER(응급의학과) 호출에 서둘러 응급실로 가자 오토바이를 탄 채 직진 신호를 어기고 좌회전을 하다 승용차에 들이받힌 젊은 남자 둘이 있었다. 한 명은 늑골 골절로 인한 기흉이 의심되는 상황이었고, 다른 이는 이곳저곳에 다발성 골절이 발견되었다. 다행히도 둘 다 헬멧은 썼는지 심각한 두부 손상은 없었다. 태하는 정맥 주사를 꽂고 있는 응급실 의사 옆으로 가서 Intubation(기도 내 삽관)을 시도했다. 사고가 나며 터진 입안에서 흐른 피 때문에 쉽지 않았지만, 성공하자 응급실 의사가 옆 베드에 누운 환자를 흘끔 보고는 간호사한테 물었다.

"OS(정형외과)는 왜 안 와요?"

"다시 호출하겠습니다."

환자에게 연결된 심전도계의 그래프가 떨어지자 응급실 의사가 물었다.

"Chest tube(흉관) 잡을 수 있어요?"

"네."

간호사가 세트를 펼치자 얼른 드레싱을 마치고 흉관 삽입술을 했다. 그러자 급박하게 울리던 심박음이 서서히 안정을 찾아 갔다. 곧 호출된 OS(정형외과)와 CS(흉부외과) 4년 차에게 인계를 마치고 환자가 응급 수술실로 들어가자 한숨을 돌린 그가 병동으로 가던 찰나였다. 울리는 진동에 핸드폰을 꺼낸 태하는 액정에 뜬 '은주 누나'에 걸음을 멈췄다.

평소였다면 받았을 것이다. 하지만 오늘이 무슨 날인지 알기에 통화 버튼을 누르지 못한 사이 전화는 끊겼다. 잘못 건 걸 거야. 애써 발걸음을 떼어 움직이려는 찰나, 다시 전화가 울렸다. 한참을 망설이다 통화 버튼을 눌렀다.

"여보세요."

전화선 너머로 들리는 사이렌 소리에 섞인 다급한 목소리에 태하는 그대로 굳었다. 통화 음질이 좋지 않은지 들쑥날쑥 들리던 전화가 곧 끊어지자 태하는 통화 버튼을 눌렀다. 하지만 은주는 전화를 받지 않았다. 귓전에 심장 뛰는 소리가 쿵쿵 울리는 걸 무시하고 또다시 전화를 걸었다. 역시 불통이었다. 무너져 내리는 멘탈을 붙들고 은주가 했던 말을 떠올렸다.

사고, 은혜, 구급차. 분명 한국대병원으로 오는 중이랬다.

응급실로 달려가 아직 그녀가 도착하지 않는 걸 확인한 태하는 응급실 앞을 서성였다. 구급차가 한 대씩 들어올 때마다 온몸에서 피가 쭉쭉 빠져나가는 것만 같았다.

전화를 끊은 지 10분 후, 응급차 한 대가 또 멈춰 섰다. 은주의 얼굴을 확인한 태하는 뒤로 뛰어가 들것에 실려 나오는 은혜를 보았다. 핏자국이 낭자한 드레스를 입고 있는 그녀를 보자, 통화를 할 때부터 미친 듯이 뛰던 심장은 거의 폭발 수준이 되었다.

"어디 다친 겁니까?"

구급요원이 대답하기도 전에 청진기로 확인하니 다행히도 그녀의 심박은 그보다 더 안정적이었다.

"어떻게 된 거냐고요!"

그의 물음에 뒤에 선 중년의 남자가 구급 요원보다 먼저 입을 뗐다.

"내가 신호를 기다리고 있다 출발하는데 갑자기 이 아가씨가 도로로 뛰어드는 게 아니겠어. 내가 놀라서 급정거를 했는데, 먼저 휘청하더니 넘어지더라니까. 어지러워서 그랬는지 치렁

치렁한 저 치맛자락에 걸려서 그랬는지. 분명한 건 내 차에 받히지 않았고 그냥 넘어져서 다쳤어요. 못 믿겠으면 지금 당장 블랙박스로 확인해 보슈."

억울해하는 남자가 경찰과 은주와 같이 가자, 태하는 구급요원에게서 은혜를 인계받았다.

"지금 어디가 제일 아파?"

서둘러 글러브를 낀 태하는 깨끗한 상체와 달리 핏자국에 얼룩진 치맛자락을 살폈다.

"상처 좀 보게 드레스 걷어 봐. 차에 받힌 건 기억나? 어지러워 넘어진 거야, 아니면 그냥 넘어진 거야?"

어디가 다쳤는지 걱정되어 다그쳐 묻는 태하와 달리 그녀는 그런 그를 가만히 볼 뿐이었다.

"상처를 봐야 한다니까."

"도저히 할 수가 없었어요."

"……."

"그래서 뛰어나왔는데…… 모르겠어요. 나도 어떻게 다쳤는지 모르겠다고요. ……미안해요."

"뭐가 미안해?"

그의 물음에 잘게 떨리는 입술을 문 여자가 말했다.

"아프게 해서, 그날 가슴에 못 박는 말 해서…… 미안해요."

"네가 왜 미안해? 다 내가 잘못했는데."

"……."

"고마워. 많이 안 다쳐 줘서. 무사히 와 줘서."

결국 참았던 눈물을 터트리는 은혜를 태하는 품에 안았다.

고마워. 살아 있어 줘서. 내게 와 줘서.

자세한 설명 없이 교통사고가 났다는 은주의 말에 눈앞이 하얘졌다. 엄마, 이모, 주마등처럼 가장 소중한 이들이 그의 곁을 떠났던 일들이 떠올랐다.

도망치지 말았어야 했는데. 너를 더 붙잡았어야 했는데. 그 약혼식을 하지 못하게 더 말렸어야 했는데.

그러지 못한 그의 잘못이라고. 그녀에게 무슨 일이라도 생긴다면 모두 그의 탓이라고. 그녀가 많이 다치지 않고 오기만 한다면, 개처럼 빌라면 빌고, 망부석이 되어 기다리라면 기다리고, 뭐든 하겠노라 다짐했다. 그리고 믿을 수 없게도 지금 그녀는 그의 품에 있었다.

먼저 정신을 차린 태하가 은혜를 다독여 상처를 살폈다. 무릎에 붙은 흙과 이물질을 제거하며 말했다.

"찰과상이 심하긴 한데 마취는 안 할 테니까 아프면 말해."

다행히 찰과상 외에 외상은 발견되지 않은 걸로 봐서, 정황상 운전자의 말대로 차에 부딪히기 전에 넘어진 게 맞는 듯했다. 여기저기 파인 상처를 소독하던 태하는 은혜가 웅크린 어깨를 감싸 안자 제야 그녀가 민소매 디자인의 얇은 드레스를 걸치고 있단 걸 깨달았다. 응급실 내에 온풍기가 틀어져 있긴 했으나 저 옷차림으로 춥지 않을 리 없었다. 그는 집게를 놓고 가운을 벗었다. 그리고 셔츠 위에 입은 가디건을 벗어 걸쳐 주고는 다시 가운을 걸쳤다.

"옷에서 퀴퀴한 냄새 나요."

팔을 들어 코를 킁킁대던 그녀의 말에 태하가 말했다.

"바빠서 못 빤 지 한 달 넘었으니까. 싫으면 벗든가."

"싫다고 말하진 않았어요."

못 이기는 척 입어 주겠노라는 듯 도도한 턱을 추켜올리자 태하는 환부를 갈색 소독약이 묻은 코튼 볼로 꾹 눌렀다. 놀란 다리가 펄떡 튀어 올랐다.

"아아."

"엄살떨지 마."

"엄살이 아니라 진짜 아프다고요."

억울한지 팡팡대는 모양새가 웃겨 입술을 물었다. 아프기도 할 것이, 찰과상치고는 꽤 깊은 상처였다.

"내가 너 때문에 수명 반이 깎였을 것 같다."

"걱정……했어요?"

"그럼 걱정을 안 해?"

"얼마나 걱정했는데요?"

무릎과 손바닥, 팔꿈치에 항생제 연고를 발라 주고 밴드를 붙인 태하가 중얼거렸다.

"그날 무릎 꿇고 널 붙잡지 않은 날 패 주고 싶을 정도로."

"……."

"덧나지 않게 집에서도 자주 소독하고 약 발라 줘."

"직접 해 주면 안 돼요?"

"나 흉부외과야."

"흉부외관데, 지금도 해 줬잖아요."

하여간 말문 막히게 하는 데는 선수라니까.

태하는 그사이 나온 피 검사를 확인했다. 혈당, 중성 지방, 빈혈에 관련된 수치를 본 그가 미간에 주름을 세우고 물었다.

"요즘 끼니 잘 안 챙겨 먹었어? 철분약은?"

"왜요?"

"피 검사 수치가 다 엉망이잖아. 빈혈도 있고."

밥맛이 있을 리가 있나. 택시 정류장 앞에서 그를 만난 이후 한 끼도 제대로 먹은 적이 없었다. 한술 뜨고 가라는 은주의 성화에 국만 몇 수저 뜨다 말았던 어제 아침이 마지막 끼니였다.

수액 세트를 가져온 그가 카디건 자락을 올려 팔목에 노란 고무줄을 묶었다. 쓱쓱 알코올 솜으로 소독을 하고는 능숙하게 주사침을 넣자 손을 내어 준 은혜가 그런 남자를 보며 웃었다.

"주사 되게 안 아프게 잘 놓네요. 혈관 얇아서 한 번에 놓는 사람 드문데."

겹겹이 반창고로 줄을 고정시킨 그는 수액이 잘 들어가는지 마지막으로 확인하고는 말했다.

"병동에서 호출이 와서 가 봐야 해. 수액 잘 맞고 가."

그의 손을 붙잡은 그녀가 물었다.

"어쩌다 이 꼴로 병원에 오게 됐는진 안 물어봐요?"

"……."

"안 궁금해요?"

왜 안 궁금하겠는가. 하지만 그가 그것을 물을 자격이 없다고 믿었기에 참았던 것이었다.

"식은…… 마치고 나온 거야?"

"그 전에 도망쳤어요."

깊은 한숨을 내쉰 그가 말했다.

"다 맞고 조심히 들어가."

"오프가 언제예요?"

"……."

"쉬는 날 언제냐고요."

"오늘이야."

막 돌아온 은주에게 그녀의 상태에 대해 설명하고는 떨어지지 않는 발걸음을 돌려 병동으로 돌아왔다. 걱정이 되었지만 갑자기 전원되어 온 중환자가 있어 응급실로 가 볼 틈이 나질 않았다. 저녁이 되어 의국으로 돌아오자마자 가운 주머니에서 핸드폰 진동이 느껴졌다.

[서은혜]

전화를 받자 여자가 대뜸 소리쳐 물었다.

— 도어락 번호 뭐예요?

"……뭐?"

— 집 도어락 번호 뭐냐고요. 추워 죽겠으니까 빨리 말해 줘요.

눈동자를 천장으로 올린 태하가 앞머리를 쓸어 올리며 물었다.

"네가 왜 우리 집에 가 있는 건데? 거기 주소는 누가 알려 준 거야?"

— 박준호 씨요.

이쯤 되면 준호가 그의 친구인지, 그녀의 친구인지 진지하게 의심을 해 봐야 할 지경이었다.

— 빨리 번호 알려 줘요. 나 아직도 드레스 차림이란 말이에요.

추워서 동동거리는 목소리에 절로 으르렁대는 목소리가 튀어나왔다.

"헛소리 말고 집으로 돌아가."

— 못 가요. 집에서 쫓겨났어요.

"서은혜."

— 진짜로 쫓겨났다니까요.

"그러면 친구 집에 가든 호텔로 가든 해."

— 마음대로 해요. 난 여기에 있을 거고, 뭐 얼어 죽기밖에 더 하겠어요.

뚝, 하고 끊어진 전화를 황당하게 보던 태하는 전화기를 책상에 던져 놓았다. 고집불통. 뭐든 제멋대로 하려고 드는 건 여전하지. 한참 전화기를 노려보던 그는 의국을 나와 병동으로 향했다.

소문은 삽시간에 퍼졌다. 흉부외과 레지던트 1년 차 윤태하 선생이 응급실에서 젊은 여자와 부둥켜안았다더라. 옷을 벗어 입혀 주었다더라. 말만 하면 알 재벌집 딸이라더라. 집안에서 반대해서 헤어졌는데, 여자가 정략결혼을 깨고 돌아온 거다. 여기저기 살이 붙은 소문은 날개가 돋친 듯 병원 구석구석으로 퍼져 나갔다. 그 난리통에 흉관 삽입을 하다 피를 뒤집어쓴 덕에 샤워를 하고 나온 태하는 창재와 민욱에게 붙들렸다.

"진짜 사실이에요? 아리따운 여자분이 응급실에서 형한테 안겨 대성통곡을 했다던데."

"엄청 미인에다 외국 디자이너가 만든 비싼 드레스 입고 왔다면서요."

"맞아. 연예인보다 더 예쁘다던데. 형 진짜로 전에 사귀던 여자예요? 형 그래서 독신 선언 한 거죠? 그 여자분이 다른 남자랑 결혼한다고 해서."

태하가 대답 대신 옷장에서 재킷을 꺼내 입자 민욱이 크나큰 깨달음이라도 얻은 표정으로 손뼉을 쳤다.

"역시 그랬네. 그래서 혼자 산다고 했구나. 형 지금 그분 만나러 가는 길이죠?"

"아니야."

"형은 맨날 아니래. 입에 지퍼 채우고 약속 지킬 테니까, 그러지 말고 우리한테만 말해 줘요. 응급실에서 그 난리가 났는데, 하필이면 오늘 오프고. 근데 안 만나러 간다고요?"

"집에 간다. 수고해. 또 졸다가 콜 놓치고 혼나지 말고."

차에 오른 태하는 시계를 보았다. 시간은 9시 44분. 통화한 지 한 시간이나 지났으니 추위와 기다림에 지쳐서 돌아갔겠지. 제발. 몸도 안 좋으면서 예나 지금이나 왜 그렇게 사람을 조마

조마하게 만드는 건지.

밤길을 달려 아파트에 도착한 태하는 엘리베이터에 올랐다. 문이 열리고 어둠에 휩싸인 복도에 아무도 없는 것을 확인하자마자 안도와 이해할 수 없는 실망이 동시에 몰려왔다. 집이든 호텔이든 어디든 갔겠지.

하지만 집 안에 들어선 순간 빈집이 아니라는 걸 알아차렸다.

"퇴근이 너무 늦네요."

어두운 거실 소파에 앉아 있던 여자가 일어나 그를 맞자 몇 초 동안 말을 잃고 서 있던 태하가 물었다.

"어떻게 들어왔어?"

"114에 물어 청암사에 전화해서 할머님께 비밀번호 여쭤봤어요."

머리가 띵할 정도로 화가 솟아오르는 걸 꾹꾹 눌러 내린 태하가 거실로 들어섰다. 그러자 그녀가 걸친 낯익은 옷이 그의 옷임을 알아차렸다. 뒤이어 젖어 있는 머리칼과 화장기 없는 얼굴에 머문 그의 시선을 알아챈 은혜가 변명했다.

"미안해요. 피 묻은 드레스를 계속 입고 있을 순 없어서 꺼내 입었어요."

"정말로 쫓겨난 거야?"

"병원 나오자마자 뒤처리하느라 언니는 식장으로 가고, 아빠는 고모 댁으로 가셨다고 하고. 지은 죄가 있는데 집으로 갈 순 없잖아요."

자의로 집을 나왔다는 거군.

"어차피 빈집인데 며칠만 재워 줘요."

"여긴 안 돼. 호텔이든 어디든 잡아 줄 테니까 나와."

"왜 안 되는데요? 내가 오지 말아야 할 데 온 거예요?"

"……"

"나는 이제 와도 되는 줄 알았는데?"

당돌한 물음에 태하가 입을 뗐다.

"오늘 네 약혼식이었어."

말문이 막힌 듯 쳐다보는 은혜에게 덧붙여 말했다.

"지은 죄에 더 얹을 수는 없잖아."

그의 말에 말간 눈동자가 일순 가라앉았다. 공식적으로는 서 사장의 건강이 악화되어 약혼식을 미루는 걸로 되었지만, 민혁에게는 진실을 말하지 않을 수 없었다.

'사랑하는 사람이 있어. 괜찮을 줄 알았는데, 참을 수 있을 것 같았는데…… 아니었어. 미안해. 정말로 너한테 미안하다.'

'그 남자야?'

예견한 듯한 눈빛에 고개를 끄덕였다.

'……맞아.'

그런 표정은 10여 년 만에 처음 보았다. 그의 안에 무언가가 무너져 내리는 것이 생생히 느껴졌다. 늘 내게 힘이 되어 주던 너인데. 네가 나를 좋아한다고 네게 상처 줄 권리는 없었는데. 아무리 네가 붙잡았대도 너의 손을 잡지 말았어야 했는데. 은혜는 손가락에 끼운 반지를 빼내 테이블에 놓으며 다시 말했다.

'네가 무슨 말을 해도 할 말이 없어. 미안해, 진심으로.'

'그러지 마. 서은혜.'

그녀의 손을 잡은 민혁의 손이 떨렸다.

'10년 우정을 걸고 빌게. 제발…… 그러지 마.'

'나는 10년보다 더 오래 그 사람 기다렸어. 포기해야 한다고 다짐했는데 10년을 해도 안 됐어. 내 오빠가 될 뻔했던 사람이 었어.'

'……!'

'나…… 도저히 못 놓겠어. 나 그 사람한테 가고 싶어. 그 사람 아니면 안 돼. 그러니까 네가 나 놔주라.'

그렇게 고개 숙인 그를 두고 식장을 빠져나왔다.

"그러니까 그만 나와."

어두운 낯빛 사이로 지나치는 감정의 편린들을 지켜본 태하가 말했다. 오늘 하루가 그녀에게 얼마나 힘겹고 벅찼을지 그는 가늠할 수도 없었다. 가족과 친구들의 믿음과 축복을 등지고 약혼식 중간에 뛰쳐나왔다. 게다가 앞뒤 보지 않고 차도로 뛰어들었다가 교통사고도 당할 뻔했다. 지금 그녀가 심적으로도 육체적으로도 한계에 다다라 있을 거란 건 불 보듯 뻔한 일이었다. 그런 그녀에게 휴식이 필요하다 생각했다.

하지만 은혜는 고개를 저었다.

"아니요. 내가 벌인 일이니 욕먹어도 어쩔 수 없고, 내가 지은 죄니 벌도 달게 받을 거예요. 하지만 이제 도망치지 않을 거예요."

늘 그렇듯 당당히 맞서 싸우겠단 여자의 작은 어깨를 감싸 안으며 말했다.

"네 죄가 아니야. 우리 죄지."

맞닿은 가슴이 서로를 향해 맹렬히 뛰는 동안 그들을 사로잡던 죄책감도, 불안도 서서히 사그라졌다. 세상이 우리를 비난한대도 이젠 상관 안 해. 우리가 함께하는 게, 사랑하는 게 죄라면 평생 속죄하고 살 테니까. 하지만 어떤 희생을 치르더라도 다시는 그녀를 놓진 않을 것이었다.

고개를 숙여 입을 맞추자 그녀가 눈을 깜빡이며 떨리는 숨을 토해 냈다. 그 숨결을 머금는 순간 꽁꽁 언 심장으로 훈풍이 밀려들어 왔다. 더. 그가 채근하자 홍매 같은 입술이 벌어지더니 다디단 혀가 그를 맞았다. 단 한 번도 경험해 본 적이 없던 감각에 머리끝이 쭈뼛 서는 느낌이었다. 그가 허리를 휘감아 당기자 발끝을 세운 은혜가 팔로 목덜미를 감았다. 처음부터 한 몸이었던 것처럼 종잇장 하나도 들어갈 틈 없이 안고 키스를 나누었다. 생각도, 시간도 멈추었다. 이 순간만큼은 서은혜, 윤태하, 간절히 서로를 원하는 여자와 남자일 뿐이었다. 무엇도, 아무것도 그들을 막을 것이 없었다. 그가 재킷과 티셔츠를 벗자 은혜가 그의 벗은 가슴을 올려다보았다.

"멈추고 싶다면 말해."

"아니요."

그의 물음에 세차게 고개를 젓자 기다렸다는 듯 그녀의 셔츠 단추를 풀어냈다. 은혜는 손을 내려 입고 있던 반바지를 벗었다. 크림색 속옷만이 남은 몸으로 내려앉은 짙은 시선에 두방

망이질 치는 심장을 숨기고 아무렇지 않은 척 물었다.

"뭘…… 그렇게 봐요? 그 나이에 여자 벗은 몸 처음 보는 것도 아닐 텐데."

"처음 봐."

"거짓말."

"진짠데."

스님이나 신부도 아니고 서른네 살 남자가 처음이라면 누가 믿어, 하면서도 거짓말을 하지 않을 남자인 걸 알기에 입가에 비어져 나오는 미소를 감출 수 없었다.

"그러는 넌 왜 너답지 않게 떨고 있는데?"

그거야…… 그녀 역시 남자의 벗은 몸은 처음이었으니까. 하지만 누구 때문에 여태 섹스는커녕 키스도 제대로 안 해 봤다고 말하긴 너무 자존심 상하는 일이었다.

"누가 떨었다고."

턱을 추켜올리는 순간 그가 버클을 풀어 바지를 벗었다. 정신을 추스를 새도 없이 다시 가슴이 널뛰기를 시작했다.

진정해. 내가 실전이 없어 그렇지 이론은 얼마나 빠삭한데. 서은혜 사전에 못 하는 일이란 없다고. 있다면 그건 안 해 본 일일 뿐. 그만 정신 차리고 아무렇지 않게 속옷을 벗거나 다음 진도를 나가.

하지만 현실의 그녀는 어쩔 줄 모르고 숨만 할딱이며 서 있을 뿐이었다. 입술이 다시 그녀에게로 내려앉자 저도 모르게 눈을 질끈 감았다. 나 아직 마음의 준비가 안 됐단……. 하지만 입을 맞추는 순간 그 생각조차도 사라졌다.

달다. 입술이, 혀가 이렇게 달다니. 키스가 이렇게 간질간질한 것이었다니. 내일은 물어봐야지. 키스는 몇 번이나 해 봤는데 이렇게 잘하는 거냐고. 얼마나 여자가 많았기에 이렇게 능숙한지 내가 진짜 가만 안 둘…….

하지만 턱을 타고 내려온 그가 목에 코를 묻고는 두근두근 맥박이 고동치는 곳을 입술로 누르자 저도 모르는 신음이 터져 나왔다.

"으음."

이건 또 무슨 소리야? 19금 영화 속, 섹시한 속옷에 가터벨트 차림의 여자가 낼 법한 신음 소리를 내가 내고 있다니. 손을 들어 입을 틀어막으려는 찰나 갈비뼈를 쓸고 올라온 손이 브래지어 안으로 들어왔다.

"……!"

너무 놀라면 비명도 안 나온다고 했던가. 끌러진 속옷이 발치에 떨어지자 은혜는 쌕쌕거리며 제 가슴을 감싸 쥔 태하를 보았다. 말캉한 살을 쥐고 첨단을 문지르자 고비 사막 한가운데 서 있는 것처럼 입안의 침이 바싹바싹 말랐다. 어린 시절 기억 속의 손은 얼음처럼 차가웠는데, 지금 그의 손은 너무나 뜨거웠다. 너무나 건조하고 뜨거워. 하지만 그 생각은 딱 입술이 닿기 전까지만이었다.

"훗."

정신이 저 멀리로 날아가는 이 느낌은, 광활한 우주 한가운

데에서 거대한 블랙홀을 맞닥뜨리면 이런 기분일까. 강렬한 중력의 힘에 의해 소용돌이 안으로 사정없이 빨려 들어가는 것 같이 너무 어지러워 본능적으로 남자의 머리를 안았다. 그러지 않았다면 그대로 다리가 풀려 주저앉았을 것이다.

그녀를 안아 들고 침실로 향하자 널따란 어깨에 발개진 얼굴을 숨긴 은혜가 중얼거렸다.

"너무 밝아요."

잔뜩 흐트러진 얼굴과 알몸을 온전히 환한 빛에서 내보이기에는 아직은 부끄러웠다. 불은 끈 그가 허리를 놓아 그녀를 눕혔다. 천장이 기울어지더니 등 뒤에 닿는 푹신한 침대의 감촉에 부르르 떨며 팔을 앞으로 모았다.

"추워?"

고개를 저었다. 추워서 떤 게 아니었다. 온기라고는 한 줌도 없는 침구와 달궈진 숯 같은 남자 사이의 온도 차이에 적응하지 못한 몸의 생리적인 반응일 뿐. 그게 아니라면 이제 본격적으로 벌어질 일들에 긴장이 되어서인지도 모른다.

그가 올라오자 그녀는 흔들리는 눈으로 태하를 보았다. 그를 원했고 잘하고 싶었지만, 솔직하게 말하자면 어떻게 해야 하는지 알 수가 없었다. 마치 진도를 따라잡을 수 없는 열등생이 된 것만 같이 머릿속이 하얘졌다. 그녀의 눈빛에 간절한 브레이크 타임을 눈치챈 태하가 물었다.

"멈추길 바라?"

"아니요. 그냥 잠깐만, 잠깐만 있어 줘요."

하면서 허리를 안자 팔베개를 괴어 준 태하가 그녀를 안았다. 그들의 체온이 서서히 침대를 덥히는 동안 희미한 거실 조명만 밝혀진 집은 냉장고 엔진이 돌아가는 소리뿐 적막했다. 둘은 어둠 속에서 서로를 바라보았다.

"무슨 생각해요?"

"네 생각."

"구체적으로 어떤 생각요?"

"참 예쁘구나 하는 생각."

그의 대답에 입술을 깨물었다 놓았다.

"갑자기 이제 와서요? 십 몇 년 동안 예쁘다고 한 적 한 번도 없으면서?"

"처음 봤을 때부터 예쁘다고 생각했어. 말을 안 했을 뿐이지."

"왜 그걸 말을 안 해요?"

내가 진짜 그동안 얼마나 서러웠는데. 어렸을 때부터 예쁘다는 소리를 귀가 닳도록 들어 왔던 나인데. 나한테 별로 관심도 없고 내가 예쁜 줄도 모르는 남자한테 계속 매달려야 하나, 얼마나 비참하고 자존감이 바닥을 쳤는데.

"말하면 안 될 것 같았어."

내 여자 아니니까. 내 여자는 안 될 테니까. 하지만 지금 이 순간 그녀는 그의 품 안에 있었다.

"지금이라도 말해 봐요. 어디가 제일 예쁜데요?"

"눈이 예뻐."

아, 좀. 바보 천치처럼 웃지 마, 서은혜. 표정 관리 하라고.

겨우겨우 새침한 표정을 유지했다.

"더요. 더 해 봐요."

"그게 다야. 이모가 늘 눈은 마음의 창이니까 눈이 예쁜 아가씨를 만나라고 하셨거든. 처음 봤을 때부터 눈이 참 예쁘다고 생각했어. 성질머리는 곱지 않은데 눈동자가 맑은 게 의외였지."

"뭐라고요?"

가슴을 때리려 드는 손을 붙잡았다. 손바닥에는 커다란 밴드가 붙여져 있었다. 손가락으로 조심스레 그것을 매만지며 속삭였다.

"너는 늘 내게 풀리지 않는 문제였어. 어떻게 해도 답이 나오지가 않아. 밤을 새워도 풀 수가 없었어. 그래서 포기했지. 잊어야 한다고 생각했어."

"잘못된 공식에 넣은 거 아니에요?"

"그랬던 것 같아."

너와 나는 처음부터 이랬는데. 아니라고, 동생이 될 뻔했던 인연이라고만 생각했다. 잘못된 공식은 답을 구할 수 없었고, 그래서 그녀는 늘 혼돈의 원천이었다.

"바보였네요. 난 처음 본 순간부터 알았는데. 결국 우리가 이렇게 될 거라는 걸."

그의 입술이 내려오자 은혜는 눈을 감았다. 늘 꿈꿨다. 서로의 이름을 부르고, 눈 맞추고, 키스를 나누는 순간을. 정작 그 순간이 되자 바보처럼 믿을 수가 없었다. 내일 일어나 깨면 꿈이지 않을까. 또 우리 둘 사이를 갈라놓는 일이 생기는 건 아닐까. 팔을 둘러 그를 안았다. 다시는 놓지 않을 거야.

입술이 가슴으로 내려앉았다. 얼얼할 정도로 빨아 삼키고도 부족한지 다른 가슴을 손에 쥐었다. 쾌감인지 고통인지, 다들 이렇게 느끼는 게 맞는지. 생경하고 경계가 모호한 감각에 그저 그에게 매달릴 뿐이었다. 아파도 좋아, 그라면. 팔꿈치와 팔의 예민한 안쪽, 갈비뼈가 드러난 옆구리같이 예상치 못한 곳에 찾아들던 입술이 오목 파인 배꼽 아래로 내려왔다.

아픈 건 참을 수 있지만 아직 거기는 마음의 준비가 안 됐는데! 당황한 은혜는 눈이 휘둥그레져 더 내려가려는 그의 얼굴을 붙잡았다.

"잠깐만요."

"왜?"

"나, 나 실은 고백할 게 있는데."

"말해."

그답지 않게 초조한 기색이 묻어나는 목소리와 달리 은혜는 한참 뜸을 들였다.

"그러니까…… 대학 다니면서부터 왁싱을 했는데. 왁싱 알죠?"

"알아. 제모 말하는 거잖아."

"네. 제모요. 나 거기…… 제모했어요. 미국은 문화가 달라서 다들 하는 분위기예요."

그가 아무 대답도 않자 은혜가 변명을 했다.

"보고 놀랄까 봐 미리 말해 주는 거예요."

"알았어."

그러고는 단숨에 그녀 몸에 남은 마지막 속옷을 벗겨 냈다. 본능적으로 다리를 붙여 모았지만 소용없었다. 이미 시선과 손이 머문 후였다. 조심스레 매만지자 가슴이 미칠 듯이 널을 뛰었다. 어떡해야 하지? 제발, 나 어떻게 해야 하냐고!

그녀의 질문에 답하듯 태하가 속삭였다.

"조금만 더 벌려 줘."

고개를 내젓고 싶은 걸 겨우 참고 용기를 내어 한 뼘이나 벌리자 부지불식간에 들어온 그의 허벅지가 다리 사이를 갈랐다. 조금만이라며! 당황스러운 얼굴로 원망을 토해 내려는데, 제 것인 양 그곳을 당당하게 차지한 손 때문에 아무 말도 할 수 없었다. 벌어진 틈 사이로 들어온 손가락이 슬쩍 예민한 부위를 문지르자 등골에 오싹오싹 전기가 흘렀다.

"아파?"

"아니요."

"아프면 말해. 처음이라 잘 몰라. 온전히 해부학적 지식에 의해 하는 거라."

예기치 못하게 웃음이 터졌다. 절대 웃을 상황이 아니라는 걸 알았지만, 참을 수가 없었다. 세상 패기 넘치게 재워 달라고 해 놓고서 사시나무 떨듯 발발발 떨고 있는 저나, 학교와 병원에서 배운 의학 지식 말고는 여자에 대해 아무것도 모른다는 남자의 첫 밤이라니.

"우리 오늘 내로 못 할 것 같아요."

그녀의 말에 대답 대신 입을 맞추었다. 마치 '아니. 할 수 있어. 누구보다 잘할 거야.'라는 듯. 웃으며 그의 입술을 받아들였다. 이런 달콤한 키스라면, 좀 서툴러도 괜찮을 거라고. 그의 목에 팔을 두르려는 순간 얼굴에서 웃음기가 싹 사라졌다. 태하가 다리 사이로 내려왔기 때문이었다.

"안 돼요."

그녀의 만류에도 그의 입술은 정확히 다리 사이에 내려앉았다. 놀란 허리가 바싹 굳어졌다. 안 돼. 이건…… 마치 2단계 유형 문제도 풀지 못했는데, 3단계 심화 문제로 펄쩍 넘어가 버린 상황이었다.

"제발."

이것만은 제발. 곤혹스러운 얼굴로 그의 머리를 밀어내자 그녀의 손을 잡았다. 둘의 시선이 민망하기 짝이 없는 곳에서 마주쳤다.

"힘 빼. 난 네게 키스하고 싶은 거야."

이게…… 키스라고? 고개를 숙인 그가 입을 맞추었다. 그곳에 입이 닿았다는 것 자체가 받아들이기 힘든 상황에, 보란 듯이 그가 입술을 삼키듯 머금는 순간 정신이 나가 버렸다.

"아……읏."

건조하고 뜨거운 사막 같은 손길이라 생각했다. 그런데 입술은 용암이었다. 뜨겁고 날름대는 마그마에 온몸이 녹아 흔적도 없이 사라질 것만 같았다. 난생 처음 느껴 보는 감각과 제 안을 적시며 쏟아져 내리던 생경한 쾌감, 그리고 높다랗게 올라갔다가 떨어지는 비명 소리가 제 입에서 나온 거란 걸 알아차린 건 태하가 그녀의 위로 올라온 뒤였다. 완전한 알몸이 된 그를 몽롱하게 올려다보던 은혜는 무언가가 닿는 감촉에 눈이 휘둥그레졌다. 몹시 뜨겁고 단단하단 느낌과 동시에 그녀의 다리 사이가 흠뻑 젖어 있단 것도 그제야 알아차렸다. 잠시 헤매던 그가 자리를 잡고 들어오자 묵직한 압력이 느껴졌다.

"……!"

그녀의 눈동자가 커다래지자 맞단 확신이 든 그는 조금씩 그녀 안으로 밀고 들어왔다. 세상의 수많은 성인 남녀들이 나누는 행위임에도 불구하고 이것이 과연 가능한 일인가, 생각했다. 그녀의 그곳을 직접 확인한 적은 없었으나 어둠 속에 어렴풋이 보이던 그것의 크기로 보아 절대로 그녀가 담아내기에는 역부족이었다. 너무나도 거북스럽고 불편한 느낌에 몸을 뒤척이자 태하가 물었다.

"아파?"

"살짝요."

"조금 더 아플 수 있어."

고개를 저으려는 순간 그녀의 얼굴 옆으로 팔을 짚은 그의 허리가 숙여졌다. 빡빡한 속살을 가르고 들어오는 이물감에 저도 모르게 비명을 삼키느라 입술을 깨물었다.

19금 성인 영화도, 결혼한 언니와 애인이 있는 친구들도, 왜 그 누구도 섹스가 이런 느낌이라고 내게 말해 준 사람이 없었던 거지? 그랬다면 오늘 밤 재워 달라는 헛소리는 절대 안 했을 텐데!

"많이 불편해?"

그렇게 묻는 그의 표정 역시 왜인지 딱딱하게 굳어 있었다. 그가 행복해했다면 정말 한 대 때려 주고 싶을 만큼 아팠으므로, 망설임 없이 고개를 끄덕였다. 그러니까 오늘은 여기서 그만하고 멈추자고 하면 너무 우스워질까, 진지하게 고민하고 있는데 그가 손을 내려 그곳을 더듬었다.

"3분의 1은 들어갔어."

아직 3분의 2가 남아 있다고? 믿을 수가 없어 하는 그녀의 다리 사이로 손을 내린 그가 자신과 연결되어 있는 그녀를 더듬기 시작했다. 그리고 찾던 것을 발견하고 가볍게 손끝으로 문질렀다.

"으응."

저도 모르게 신음이 터져 나와 놀란 그녀와 달리 확신을 얻은 태하가 그것을 집요하게 애무하자, 갑작스러운 침입에 굳어진 몸이 아릿하고 간질간질한 감각에 스르르 풀어지기 시작했다. 멈추자고 해야 하는데…… 아득하게 멀어지는 정신을 차려 그를 올려다보았다. 어둠 속에서 눈이 마주친 순간 입을 맞추었다. 달콤하고 나른했던 아까와 달리 진득하고 다급한 키스와 함께 단숨에 그가 밀고 들어왔다.

"……!"

입술이 막고 있지 않았다면 분명 비명을 질렀을 것이다. 괴물이 그녀를 두 갈래로 찢어 놓는 것 같은 고통이 엄습했다. 예고 없이 갑자기 들어온 게 마음에 걸렸던 태하가 속삭였다.

"미안해."

"다…… 들어온 거예요?"

"그래. 이제 움직일 거야."

지금도 아파 죽겠는데, 움직인다니. 얼굴이 희게 질려 고개를 저었다.

"안 돼요."

"움직여야 나아져."

그러고는 그녀의 허벅지를 안고 천천히 허리를 물렸다가 다시 그만큼 밀고 들어왔다. 격통은 여전했고, 작열감이 추가되었다. 뜨겁게 달궈진 불도저가 그녀의 몸 안에 길을 내고 있는 느낌이 생생했다. 고개를 숙인 그가 가슴을 빨았다. 쾌감과 통증이 섞여 고통인지 쾌락인지 모를 신음을 흘렸다. 온몸이 헤집어지는 낯선 감각과 아득한 통증 속에 가장 깊숙이에서 폭발하는 그를 꼭 끌어안았다. 조금은 고통스럽고 낯선 감각 속에서 그는 그녀의 남자가 되었고, 그녀는 그의 여자가 되었다. 땀에 젖은 미지근한 이마를 맞대자 숨이 섞여 들었다.

여전히 하나인 채로 태하가 말했다.

"사랑해."

까만 눈동자를 마주 보며 다시 속삭였다.

"사랑해."

입가에 스르르 미소가 번져 말했다.

"사랑해요."

하나

"자?"

조심스레 어깨를 도닥이는 손길에 이불 속에서 겨우 얼굴을 내민 은혜가 침대가에 선 남자를 보았다. 또 샤워를 했는지 짧은 머리끝이 젖어 있었고, 셔츠에 슈트까지 말쑥한 차림이었다.

"나 병원 가 봐야 해."

그의 어깨 너머 커튼이 막 밝아 오는 걸 보니 6시나 되었을 시간이었다.

"김치볶음밥 해 놨으니까 먹어. 장을 봐 놓지를 않아 재료가 없어서 그거밖에……."

"괴물."

자리에서 일어나던 은혜는 알몸이란 걸 깨닫고 이불을 끌어 덮으며 다시 못 박듯 중얼거렸다.

"짐승."

지난밤을 어떻게 설명할까. 선무당이 사람 잡는다? 중이 고기 맛을 보면 절에 빈대가 안 남는다? 협탁을 보니, 널브러져 있었던 콘돔들은 이미 치워 놨는지 보이지 않았다. 아무 일도 없단 듯 말쑥한 차림의 그처럼. 지치지도 않고 달려들었던 짐승은 저문 달과 함께 사라지고, 언제나처럼 차분하고 냉정한 윤태하만이 남아 있을 뿐이었다.

말도 안 돼. 나는 온몸을 두드려 맞은 것 같은데 저 남자는 왜 저렇게 가뿐한 얼굴이냔 말이야! 그녀의 눈빛에 어린 불만을 눈치챈 듯 옆에 앉은 그가 물었다.

"많이 힘들어?"

나 참, 어이가 없어서. 이제 와서 힘드냐고?

그녀의 눈꼬리가 하늘 높은 줄 모르고 치솟기 시작하자 그제야 지난 만행이 생각나는지 얼른 자문자답했다.

"미안. 내가 잘못했어."

"뭐가요? 뭐가 잘못했는데요?"

삐딱하게 묻는 질문에 태하가 답했다.

"네가 더는 못 하겠다고 했는데, 새벽에 또 했잖아."

그러니까 그게 가능할 거라 생각지도 못했다. 처음이라, 서툰 둘이라 가능할까 물었던 걸 비웃듯 밤새 쪽잠을 자다 깨다를 반복했다. 19금 성인 영화나 남자들의 거짓 섞인 무용담이라고만 믿었는데. 그 일이 내게 벌어질 줄이야.

"미안해. 너무 좋아서 멈출 수가 없었어."

"뭐, 뭐요?"

"네가. 네 몸이 너무 좋아서 제어가 안 됐어."

내가 알던 윤태하 맞아? 참을성과 인내심의 아이콘. 어렸을 때 중 될 뻔했다는 그 남자가 이 남자 맞냐고?

"진심이야. 씻는 동안 병원 재낄까 진지하게 고민할 정도로."

이 사람이. 그랬으면 나는 진짜 죽었을 거라고요!

"말도 안 되는 얘기 그만하고 출근해요."

이불로 가슴을 동여맨 은혜가 비뚤어진 넥타이 매듭을 가운데에 당겨 놓고는 어깨를 탁탁 두드렸다. 아쉬운 듯 쉬이 자리를 뜨지 못하던 태하가 정수리를 쓰다듬고는 일어났다.

"피곤할 테니까 다시 자고, 일어나면 전화해."

도어락이 닫히는 소리에 다시 누웠다. 다시는 겁 없이 그를 도발하지 말아야지, 아른거리는 정신에 중얼대다 곧바로 잠이 들었다.

눈을 떴을 때는 해가 중천에 뜬 이후였다. 주말이었지만, 보통 이 시간이면 병원에 있거나 지원이와 놀아 주거나 학원 강의 준비로 출근을 했기 때문에 이렇게 늦게까지 잔 것은 오랜만이었다. 파혼을 해서 좋은 게 하나 있긴 하구나. 흰 웃음을 지으며 샤워를 하러 들어간 은혜는 거울 속에 비친 온몸의 울긋불긋한 흔적을 놀라 쳐다보았다. 지워지려면 며칠이나 걸릴까. 어딜 나가려면 우선 목티부터 사 입어야 할 지경이었다.

샤워를 마치고 나오자 식탁에 놓인 김치볶음밥과 계란국이 보였다. 가지런히 놓인 숟가락과 젓가락 위에 놓인 반짝이는 물건을 발견했다.

"하."

드레스 차림으로 쫓겨 나온 그녀가 혹여 빈손일까 봐 걱정되었던 걸까. 신용카드를 든 은혜의 입술에 웃음이 고였다.

"이 남자 겁도 없네."

내가 발동 걸리면 얼마나 무서운지 모르고. 한창때에 쇼핑광으로 날리던 여잔데. 어제 응급실에서 나오며 은주가 지갑과 핸드폰이 든 클러치백을 줘서 빈손이 아닌 걸 천만다행으로 알라고요.

김치볶음밥을 전자레인지에 넣고 데우는데, 전화벨이 울렸다. 발신인을 확인한 순간 입가에 머물렀던 미소가 사라졌다. 단꿈에 젖어 있다 찬물을 뒤집어쓰고 번쩍 정신이 든 기분이었다. 마른침을 삼키고 통화 버튼을 눌렀다.

"언니."

긴장한 목소리와 달리 전화 저편의 은주의 목소리는 보통과 다름없이 부드러웠다.

— 응. 왜 이렇게 전화를 안 받아?

그제야 부재중 통화를 확인한 은혜가 말했다.

"미안. 밖이라 시끄러워 못 들었어."

차마 밤새 누가 잠을 안 재워 늦잠을 자느라 못 받았다는 말을 할 수는 없어 둘러치며 종료음이 울리는 전자레인지를 얼른 껐다.

— 잠은 잘 잤어?

"응."

— 월요일에 만나자. 너 빈 몸으로 나가서 옷 한 벌도 없잖아.

"어. 아빠는…… 어떠셔?"

— 괜찮으셔. 컨디션도 나쁘지 않고. 일주일 정도 더 고모 댁에 머무시기로 하셨어. 공기도 좋고, 조용하고. 거기가 쉬시기는 더 나을 거야. 내일 잠깐 뵙고 오려고.

"나도…… 같이 갈까?"

전화 너머로 들리는 은주의 희미한 한숨에 다시금 죄책감으로 마음이 무거워졌다.

— 서울 올라오시면 보자. 아빠는 너 보고 싶어 하시는데, 고모는 사정 모르시니까.

"알았어."

— 끼니 놓치지 말고 잘 챙겨 먹어.

은혜는 김이 모락모락 올라오는 김치볶음밥과 계란국을 보았다. 그 남자는 어떻게 잠 한숨도 못 자 놓고 이걸 만들고 나갈 생각을 했을까.

"걱정 마. 잘 챙겨 먹고 있으니까."

월요일에 강남에서 만나기로 약속하고 전화를 끊고 나서야 은주가 그녀에게 어디냐고 묻지 않은 것을 알아차렸다. 만약 그와 함께 있었다고 말하면, 그와 돌아올 수 없는 강을 건넜다고 말하면 언니는 어떻게 받아들일까. 아니, 받아들일 수 있긴 할까.

의자에 앉아 한참을 있던 은혜는 뒤늦게 김치볶음밥을 한 수저 떴다.

"여전히…… 잘하네."

예전 그의 집으로 찾아가 억지로 얻어먹었던 김치볶음밥이랑 똑같이 맛있었다. 양이 많다 싶은 걸 결국은 밥 한 톨 안 남기고 그릇을 비우고는 설거지를 마치고 옷장 문을 열었다. 잘 개켜진 옷 중에서 검은 목티와 두꺼운 바지를 걸쳤다. 티가 허벅지까지 내려오고 바지 허릿단을 벨트로 고정해야 했지만, 롱패딩을 걸치자 모든 것이 가려졌다.

집을 나서 어제 오면서 봤던 아웃렛으로 향했다. 기모가 들어간 두꺼운 후드 티셔츠에 청바지, 운동화를 사서 바로 갈아입고는 은주와 만날 때 입을 옷과 구두와 속옷을 샀다. 텅텅 빈 냉장고를 채울 식료품까지 사서 돌아오자 전화가 울렸다. 태하였다.

― 어디야?

"집이요."

― 하루 종일 집에 있었어? 점심은?

"정오까지 자고 일어나 점심으로 김치볶음밥 먹었어요."

― 식탁에 카드 있어.

"봤어요. 근데 알죠? 나 옷 좋아하고 쇼핑도 좋아하는 거. 카드 들고 가서 막 긁으면 어쩌려고 그래요?"

― 사. 사고 싶은 거.

세상에, 윤태하가 이런 말도 할 줄 아는 남자였다니. 입가에 비실비실 흘러나오는 웃음을 깨물며 물었다.

"한도가 얼만지는 모르겠지만, 나 백화점 한 시간이면 손 떨리게 만들 수도 있는데?"

— 아, 미안. 한도 별로 안 높아. 카드를 쓸 일이 많지 않아서.

남자의 솔직한 답변에 웃음이 새어 나왔다.

"걱정하지 말아요. 당장은 근신 중이라 쇼핑하긴 힘들 것 같으니까."

— 집에 계속 있을 거야?

"네."

— 언제까지?

"모르겠어요."

학원 일은 약혼식 며칠 전에 관두었고, 아버지의 병환 악화를 이유로 취소된 약혼은 민혁이 알아서 정리할 것이다. 문제는 그것이 아니라 아버지와 언니였다.

전화 저편에서 다른 이의 목소리가 들리더니 태하가 말했다.

— 미안, 호출이야. 다시 전화할게.

전화를 끊은 은혜는 사 온 식료품을 정리하고는 편한 옷으로 갈아입었다. 창문을 열어 집 안의 묵은 공기를 빼내며 청소기를 돌렸다. 간단히 저녁 식사를 하고 샤워를 마치고 시계를 보니 9시. 소파에 앉은 은혜는 핸드폰 메시지를 켜 놓고 한참을 망설인 끝에 전송 버튼을 눌렀다.

[아빠 미안해요.]

몇 분 뒤에 딩동, 울리는 알림음에 얼른 핸드폰을 들었다.

[괜찮다. 우리 딸.]

흐려진 눈을 들어 창문을 보았다. 깜깜한 밤하늘로 솜털 같은 눈이 흩날리고 있었다.

다음 날 일어나 보니 눈 세상이었다. 베란다에서 내려다본 아파트 단지와 놀이터, 화단까지 온통 하얀빛이었다. 우유에 시리얼로 간단히 아침을 때운 은혜는 단단히 중무장을 하고 집 밖으로 나섰다. 발이 푹푹 꺼지는 눈에 편한 옷과 운동화를 사둔 제 선견지명에 감탄이 들 지경이었다. 바로 앞에 버스 정류장이 있었지만, 도로의 사정을 감안해 전철역으로 향했다. 다행히도 도착한 시내는 눈이 많이 녹아 있어 다니는 데 어려움이 없었다.

이른 시간이라 한적한 서점에 들어선 은혜는 늘 걸음을 멈춰 섰던 수험서와 문제집 칸을 지나쳐 경제경영학 칸으로 향했다. 고민하다가 두 권을 집어 들고 소설 칸으로 가서 눈에 익은 베스트셀러 세 권을 든 그녀는 서점을 나왔다. 근처에 몇 번 간 적이 있던 파스타집에서 점심을 먹고, 그 위층에 있는 카페에서 뜨거운 커피를 마시며 독서를 했다. 다시 전철을 타고 집으로 돌아왔을 때는 오후 3시가 되어 있었다.

"아이고. 삭신이야."

어째서 일할 때보다 놀 때가 몸은 더 힘든지. 잠시 널브러져 있다가 세탁기를 돌리고 간단히 계란볶음밥으로 저녁을 때웠다. 그의 성격상 잔살림이 없어 심플하다 못해 고적한 집은 겨우 이틀인데도 내 집처럼 편안해졌다. 무료함을 달래려고 TV를 틀자 2019년의 대미를 장식할 연말 시상식이 한창이었다.

"누가 누군지 하나도 모르겠다."

그도 그럴 것이 이모저모로 너무 바빴던 한 해라 가수는커녕 드라마도 본 것이 하나도 없었다. 결국 TV를 끈 은혜는 스탠드 조명을 켜고 서점에서 사 온 책을 펼쳤다. 한참을 보고 있는데, 도어락 소리가 울렸다. 누구지? 올 사람이 없는데?

놀랍게도 현관문을 열고 들어온 이는 태하였다. 눈이 휘둥그 레진 은혜가 물었다.

"이 시간에 무슨 일이에요?"

"휴가 냈어."

그제 오프였는데, 어떻게 또 휴가를 썼는지. 휴가였다면 왜 미리 말하지 않았는지 궁금했지만, 그가 내미는 무언가를 엉겁결에 받아 들었다. 비닐봉지를 열어 보니 분홍색 아이스크림 통이 보였다. 은혜가 방긋 웃었다.

"나 진짜 아이스크림 좋아하는데."

"먹고 있어."

그가 욕실로 들어가자 은혜는 소파에 앉아 아이스크림 통을 열었다. 체리 아이스크림 OK, 피스타치오도 OK, 녹차는 No. 좋아하는 종류로 골라서 먹고 있는데 씻고 나온 태하가 물었다.

"저녁은?"

"계란볶음밥 해 먹었어요."

"사 먹지. 집에 아무것도 없는데."

"장 봐 왔어요. 사 먹는 것도 질려요."

자리에 앉으려다 그녀 옆에 놓인 경제 서적을 발견한 태하가 들어 살피자 은혜가 체리 아이스크림을 한 수저 건네며 말했다.

"낮에 시내 나갔다가 서점 들렀었어요. 1월부터 회사로 나가야 하거든요."

"학원 관뒀어?"

"네. 엄밀히 말하면 나 지금 백수예요."

"그래. 이 시간을 즐겨. 며칠 안 남았으니까."

그의 말에 은혜가 웃었다.

"어떤 아이스크림 좋아해요? 녹차?"

"녹차 아이스크림이 있어?"

그가 되묻자 은혜는 황당한 낯으로 통 안의 짙은 초록색 아이스크림을 보여 주었다.

"이건 어떻게 시킨 건데요?"

"솔직히 종류를 몰라서 아르바이트생한테 잘나가는 걸로 담아 달라고 한 거야."

이 남자를 어쩔까. 고개를 내저은 은혜가 수저 가득 녹차 아이스크림을 떴다.

"자, 아 해요. 난 녹차 안 먹으니까 다 먹어야 해요."

잠자코 입을 벌려 그녀가 주는 아이스크림을 먹으며 물었다.

"종일 뭐 했어?"

"시내도 나가고, 마트도 가고, 청소도 하고, 빨래도 하고."

"혼자 있는데 심심하진 않아?"

"전혀요. 나 그동안 혼자 있어 본 적이 없잖아요. 어린 시절에는 이모랑 이모부가 계셨고, 커서는 아빠랑 언니랑 지원이가 있었으니까. 온전히 나를 위해 시간을 써 본 게 되게 오랜만이었던 것 같아요."

"다행이네."

"왜요? 혹시 나 외롭고 심심할까 봐 일부러 휴가 빼서 온 거예요?"

"응. 아니."

체리 아이스크림을 떠먹던 은혜가 미간을 찡그리며 물었다.

"그렇다는 거예요, 아니라는 거예요?"

"네 걱정이 됐어. 아니 솔직히 말하자면 너 보고 싶어 못 참겠어서 휴가 내고 온 거야."

그의 말에 은혜는 커다란 눈동자를 데굴 굴리고는 새침하게 말했다.

"잘했어요."

"잘했으면 상을 줘야지."

고개를 숙인 그가 입술을 훔쳤다. 차가운 혀 사이로 쌉싸름한 녹차 맛이 체리 맛과 섞였다. 그들 사이로 손을 내린 태하가 그녀의 손에 들린 아이스크림 통을 빼앗자 은혜가 웅얼거렸다.

"저거 다 안 먹었는데……."

"나중에."

통을 테이블에 치우고는 자그마한 혀를 휘감았다. 달다. 세상의 어떤 아이스크림도 이 입술보다 달콤한 것은 없을 것 같다고. 늦게 배운 도둑질이 무섭다더니 겨우 하루 반 떨어져 있을 뿐이었는데 정신을 차릴 수가 없었다. 다행히 창재와 민욱이 연이어 여름휴가를 가느라 못 쓰고 남은 휴가가 있어 급한 집안일을 핑계로 휴가를 썼다. 늦게까지 수술방과 병동을 돌다 당직 인계를 넘기고 병원을 나서는 순간부터 조급증이 들었다. 속도를 어기지 않으려 무던히 애를 쓰며, 지나치며 보았던 아이스크림 가게에 멈췄다. 정작 가게에 들어와서는 무슨 아이스크림을 좋아할지 몰라 고민하다 아르바이트생에게 도움을 청해 사 오는 동안에도 내내 가슴이 뛰었다.

그리고 그녀를 마주한 순간, 마치 제 집인 양 편안한 옷차림으로 그의 집 거실 소파에 앉아 책을 보고 있는 그녀와 눈이 마주친 순간 그 떨림의 정체를 알아차렸다. 그녀가 보고 싶었다. 그의 울타리에 있는, 그의 여자가 된 서은혜가 못 견디게 그리웠다.

입술을 뗀 태하는 이마를 마주 대고 그의 젖은 뒷머리를 만지작거리는 그녀를 가만히 보았다.

"왜요?"

"좋아서."

"뭐가요? 내 몸이요?"

짓궂게 그가 출근하기 전에 한 말을 되돌려 묻는 은혜에게 태하가 말했다.

"네 전부 다."

"그러면서 어떻게 놓을 생각을 했대? 내가 안 왔으면 어쩌려고?"

"죽은 것처럼 살았겠지. 눈 뜨고 일어나서 병원 일 하고 다시 잠이 들고. 다음 날 되면 다시 일어나 일하고 다시 밤이 되면 지쳐 잠들고."

담담한 고백에 목덜미를 당겨 입을 맞추었다.

"그렇게 살게 두지 않았을 거예요. 절대로 놓을 생각 없었으니까."

맞닿은 입술 사이로 흘러 들어온 따스한 숨결이 입에서 폐로, 심장으로 퍼져 나갔다. 그녀의 허리를 잡아 일으켜 제 다리 위에 앉혔다. 둘의 무게에 눌린 소파의 삐걱거리는 소리와 나지막한 여자의 웃음소리가 섞였다. 단숨에 티셔츠를 벗겨 내고는 풀어 내린 속옷 레이스 사이로 드러난 언덕에 얼굴을 묻었다. 어쩌면 이렇게 매끈하고 부드러운 걸까. 그와 똑같은 샴푸와 바디워시를 쓰고도 왜 그녀에게서는 다른 향기가 나는 걸까. 욕심 많은 아이처럼 한 손으로는 쥐고 다른 가슴으로 입술을 내려 수줍게 솟은 첨단을 물었다. 가쁜 신음이 그의 정수리에 꽂히는 동안 정신없이 가슴을 탐했다. 바지를 벗겨 내고 팬티에 손을 대자 그녀가 소리쳤다.

"부, 불 좀요."

"조선 시대야?"

그의 웃음기 어린 질문에 뺨이 붉어졌다.

이번에야 알았다. 세상 거칠 것 없이 구는 서은혜가 의외로 부끄럼쟁이라는 걸. 다가오고 손 내밀고 도발하는 건 늘 먼저면서, 그의 고백에 당황해 얼굴을 붉히고, 몸을 보이는 걸 창피해하고, 육체적인 쾌감을 느낄 때마다 어찌할 줄 몰라 한단 걸. 그 모습이 신기하고 귀엽고 자꾸만 보고 싶었다.

그녀가 스탠드 조명을 끄자 태하가 다시 불을 켰다. 그녀가 다시 불을 끄고 그가 다시 켰다.

"뭐 하는 거예요?"

"숨지 말고 보여 줘."

네 몸, 네 표정. 모두 다.

그녀의 머리맡을 짚자 소파로 비스듬히 몸이 기울어졌다. 입을 맞추며 마지막 남은 속옷 안으로 손을 넣자 도톰한 둔덕은 다행히도 젖어 있었다. 그의 입술이 호선을 그리자 뺨이 잘 익은 사과처럼 붉어져 입술을 물었다. 고개를 숙여 하얀 이에 깨물린 아랫입술을 빼내 입 맞추었다.

"그러지 마."

그녀가 알기를 원했다. 그의 애무에 반응하고 있단 사실에 더없이 기쁘다는 걸. 서툴고 힘들었던 지난밤과 달리 오늘은 그녀가 그와 함께 온전히 같이 느끼기를 바란다는 걸. 그가 보고 싶은 모습은 그런 모습이었다. 손가락을 넣어 겹겹이 속살 사이에 숨어 있는 정점을 찾아냈다. 손끝으로 문지르자 허벅지가 움찔거렸다.

"훗."

제 입에서 나온 신음에 제가 더 놀라 손등으로 입을 막는 모습에 손가락 사이에 미끈한 살점을 끼우고 문지르기 시작했다. 엉덩이를 뒤로 뺐지만, 집요하게 따라온 손은 멈추지 않았다.

금세 손바닥이 질척하게 젖을 지경이 되었다.

"그만."

하지만 다급하게 밀려오는 절정을 막을 수는 없었다. 허리가 튕겨 올랐다가 천천히 내려앉았다. 몽롱한 눈을 깜빡이며 호흡을 가다듬기도 전에 축 늘어진 그녀의 입술에, 가슴에, 다리 사이에 입을 맞추고 일어난 그는 빠르게 옷을 벗고 말쑥한 허벅지를 안았다. 그가 천천히 밀고 들어오자 콧등이 찡그려졌다.

"아파?"

"아니요."

그곳에 시선을 내렸다 금세 거둔 그녀가 마른침을 삼켰다.

"할 때마다 이게 어떻게 가능한 건지 모르겠어요. 나한테는 너무 큰 것 같은데. 웃지 마요. 웃지 말라고요."

하지만 참지 못한 그가 결국 웃음을 터트리자 은혜의 귓불까지 붉어졌다. 이미 가능하단 걸 지난밤에 충분히 증명했는데 이제 와 당황하며 어쩔 줄 몰라 하는 그녀가 예뻤다.

"우린 완벽하게 맞아."

그렇지 않다면 이렇게 좋을 리가 없으니까.

그곳이 맞닿도록 밀고 들어가자 놀라 휘둥그레진 눈이 그를 올려다보았다. 뜨겁고 좁은 그곳이 쉴 새 없이 그를 옥죄는 동안 이를 악물고 버텼다. 아까보다 더 깊숙이 들어가자 머리 꼭대기에서부터 발끝까지 찌릿하고 전류가 흘렀다.

"흣."

팔뚝에 손톱이 파고들었지만, 너무나 강렬한 쾌감에 통증조

차 잊혔다. 질척하게 젖은 몸 깊숙이 짓쳐 들어가 엉덩이를 잡고 원을 그리듯 돌렸다. 연신 죄어 오는 안에서 아이스크림처럼 녹아 버릴 것 같은 기분이었다. 하, 한숨을 토해 내고 가슴을 물었다. 달콤한 과육을 삼킨 듯한 포만감과 동시에 알 수 없는 허기가 밀려왔다. 더, 더. 배고픈 아이처럼 매달려 그에게 넝쿨처럼 감겨 오는 다리를 잡고 깊숙이, 더 깊숙이에 자신을 아로새겼다. 그가 그녀의 것임을, 그녀가 그의 것임을 각인하듯이.

커다랗게 부풀어 오른 욕망이 퍽, 터지는 순간 부둥켜안은 두 몸이 떠올랐다 같이 내려앉았다. 거친 숨이 잦아들기를 기다리며, 땀이 배어나 더 달콤한 체취가 풍기는 가슴 사이에 얼굴을 묻고 머리카락을 매만지는 손길을 느꼈다. 여전히 그는 그녀의 안에 있었고, 육체적인 쾌감과는 또 다른 만족감이 그를 채웠다. 고개를 든 태하는 은혜를 보았다.

그녀는 알까? 그녀를 안으면 가슴 안에 늘 서늘한 바람이 들던 빈자리가 무언가로 메워진 듯한 기분이란 걸. 마치 다시 태어난 것 같은 기분이란 걸.

그에게 깔려 무거울까 봐 그녀를 위로 올렸다. 이번에는 그가 그녀의 어깨와 머리카락을 만지기 시작했다.

"내일 언니 만나기로 했어요."

"……."

"만나면 말하려고요."

"같이 가. 같이 가서 말씀드리자. 서 사장님께도."

고개를 끄덕인 은혜가 그녀가 긁어 놓은 팔뚝 상처를 살폈다. 표를 내지 않으려 애쓰고 있으나 그녀의 불안함을 눈치 못 챌 리 없었다.

"걱정돼?"

"조금요."

그 역시도 마찬가지였다. 어떤 반응을 보이실지 예상할 수가 없었고, 특히나 좋지 않은 서 사장님의 건강 상태를 걱정하지 않을 수가 없었다.

가슴에 작게 한숨을 내쉰 그녀가 물었다.

"충격으로 쓰러지시거나 하진 않겠죠?"

"강한 분이라 그러시진 않을 거야."

파혼 후 그녀와 병원에서 재회했을 때만 해도 둘의 관계에 대해 시간을 두고 가족들에게 밝히고 허락을 구해야 한다고 생각했다. 하지만 그녀를 안은 이상 그럴 수는 없었다. 다른 사람도 아닌 서 사장님께 차마 그럴 수는 없는 일이었다. 그의 믿음을 저버렸을지언정 못난 놈이 될 수는 없었다. 믿었던 도끼에 발등이 찍혔다 노여워하실지도 모르고, 뻔뻔스럽다 욕을 하실 수도 있었다. 그래도 도망치고 싶진 않았다. 당당하게 그녀를 원한다 말하고 싶었다.

"추워요."

열기와 땀이 식자 오한이 드는지 몸을 부르르 떠는 은혜를 안고 일어났다. 그녀가 욕실을 보며 말했다.

"우선 좀 씻고……."

"조금 이따."

침대에 누운 은혜 위로 올라온 태하는 부푼 가슴을 물어 삼켰다. 그가 다시 시작하려 한단 걸 눈치챈 은혜의 눈이 화등잔만 해졌다.

"또요?"

그가 대답 대신 입술을 다리 사이로 내리자 은혜는 눈을 감았다. 밤이 깊도록 그들은 잠들지 못했다. 몇 번이고 키스하고 안고 사랑을 나누었다. 그리고 까무룩 잠이 든 그들은 새벽녘, 갑작스레 울리는 전화벨에 깨어났다.

구급차가 서울암센터에 도착한 것은 해가 뜨기도 전이었다. 과천에서 응급실로 이송되어 온 서 사장은 곧바로 검사에 들어갔다. 39도를 넘는 고열, 오한과 호흡 곤란의 원인은 패혈증이었다. 중환자실로 옮겨져 집중 치료에 들어가게 되었고, 낮이 되어서야 겨우 만난 담당의는 상황이 그리 좋지 않음을 전했다. 태하는 은혜와 은주와 함께 중환자실 앞을 지켰고, 오후까지 기다렸지만 결국 좋은 소식을 듣지 못한 채 한국대병원으로 복귀해야만 했다. 이튿날 정신을 차렸다는 소식을 전해 듣고 겨우 짬을 내어 다음 날 병원을 찾았지만, 가족 외에는 면회 불가였다.

"의사가 많이 괜찮아지셨다고 하니까 병실로 옮기면 봬."

"알겠습니다. 무슨 일이든 있으면 전화 주세요."

"그래. 바쁠 텐데 신경 써 줘서 고마워. 조심히 들어가."

은주와 인사를 나눈 태하는 뒤에 선 은혜에게 눈인사를 하고는 병원을 나섰다. 막 손님이 내리는 택시를 잡으려는 찰나 어느새 따라온 은혜가 옷자락을 붙들었다.

"왜 나왔어? 추운데."

태하가 가디건 차림의 그녀를 얼른 품에 안고 코트 깃을 당겨 감쌌다.

"조심히 들어가라고요."

"너야말로 밥 잘 챙겨 먹어. 틈틈이 잠도 자고."

고개를 끄덕인 은혜가 병원으로 들어오는 택시를 보았다.

"어서 가요. 중간에 잠깐 나온 거라면서요."

아쉬워 발걸음을 떼지 못하는 그가 택시에 오르자 중환자실로 돌아온 은혜가 은주에게 말했다.

"언니도 이제 들어가 봐. 지원이 유치원 끝날 시간 거의 다 됐잖아."

옷을 입고 가방을 챙겨 일어난 은주가 말했다.

"두 사람 참 잘 어울리더라."

"……뭐?"

은주는 당황해 어쩔 줄 몰라 하는 은혜의 모습에 미소를 띠며 말했다.

"정신이 없어 말 못 했는데, 우리 막내가 행복해져서 너무 좋다. 아빠도 일어나시면 분명 좋아하실 거야."

"언니."

무슨 말을 하려는지 다 안다는 듯 어깨를 도닥인 은주가 손목시계를 확인하더니 서둘러 손을 흔들었다.

"진짜 가 봐야겠다. 무슨 일 있으면 전화해."

중환자실 앞 딱딱한 플라스틱 의자에 앉은 은혜는 한숨을 내쉬었다. 아빠를 중환자실로 모신 지 3일째, 무언가를 설명하고 허락을 구할 경황이 없었다. 당장은 서 사장의 회복이 관건이었다. 그런데 어떻게 알았을까.

갑자기 스친 생각에 신음을 흘렸다. 새벽에 온 전화에 과천에 있는 고모네 갔을 때 태하와 함께였었다. 정신이 없어 신경을 쓰지 못했지만, 그 시간에 둘이 같이 있었다는 거 하나만으로도 답은 나온 것이나 다름없었다. 그래도 생각보다 은주가 충격을 받지 않았다는 것, 그리고 그들 관계에 대해 반대하지 않았다는 게 믿을 수가 없이 행복했다. 마치 높은 산 하나를 넘은 듯한 기분이었다.

다음 날 서 사장은 일반 병실로 옮겨졌고, 4일을 보내고 퇴원했다. 올해를 넘기기 힘들 거라던 의사의 말과 달리 집으로 돌아온 서 사장과 함께 가족들은 새해 떡국을 먹었다. 희망이라는 글자를 가슴에 품기 시작했을 즈음이었다.

서 사장의 열이 다시 오른 건 집에 온 지 이틀 만이었다.

"한국대병원으로 가자."

황달로 노래진 얼굴을 하고 거친 숨을 몰아쉬며 서 사장은 암센터 대신 한국대병원으로 가자 우겼다. 한시가 급한 상황인데. 은혜는 고개를 저었다.

"한국대병원은 더 멀어요. 그리고 아빠 보셨던 주치의 선생님한테 가야죠."

"화타가 온대도 고칠 병이 아니다. 한국대병원으로 가자, 어서. 아빠 말 들어."

운전석에 앉은 은혜가 어찌할지 모르고 백미러를 보자 서 사장을 부축하고 있던 은주가 고개를 끄덕였다. 한국대병원 응급실은 머리가 찢어져 온 이후로 10여 년 만이었다. 검사 결과 폐렴으로 나왔고, 바로 집중 치료실로 옮겨졌다.

수술실에 있다가 뒤늦게 소식을 접한 태하가 서 사장을 찾은 건 오후 늦게였다. 아이러니하게도 이제는 서 사장을 볼 수 있었지만, 가족이 아닌 의료진과 환자로서였다. 기도 삽관이 아닌 산소마스크로 자가 호흡을 한 채 잠이 든 서 사장을 보았다. 다행히 심각한 수치는 아님에 한숨을 놓았지만, 차트를 확인하는 그의 얼굴은 서서히 굳어졌다. 서울암센터에서 보내온 차트에는 그의 암 수술과 투병 내역, 합병증에 의한 처치, 입원 기록이 빼곡히 적혀 있었다. 다량의 항생제와 항암제, 복수와 늑막염, 패혈증. 꽤 두꺼운 그 기록을 보고 또다시 보았다. 하지만 그 어디에도 그가 찾는 희망은 보이지 않았다. 모든 것이 서 사장의 시간이 얼마 남지 않았음을 보여 주고 있었다. 그것이 며칠일까? 일주일? 혹은 한 달?

그 순간 그의 손을 잡는 손길을 느꼈다. 놀란 태하가 눈을 뜬 서 사장을 보았다.

"사장님."

무슨 말을 하려다 산소마스크에 손을 올리자 태하가 그 손을 붙잡았다.

"빼시면 안 돼요. 아직은 숨 쉬기 힘드실 거예요."

집중 치료실로 옮겨진 걸 모르는 듯 눈동자를 돌려 병실을 둘러보았다.

"검사 결과 급성 폐렴으로 나와 집중 치료 중이세요. 심한 건 아니니까 며칠 내로 일반 병실로 옮기실 겁니다."

미약하게 고개를 끄덕이자 태하가 시트를 가슴까지 올려 덮어 주며 말했다.

"자주 올 거예요. 낮에는 좀 바빠도 밤에는 제가 계속 들러서 봐 드릴 테니까 푹 주무세요. 어서 기운 차리고 일어나셔야죠."

다시 고개를 끄덕인 서 사장이 입을 벙긋거리자 태하는 고개를 숙여 귀를 댔다.

"은혜요? 은혜 밖에 있습니다. 하지만 오늘은 면회가 안 돼 만나실 수는 없어요."

서 사장이 다시 뭐라 했다. 다시 입가에 귀를 댄 태하는 작지만 분명히 들었다.

'집에 가서 쉬라고 해.'

울컥 치솟은 무언가를 삼키려 서둘러 눈을 깜빡였다. 뼈마디가 울룩불룩하도록 마른 손을 힘주어 잡자 서 사장도 그의 손을 잡았다. 아니야. 지금은 아니다. 이렇게 따뜻하고, 이렇게 강한 의지를 가지고 버텨 내시는데. 아직은 보내 드릴 수 없었다.

"알았습니다. 집에 가라고 전할 테니 사장님도 좀 더 주무세요."

그의 대답에 안심한 듯 눈을 감자 태하는 치료실을 나왔다. 앞에서 서성이고 있던 은혜가 그를 발견하고 왔다.

"어때요?"

"잠깐 정신 드셨어. 열도 떨어지고 계시고."

한시름 놓는 그녀에게 말했다.

"사장님께서 너 집으로 보내라고 하셨어."

"그럴 수는 없어요. 밤에 무슨 일 생길지도 모르는데."

"내가 있잖아. 무슨 일이 생기면 내가 제일 먼저 알 수 있어."

중환자실에서 일반 병실, 암센터에서 한국대병원까지 일주일이 넘도록 잠을 설쳐 가며 간병을 하고 있었다. 안 그래도 몸도 약한데 저러다 쓰러질까 봐 걱정이 된 태하가 강하게 말했다.

"내 말 들어. 상태가 저번처럼 나쁘지 않으셔. 열도 떨어지고 있고. 오늘 밤은 아무 일도 없을 거야."

"하지만……."

"혹 무슨 일 생기면 내가 바로 전화할 테니까 전화기 옆에 두고 자. 체력을 아껴야 해. 너까지 쓰러지면 은주 누나랑 지원이는 어떻게 하라고."

"알았어요."

그의 설득에 못 이겨 은혜가 집으로 돌아간 뒤, 태하는 당직을 서며 틈틈이 서 사장의 상태를 살폈다. 다음 날이 되자 조금이나마 이야기를 나눌 정도가 되었다. 하지만 이튿날이 되자 예상과 달리 열이 다시 오르고 염증 수치가 치솟기 시작했다. 복수를 빼기 위해 복수 천자를 실시했고, 머리맡의 수액이 두 개 더 늘어났다. 면회가 허용이 되지 않아 은주와 은혜는 들어오지 못했고, 태하만 홀로 그의 옆을 지켰다. 말기 암 환자의 컨디션은 그 누구도 예측할 수가 없다는 걸 잘 알고 있으면서도 방심을 했다. 나아질지 모른다고 희망을 품었다. 왜냐하면 그 순간 그는 이성적인 의사가 아닌 보호자였기 때문이었다.

서 사장의 손을 잡았다. 그제와 달리 힘이 하나도 없어 흐물대며 떨어지는 손을 꼭 붙들었다.

"사장님."

약에 취한 그가 듣지 못할 거라는 걸 알지만, 해야만 했다. 지금이 아니면, 지금 말하지 않는다면 영원히 말할 수 없을지도 모른다.

"한 번도 말씀드린 적이 없지만 사장님이 제 아버지였으면 좋겠다고 생각했어요. 어렸을 적에 학교에서 가족을 그리라고 하면 키도 크고, 얼굴도 잘생기고, 검은 양복에 반듯하게 넥타이를 맨 아빠를 그렸어요."

"……."

"어느 날은 짝꿍이 너는 아빠도 없으면서 누굴 그리는 거냐고 묻기에 전 사진을 보고 그리는 거라고 얼버무렸지만 그건 거짓말이었어요. 저는 아버지가 누군지도 모르고 얼굴도 본 적이 없으니까요. 그 그림 속 남자는 사장님이셨어요. 언감생심 진심으로 바란 적은 없었지만, 늘 사장님을 아버지로 둔 은주 누나가 부러웠어요. 그런데……."

고개를 들어 똑똑, 떨어지는 수액을 보았다. 산소 호흡기 소리와 바이탈 사인을 알리는 기계음 사이로 그는 힘겹게 고백을 이었다.

"그런데…… 은혜를 본 이후로 달라졌어요. 그 애는 제가 본 여자 중에 가장 제멋대로고 고집도 세고 성질도 잘 부렸어요. 그런데 자꾸 신경 쓰이고 생각이 나고 눈길이 갔어요. 바보처럼 왜 그런지도 몰랐어요. 두 분이 결혼하고 싶다고 하셨을 때야…… 깨달았어요. 제가 원하는 건…….."

단 한 번도 입 밖에 내어 보지 않았던, 원해서도 가져도 안 된다 생각했던 꿈. 마른 손 위에 머리를 얹고 속삭였다.

"은혜였어요. 그때 두 분 결혼 찬성한다고 했지만…… 진심이 아니었어요. 두 분이 결혼하지 않기를 바랐어요."

"……."

"죄송해요. 죄송합니다."

지금 제 말 들리시잖아요. 다 듣고 계시잖아요. 그러니 어서 일어나 혼내 주세요. 배은망덕한 놈이라 욕하셔도 좋고, 그동안 왜 솔직히 말하지 않았냐 혼내셔도 좋고, 감히 너 같은 놈한테는 내 딸 못 준다 역정 내셔도 좋으니 제발, 제발. 하나님인지 부처님인지 누구한테라도 빌 테니 제발 한 번만이라도 사장님 눈을 보고 말할 기회를 주세요. 이모에게 받지 못한 용서를 빌 기회를 단 한 번만이라도 주세요.

이대로 떠나지 마세요, 제발.

투명한 세정제로 손가락 사이부터 손등까지 꼼꼼히 문질러

거품을 냈다. 세균을 묻혀 가면 안 되니까. 면역력이 많이 약해진 상태라 감염 위험이 훨씬 높다는 간호사의 말에 다시 세정제를 짜 손을 닦고 깨끗한 물에 헹구었다. 차곡차곡 개켜진 새 앞치마를 걸치고 비닐장갑을 끼고 서 있자 11시 정각, 중환자실 문이 열리고 간호사가 들어오라는 손짓을 했다.

3일 만에 첫 면회에 떨리는 가슴을 안고 안으로 들어갔다. 안내받아 들어간 병실 베드에는 수액이며 관을 주렁주렁 달고 누운 사람이 있었다. 너무나 많은 기계와 줄에 뒤덮여 그 사람이 서 사장이라는 걸 알아보는 데 시간이 걸릴 정도였다. 참담한 모습에 놀랐지만 은주는 의연하게 손을 내밀어 잡았다.

"아빠. 저희 왔어요."

하지만 마스크 너머로 흘러나온 목소리는 이미 눈물로 그득했다. 그리고 은혜 역시도 다르지 않았다.

"눈 떠 보세요, 아빠. 저희 왔어요. 왜 정신을 못 차리시는 거죠?"

은혜의 질문에 옆에 서 있던 간호사가 말했다.

"아직 의식이 있으시긴 해요."

피곤한 얼굴로 불친절한 한마디를 남기고 사라지자 은혜는 조금 더 목소리를 높여 불렀다.

"아빠, 제발. 저 은혜예요. 제발 눈 한 번만 떠 보세요."

눈꺼풀이 힘겹게 들린 건 한참 후였다. 둘은 눈물을 닦고 달려들었다.

"정신 좀 드세요? 저희예요. 아빠 딸 은주, 은혜요. 저희 알아보시겠어요?"

얼굴이 잘 보이게 고개를 숙였지만, 희미한 시선은 두 사람 어디에도 머물러 있지 않았다. 마치 강한 진통제와 수많은 약에 감싸인 정신이 뚫고 나오지 못하는 듯 보였다.

"아빠, 기운 내야 해요. 어서 정신 차리고 집으로 가셔야죠. 지원이가 할아버지…… 언제 오냐고 기다린다고요."

기어이 은주는 울음을 토해 냈지만, 서 사장은 느릿하게 눈만 깜빡일 뿐 반응이 없었다. 분명 눈앞에 누운 사람은 아버지인데, 껍데기만 남은 듯한 느낌이었다. 20분이 되자 간호사가 면회 시간이 끝났다며 밖으로 쫓았다. 은혜는 의자에 앉아의사와 간호사들이 바쁘게 왔다 갔다 하는 모습을 가슴 졸이며 지켜보았다. 오후에 만난 담당의는 모든 수치가 나빠 상황이 좋지 않다는 말만 하고 사라졌고, 태하 역시 바쁜 와중에도 자주 중환자실에 들렀지만, 그가 달리 할 수 있는 일은 없었다. 지금으로서는 서 사장이 버티고 일어나 주길, 간절히 빌고 빌 뿐이었다.

수술 중간에 나온 태하는 중환자실로 뛰었다. 방 안으로 들어가자 베드를 둘러싼 의사와 간호사, 은주, 은혜가 보였다. 모니터를 보니 혈압, 맥박, 호흡, 산소 포화도가 동시에 뚝뚝 떨어지고 있었다. 경악해서 물었다.

"Intubation(기도 삽관) 왜 안 하십니까?"

"DNR 동의 환자네."

심장이 심연 아래, 아래로 떨어져 내렸다. Do not resuscitate.

그동안 수많은 환자와 보호자에게 연명 치료 거부 동의서, 심폐 소생술 거부 서약서를 받아 왔다. 너무 어린아이거나 혹은 이제 막 대학교에 들어간 앞길이 창창한 청년, 결혼을 앞둔 신부나 아이가 아직 유치원도 못 들어간 젊은 엄마, 너무나 건강했는데 갑자기 출근길에 쓰러진 가장같이 그 안타까운 사연들은 헤아릴 수 없을 정도로 많았다. 그 사연이 어떻든 그들 대부분은 치료가 얼마간의 말미를 버는 임시방편일 뿐인, 소생 불가능한 환자였기에 DNR 동의서를 내밀 수밖에 없었다.

이성적으로는 서 사장에게 더 이상의 치료가 부질없다는 것을 알고 있었다. 모든 수치가 마지막에 다다랐음을 증명하고 있었다. 하지만 그의 가슴은 그것을 받아들이기를 거부했다. 이렇게, 이런 식으로 허망하게 보내 드릴 수는 없었다. 세차게 고개를 저었다.

"아니에요. 안 됩니다. 아직은 아니에요. 우선 Intubation(기도 삽관)부터 하고……."

"폐뿐만이 아니야. 크레아틴, BUN(혈액 요소 질소)수치 확인 안 했나? 신장이 기능을 전혀 못 하고 있는 상황이야."

정신을 차리라고, 의료진으로서의 본분을 다하라고 질책하는 말투가 매서웠다. 알고 있었다. 서 사장의 폐뿐만 아니라 신장 역시 이미 회복 불능한 상태로 망가져 있단 걸. 당장 기도 삽관을 해서 산소를 투여하고 신장 투석을 할 수 있겠지만, 결국은 아무 소용이 없단 걸 이미 알고 있었다. 하지만, 하지만!

"누나."

그의 애절한 시선에 눈물범벅이 된 은주가 고개를 저었다.

"아빠가…… 원하지 않으셨어. 목에 호흡관 끼워서 말도 못하고, 독한 진통제에 정신도 못 차린 채로…… 그렇게 자식들한테 마지막 인사도 못 하고 가시길 원치 않으셨어."

"하지만."

"우린 더 이상 아빠가 아프시지 않았으면 해. 이미 너무 많이 고통받고 힘드셨어. 우리 곁에 더 붙잡아 두고…… 싶지만, 그게 아빠를 힘들게 하는 거라면…… 싫어. 아빠가 원하시는 대로…… 편안히 보내 드리고 싶어. 우린 인사 나눴으니까 너도……."

은주가 결국 뒷말을 잇지 못하고 돌아서자 흐릿한 눈을 들어 하얀 천장을 보았다. 시간이 얼마 남지 않은 걸 알았지만, 오만 방자하게도 조금 더 그 시간을 늘릴 기회가 있을 거라 믿었다. 그가 의사니, 바로 옆에 있으니 가능할 거라고. 이렇게 갑작스레 이별을 맞을 거라고는 생각지 못했다. 마지막 순간을 의연하게 끝내려는 서 사장과 달리 자신은 끝까지 어리석고 이기적이었다.

은혜가 그의 손을 잡아 베드로 끌자 일그러진 얼굴을 저었다. 도저히 그를 마주할 자신이 없었다.

"기다리셨어요."

"……."

"올 때까지…… 힘들게 버티셨단 말이에요."

수술실에 있던 그가 오기만을 기다리셨단 은혜의 말에 태하는 결국 머리맡에 섰다. 맞은편에 선 은주가 서 사장의 손을 잡고 불렀다.

"아빠, 정신 차려 보세요. 태하 왔어요."

지난 며칠간 의식이 흐릿한 그였기에 힘들 거라 생각했다. 하지만 천천히 눈을 뜬 서 사장의 눈동자는 정확히 손을 잡은 은주에게로 향했다.

"태하 왔어요, 아빠."

은주가 고개를 들어 그를 보자 눈동자가 반대쪽에 선 그들에게로 왔다. 은혜에게 머문 시선이 그에게 오자 참았던 눈물이 쏟아져 흘렀다. 훅훅, 가쁜 숨소리를 토해 내며 축 늘어진 손을 올리자 떨리는 손을 뻗어 잡았다. 20여 년 전 처음으로 그의 고사리 같은 손을 잡아 주던 서 사장이 떠올랐다. 그의 손을 타고 전해지던 단단하고 따뜻하던 온기를. 그의 입이 달싹거리자 고개를 숙였다.

"태……하야."

흡사 신음처럼 들리는 말소리에 더 고개를 숙여 귀를 가져다 댔다.

"네, 사장님. 저 왔어요."

"그래……. 늦지 않게…… 와서 다행이다. 네게 해 줄 말이 참…… 많았는데…… 시간이 많지가 않구나. 나는…… 네가…… 진짜…… 내 아들 같았다."

이 사이로 울음을 삼키며 손을 꼭 잡았다. 저도 아버지 같았습니다. 늘 제 아버지였으면 하고 바랐어요. 하지만…… 그럴 수가 없었어요.

"죄송합니다."

눈물을 뚝뚝 떨구는 그의 얼굴에 서 사장이 고개를 저었다.

"날 좋아지면…… 같이 낚시도 가고…… 등 밀러 수정탕
도…… 다시 가고. 술도 한잔해야…… 하는데."

"같이 가세요. 등 밀어 드릴 테니까 어서 나으셔서 같이 가
세요."

산소 호흡기 너머로 바싹 마른 입술이 인자하게 호선을 그렸
다. 다 내려놓고 긴 소풍 길을 나서려는 듯 아득한 미소였다.

"제발."

그러지 마세요. 제게 조금 더 시간을 주세요. 제발 용서를 빌
기회를 주세요. 하지만 마지막이 가까워 옴을 알리듯 모니터에
경고 알림이 들어왔다. 지금 당장 Intubation(기도 삽관)을 하지
않으면 더는 기회가 없었다. 태하는 울며 빌었다.

"제발, 제발요. 사장님."

"울지…… 마라. 울지 마."

앙상한 손가락이 눈물 젖은 뺨을 도닥이며 말을 이었다.

"다음……에는……, 다음…… 생에는 내가…… 정말 잘……
해 줄 테니까…… 꼭…… 아들로 태어나라."

뭐라 대답도 하기 전에 모니터의 그래프가 급격히 요동쳤다.
그 순간 꼭 잡은 손을 통해 그가 안간힘을 다해 남은 기력을 모
두 끌어모으는 것이 느껴졌다.

"그러니까…… 이번……에는…… 내 사위 하자."

"……!"

마주친 눈동자가 웃더니 이내 스르르 눈꺼풀이 가라앉았다. 앙상한 가슴이 고통스럽게 올라갔다 내려왔다.

삐—

모니터의 알림음과 함께 심전도 그래프가 일직선을 그리자 은주와 은혜가 달려들었다.

"아빠! 아빠!"

오열하는 두 딸의 품에서 잠자듯 편안한 얼굴로 눈을 감았다. 담당의가 담담한 목소리로 말했다.

"2019년 1월 12일 15시 49분 서정호님 운명하셨습니다."

봄 여름 가을 겨울

　날씨가 맑았다. 구름 한 점 없는 하늘은 파랬고, 며칠 전 내린 눈이 얼어 있을까 걱정했던 것과 달리 도로는 깨끗했다. 휴게소에 들른 지 20분도 안 돼 도착한 마을 어귀에 차를 세우고, 남자와 여자는 오솔길을 따라 산을 올랐다. 숨이 살짝 거칠어질 즈음 도착한 곳은 평탄하게 닦인 묏자리였다. 은혜가 준비해 온 것을 차리기 시작하자 태하가 묘 주위를 살폈다. 풀 한 포기 없는 땅은 아직 꽁꽁 얼어 있었지만, 주위의 나무들은 벌써 아기 손톱만 한 꽃눈을 매달고 있었다.

　"산수유예요."

　은혜의 말에 태하가 옆에 있는 낯익은 나무를 가리켰다.

　"이건 매화 같은데."

　"맞아요. 봄 되면 엄청 예뻐요."

이름 모를 새가 지저귀는 소리를 따라가면 저 멀리 유유히 흐르는 강이 보이는 선산에 서 사장을 모신 지 49일 째, 그를 묻었던 겨울을 지나고 벌써 봄이 올 준비를 하고 있었다. 산소에 절을 하고 앉았다.

"아빠 우리 왔어요."

민숭민숭한 산소를 살피며 은혜가 말을 이었다.

"언니도 같이 오려고 했는데, 지원이가 감기가 심해서 못 왔어요. 다음 주에 같이 올 테니까 너무 섭섭해하지 마세요."

산 너머에서 바람이 불었다. 차갑지만 살풋 온기가 묻어나는 바람에 흩날리는 머리를 귀 뒤로 넘긴 은혜의 눈시울이 붉어져 있었다.

"이제 안 아프시죠? 거기서는 편하신 거죠?"

그러지 않으려 하는데도 아직도 마음이 많이 아파요. 매일 매일 아빠가 우리한테 해 준 일, 내가 떼 부리고 아빠 속 썩인 일들만 떠오르고. 아빠를 위해 조금 더 치료를 해 봤어야 했는데, 너무 빨리 손을 놓아 버린 건 아닌지 후회가 들어요. 아빠가…… 너무너무 보고 싶고 그리워요.

그녀가 옷소매로 눈물을 훔치자 태하가 주머니에서 손수건을 꺼내 건네주었다. 눈물, 콧물을 닦은 은혜가 코맹맹이 소리로 말했다.

"아빠한테 한마디 해요."

한참 만에 입을 뗀 그가 말했다.

"저 왔습니다."

"……."

"잘 계시죠?"

푸훗, 웃음을 흘린 은혜가 말했다.

"아빠였다면 웃으면서 그랬을 거야. '싱거운 녀석'이라고."

그랬을지도. 한 번만이라도 좋으니 그 웃음소리를 다시 한번 들어 볼 수만 있다면. 그랬다면 다시 한번 죄송하다고, 그리고 감사하다고 말씀드릴 텐데.

시린 눈을 올려 푸른 하늘을 올려다보았다.

"편하게 쉬세요. 자주 들르겠습니다."

산을 내려온 둘은 무주로 향했다. 늦은 오후에 도착한 덕유산의 청암사에서는 할머니가 놀란 얼굴로 둘을 맞았다. 한 번도 만난 적이 없어 모르는 할머니께 은혜를 소개시켰다.

"아버님이 얼마 전에 돌아가셨다고 태하한테 들었는데. 마음고생이 많았겠구먼."

"이젠 괜찮아졌습니다."

그녀답지 않게 바싹 긴장한 얼굴로 따박 대답했다.

"그래, 그때 반찬은 잘 넣어 두었는지?"

"반찬요?"

눈이 동그래져 묻던 은혜의 얼굴이 다음 말에 붉게 타올랐다.

"겨울에 내게 전화해서, 언니가 반찬을 좀 보내셨다고 태하 아파트 번호를 물어봤지 않나?"

"아아, 네. 잘 넣어 두었습니다. 갑자기 전화드려 죄송했어요."

한참을 당황해서 어쩔 줄 몰라 하는 그녀를 보던 할머니가 엉덩이를 떼며 물었다.

"휴게소에서 뭐 좀 드시고 왔는가? 절밥이라 입맛에 맞을지는 모르겠는데, 내가 대접할 게 그거밖에 없어서."

"저희 점심 안 먹고 왔습니다. 할머님 음식 솜씨가 너무 좋으시다기에 죄송스럽지만, 꼭 얻어먹고 싶습니다."

당찬 그녀의 대답에 할머니가 고개를 끄덕였다.

"그래. 그럼 조금 앉아 계시게."

"저희 잠시 봉안당 들렀다 오겠습니다."

할머니가 음식 준비를 하러 나가자 태하는 은혜를 데리고 봉안당으로 갔다. 오후의 따스한 볕이 내린 단의 유골함 앞에 선 태하가 말했다.

"옆의 분은 엄마셔."

[한정연], [한정희]. 두 개의 유골함을 차례로 손수건으로 닦자 은혜는 들고 온 꽃바구니를 앞에 놓았다. 낡은 추녀 끝에 매달린 물고기 풍경이 댕그렁댕그렁 울리더니 안으로 바람이 불어왔다. 절을 올리고 앉은 둘은 불당 밖을 바라보았다. 지난 가을, 서 사장과 나란히 앉아 이야기를 나누었던 그 자리였다.

"여기 좋네요. 조용하고 공기도 맑고."

시리도록 깨끗한 공기에 도시의 묵은 때가 씻겨 내려 묵직한 머릿속까지 맑게 해 주는 기분이었다. 불당 어디선가 시작한 경건한 목탁 소리가 산중으로 울려 퍼졌다.

"혹시 아까 할머님이 제 말 의심하진 않으신 것 같죠?"

"뭐? 반찬 가져다줬단 말? 처음부터 믿지 않으신 것 같은데."

"진짜요?"

"그럼 그 말을 누가 믿겠어? 병원에서 먹고 자느라 한 달에 한 번이나 집에 갈까 말까 하는데."

"아, 어떻게 해." 하는 은혜의 손을 잡으며 말을 이었다.

"괜찮아. 너 예쁘게 보신 거 같으니까."

"……다행이다."

혹시나…… 미워하실까 봐. 서 사장과 정연의 결혼을 반대했던 그녀니까. 서늘한 얼굴로 박대하시면 어쩔까, 나는 절대 안 된다고 하면 어떻게 해야 하나. 그렇대도 달게 받아들여야 하지만, 절대 포기하지 않을 거지만, 산을 오는 내내 걱정이 들었더랬다. 이기적이고 못됐대도 어쩔 수 없었다. 허락받고 싶었고 예쁨도 받고 싶었다.

그 순간 저만치 법당에서 할머니가 느릿하게 손짓하자 얼른 손을 치운 그녀가 벌떡 일어났다. 둘은 늦은 점심으로 절밥을 먹고 할머니의 배웅을 받으며 청암사를 내려왔다.

"또 놀러 와요."

"네. 봄 되면 또 오겠습니다."

둘은 뉘엿뉘엿 해가 질 무렵 무주를 떠났다. 새벽 일찍 출발했는데, 양평에서부터 덕유산까지 찍고 나니 밤 10시가 되어 서울에 도착했다.

"피곤하지? 한남동으로 데려다줄게."

"……"

태하가 고개를 돌려 대답 대신 빤히 그를 쳐다보는 은혜에게 물었다.

"왜?"

"빈말이라도 같이 집으로 갈래, 한 번을 안 하네요."

서 사장님의 장례를 치르고 난 후 눈코 뜰 새 없이 바쁜 시간을 보냈다. 레지던트 2년 차가 된 태하는 수술실 퍼스트 어시스트를 서게 되었다. 보통은 3년 차가 되어야 가능할 일이지만, 3년 차가 공석인 CS(흉부외과)의 특수한 상황에 따라 어시스트 유경험자인 그가 맡게 되었다. 그 덕에 1년 차보다 조금은 편해질 2년 차에 더 **빡빡한** 병원 생활을 시작해야만 했다. 회사에 들어간 은혜 역시 업무를 파악하느라 매일 12시 퇴근이 예사였다. 둘만의 시간을 보내기에 여의치 않은 상황이었다.

"그거 혹시 라면 먹고 갈래야?"

태하의 농에 은혜가 황당한 표정으로 물었다.

"그런 거는 누가 알려 줬어요?"

"동기 녀석들이."

"김칫국 그만 마시죠. 긴하게 할 말이 있어서 그런 거니까."

강남대로로 빠지려는 차를 돌려 올림픽대로를 탔다. 집에 도착한 둘은 식탁에 마주 앉았다.

"출출하지 않아? 라면 대신 아이스크림 어때?"

태하가 냉동실에서 분홍색 아이스크림 통을 꺼내 주자 은혜가 물었다.

"사다 놓은 거예요?"

"응. 너 좋아하잖아."

뚜껑을 여니 그녀가 좋아하는 체리 아이스크림과 초코 아이스크림이 가득 들어 있었다.

"웃겨. 집에 오라고도 안 하면서 이건 뭐 하러 사다 놨대."

은혜가 새치름한 표정으로 한 수저 뜨자 태하가 말했다.

"12시까지 근무하고 주말에도 일하러 나가는 사람한테 오라고 할 수는 없지."

"본인이 힘든 거 아니고요?"

"난 하나도 안 힘든데. 너만 괜찮으면 난 잠 한숨 못 자고 출근해도 좋아."

귀 끝까지 붉어진 은혜가 얼른 아이스크림을 한 수저 떠 그의 입에 넣었다.

"나 할 말 있어요."

"해. 들을 테니까."

"아직 레지던트 2년 차고, 많이 바쁘고, 펠로우에 조교수까지. 가야 할 길이 먼 거 알아요. 공부도 많이 해야 하고, 당장은 병원과 일 말고 다른 데 신경 쓸 겨를이 없겠죠."

망설이듯 잠시 멈추자 태하가 계속 해 보라는 듯 고개를 끄덕였다.

"그런데 나는 더 기다릴 자신이 없어요. 십 몇 년을 기다렸는데, 4, 5년을 더 못 기다릴까 싶다가도 이젠 하루도 낭비하고 싶지 않아요. 단 하루도 싫어요."

"……."

"박봉이라 얼마 못 벌어 준대도 좋아요. 내가 더 많이 벌면 되니까. 공부해야 한다면 해요. 열심히 뒷바라지해 줄 테니까. 일 때문에 함께 시간을 많이 못 보낸대도 좋아요. 그냥 같이 아침을 맞고 같이 밤을 보내며 살고 싶어요."

가슴속의 말을 다 쏟아 낸 은혜가 숙제를 마친 아이처럼 크게 숨을 몰아쉬었다.

"다 말했어요."

가슴 앞으로 팔짱을 낀 태하가 의자 등받이에 기대어 앉았다. 그의 알 수 없는 표정에 꼴깍 마른침을 삼켰다. 이 반응은 뭐지? 당황한 그녀에게 태하가 여상한 목소리로 물었다.

"지금 청혼하는 거야?"

"……그래요."

괜히 눈치 보며 속 끓이는 거 취향에 맞지 않았다. 기다리는 자에게 복이 있단 말보다 용기 있는 여자가 멋진 남자를 얻는다 쪽이 더 낫다고 생각하는 그녀였다. 이렇게 흘러가는 시간이 너무나 아까웠다. 아빠를 보내며 생각보다 인생은 길지 않음을 깨달았다. 하루라도 더 빨리 그와 함께 있고 싶었다.

하지만 이런 뜨뜻미지근한 반응은 전혀 예상치 못했었다.

"왜요? 싫……어요? 생각……해 봐야 해요?"

"조금만 기다리지 그랬어."

코트 주머니에서 꺼낸 검은 벨벳 상자를 테이블에 놓은 태하가 말했다.

"나 박봉이라 너 원하는 거 다 못 사 줄 수도 있고, 응급 콜 오면 휴일에도 달려 나가야 하고, 당분간은 같이 시간 많이 못 보낼 가능성이 굉장히 높을 거야."

상자에서 반지를 꺼내며 말을 이었다.

"그래도 너랑 함께 있고 싶어. 한순간도 너랑 떨어져 있기 싫어. 아버님 장례 치른 지 얼마 되지도 않았고, 너도 회사 일 바쁜 거 아는데 더 이상 기다릴 자신이 없었어."

손을 당겨 약지에 반지를 끼워 주자 은혜가 물었다.

"이거…… 언제 산 거예요?"

"장례식 끝나고."

"근데 왜 이제 주는 거예요?"

분통이 터져 확 빼서 던질까 싶은데 반지는 또 왜 이렇게 예쁜지. 어쩌면 이렇게 제 취향에 딱 맞춰서 산 건지. 화를 내야 하는지, 기뻐해야 하는지, 이러지도 못하고 저러지도 못하고 있는데 태하가 그녀의 손을 잡고 일으키며 말했다.

"며칠 내로 줄 생각이었어. 성질 급한 네가 못 참고 먼저 말한 거지. 이제 아이들이 엄마, 아빠는 어떻게 결혼했어? 하고 물으면 네 엄마가 결혼하자고 졸라서 했단다, 하면 되겠네."

"뭐, 뭐요?"

어찌나 당황했는지 말더듬이가 된 듯 말이 튀어나왔다.

"봄 가기 전에 하자."

"곧 2월인데요?"

"더는 못 기다려. 자녀 계획은 어떻게 돼?"

"자녀…… 계획이요?"

뭐에 홀린 듯 코트를 벗기는 남자의 손길에 팔을 올려 도와

주면서 대답했다.

"아들 하나요."

"딸은 어때? 서은혜 닮은 딸로 말이야."

진지하고 단호하게 고개를 저었다.

"싫어요. 굉장히 엄마, 아빠를 힘들게 할걸요."

"괜찮아. 내가 다 들어줄 테니까."

뜨거운 키스와 달궈진 손길에 이끌려 안방으로 향했다.

이른 봄, 천천히 흐르는 밤. 둘은 다시 하나가 되었다.

6년 후.

[오늘 저녁 6시 후문 앞 '돼지 잡는 날'에서 의국 회식 있습니다. 한 사람도 빠지지 말고 참석 바랍니다.]

수술을 끝내고 나온 태하는 문자를 확인했다. 시계를 보니 벌써 오후 5시 45분. 안 그래도 수술방에서 어시스트를 선 레지던트가 말해 줘서 알고 있던 터였다.

'김현석 과장님은 오실지 안 오실지 잘 모르겠고, 이 교수님이랑 송 부교수님은 오실 테고. 교수님도 오실 거죠? 바쁘시더라도 얼굴 한번 비춰 주세요.'

은혜에게 저녁을 먹고 간다는 메시지를 보내고는 6시에 방을 나섰다. 삼겹살집 문을 열고 들어가자 눈에 익은 레지던트들이 일어나 꾸벅꾸벅 인사를 건넸다. 제일 안쪽 자리에 홀로 앉은 김현석 과장을 발견한 태하가 테이블로 다가갔다.

"빨리 오셨네요."

쌈장에 오이를 찍어 먹던 현석이 맞은편 의자를 가리키며 물었다.

"에크모 환자 수술은? 수술 있다기에 늦어서 못 올 줄 알았더니."

"생각보다 빨리 끝났습니다. 다른 교수님들은요?"

"곧 오겠지. 앉아."

둘은 자리에 앉아 얼마 전에 있었던 OPCABG(무심폐기 관상 동맥 우회술) 이야기를 나누었다. 그와 김현석 과장과의 인연은 남달랐다. 이모인 정연의 갑작스러운 병환으로 흉부외과 대신 성형외과를 택한 당시, 현석은 그를 싸늘하게 대했다. 하지만 결국 흉부외과로 돌아왔고, 그는 수술 어시스트를 태하에게 맡겼다. 다른 이들은 현석에게 단단히 찍혔다고 안타까워했으나 태하는 그렇게 생각지 않았다. 혼나기도 많이 혼나고 힘들기도 많이 힘들었지만, 어시스트를 서며 배운 술기들은 후에 그에게 있어 무엇보다 값진 자양분이 되었다. 현석은 기회를 준 것이었다. 그리고 흉부외과 레지던트 4년과 2년의 펠로우 과정을 마친 태하는 조교수가 되었다. 적지 않은 경쟁자들을 물리치고 그가 바로 조교수로 발탁된 이유는 그의 실력과 함께 김현석 과장의 추천이 있었을 거란 예상이 압도적이었다.

서빙하는 이모가 고기를 놓고 가자 태하는 달궈진 불판에 도톰한 오겹살을 올려놓고 굽기 시작했다.

"제가 하겠습니다, 조교수님."

옆 테이블에 앉아 있던 치프가 당황해 달려왔다.

"됐다. 여기는 내가 할 테니까 신경 쓰지 말고 가서 먹어."

하지만 치프 입장에서 하늘 같은 과장님과 조교수가 있는데 알았습니다, 하고 가서 앉을 수가 없었다.

"아닙니다. 제가 하겠습니다."

"내가 너보다 더 고기 잘 굽는다. 술은 뭐 드시겠어요?"

"나는 사이다 한 병이면 됐다."

김현석 과장의 말에 태하가 덧붙였다.

"나도."

주당이 많기로 유명한 외과에서 흉부외과 과장 김현석과 윤 태하는 단연 독보적인 존재감을 뽐냈는데, 그 이유인즉 삼겹살 2인분에 된장찌개와 밥 한 그릇, 그리고 사이다 한 병이면 회식 두 시간 만에 조용히 사라지는 유명한 사이다파였기 때문이었다. 회식 때문에 술이 깨지 않은 레지던트들을 대신해 교통사고 응급 환자를 본 일화는 아직도 한국대병원에 회자되고 있었다.

"알겠습니다."

사이다가 나오자 태하가 뚜껑을 따 현석의 잔에 기울였다. 병을 건네받은 현석이 그의 잔에 따라 주었다. 술잔을 든 치프 가 현석에게 말했다.

"과장님께서 한마디 해 주시지요."

"오늘은 윤 교수가 한마디 해라."

현석의 채근에 사이다 잔을 들고 일어난 태하가 넓지 않은 삼겹살집을 가득 채운 의사들을 보며 말했다.

"작년에 많이 고생했고 수고하셨습니다. 올해도 서로 도와가며 힘냅시다. 자, 고기 타기 전에 맛있게들 먹어요."

짧은 소감에 다들 환호를 올리며 식사를 시작했다. 그사이 진료를 마치고 늦게 온 다른 교수들도 합류했다. 송 교수가 술잔을 기울이며 물었다.

"오늘도 두 분은 사이다십니까? 오랜만에 회식인데 소주 한 잔씩 하시죠."

"제가 오늘 차를 가져와서요."

"저도 차를 끌고 와서요."

태하와 현석이 동시에 같은 핑계를 대자 송 교수가 못 말리겠다는 표정으로 "대리를 부르면 되죠." 하면서도 선선히 물러섰다. 그들의 관심에서 벗어나자 현석이 태하에게 물었다.

"넌 왜 술 안 마시냐?"

"아내가 술 냄새를 싫어해서요."

"애처가구만. 부인이 회사 운영한다고 했었나?"

"네."

"고생이 많겠네. 딸도 어린데."

"지금은 애가 좀 커서 괜찮은데, 아기였을 때는 고생이 많았죠. 임신 중에 입덧도 심해서 물 한 모금도 못 마시고. 그때부터 술을 안 마시게 됐습니다. 과장님도 금주 이유가 사모님 때문이라고 들었습니다만."

그가 넌지시 묻자 현석의 날카로운 얼굴에도 멋쩍은 웃음이 떠올랐다.

"나도 한창때는 소주 서너 병은 거뜬히 깠지. CS(흉부외과) 특성상 매일 죽는 환자를 보게 되니까 잊으려고, 괴로운 마음 달래려고 거의 매일 마셨지. 어느 날인가, 술에 거하게 취해서 집에 가던 길인데 치프한테 전화가 왔어. 사모님이 APPE(충수돌기염)로 응급실에 오셨다고."

삼겹살을 뒤집던 태하가 현석을 보았다.

"갔더니 아내는 끙끙대며 누워 있고, 애들 둘이 엄마 죽는다고 울며 앉아 있더라고. 수술 동의서에 사인을 하라고 내미는데, 꽁꽁 언 얼음물을 뒤집어쓴 것처럼 정신이 번쩍 났지. 내 마누라는 잘난 의사 남편을 둔 덕에 보호자 동의를 못 받아 저러고 누워 있는데. 내 새끼들은 맨날 아빠 얼굴도 못 보고 하루하루 커 가는데. 괴로워서? 잊으려고? 다 헛소리지. 술에 취한다고 죽은 환자가 살아 되돌아오는 것도 아닌데. 자기 가족도 못 지키면서 무슨 환자를 지켜."

"……."

"그 뒤부터는 안 마신다. 나는 매 순간 최선을 다할 거고, 그래도 어쩔 수 없이 놓쳐 버린 생명 때문에 내 자신을, 내 가족들을 괴롭히진 않을 거다. 그 시간에 정신 바짝 차리고 다음 환자 구할 생각을 하는 게 백번 낫지."

현석이 삼겹살을 집어 상추쌈을 싸며 말했다.

"그래서 내가 너 처음 봤을 때부터 좋은 외과의가 될 거라 믿었다."

"……?"

"소중한 걸 잃어 본 놈이 또 지킬 줄도 알거든."

현석이 사이다 잔을 들자 태하도 잔을 들어 건배를 했다. 삼겹살 2인분씩을 해치운 둘은 시끌벅적한 고깃집을 조용히 빠져나왔다.

"차는 가져오셨습니까? 댁까지 모셔다드릴까요?"

"됐어. 와이프가 데리러 온다고 했다."

말이 떨어지기가 무섭게 고깃집 앞에 멈춘 은색 승용차의 창문이 열리더니 몇 번 본 적이 있던 여인이 반갑게 인사를 건넸다.

"윤 교수도 같이 있었네."

"안녕하세요, 사모님."

반듯하게 고개를 숙여 인사를 건네는 태하에게 여인이 웃으며 물었다.

"윤 교수, 차 안 가져왔으면 데려다줄까요?"

"아닙니다. 저도 차 가져왔습니다. 조심히 들어가십시오."

"그래요. 그럼 다음에 또 봐요."

차가 사라지자 태하는 식당과 술집이 즐비한 거리를 걸어 분홍색 간판의 가게 안으로 들어갔다. 아이스크림 케이크를 주문한 태하는 계산대 위에 놓인 인형을 발견했다.

"이 인형도 살 수 있는 건가요?"

"네. 아이스크림 케이크 구매 손님에 한해서 판매하는 인형이에요."

"그럼 이것도 주십시오."

케이크와 인형을 사 들고 온 태하는 집으로 향했다.

한남동 빌라에 들어가자마자 지붕을 뚫을 듯한 하이 톤의 여자의 목소리가 들렸다.

"윤수아, 정말 엄마 말 안 들을 거야?"

"나 진짜 조금밖에 안 마셨단 말이야."

"엄마가 말했어. 안 했어? 주스 마시면 무조건 이 다시 닦아야 한다고. 그럼 이 닦아야지. 약속해 놓고 이제 와서 안 한다고 할 거야?"

조곤조곤 따져 묻는 엄마의 물음에 여자애가 당돌하게 대답했다.

"약속한 거 아니야. 그냥 알았다고만 한 거야."

"뭐?"

현관으로 들어서는 그를 발견한 여자애가 구세주를 발견한 듯 거실을 가로질러 달려오며 소리쳤다.

"아빠!"

핑크색 공주 잠옷을 입은 여자애가 그의 품으로 뛰어 들어오자 태하는 얼른 무릎을 굽히고 앉았다.

"아빠, 엄마가 또 수아 혼내요."

도도하게 치켜 올라간 눈매에 똘망똘망한 검은 눈동자, 오목조목 또렷한 이목구비의 여자애는 은주의 말을 빌자면, '저 나이 때 서은혜와 얼굴도 성격도 판박이다.'라는 평을 들었다. 똑같이 고집스럽고 제멋대로인 성격에다 '미운 일곱 살'의 전초전인지, 요즘 부쩍 두 여자의 싸움이 잦아지고 있었다.

"엄마가 왜 우리 수아를 혼냈을까?"

"내가 진짜 주스 조금밖에 안 마셨는데 엄마가 다시 이 닦으라고 해요."

"한 컵이나 마셔 놓고 조금이라고?"

은혜가 황당한 얼굴로 콧방귀를 흘리자 태하가 수아의 손을 잡고 일어서며 그가 맡겠다는 눈짓을 주었다.

"엄마가 수아를 혼내려는 게 아니라 이가 썩어서 아플까 봐 걱정하시는 게 아닐까? 우리 수아 저번에 치과 갔을 때 무서워서 많이 울었잖아. 그러지 말고 아빠랑 같이 이 닦는 게 어때?"

"하지만 나 이 닦는 거 정말정말 싫단 말이야."

"그럼 이 친구랑 같이 닦으면 어때? 그러면 좀 낫지 않을까?"

"와, 토끼 인형이다!"

아이스크림과 같이 사 온 인형으로 구슬려 욕실로 간 태하는 이를 닦인 후 침대에 앉아 동화책을 읽어 주었다. 세 권만 읽자는 약속에 한 권만 더를 외치는 딸에게 결국 일곱 권을 읽어 주고는, 딸이 잠들자 이마에 입을 맞추고 방을 나섰다.

"안 피곤해?"

욕실에서 나온 태하가 소파에 앉은 은혜에게 물었다. 그녀가 회사에서 가져온 듯한 서류를 살피고 있다 찌뿌듯한 표정으로 기지개를 켜며 말했다.

"조금요."

"어깨를 펴야 한다니까."

옆자리에 앉은 태하가 어깨를 주무르자 은혜가 웃으며 물었다.

"내가 이 맛에 아픈 척한다니까."

"아픈 척하는 게 아니라 회사 일에 아이까지 돌보면 아픈 게 맞는 거야."

"솔직히 말하면 회사 일은 집안일에 비하면 백배는 쉽고, 집 안일이 애 보는 일보다 천배는 더 쉬워요. 세상에서 가장 힘든 일이 엄마라니까요."

레지던트 4년은 그와 은혜 둘 다에게 힘든 시간이었다. 회사 운영과 출산, 육아를 온전히 그녀 혼자서 감당해야 하는 시기였기 때문이었다. 집안일을 돌봐 주는 여사님과 은주의 도움이 없었다면 버티기 힘들었을 것이다.

전문의를 따고 난 후 태하는 말했다. 그동안 너무 고마웠고 고생 많았다고. 그리고 약속했다. 무슨 일이 있어도 매일 수아 씻기기와 설거지는 그가 하겠노라고. 일이 많아 일거리를 산더 미처럼 싸들고 올지언정 잠은 집에서 자겠다고. 오늘 같은 변수 가 아니면 꼭 약속을 지키려 노력했다.

"오늘도 사이다 마시고 왔어요?"

"응."

"다른 의사분들이 뭐라고 하지 않아요?"

"괜찮아. 과장님이 버티고 계시니까 나는 뒤에 숨어 있으면 돼."

그의 대답에 웃다가 태하가 딱딱하게 굳은 지점을 손가락에 힘을 주어 주무르자 신음을 흘렸다.

"여기야?"

"네. 거기요."

태하가 꾹꾹 힘주어 누르다 조금 손을 내려 지압하며 물었다.

"여기는?"

"아…… 거기도요."

달콤한 신음 소리에 고개를 숙인 태하가 목덜미에 입을 맞추며 물었다.

"여긴?"

"거긴 아닌 것 같은데? 완전 잘못 짚은 것 같은데요?"

웃음기 어린 목소리에 허리를 잡아 돌렸다. 그러고는 그녀의 손에서 빼낸 서류를 테이블에 놓자 은혜가 안타까운 목소리로 말했다.

"나 오늘까지 이거 다 봐야 하는데."

"좀 쉬셔야 할 것 같습니다만."

"정말 쉬게 해 주는 거 맞는 거죠?"

태하가 머리카락을 귀 뒤로 넘겨 주며 말했다.

"원하는 대로 해 줄게. 잠이든 다른 거든."

"내가 뭐라고 대답할지 알면서."

은혜가 어깨에 팔을 감자 번쩍 그녀를 안고 안방으로 향했다. 사랑을 나눈 둘은 열기가 가시는 동안 서로를 품 안에 안고 있었다.

"오늘."

은혜가 입을 떼자 등줄기에 얼굴을 묻고 있던 태하가 고개를 들어 그녀의 옆얼굴을 보았다.

"오늘 집에 오는 길에 우연히 민혁이 봤어요."

"……."

"사거리 신호에 멈춰 서 있는데, 배가 볼록하게 나온 예쁜 여자분이 팔짱 끼고 같이 서 있더라고요."

"그래서 기분이 이상했어?"

"좋았어요. 다행이다, 가슴 한구석을 누르고 있던 짐이 가벼워진 그런 느낌이었어요."

"그래. 어디선가 잘 살 거야."

등을 돌려 그를 마주 본 은혜가 말했다.

"나 사실 당신한테 물어볼 거 있어요."

"뭔데?"

"왜 계속 피임해요?"

"……."

"수아한테 동생 만들어 줄 생각 없어요?"

"있어."

"있어요?"

놀라 휘둥그레진 눈을 보니 태하가 둘째에 대해 이야기를 하지 않았던 걸, 그럴 계획이 없다고 생각한 듯싶었다.

"있는데 네가 감수해야 할 게 너무 많으니까 선뜻 그러자고 할 수가 없어. 안 그래도 몸도 약한데, 아이 둘에다 회사 일까지는 너무 힘들어."

집안일은 도울 수 있지만 임신과 출산은 아무리 노력한대도 도와줄 수 없는 범주였다. 은혜는 수아를 가진 내내 빈혈로 고생하고 입덧도 심해 초기에는 수액으로 버텨야만 했다. 그러니 그의 욕심만으로 둘째를 가지자고 할 수는 없었다.

"나는 지금도 행복하고 좋아."

그녀가 빤히 그를 보자 태하가 되물었다.

"왜?"

"나는 아니에요. 행복하지 않단 게 아니라 아직 부족해요. 가지고 싶다고요."

욕심 많은 여자 같으니라고. 태하가 웃으며 물었다.

"뭐가 가지고 싶은데?"

"아들요, 윤태하 닮은 아들. 내 인생에 고집불통에 제멋대로인 딸만 있으란 법은 없잖아요. 의젓하고 잘생기고 멋진 아들이 가지고 싶다고요."

굵은 목과 곧은 어깨의 선을 더듬으며 말을 이었다.

"언니가 봄에 결혼하고 나면 나 회사 일도 좀 줄 테고, 당신도 이제 조교수니까 예전보다는 시간 좀 날 테고. 예전이었으면 용기 못 냈을 것 같은데 더 늦지 않게……!"

태하가 기습적으로 그녀의 위로 올라오자 놀라 그를 보았다.

"그 말 무르기 없기다."

은혜가 웃으며 입을 맞추기 전 대답했다.

"안 물러요."

눈을 뜬 은혜는 커튼 틈으로 들어온 햇볕에 눈살을 찌푸렸다.

시계를 확인하니 9시가 훌쩍 넘은 시간이었다. 밖을 나가니 주방에서 소란이 느껴졌다.

"둘이 뭐 해요?"

"엄마! 우리 엄마 아침 만들고 있었어."

플라스틱 칼을 들고 앞치마를 입은 수아가 품에 뛰어들자 은혜가 아이를 안고 주방을 보았다.

아일랜드 식탁에 낭자한 야채 건더기들 속에서 유유히 프라이팬에 김치와 야채를 볶고 있는 남자가 물었다.

"배고프지? 금방 되니까 앉아 있어."

태하가 금세 김치볶음밥 접시와 계란국을 내오자 은혜가 물었다.

"둘은요?"

"우리는 이미 먹었지."

"아빠랑 나랑 새우볶음밥 해 먹었어. 엄마 어제 늦게까지 일했다고 깨우지 말고 우리끼리 먹자고 했어."

"그랬구나."

그녀가 의미심장한 눈길로 그를 보자 태하가 계란국을 앞으로 당겨 주며 말했다.

"국이랑 같이 먹어. 뻑뻑해."

"엄마 맛있어?"

"응. 진짜 진짜 맛있다."

"내가 양파랑 당근이랑 썰었어."

"그래서 맛있었구나. 우리 수아 요리사가 해 줘서."

"응. 나 우리 집 요리사야."

어깨가 으쓱해서 뛰어다니는 여자애의 모습에 웃으며 그릇의 김치볶음밥을 깨끗이 비웠다.

늦은 아침을 먹은 후 셋은 동네 산책을 했다. 은주에게서 차나 한잔 마시러 놀러 오라는 전화가 온 것은 근처 놀이터에서 놀고 있을 때였다. 멀지 않은 빌라에 사는 은주네 집으로 가자 은주와 지원 그리고 한 남자가 있었다.

"안녕하세요."

테라스에 앉아 있던 갈색 머리칼에 파란 눈동자를 가진 외국 남자가 지원이와 함께 그들을 맞았다.

"오랜만이에요. 태하 씨."

"오랜만입니다, 마이클."

외국인답지 않게 모국어처럼 능숙한 한국어로 인사를 건넨 남자의 이름은 마이클 스캇. 은주와 동갑인 마흔두 살에, 한국 생활 7년 차. 대학에서 경제학을 가르치는 교수였다.

"태하 씨 조교수 됐다면서요? 축하해요."

"감사합니다."

"그럼 좀 근무 시간이나 그런 것들은 여유로워지는 겁니까?"

"별로 그렇지도 않아요. CS(흉부외과)는 워낙 인원이 부족하다 보니 교수라고 해서 크게 나아지는 것은 없습니다."

수아와 지원이가 보드 게임을 하러 방으로 들어가고 어른 넷은 선선한 테라스에 앉아 은주가 새로 끓여 온 차를 마셨다.

"두 분 결혼식 준비는 잘 되어 가고 계십니까?"

"저야 잘 모르니까 은주 씨가 하자는 대로 하고 있어요."

남자가 쑥스럽지만 다정한 눈길로 보자 은주가 웃으며 말을 이어받았다.

"스몰 웨딩이라 준비할 게 많지도 않아요. 하객도 친척이랑 정말로 가까운 지인만 초대할 거고, 꽃이랑 음식 같은 것만 신경 쓰면 되니까. 솔직히 재미있어요."

은혜의 눈에 보기에도 은주는 요즘 매우 즐거워 보였다. 농담처럼 '나는 두 번째라 남들보다는 잘하지.'라고 말했지만, 모든 걸 웨딩업체에 맡겼던 첫 번째 결혼과 달리 이번에는 부케 꽃 종류부터 손님들이 마실 와인까지 세세히 준비하며 그녀는 행복해했다. 아마도 그 이유는 그녀를 아낌없이 사랑해 주는 한 남자 덕분이겠지.

은주와 마이클의 러브스토리는 은혜와 태하가 결혼한 직후부터 시작되었다. 삼해 김 주식회사에서 후원하는 대안 학교 행사에 은주는 회사 대표로 참여했고, 마이클은 재능 기부의 일환으로 일일 영어 교사로 있었다. 그녀에게 호감을 느낀 마이클이 데이트 신청을 했지만, 은주는 거절했다. 그렇게 헤어졌고, 끝이 날 듯했던 인연은 도예 동호회에서 만나면서 다시 시작되었다. 두 번째 만남에 그는 다시 그녀에게 대시했지만 은주는 단호했다.

'죄송한데, 저는 학교 다니는 딸이 있는 엄마예요.'

'압니다. 하지만 부군이 안 계시다고 들었습니다.'

후에 은주는 은혜에게 그 일을 얘기하며, 얼굴은 외국인인데 입 밖으로 나오는 말은 너무나 한국인스러워 이상했다고 말했다.

'맞아요. 그리고 이제 남자는 싫어요. 연애도, 불장난도 무엇도요. 곧 마이클 씨도 좋은 인연 만나실 거라 믿어요.'

'좋아요. 그러면 우리 친구 하는 건 어때요?'

은주는 아무 답도 하지 않았다. 그가 포기하지 않았다는 걸 알았지만, 계속 그녀가 무관심으로 응대하면 언젠가 제풀에 나가떨어질 거라 믿었기 때문이었다. 하지만 그는 의외로 끈질긴 인내심의 소유자였다. 지치지 않고 계속 그녀 마음의 문을 두드렸고, 결국은 그녀의 마음을 얻을 수 있었다. 그들은 연애를 시작했고, 결국 결혼까지 골인했다.

"언젠가 마이클이 그랬잖아요. 도예 공방에서 물레를 돌리는 언니가 사랑과 영혼의 데미 무어보다 더 아름답더라고."

"데미 무어보다 백배는 더 예쁘죠. 솔직히 말하면 은주 처음 보고 도자기 같다고 생각했어요. 굉장히 우아하고 선이 곱다고 느꼈거든요."

"깨질 것 같아서 보호해 주고 싶은 스타일 같고요?"

"아니에요. 은주는 보기보다 굉장히 강해요. 보이는 것과 달리 안은 강철처럼 단단하죠. 그래서 더 좋았어요."

마이클이 손을 내밀자 은주가 그 손을 잡았다. 수아가 지원이와 더 놀겠다고 하자 은혜와 태하는 산책 좀 하고 돌아오겠노라 하고는 은주네 집을 나섰다.

"둘이 잘 어울리죠?"

"응."

"언니가 행복해 보여 너무 좋아요. 언니는 괜찮다고 했지만, 실은 결혼할 때 언니랑 지원이가 많이 마음에 걸렸거든요."

그녀 혼자만 행복한 것 같아서, 아빠까지 돌아가신 상황에 둘만 두고 가는 것 같아 내내 마음에 걸리고 미안했다. 그래서 병원 근처로 이사 가려던 마음을 접고 한남동에 신접살림을 꾸렸다.

어느 날 언니와 마이클의 데이트 장면을 목격하고는 소개시켜 달라 졸라서 그를 보고 난 후 마음이 흔들렸다. 한옥의 아름다움에 빠져 북촌에 산다는 미국인. 다도와 도자기 빚기가 취미이자, 쉬는 날이면 사진기를 들고 산이며 바다며 숨겨진 명소를 찾아 누빈다는 남자. 일중독이었던 첫째 형부와 달리 마음 넓고 여유를 아는 그가 언니의 짝이 되면 너무 좋겠다는 생각이 들었기 때문이었다. 하지만 싱글인 그와 달리 언니는 한 번 실패의 경험도 있고 딸도 있는 상황이었다. 쉽지 않을 거라 생각했던 그녀의 예상과 달리 마이클은 그것에 전혀 개의치 않아 했다. 그가 걱정한 것은 단 하나. 지원이가 자신을 어떻게 받아들일까, 였다.

"특히 지원이랑 사이가 좋아서 다행이에요. 아직 어리고 사춘기에 접어들어 혹시 반대할까 걱정 많이 했는데."

"속이 깊은 아이잖아. 잘 지낼 거야."

"아빠 살아 계셨으면 정말 좋아하셨을 텐데."

6년 전 겨울, 서 사장님이 돌아가셨다.

그해 봄 그들은 결혼했고, 이듬해 여름에 수아가 태어났다.

지난 가을 태하는 흉부외과 조교수가 되었고, 다시 계절은 겨울을 지나 봄이 오고 있었다.

"분명 기뻐하고 계실 거야."

마주 선 태하가 느슨하게 풀린 머플러를 단단하게 매어 주고는 뺨을 도닥이자 은혜가 해사하게 웃었다.

"우리 한강까지 걸어갔다 와요."

"그래."

태하가 손을 내밀자 은혜가 굵은 손가락 사이사이에 제 손을 넣어 깍지를 꼈다. 이야기를 나누며 대사관 길을 내려가는 둘의 뒤로 느긋한 오후의 해가 따라왔다.

〈앤을 위하여〉 끝